UN APARTAMENTO EN PARÍS

LUCY FOLEY

UN APARTAMENTO EN PARÍS

Editado por HarperCollins Ibérica, S. A.
Avenida de Burgos, 8B - Planta 18
28036 Madrid

Un apartamento en París
Título original: The Paris Apartment
© Lost and Found Books Ltd., 2022
© 2022, para esta edición HarperCollins Ibérica, S. A.
Publicado originalmente por HarperCollinsPublishers, 2022
© De la traducción del inglés, Victoria Horrillo Ledesma

Diseño de cubierta: CalderónSTUDIO®
Imágenes de cubierta: Dreamstime

ISBN: 978-84-9139-827-1
Depósito legal: M-17266-2022

Para Al, por todo

Prólogo

Viernes

BEN

Sus dedos revolotean sobre el teclado. Tiene que anotarlo todo. Esta, esta es la historia que va a darle fama. Ben enciende otro cigarrillo, un Gitanes. Es un poco tópico fumar Gitanes aquí, pero la verdad es que le gusta su sabor. Y bueno, sí, también le gusta la imagen que le da fumarlos.

Está sentado frente a los ventanales del apartamento, que dan al patio. Fuera todo está sumido en la oscuridad, salvo por el tenue resplandor verdoso que arroja una única farola. Es un edificio muy hermoso, pero hay algo podrido en su centro. Ahora que lo ha descubierto, siente su hedor por todas partes.

Debería largarse cuanto antes. Ya no es bienvenido en este lugar. Jess difícilmente podría haber elegido peor momento para venir a pasar una temporada. Le avisó sin apenas antelación. Y aunque no le dio muchos detalles por teléfono, está claro que algo pasa; alguna movida en ese bar cutre en el que trabaja ahora. Su hermana tiene el don de presentarse en el momento más inoportuno. Es como un radiofaro que atrae los problemas: parece que la siguen a todas partes. Nunca se le ha dado bien atenerse a las reglas del juego. No ha entendido nunca que la vida resulta mucho más sencilla si te limitas a darle a la gente lo que quiere y a decirle lo que quiere oír. Es verdad que él le dijo que viniera

9

a pasar unos días «cuando quisiera», pero lo dijo con la boca pequeña. Típico de Jess haberle tomado la palabra.

¿Cuándo fue la última vez que la vio? Pensar en ella siempre hace que se sienta culpable. ¿Tendría que haber estado más pendiente de ella, haberla cuidado más? Jess es frágil. O… no frágil exactamente, sino más bien vulnerable, aunque seguramente los demás no se den cuenta al principio. Es como un armadillo: blanda por debajo de su caparazón duro.

En fin… Debería llamarla, darle algunas indicaciones. Como no contesta al teléfono, le deja una nota de voz:

—Hola, Jess, es el número doce de la Rue des Amants. ¿Vale? Tercer piso.

Ve de pronto un destello de movimiento bajo las ventanas, en el patio. Alguien acaba de cruzarlo rápidamente, casi corriendo. Solo alcanza a distinguir una figura en sombras; no ve quién es, pero algo en su velocidad le resulta extraño. Siente un pequeño arrebato de adrenalina casi animal.

Se da cuenta de que aún está grabando la nota de voz y aparta la vista de la ventana.

—Llama al portero automático. Estaré arriba esperándote…

Se interrumpe. Vacila, aguza el oído.

Un ruido.

El sonido de unos pasos en el rellano, acercándose a la puerta del apartamento.

Los pasos se detienen. Hay alguien ahí fuera. Espera a que llamen a la puerta, pero no llaman. Silencio. Un silencio cargado, como una respiración contenida.

Qué raro.

Y, luego, otro sonido. Se queda quieto, con el oído alerta. Escucha atentamente. Ahí está otra vez. Un roce metálico, el arañar de una llave. Luego, el ruido de la llave al penetrar en el mecanismo. Ve girar la cerradura. Alguien está abriendo la puerta desde fuera. Alguien que tiene llave, pero que no debería entrar en su casa sin invitación.

El picaporte empieza a bajar. La puerta empieza a abrirse con ese chirrido prolongado tan familiar.

Deja el teléfono en la encimera de la cocina, se olvida de la nota de voz. Espera y observa en silencio cómo bascula la puerta. Cómo entra aquella figura en la habitación.

—¿Qué haces tú aquí? —pregunta en tono tranquilo, razonable. No tiene nada que ocultar. No está asustado. O no lo está aún—. ¿Y qué…?

Entonces ve lo que sostiene el intruso.

Ahora. Ahora sí tiene miedo.

Tres horas después

JESS

Por Dios, Ben, contesta al teléfono. Me estoy quedando pajarito aquí fuera. El Eurostar salió con dos horas de retraso de Londres; tendría que haber llegado a las diez y media, y acaban de dar las doce. Y hace frío esta noche; incluso hace más frío aquí, en París, que en Londres. Aunque solo estamos a finales de octubre, mi aliento humea en el aire y tengo los dedos de los pies entumecidos dentro de las botas. Y pensar que hubo una ola de calor hace solo unas semanas… Es una locura. Necesito un buen abrigo. Claro que siempre necesito un montón de cosas que nunca voy a conseguir.

Seguramente ya he llamado a Ben diez veces: cuando ha llegado el Eurostar y en la caminata de media hora desde la Gare du Nord. No contesta. Y tampoco responde a mis mensajes. Gracias por nada, hermano mayor.

Dijo que estaría aquí para abrirme la puerta. «Llama al portero automático. Estaré arriba esperándote».

Bueno, pues ya estoy aquí. O sea, en un callejón empedrado y con poca luz, en un barrio que parece muy elegante. El edificio que tengo delante cierra, él solito, este extremo.

Miro la calle desierta. Junto a un coche aparcado, a unos seis metros de distancia, me parece ver que las sombras se mueven.

Me desplazo hacia un lado para intentar ver mejor. Hay... Entorno los ojos, tratando de distinguir qué es. Juraría que hay alguien ahí, agazapado detrás del coche.

Doy un respingo cuando suena una sirena a unas calles de distancia, estruendosa en medio del silencio. Escucho cómo se va desvaneciendo el sonido en la noche. Es distinto al de casa —nii-no, nii-no, como si imitase a un niño—, pero igualmente se me acelera un poco el corazón.

Vuelvo a mirar la zona en sombra, detrás del coche aparcado. Ahora no distingo ningún movimiento; ni siquiera veo la forma que me ha parecido entrever antes. Puede que al final solo fuera una ilusión óptica.

Miro otra vez el edificio. Los demás edificios de la calle son preciosos, pero este se lleva la palma. Está un poco retirado de la acera, detrás de un portón muy grande, de hierro, con un muro muy alto a cada lado que seguramente oculta una especie de jardín o de patio. Tiene cinco o seis plantas y ventanas enormes, todas con balcones de hierro forjado. La hiedra que crece por toda la fachada parece una mancha oscura que va extendiéndose. Si echo la cabeza hacia atrás, alcanzo a ver lo que podría ser un jardín en la azotea. Las formas puntiagudas de los árboles y los arbustos se recortan contra el cielo nocturno.

Vuelvo a comprobar la dirección. Rue des Amants, número doce. Es aquí, no hay duda. Todavía me cuesta creer que Ben viva en este edificio tan pijo. Me dijo que le había ayudado a conseguir el piso un compañero, alguien a quien conocía de sus tiempos de estudiante. Claro que Ben siempre se ha dado mucha maña para todo. Supongo que es normal que haya conseguido vivir en un sitio así, con la labia que tiene. Y seguro que ha sido por eso. Porque sé que seguramente los periodistas ganan más que los camareros, pero no tanto.

El portón de hierro que tengo delante tiene una aldaba de bronce con forma de cabeza de león: un león rugiente, con la gruesa anilla sujeta entre los dientes. Veo que la puerta está rematada por una fila de pinchos antiescalada. Y que a lo largo del muro, a ambos lados de la puerta, hay trozos de cristal incrustados. Estas medidas de seguridad no cuadran con la elegancia del edificio.

Levanto la aldaba, fría y pesada, y la dejo caer. Con este silencio, el ruido que hace resuena en los adoquines mucho más fuerte de lo que esperaba. De hecho, esto está tan silencioso y oscuro que cuesta creer que forme parte de la misma ciudad que he atravesado esta tarde desde la Gare du Nord, con todas esas luces encendidas y esas multitudes, y la gente entrando y saliendo de los restaurantes y los bares. Pienso en la zona que rodea el Sacré-Coeur, esa enorme catedral iluminada en lo alto de una colina por la que he pasado hace solo veinte minutos: muchedumbres de turistas haciéndose *selfies* y, culebreando entre ellos, tipos de aspecto sospechoso vestidos con chaqueta abultada, al acecho para robar alguna cartera. Y las calles por las que he venido, con sus letreros de neón, la música a todo volumen, los locales que sirven comida toda la noche, el gentío saliendo de los bares, las colas para entrar en las discotecas... Este es un universo diferente. Vuelvo a mirar calle abajo, detrás de mí: no hay ni un alma a la vista. El único sonido real procede de un remolino de hiedra seca que corre por los adoquines. Oigo a lo lejos el rugido del tráfico y los pitidos de los coches, pero hasta ese sonido parece sofocado, como si no se atreviera a colarse en este mundo elegante y sigiloso.

Casi no me paré a pensar mientras cruzaba la ciudad desde la estación, tirando de la maleta. Iba centrada en que no me atracaran y en procurar que la rueda rota de la maleta no se atascase y me hiciera perder el equilibrio, pero ahora, por fin, me doy cuenta: estoy aquí, en París. Una ciudad distinta, otro país. Lo he conseguido. He dejado atrás mi antigua vida.

* * *

14

Se enciende una luz en una ventana, en lo alto del edificio. Miro hacia arriba y veo una figura oscura, de pie, con la cabeza y los hombros silueteados. ¿Es Ben? No, porque, si fuera él, seguramente me saludaría con la mano. Sé que la luz de la farola que hay aquí cerca tiene que iluminarme. La figura de la ventana está inmóvil como una estatua. No distingo sus rasgos, ni siquiera si es hombre o mujer, pero me está observando. Tiene que estar observándome. Supongo que debo de tener un aspecto bastante desaliñado y que parezco muy fuera de lugar aquí, con mi maleta vieja y rota, que amenaza con abrirse aunque está atada con un pulpo. Es una sensación extraña saber que esa persona puede verme y yo a ella no del todo. Bajo los ojos.

¡Ajá! A la derecha del portón veo un pequeño panel con botones, cada uno para un apartamento, con una cámara encajada. La gran aldaba con forma de cabeza de león debe de ser solo un adorno. Me acerco y pulso el botón del tercer piso, el de Ben. Espero a que su voz suene a través del interfono.

Nadie responde.

SOPHIE

Ático

Alguien llama a la puerta del edificio. Tan fuerte que Benoit, mi *whippet* plateado, se pone en pie de un salto y lanza una andanada de ladridos.

—*Arrête ça!* —le grito—. ¡Para ya!

Benoit gime y se calla. Me mira confuso con sus ojos oscuros. Yo también he notado el cambio en mi voz: demasiado aguda, demasiado estridente. Y oigo mi respiración rasposa y agitada en el silencio de después.

Nadie utiliza la aldaba de la puerta. Desde luego, nadie que conozca el edificio. Me acerco a las ventanas de este lado del apartamento, las que dan al patio. Desde aquí no veo la calle, pero la puerta de fuera da al patio, así que, si alguien hubiera entrado, lo vería. No ha entrado nadie y deben de haber pasado ya un par de minutos desde que llamaron. Está claro que la portera no ha juzgado conveniente dejar entrar a esa persona. Bien. Perfecto. No siempre me agrada esa mujer, pero sé que al menos en eso puedo fiarme de ella.

En París ya puedes vivir en el apartamento más lujoso, que aun así la escoria de la ciudad viene a llamar a tu puerta de vez en cuando. Los drogadictos, los vagabundos. Las putas. Pigalle, el barrio rojo, no está muy lejos de aquí, agarrado a las faldas de

Montmartre. Aquí arriba, en esta fortaleza de varios millones de euros con vistas a los tejados de la ciudad, hasta la Torre Eiffel, siempre me he sentido relativamente segura. Aquí puedo obviar la mugre que se esconde bajo los dorados. Se me da bien hacer la vista gorda. Normalmente. Pero esta noche es… distinta.

Voy a mirarme en el espejo que cuelga en el pasillo. Presto mucha atención a lo que veo en él. No estoy tan mal para tener cincuenta años. En parte se debe a que he adoptado el estilo francés en lo relativo a mantenerme en *forme*, lo que significa básicamente que paso hambre todo el tiempo. Sé que, incluso a estas horas, tendré un aspecto inmaculado. El lápiz de labios está impecable. Nunca salgo de casa sin él. Chanel, *La Somptueuse*: mi color predilecto. Un color regio, tirando a azulado, que parece decir «retrocede» en vez de «acércate». Tengo el pelo corto y negro brillante (me lo corto cada mes y medio en David Mallett, en Notre Dame des Victoires). El corte, perfecto; las canas, cuidadosamente disimuladas. Jacques, mi marido, dejó muy claro una vez que aborrece a las mujeres que se dejan las canas. Aunque no siempre haya estado aquí para admirarlo.

Llevo lo que considero mi uniforme. Mi armadura. Camisa de seda de Equipment. Pantalones oscuros de pitillo, de corte exquisito. Alrededor del cuello, un fular de seda de Hermès con estampado de colores vivos, excelente para ocultar los estragos que ha hecho el tiempo en la piel delicada de esa zona. Un regalo reciente de Jacques, con su amor por las cosas bellas. Como este apartamento. O como yo misma, antes de tener el mal gusto de envejecer.

Perfecta. Como siempre. Como esperaba. Pero me siento sucia. Manchada por lo que he tenido que hacer esta noche. Me brillan los ojos en el espejo. Es la única señal. Aunque también tengo la cara un poco demacrada, si te fijas bien. Estoy incluso más delgada que de costumbre. Últimamente no he tenido que vigilar mi dieta, llevar la cuenta de cada copa de vino o cada bocado de cruasán. No sabría decir lo que desayuné esta mañana, ni si me he acordado de comer. Cada día me queda más grande la cinturilla de los pantalones y se me notan más los huesos del esternón.

Deshago el nudo del fular. Sé anudar un fular tan bien como cualquier parisina de nacimiento. Por eso se me reconoce como una de ellas, como una de esas mujeres elegantes y adineradas, con sus perritos y su magnífico pedigrí.

Miro el mensaje que le mandé anoche a Jacques.

Bonne nuit, mon amour. Tout va bien ici. «Buenas noches, mi amor. Todo bien por aquí».

Todo bien por aquí. ¡Ja!

No sé cómo hemos llegado a esto, pero sí sé que todo empezó cuando llegó él. Cuando se mudó al tercer piso. Benjamin Daniels. Él lo destruyó todo.

JESS

Saco mi teléfono. La última vez que le eché un vistazo, Ben no había contestado a mis mensajes. El primero se lo mandé desde el Eurostar: ¡Voy para allá! Y luego: ¡En la Gare du Nord! ¡¿Tienes cuenta en Uber?!!! Por si acaso de repente se sentía generoso y mandaba un taxi a recogerme. Me pareció que valía la pena intentarlo.

Tengo un mensaje nuevo. Solo que no es de Ben.

Puta imbécil. ¿Te crees que te vas a ir de rositas después de lo que has hecho?

Mierda. Trago saliva, porque de pronto noto la garganta seca. Luego borro el mensaje. Bloqueo el número.

Como digo, lo de venir aquí fue un poco una ocurrencia de última hora. Ben no pareció muy entusiasmado cuando le llamé y le dije que estaba de camino. La verdad es que no le di mucho tiempo para hacerse a la idea. Claro que siempre me ha parecido que el vínculo que hay entre nosotros es más importante para mí que para mi hermanastro. Las Navidades pasadas le propuse que saliéramos por ahí y me contestó que estaba ocupado. Esquiando, dijo. Ni siquiera sabía que esquiaba. A veces hasta parece que se avergüenza de mí. Yo represento el pasado y él querría cortar con todo eso.

Tuve que explicarle que estaba desesperada. «Espero que solo sean uno o dos meses, y me pagaré mis gastos», le dije. «En cuanto me centre y consiga un trabajo». Sí, ya. Un trabajo en el que no hagan muchas preguntas. Así es como acaba una en los sitios en los que he trabajado: no hay muchos dispuestos a aceptarte teniendo unas referencias de mierda.

Hasta esta tarde tenía un empleo remunerado en el bar Copacabana de Brighton. De vez en cuando una propina enorme hacía que mereciera la pena. Venían, por ejemplo, un montón de banqueros gilipollas de Londres a celebrar la despedida de soltero de Dick, Harry o Tobias, y con el pedo que llevaban no se ponían a contar los billetes que te daban. O puede que para esa gente no fuera más que calderilla. El caso es que partir de hoy estoy en paro. Otra vez.

Llamo otra vez al portero automático. Nada, no responde. Todas las ventanas del edificio vuelven a estar a oscuras, también la que se iluminó antes. Por Dios, no puede haberse acostado y haberse olvidado totalmente de mí. ¿O sí?

Debajo de los botones de los pisos hay uno distinto: *Portería*, pone con letra rizada. Como si fuera un hotel: otra prueba de lo lujoso que es este sitio. Lo pulso y espero. No contestan, pero no puedo evitar imaginarme a alguien mirando mi imagen en una pantallita, evaluándome y decidiendo no abrir.

Vuelvo a levantar la pesada aldaba y golpeo varias veces con ella el portón. El ruido retumba en la calle: alguien tendrá que oírlo. Solo distingo el ladrido de un perro en algún sitio, dentro del edificio.

Espero cinco minutos. No viene nadie.

Joder.

No puedo pagarme un hotel. No tengo dinero suficiente para el viaje de vuelta a Londres y, aunque lo tuviera, no pienso volver. Sopeso mis opciones. ¿Irme a un bar? ¿Esperar aquí fuera?

Oigo pasos detrás de mí, resonando en los adoquines. ¿Será Ben? Me doy la vuelta confiando en que se disculpe y me diga que solo ha salido un momento a comprar tabaco o algo así. Pero el hombre que viene hacia mí no es mi hermano. Es demasiado alto y demasiado ancho y lleva subida la capucha de la parka con reborde de pelillo. Avanza deprisa, con paso decidido. Agarro un poco más fuerte el asa de la maleta. Dentro llevo literalmente todo lo que tengo.

El hombre está ya a pocos metros, tan cerca que a la luz de la farola distingo el brillo de sus ojos bajo la capucha. Se mete la mano en el bolsillo y vuelve a sacarla. Doy un paso atrás. Y entonces lo veo: algo afilado y metálico brilla en su mano.

LA PORTERA

Portería

Observo a la desconocida en la pantalla del interfono. ¿Qué estará haciendo aquí? Vuelve a llamar al timbre. Se habrá perdido. No hay más que verla para saber que aquí no pinta nada, pero parece muy decidida, muy segura de que es aquí donde tenía que venir. Ahora mira la cámara. No voy a dejarla entrar. No puedo.

Soy la guardiana de este edificio, sentada aquí, en mi portería: una cabañita en la esquina del patio que cabría veinte veces en los apartamentos de arriba. Pero por lo menos es mía. Mi espacio privado. Mi hogar. La mayoría de la gente no la consideraría digna de ese nombre. Si me siento en la cama abatible, puedo tocar a la vez casi todos los rincones de la habitación. La humedad sube del suelo y baja del techo, y las ventanas no impiden que entre el frío. Pero hay cuatro paredes. Y un sitio para que ponga mis fotografías con sus ecos de una vida ya vivida, las pequeñas reliquias que he ido coleccionando y a las que me aferro cuando me siento más sola, y las flores que recojo en el jardín del patio una mañana sí y otra no para que haya algo fresco y vivo aquí dentro. Este lugar, con todos sus defectos, representa seguridad. Sin él no tengo nada.

Vuelvo a mirar esa cara en la pantalla del interfono. Cuando le da un poco la luz, veo un parecido: la línea afilada de la nariz

22

y la mandíbula. Pero, más que su aspecto, es su forma de moverse, de mirar en derredor. Un ansia zorruna que me recuerda a otra persona. Razón de más para no dejarla entrar. No me gustan los extraños. No me gustan los cambios. El cambio siempre ha sido peligroso para mí. Eso ya lo demostró él: venir aquí con sus preguntas y su simpatía… Benjamin Daniels, el hombre que vino a vivir al tercer piso. Desde su llegada, todo cambió.

JESS

Viene derecho hacia mí, el tío de la parka. Está levantando el brazo. El metal de la hoja vuelve a brillar. Mierda. Estoy a punto de darme la vuelta y echar a correr para alejarme unos metros de él, por lo menos...

Pero espera, no, no... Ahora veo que lo que tiene en la mano no es una navaja. Es un iPhone con una funda metalizada. Suelto el aliento que estaba conteniendo y me apoyo contra la mochila, golpeada por una ola de cansancio repentina. Llevo todo el día estresada. No me extraña que me asusten las sombras.

Veo que el tío hace una llamada. Distingo una vocecilla metálica al otro lado; una voz de mujer, creo. Entonces él empieza a hablar, cada vez más alto, tapando la voz de ella, hasta que se pone a gritarle. No tengo ni idea de lo que está diciendo, pero no me hace falta saber mucho francés para darme cuenta de que no se trata de una conversación educada ni amistosa.

En cuanto acaba de desahogarse y de soltar veneno, cuelga y vuelve a guardarse el teléfono en el bolsillo. Luego escupe una sola palabra:

—*Putain.*

Esa la conozco. Suspendí francés en el instituto, pero una vez busqué todas las palabrotas y se me da bien recordar las cosas que me interesan. «Puta», eso significa.

Ahora se gira y echa a andar otra vez hacia mí. Y entonces veo claramente que va a entrar en el edificio. Me aparto un poco, sintiéndome una idiota por haberme puesto tan nerviosa por nada. Claro que es lógico; me pasé todo el viaje en el Eurostar mirando hacia atrás. Por si acaso.

—*Bonsoir* —digo con mi mejor acento y mi sonrisa más encantadora.

Quizá me deje entrar y pueda subir al tercer piso y llamar a la puerta del apartamento de Ben. Es posible que el portero automático no funcione o algo así.

El tío no contesta. Se vuelve hacia el teclado que hay junto a la puerta y marca unos números. Por fin me echa una mirada por encima del hombro. No es una mirada muy amistosa que digamos. Noto un olor a alcohol, rancio y agrio. El mismo aliento que tenían los clientes del Copacabana.

Vuelvo a sonreír.

—Eh… *Excuse-moi*. Por favor, eh… Necesito ayuda, estoy buscando a mi hermano, Ben, Benjamin Daniels.

Ojalá tuviera el encanto de Ben, su labia. Benjamin Lengua de Plata, le llamaba mamá. Siempre se las apañaba para que la gente hiciera lo que él quería. Puede que por eso haya acabado siendo periodista en París mientras que yo he estado trabajando para un tipo al que se conoce cariñosamente como el Pervertido, en un bar de mierda en Brighton que los días de diario sirve a la escoria local y los fines de semana a despedidas de soltero.

El tío se vuelve hacia mí, lentamente.

—Benjamin Daniels —dice.

No es una pregunta: solo repite el nombre. Veo algo: ira o puede que miedo. Sabe de quién hablo.

—Benjamin Daniels no está aquí.

—¿Cómo que no está aquí? —pregunto—. Esta es la

dirección que me dio. Está en el tercer piso. Pero no consigo localizarle.

El hombre me da la espalda. Veo que abre la puerta. Luego se gira para mirarme por tercera vez y pienso que a lo mejor va a ayudarme, después de todo. Entonces, en un inglés con acento, muy despacio y en voz alta, me dice:

—Vete a la mierda, niña.

Antes de que me dé tiempo a contestar, se oye un ruido metálico y doy un salto hacia atrás. Me ha cerrado la puerta en la cara. Cuando dejo de oír el estruendo, solo queda el sonido de mi respiración, agitada y fuerte.

Pero me ha ayudado, aunque no lo sepa. Espero un momento y echo un vistazo rápido a la calle. Entonces acerco la mano al teclado y tecleo los mismos números que le he visto marcar hace unos segundos: 7561. ¡Bingo! La lucecita parpadea en verde y oigo que el mecanismo de la puerta se abre. Tirando de mi maleta, me deslizo dentro.

MIMI

Cuarto piso

Merde.

Acabo de oír su nombre ahí fuera, en la noche. Alzo la cabeza y presto atención. No sé por qué, pero estoy encima del edredón, no debajo. Noto el pelo húmedo y la almohada fría y empapada. Tirito.

¿Estoy oyendo cosas que no existen? ¿Me lo he imaginado? ¿Su nombre, siguiéndome a todas partes?

No: estoy segura de que lo he oído de verdad. Una voz de mujer, entrando por la ventana abierta de mi dormitorio. De algún modo, la he oído desde el cuarto piso. A través del estruendoso ruido blanco de dentro de mi cabeza.

¿Quién será? ¿Por qué pregunta por él?

Me incorporo, acerco las rodillas huesudas al pecho y cojo a Monsieur Gus, mi *doudou* de cuando era pequeña, un pingüino de peluche viejo que aún tengo siempre al lado de la almohada. Lo aprieto contra mi cara e intento reconfortarme sintiendo el tacto de su cabecita dura, el crujido suave y cambiante de las semillas del interior de su cuerpo, su olor un poco mohoso. Igual que cuando era niña y tenía una pesadilla. «Ya no eres una niña pequeña, Mimi». Eso me dijo él. Ben.

La luna brilla tanto que la habitación está repleta de una luz

27

fría y azulada. Casi hay luna llena. En el rincón distingo mi toca-discos y, al lado, la caja de vinilos. Aquí pinté las paredes de un azul negruzco tan oscuro que no reflejan nada de luz y aun así el póster que cuelga frente a mí parece brillar. Es de Cindy Sherman. Fui a su exposición en el Pompidou el año pasado. Me obsesionó completamente lo cruda, rara e intensa que es su obra; eso mismo intento hacer yo con mi pintura. En el póster, una de las fotografías de *Untitled Film Stills*, Sherman lleva una peluca negra corta y te mira como si estuviera poseída, o como si fuera a comerte el alma.

—*Putain!* —dijo riendo Camille, mi compañera de piso, cuando la vio—. ¿Y qué pasa si traes a algún tío? ¿Tendrá que estar viendo a esa zorra con cara de cabreo mientras folláis? Se desinflará.

«No hay peligro», pensé yo. «Tengo diecinueve años y todavía soy virgen. Y encima estudié en un colegio de monjas».

Miro fijamente a Cindy: las sombras negras como moratones que tiene alrededor de los ojos, la línea irregular del pelo, que se parece al mío desde que le metí la tijera. Es como mirarme en un espejo.

Me vuelvo hacia la ventana y me asomo al patio. La luz de la caseta de la portera está encendida. Cómo no: a esa vieja cotilla no se le pasa una. Siempre acechando desde los rincones oscuros. Siempre vigilando, siempre ahí. Mirándote como si conociera todos tus secretos.

El edificio tiene forma de U, con el patio en el centro. Mi habitación queda en un extremo de la U, así que, mirando en diagonal hacia abajo puedo ver el interior de su apartamento. Casi todas las noches, estos últimos dos meses, ha estado ahí sentado, en su escritorio, trabajando hasta las tantas con la luz encendida. Me permito mirar un instante. Las contraventanas están abiertas, pero no hay luz y el espacio de detrás del escritorio parece más que vacío, o como si el vacío tuviera en cierto modo peso y profundidad. Aparto la vista.

Me levanto y salgo de puntillas al cuarto de estar, intentando no tropezar con todas las cosas que Camille deja esparcidas por ahí como si el cuarto de estar fuera una extensión de su dormitorio: revistas y jerséis tirados por el suelo, tazas de café sucias, botes de esmalte de uñas, sujetadores de encaje. Desde los ventanales veo claramente la entrada al edificio. Mientras miro, se abre la puerta. Una figura sombría se desliza por el hueco. Cuando se acerca a la luz, la distingo: es una mujer a la que no he visto nunca. «No», le digo en silencio. «No, no, no, no. Vete». El estruendo de mi cabeza se hace más fuerte.

—¿Has oído esos golpes?

Me doy la vuelta. «*Putain*». Camille está tumbada en el sofá, con un cigarrillo encendido en la mano y las botas apoyadas en el reposabrazos: botas de piel de serpiente sintética con tacones de doce centímetros. ¿Cuándo ha llegado? ¿Cuánto tiempo lleva merodeando en la oscuridad?

—Creía que habías salido —le digo. Normalmente, si sale de fiesta, no vuelve hasta que amanece.

—*Oui*. —Se encoge de hombros y da una calada al cigarrillo—. He vuelto hace veinte minutos.

A pesar de la penumbra, noto que esquiva mi mirada. Normalmente, se pone a contarme historias sobre una discoteca alucinante en la que ha estado o sobre el tío con el que acaba de acostarse, incluyendo una descripción excesivamente detallada de su polla o de lo bien que la usaba. A menudo me siento como si viviera vicariamente a través de Camille. Agradezco que alguien como ella quiera pasar tiempo conmigo. Cuando nos conocimos en la Sorbona me dijo que le gustaba coleccionar gente y que yo le interesaba porque tengo una «energía intensa». Pero cuando me falla la autoestima sospecho que seguramente tiene más que ver con este piso.

—¿Dónde has estado? —le pregunto, tratando de aparentar normalidad.

Se encoge de hombros.

—Por ahí.

Intuyo que le pasa algo, algo que no quiere contarme. Pero ahora mismo no puedo pensar en Camille. De repente parece que el estruendo de mi cabeza ahoga todos mis pensamientos.

Solo sé una cosa. Que todo lo que ha pasado aquí ha sido por él: por Benjamin Daniels.

JESS

Estoy en un patio pequeño y oscuro. El edificio lo rodea por tres lados. Aquí la hiedra se ha desmandado: sube casi hasta el cuarto piso, cerca todas las ventanas, se traga las tuberías de desagüe y un par de antenas parabólicas. Más adelante, un caminito serpentea entre parterres plantados con arbustos y árboles en sombras. Noto el olor dulzón de las hojas muertas y de la tierra recién removida. A mi derecha hay una especie de cabaña, un poco más grande que una caseta de jardín. Las dos ventanas parecen cerradas. A un lado se ve un resquicio de luz.

En la esquina contraria veo una puerta que parece dar a la parte principal del edificio. Me dirijo hacia allí por el camino. De repente, una cara pálida aparece en la oscuridad, a mi derecha. Me paro en seco, pero es la estatua de una mujer desnuda, de tamaño natural, con el cuerpo envuelto en hiedra negra y los ojos fijos e inexpresivos.

La puerta de la esquina del patio también tiene contraseña, pero por suerte es la misma y se abre sin problema. La atravieso y entro en un espacio oscuro y resonante. Una escalera sube, curvándose, hacia una oscuridad más profunda. Encuentro el pequeño resplandor anaranjado de un interruptor en la pared y lo pulso. Se enciende una luz tenue y empieza a oírse un tictac:

quizá sea un temporizador de ahorro de energía. Ahora veo que hay una alfombra de color rojo oscuro bajo mis pies; cubre el suelo de piedra y luego sube por la escalera de madera pulida. Por encima de mí, la barandilla se enrosca sobre sí misma, y en el hueco de la escalera hay un ascensor: una cabina diminuta y desvencijada que podría ser tan antigua como el propio edificio. Parece tan viejo que me pregunto si todavía estará en uso. Hay un rastro de olor a tabaco rancio en el aire, pero aun así es todo muy pijo y no se parece nada al sitio donde vivía en Brighton.

Hay una puerta a mi izquierda: *Cave*, dice. Nunca he dejado que una puerta cerrada permanezca cerrada mucho tiempo; supongo que podría decirse que ese es mi principal problema en la vida. La empujo y veo una escalera de bajada. Me llega una ráfaga de aire frío y subterráneo, húmedo y mohoso.

Entonces oigo un ruido por encima de mí. Un crujido de madera. Dejo que la puerta se cierre y miro hacia arriba. Algo se mueve a lo largo de la pared, varios pisos más arriba. Espero ver aparecer a alguien en la esquina, por entre los huecos de la barandilla, pero la sombra se detiene como si esperase algo. Y de repente todo se queda a oscuras: el temporizador debe de haber llegado a su fin. Extiendo el brazo y vuelvo a encender la luz.

La sombra ha desaparecido.

Me acerco al ascensor, en su jaula metálica. Es bastante antiguo, desde luego, pero estoy demasiado agotada para pensar siquiera en subir mis cosas por las escaleras. Casi no quepo dentro con la maleta. Cierro la puertecita, pulso el botón del tercer piso y apoyo una mano en la pared para sujetarme. Cede bajo la presión de mi mano y la retiro rápidamente. El ascensor tiembla un poco al arrancar; yo contengo la respiración.

Subo. En cada planta hay una puerta con un número de latón. ¿Solo hay un apartamento por planta? Deben de ser muy grandes. Imagino la presencia aletargada de extraños detrás de esas puertas. Me pregunto quién vive en ellos, cómo serán los vecinos de Ben. Y me descubro preguntándome en qué apartamento vivirá el capullo al que me he encontrado en la puerta.

El ascensor se detiene con una sacudida en la tercera planta. Salgo al rellano y arrastro la maleta detrás de mí. Aquí está: el apartamento de Ben, con su número tres de latón.

Toco un par de veces con fuerza.

No responde.

Me agacho y miro por el ojo de la cerradura. Es de las antiguas, facilísima de abrir. No me queda otro remedio. Me quito los pendientes de aro y los estiro —es lo bueno que tiene la bisutería barata— hasta formar dos tiras de metal largas y finas. Hago con ellas una ganzúa de gancho y una de rastrillo. La verdad es que esto me lo enseñó Ben cuando éramos pequeños, así que no puede quejarse. Se me da tan bien que puedo abrir una cerradura de tambor sencilla en menos de un minuto.

Muevo los pendientes adelante y atrás dentro de la cerradura hasta que se oye un clic y luego bajo el picaporte. Sí, la puerta empieza a abrirse. Me detengo. Hay algo que me da mala espina. He aprendido a fiarme de mi instinto con el paso de los años. Y, además, ya me he encontrado en esta situación antes: con la mano en el picaporte, sin saber lo que voy a encontrar al otro lado.

Respiro hondo. Por un momento siento que el aire se contrae a mi alrededor y me sorprendo echando mano del colgante de mi cadena.

Es un san Cristóbal. Mamá nos regaló uno a los dos para que nos protegiera, aunque ese fuera su trabajo, no una labor que pudiera delegarse en un santito de metal. No soy religiosa y no estoy segura de que mi madre lo fuera tampoco. Y aun así no me cabe en la cabeza separarme de mi medalla.

Con la otra mano empujo el picaporte hacia abajo. No puedo evitar cerrar los ojos con fuerza al dar un paso adelante y entrar.

Dentro está muy oscuro.

—¿Ben? —llamo en voz alta.

No contesta.

Avanzo un poco y busco a tientas el interruptor. Al encenderse la luz, el apartamento se revela. Lo primero que pienso es: «Dios santo, es enorme». Aún más grande de lo que esperaba. Y más señorial. Con techos altos. Vigas de madera oscura arriba, suelos de parqué pulido y ventanas enormes que dan al patio.

Avanzo un paso más. Al hacerlo, algo me da en los hombros: un golpe contundente y pesado. Luego, el pinchazo de un objeto afilado que me desgarra la carne.

LA PORTERA

Portería

Unos minutos después de que llamaran a la puerta, vi por las ventanas de mi caseta que la primera figura entraba en el patio con la capucha subida. Luego vi aparecer una segunda figura. La recién llegada, la chica. Hacía tanto ruido al arrastrar esa maleta enorme por los adoquines del patio que habría despertado a un muerto.

La había estado observando por la pantalla del interfono hasta que el timbre dejó de sonar.

Soy buena observadora. Barro los pasillos de los vecinos, recojo su correo, atiendo la puerta. Pero también observo. Lo veo todo. Y eso me da un extraño poder, aunque solo yo sea consciente de ello. Los vecinos se olvidan de mí. Para ellos es más cómodo así: imaginar que no soy más que un apéndice de este edificio, un elemento móvil dentro de una gran máquina, como el ascensor que los lleva a sus hermosos apartamentos. En cierto modo me he convertido en parte de este lugar. Sin duda, me ha marcado. Estoy segura de que los años que llevo viviendo en esta cabañita han hecho que me encoja, que me encorve y me enrosque sobre mí misma, al mismo tiempo que las horas que he pasado barriendo y fregando los pasillos y las escaleras resecaban mis carnes. Quizá en otra vida habría engordado en la vejez. No he tenido ese lujo. Soy puro hueso y tendón. Más fuerte de lo que parezco.

Supongo que podría haber salido a cortarle el paso. Debería haberlo hecho. Pero la confrontación no es mi estilo. He aprendido que observar es el arma más poderosa. Y me pareció que había algo de inevitable en el hecho de que estuviera aquí. Noté su determinación. Habría encontrado el modo de entrar de cualquier manera, daba igual lo que hiciera yo para intentar impedirlo.

Menuda idiota. Habría sido mucho mucho mejor que hubiera dado media vuelta y se hubiera ido de este lugar para no volver. Pero ahora ya es demasiado tarde. Qué se le va a hacer.

JESS

El corazón me late a mil por hora y tengo todos los músculos agarrotados.

Miro al gato, que se desliza entre mis piernas ronroneando, borrosamente. Esbelto, negro, con gorguera blanca. Me paso la mano por la parte de atrás del top. Saco los dedos manchados de sangre. Ay.

Debe de haberme saltado a la espalda desde la encimera que hay junto a la puerta y me ha clavado las uñas para agarrarse cuando he caído hacia delante. Ahora me mira con los ojos verdes entrecerrados y suelta un gruñido, como preguntándome qué narices hago aquí.

¡Un gato! Madre mía... Me echo a reír, pero paro bruscamente, por la forma tan extraña en que resuena el sonido en este espacio tan alto.

No sabía que Ben tenía un gato. ¿Acaso le gustan los gatos? De repente me parece de locos no saberlo. Pero supongo que no sé gran cosa de la vida que lleva aquí.

—¿Ben? —le llamo.

El eco me devuelve mi voz otra vez. No hay respuesta. Creo que no esperaba que la hubiera: esto está demasiado silencioso, demasiado vacío. Además, huele raro. Como a algo químico.

De repente me hace mucha falta un trago. Entro en la cocinita que hay a mi derecha y me pongo a registrar los armarios. Lo primero es lo primero. Encuentro una botella de vino tinto medio llena. Preferiría algo más fuerte, pero menos da una piedra (y ese podría ser el lema de toda mi puta vida). Me sirvo un poco en un vaso. También hay un paquete de tabaco, una cajetilla de color azul vivo: Gitanes. O sea que Ben sigue fumando. Típico de él preferir una marca francesa pija. Saco uno, lo enciendo, me trago el humo y empiezo a toser como la primera vez que otro chaval de la casa de acogida me dio una calada: es fuerte, picante, sin filtro. No sé si me gusta. Aun así, me guardo el paquete en el bolsillo de atrás de los vaqueros (me lo debe) y me pongo a echar un vistazo a la casa.

Estoy... sorprendida, por decir algo. No sé muy bien qué me imaginaba, pero esto no, seguro. Ben tiene su punto creativo, su punto moderno y *cool* (aunque no se lo haya dicho nunca a la cara), y en cambio el apartamento está forrado con papel pintado que parece un poco rancio, como de señora mayor, plateado y con flores. Cuando acerco la mano y toco la pared que tengo más cerca, me doy cuenta de que no es papel: es una seda muy descolorida. Veo zonas más brillantes donde está claro que en tiempos hubo cuadros colgados, y manchitas rojizas en la tela, como de óxido. Del techo, que es muy alto, cuelga una lámpara de araña con rizos de metal que sujetan las bombillas. Una hebra de telaraña muy larga se balancea perezosamente de un lado a otro: debe de entrar corriente por algún sitio. Y puede que antes hubiera cortinas delante de las contraventanas: veo una barra de cortina vacía arriba, con las anillas de latón todavía en su sitio. Un escritorio macizo delante de las ventanas. Y una estantería con unos cuantos libros de color marfil y un diccionario francés muy gordo, azul marino.

En el rincón, aquí al lado, hay un perchero con una chaqueta caqui vieja. Estoy segura de habérsela visto puesta a Ben.

Puede incluso que fuera la última vez que lo vi, hace un año, cuando vino a Brighton y me invitó a comer antes de volver a desaparecer de mi vida sin mirar atrás. Registro los bolsillos y saco un juego de llaves y una cartera de piel marrón.

¿No es un poco raro que se haya ido y se haya dejado esto?

Abro la cartera: en el bolsillo de atrás hay unos cuantos billetes. Cojo uno de veinte euros y luego, por si acaso, un par de diez. De todos modos, le habría pedido que me prestase dinero si estuviera aquí. Se lo devolveré... en algún momento.

En la parte de las tarjetas de crédito, delante, hay metida una tarjeta de visita. Dice: «*Theo Mendelson. Corresponsal en París,* The Guardian». Y garabateado en ella a boli, parece que con la letra de Ben (a veces se acuerda de mandarme una postal por mi cumpleaños), pone: *¡PROPONLE UN REPORTAJE!*

Luego echo un vistazo a las llaves. Una es de una Vespa, lo que me extraña, porque la última vez que vi a Ben conducía un Mercedes viejo, de los años ochenta, con capota de lona. La otra es un llave grandota y antigua que por la pinta que tiene parece que es la del piso. Me acerco a la puerta y la pruebo: la cerradura hace clic.

La inquietud que noto en la boca del estómago aumenta. Pero puede que Ben tenga otra llave. Esta podría ser la de repuesto, la que va a dejarme. Seguramente también tiene otra llave de la Vespa; puede incluso que se haya ido con ella a alguna parte. En cuanto a la cartera, seguramente llevará dinero encima.

A continuación, encuentro el baño. Aquí no hay mucho que reseñar, aparte del hecho de que Ben no parece tener toallas, lo que es rarísimo. Vuelvo a salir al cuarto de estar. El dormitorio debe de estar al otro lado de una puerta cristalera de doble hoja que está cerrada. Me acerco a ella y el gato me sigue, pegándoseme como una sombra. Dudo un momento.

El gato vuelve a maullarme como si preguntara: «¿A qué esperas?». Tomo otro trago de vino bien largo. Respiro hondo.

Abro las puertas. Vuelvo a respirar. Abro los ojos. Cama vacía. Habitación vacía. Aquí no hay nadie. Exhalo.

Vale. La verdad es que no pensaba que fuera a encontrar nada parecido a aquello. Ben no es así. Él es muy formal; la que está jodida soy yo. Pero cuando te ha pasado una vez...

Me bebo los posos del vino y luego echo un vistazo a los armarios del dormitorio. No hay muchas pistas, excepto que la mayor parte de la ropa de mi hermano parece ser de una marca llamada Acne (¿quién se pone ropa con el nombre de una afección cutánea?) y A.P.C.

De vuelta en el cuarto de estar, vierto el vino que queda en el vaso y me lo bebo de un trago. Me acerco al escritorio, al lado de los ventanales que dan al patio. No hay nada en él, solamente un boli un poco costroso. El portátil no está. Ben parecía adherido quirúrgicamente a él cuando me invitó a comer aquella vez; lo sacó y se puso a teclear mientras esperábamos a que nos trajeran la comida. Imagino que se lo habrá llevado, esté donde esté.

De pronto tengo la clarísima sensación de que no estoy sola, de que alguien me observa. Un hormigueo en la nuca. Me doy la vuelta. No hay nadie, solamente está el gato, sentado en la encimera de la cocina. Quizá sea solo eso.

Me mira unos instantes y después ladea la cabeza como si hiciera una pregunta. Es la primera vez que lo veo quedarse así de quieto. Luego se lleva una zarpa a la boca y se la lame. Y entonces me doy cuenta de que tiene la zarpa y la franja blanca del cuello manchadas de sangre.

JESS

Me he quedado helada. ¿Qué co…?

Alargo la mano hacia el gato para intentar verlo más de cerca, pero se escabulle. Puede que haya cazado un ratón o algo así, ¿no? Una de las familias de acogida con las que viví tenía una gata, Suki. Aunque era pequeña, cazaba palomas. Una vez volvió cubierta de sangre, como en una película de terror, y Karen, mi madre de acogida, encontró el cadáver descabezado esa misma mañana. Seguro que hay algún animalillo muerto por el apartamento, esperando a que lo pise. O puede que haya cazado algo en el patio. Las ventanas están entornadas; debe de ser así como entra y sale, recorriendo el canalón o algo por el estilo.

Aun así, me he llevado un susto. Al verlo, he pensado por un segundo que…

No. Es solo que estoy cansada. Debería intentar dormir un rato.

Ben aparecerá por la mañana, me contará dónde ha estado, le diré que es un capullo por haberme obligado a colarme en su casa y todo volverá a ser como siempre, como hace mil años, antes de que se fuera a vivir con su familia nueva de ricachones y empezase a hablar de otra manera y a tener otra visión del mundo mientras yo iba de casa de acogida en casa de acogida hasta

41

que tuve edad suficiente para valerme sola. Seguro que está bien. A Ben no le pasan cosas malas. Él tiene suerte.

Me quito la chaqueta y la tiro al sofá. Debería ducharme, seguro que apesto. Un poco a sudor, pero sobre todo a vinagre. No se puede trabajar en el Copacabana sin apestar a vinagre: es lo que usamos para limpiar la barra después de cada turno. De todos modos, estoy demasiado cansada para lavarme. Me parece que Ben dijo algo sobre una cama de camping, pero no la veo por ningún sitio. Así que cojo una manta del sofá y me echo en el dormitorio, encima del edredón, con la ropa puesta. Doy unos golpes a las almohadas para colocarlas a mi gusto. Al hacerlo, algo resbala de la cama y cae al suelo.

Son unas bragas de seda negra con encaje, parecen caras. Por Dios, Ben, qué asco. No quiero pensar en cómo han llegado aquí. Ni siquiera sé si Ben tiene novia. De pronto siento una ligera punzada de tristeza. Es la única familia que tengo y ni siquiera sé eso de él.

Estoy tan cansada que me limito a apartar las bragas de un puntapié para no verlas. Mañana dormiré en el sofá.

JESS

Un grito rompe el silencio.

Una voz de hombre. Luego otra voz, de mujer.

Me siento en la cama, con el oído alerta y el corazón golpeándome contra las costillas. Tardo un segundo en darme cuenta de que las voces vienen del patio y entran por las ventanas del cuarto de estar. Miro el despertador que hay junto a la cama de Ben. Son las cinco de la mañana. Falta poco para que amanezca, pero todavía está oscuro.

El hombre se pone a gritar otra vez. Parece que se le traba la lengua como si hubiera bebido.

Cruzo despacio el cuarto de estar y me agacho junto a las ventanas. El gato aprieta la cara contra mi muslo, maullando. «Shh», le digo, aunque me gusta sentir su cuerpo cálido y sólido contra el mío.

Me asomo al patio. Hay dos personas de pie allá abajo: una alta y otra mucho más baja. Él es moreno y ella rubia, su melena larga parece plateada a la luz fría de la única farola del patio. El tipo lleva una parka que me suena, con reborde de pelillo, y entonces me doy cuenta de que es el hombre al que «conocí» anoche en la puerta.

Alzan la voz: se gritan el uno al otro, pisándose las palabras. Estoy segura de que a ella la oigo decir *police*. Entonces la voz de él cambia. No entiendo lo que dice, pero su tono se vuelve más duro, amenazador. Veo que da un par de pasos hacia ella.

—*Laisse-moi!* —grita la mujer. Su tono también ha cambiado: parece más asustada que enfadada.

Él se acerca un paso más. Me doy cuenta de que me he pegado tanto a la ventana que he empañado el cristal con mi aliento. No puedo quedarme aquí de brazos cruzados, escuchando y observando. Él levanta una mano. Es mucho más alto que ella.

Un recuerdo repentino. Mamá sollozando. «Lo siento, lo siento», una y otra vez, como si fuera una oración.

Acerco la mano a la ventana y golpeó el cristal. Quiero distraerle unos segundos para que ella pueda alejarse. Veo que los dos levantan la vista, desconcertados por el ruido. Agacho la cabeza para que no me vean.

Vuelvo a asomarme justo a tiempo de ver que él coge algo del suelo, algo grande, voluminoso y rectangular. Se lo lanza a ella con un empujón cargado de petulancia. La mujer retrocede y esa cosa estalla a sus pies. Veo que es una maleta; la ropa se desparrama por todas partes.

Entonces, el hombre me mira directamente. No me da tiempo a agacharme. Entiendo lo que significa su mirada. «Te he visto. Quiero que lo sepas».

«Sí», pienso sosteniéndole la mirada. «Y yo te veo a ti, gilipollas. Conozco a los de tu clase. Y no me dais miedo». Pero la verdad es que se me erizan todos los pelos de la nuca y la sangre me retumba en los oídos.

Veo que se acerca a la estatua y que la empuja con saña. Cae del pedestal y se estrella contra el suelo haciendo mucho ruido. Luego, el tipo se dirige a la puerta que da acceso al edificio. Oigo resonar el portazo en el hueco de la escalera.

La mujer se queda de rodillas en el patio, recogiendo las cosas que se han salido de la maleta. Otro recuerdo: mamá de rodillas en el pasillo, suplicando...

¿Dónde están los otros vecinos? No puedo ser la única que ha oído el jaleo. Tengo que bajar a ayudarla, no me queda otra opción. Cojo las llaves, bajo corriendo un par de tramos de escaleras y salgo al patio.

La mujer se sobresalta al verme. Sigue arrodillada y veo que ha estado llorando y que se le ha corrido el maquillaje de los ojos.

—Hola —le digo en voz baja—. ¿Estás bien?

Reacciona levantando una camisa que parece de seda, manchada de tierra del patio. Luego, temblorosamente, en un inglés con mucho acento, dice:

—He venido a recoger mis cosas. Le digo que se ha acabado para siempre. Y esto… esto es lo que hace. Es un… hijo de puta. No debería haberme casado con él.

Dios, pienso. Por eso sé que estoy mejor sola. Mi madre tenía un gusto horrible para los hombres. Pero mi padre fue el peor de todos. Supuestamente era un buen tipo. Pero en realidad era un cabrón de los pies a la cabeza. Habría sido mucho mejor que desapareciera de la noche a la mañana, como hizo el padre de Ben antes de que naciera él.

La mujer masculla en voz baja mientras mete la ropa en la maleta. Parece que el miedo ha dado paso a la ira. Me acerco, me agacho y la ayudo a recoger sus cosas. Tacones altos con nombres extranjeros muy largos impresos en el interior, un sujetador negro de seda y encaje, un jersey naranja del tejido más suave que he tocado nunca.

—*Merci* —dice distraída. Luego frunce el ceño—. ¿Quién eres? Nunca te había visto por aquí.

—He venido a pasar una temporada con mi hermano, Ben.

—Ben —dice despacio. Me mira de arriba a abajo, fijándose en mis vaqueros y mi sudadera vieja—. ¿Es tu hermano? Antes de conocerle, yo creía que todos los ingleses tenían la piel quemada por el sol, los dientes en mal estado y muy poca elegancia. No sabía que podían ser tan… tan guapos, tan *charmants*, tan *soignés*.

Por lo visto no hay suficientes palabras en inglés para expresar lo maravilloso que es mi hermano. Sigue metiendo ropa en la maleta con gesto rabioso, mirando de vez en cuando la puerta del edificio con el ceño fruncido.

—¿Tan raro es que me haya cansado de estar con un puto estúpido, con un alcohólico, con un fracasado? ¿Que quiera coquetear un poco? *D'accord*, quizá quería poner celoso a Antoine. Que se preocupe por algo, no solo por sí mismo. ¿Tan sorprendente es que haya empezado a fijarme en otros?

Se echa el pelo por encima del hombro, como una cortina brillante. Es bastante impresionante poder hacer eso mientras estás agachada en un camino de grava recogiendo del suelo tu ropa interior de encaje.

Mira hacia el edificio y levanta la voz, casi como si quisiera que su marido la oiga.

—Dice que solo le quiero por su dinero. Claro que solo le quiero por su dinero. Era lo único que hacía que… ¿Cómo se dice? Que valiera la pena. Pero ahora… —Se encoge de hombros—. Ya no vale la pena.

Le paso un vestido azul eléctrico, como de seda, y un sombrerito rosa en el que por delante pone JACQUEMUS.

—¿Has visto a Ben últimamente?

—*Non.* —Me mira levantando una ceja como si yo estuviera insinuando algo—. *Pourquoi?* ¿Por qué lo preguntas?

—Tenía que estar aquí anoche cuando llegué, pero no estaba… y no contesta a mis mensajes.

Abre los ojos de par en par. Y luego, en voz baja, murmura algo. Solo entiendo:

—Antoine… *non. Ce n'est pas posible…*

—¿Qué has dicho?

—Oh, *rien*, nada.

Pero capto la mirada que lanza al edificio: una mirada temerosa, incluso llena de sospecha, y me pregunto qué significa.

Ahora intenta cerrar la maleta abultada —es de piel marrón, con un logotipo impreso por todas partes—, pero veo que le tiemblan las manos y que no acierta a cerrarla.

—*Merde.* —Por fin se cierra con un chasquido.

—Oye —le digo—, ¿quieres entrar? ¿Llamar a un taxi?

—Ni hablar —contesta con rabia—. No voy a volver a entrar ahí. He pedido un Uber...

Justo en ese momento suena su teléfono. Lo mira y suelta un suspiro que parece de alivio.

—*Merci. Putain,* ya está aquí. Tengo que irme. —Luego se gira y mira el edificio—. ¿Sabes qué? Que le den a este lugar malvado. —Entonces su expresión se vuelve más suave y tira un beso hacia las ventanas—. Aunque al menos hay una cosa buena que me ha pasado aquí.

Levanta el asa de la maleta, da media vuelta y echa a andar hacia la puerta.

La sigo, apretando el paso.

—¿Cómo que «malvado»? ¿Qué quieres decir?

Me mira, sacude la cabeza y hace como si se cerrara los labios con una cremallera.

—Quiero mi dinero, el del divorcio.

Luego sale a la calle y sube al coche. Mientras se aleja adentrándose en la noche, me doy cuenta de que no he llegado a preguntarle si ha tenido con mi hermano algo más que un coqueteo.

Al volver hacia el patio me llevo un susto de muerte. Santo Dios. Hay una señora mayor ahí de pie, mirándome. Parece brillar con una luz blanca y fría, como una imagen de unos de esos programas de fenómenos paranormales. Cuando recupero el aliento, me doy cuenta de que es porque está justo debajo de la farola. ¿De dónde narices ha salido?

—*Excusez-moi* —digo—. *Madame?* —Ni siquiera estoy segura de qué quiero preguntarle. «¿Quién es usted?», quizá. O «¿Qué hace aquí?».

No contesta. Solo me mira sacudiendo la cabeza muy despacio. Luego retrocede hacia la cabaña que hay en la esquina del patio. Veo que desaparece dentro. Y que los postigos —que ahora me doy cuenta de que debían de estar abiertos— se cierran rápidamente.

Sábado

NICK

Segundo piso

Me apoyo en el manillar de la bicicleta Peloton y me levantó del sillín para enfilar la cuesta. El sudor se me mete en los ojos y hace que me piquen. Noto los pulmones llenos de ácido, no de aire, y el corazón me late tan deprisa que parece que va a darme un infarto. Pedaleo más fuerte. Quiero batir todas mis marcas. Veo bailotear estrellitas en los bordes de mi visión. A mi alrededor el apartamento parece cambiar y desdibujarse. Por un momento creo que me voy a desmayar. Y puede que me desmaye, porque de pronto me encuentro desplomado sobre el manillar y el mecanismo gira más despacio, zumbando. Siento una oleada repentina de náuseas. Las contengo tragando aire a grandes bocanadas.

Me aficioné al *spinning* en San Francisco. Y también al café *bulletproof*, y a la dieta ceto y al Bikram, y a casi cualquier otra cosa que estuviera de moda en el mundillo de la tecnología, por si acaso me proporcionaba alguna ventaja extra, alguna fuente de inspiración añadida. Normalmente me siento aquí y doy una clase o escucho una charla Ted. Pero esta mañana no. Quería perderme en el esfuerzo físico puro, llegar a un punto en que el pensamiento quedara silenciado. Me desperté cuando acababan de dar las cinco de la mañana, pero sabía que no iba a poder dormirme otra vez, y menos aún con aquella pelea en el patio, la última —y la peor— de muchas. Subirme a la bicicleta parecía lo único que tenía sentido.

Me bajo del sillín, un poco tembloroso. La bicicleta es una de las pocas cosas que hay en esta habitación, además de mi iMac y mis libros. No hay nada en las paredes ni alfombras en el suelo. En parte porque me gusta la estética minimalista y en parte porque todavía siento que no estoy instalado del todo. Porque me gusta la idea de que puedo levantarme e irme en cualquier momento.

Me quito los auriculares de los oídos. Parece que las cosas se han calmado ahí fuera, en el patio. Me acerco a la ventana, con los músculos de las pantorrillas acalambrados.

Al principio no veo nada. Luego capto un movimiento y veo que hay una chica abajo, abriendo la puerta del edificio. Hay algo en ella, en su forma de moverse, que me resulta familiar. Me cuesta identificar qué es y mi mente tantea como si buscase una palabra olvidada.

Ahora veo encenderse las luces del apartamento del tercero. La veo entrar en mi campo de visión. Y me doy cuenta de que tiene algún tipo de parentesco con él. Con Benjamin Daniels, mi viejo amigo y —desde hace muy poco tiempo— también vecino. Una vez me contó que tenía una hermana pequeña. Hermana solo de madre. Que era un poco alocada. Un caso un pelín problemático. Que pertenecía a su antigua vida, por más que él haya intentado apartarse de todo eso. Lo que desde luego no me había dicho es que fuera a venir aquí. Claro que no sería la primera vez que me oculta algo, ¿no?

La chica aparece un momento en las ventanas, mirando fuera. Luego se da la vuelta y se aleja; hacia el dormitorio, creo. La observo hasta que se pierde de vista.

JESS

Me duele la garganta y tengo en la frente un sudor grasiento. Miro hacia arriba, al techo tan alto que tengo encima, e intento recordar dónde estoy. Ahora me acuerdo: mi llegada aquí anoche y esa escena en el patio hace un par de horas. Como todavía estaba oscuro, volví a meterme en la cama después. Creía que no iba a poder pegar ojo, pero debo de haberme quedado dormida. Aun así, no me siento descansada. Me duele todo el cuerpo, como si me hubiera peleado con alguien. Creo que de hecho me he peleado con alguien en sueños. En uno de esos sueños de los que te alegras de despertar. Lo voy recordando a trozos. Intentaba entrar en una habitación cerrada, pero tenía las manos muy torpes, como muñones. Alguien —¿Ben?— me gritaba que no abriera la puerta, «No abras la puerta», pero yo sabía que tenía que abrirla, que no me quedaba otro remedio. Y entonces, por fin, se abría la puerta y de repente me daba cuenta de que él tenía razón. ¿Por qué no le había hecho caso? Porque lo que me esperaba al otro lado…

Me siento en la cama. Miro el teléfono. Las ocho de la mañana. No tengo mensajes. Un nuevo día y mi hermano sigue sin dar señales de vida. Llamo a su número: salta el buzón de voz. Escucho otra vez el mensaje que me dejó, con esa última instrucción: «Llama al portero automático. Estaré arriba esperándote».

Pero esta vez me fijo en algo extraño. En que parece que se interrumpe en mitad de la frase, como si se hubiera distraído con algo. Después se oye una especie de murmullo de fondo —palabras, tal vez—, pero no distingo nada con claridad.

La sensación de inquietud aumenta.

Salgo al cuarto de estar. A la luz del día, la habitación parece aún más una sala de museo: se ven las motas de polvo suspendidas en el aire. Y acabo de fijarme en algo que no vi anoche. Hay una zona más clara en el parqué, bastante grande, como a medio metro de la puerta del apartamento. Me acerco a ella y me agacho. Al hacerlo, el olor —ese olor extraño que noté anoche— se me mete en la garganta. Un olor químico que abrasa las fosas nasales. Lejía. Y eso no es todo. Hay algo que brilla a la luz fría, metido ahí, en la rendija entre los listones. Intento sacarlo con los dedos, pero está muy atascado. Voy a buscar un par de tenedores al cajón de la cocina y los uso para intentar sacarlo haciendo palanca. Por fin consigo sacarlo. Primero sale una cadena larga de oro y luego una medalla con la imagen de un santo con manto y cayado.

El san Cristóbal de Ben. Me llevo la mano al cuello y noto la textura idéntica de mi cadena y el peso de la medalla. Nunca he visto a Ben sin ella. Sospecho que nunca se lo quita, igual que yo, porque nos lo regaló mamá. Porque es una de las pocas cosas que tenemos de ella. Quizá sea mala conciencia, pero sospecho que Ben es casi más sentimental que yo con estas cosas.

Pero aquí está. Y la cadena está rota.

JESS

Me quedo aquí sentada tratando de no dejarme llevar por el pánico. Tratando de dar con la explicación racional que seguro que hay detrás de todo esto. ¿Debería llamar a la policía? ¿Es lo que haría una persona normal? Porque ya son varias cosas: que Ben no esté aquí, cuando dijo que estaría, y que no conteste al teléfono; el pelo del gato salpicado de sangre; la mancha de lejía; la cadena rota. Pero, más que todo eso, es... la sensación que tengo. Un mal presentimiento. «Escucha siempre tu voz interior», solía decir mamá. «Nunca obvies un sentimiento». A ella no le sirvió de mucho, la verdad. Pero tenía razón, en cierto modo. Así es como supe que debía atrincherarme en mi habitación por las noches cuando vivía en casa de los Anderson, incluso antes de que otra chica me hablara del señor Anderson y sus preferencias. Y mucho antes de eso, antes incluso de las casas de acogida, así fue como supe que no debía entrar en aquella habitación cerrada, aunque al final lo hiciera.

Pero no quiero llamar a la policía. «Quizá quieran saber cosas sobre ti», me advierte una vocecilla. «Puede que te hagan preguntas que no quieras responder». La policía y yo nunca nos hemos llevado bien. Digamos que hemos tenido varios encontronazos. Y aunque se lo tenía merecido, lo que le he hecho a ese gilipollas es técnicamente un delito, supongo. Ahora mismo no quiero llamar su atención si no es absolutamente necesario.

Además, tampoco tengo mucho que contarles, ¿no? ¿Un gato que quizá haya matado un ratón? ¿Una cadena que puede haberse roto sin más? ¿Un hermano que quizá se haya largado otra vez dejándome en la estacada?

No, no es suficiente.

Apoyo la cabeza en las manos y trato de pensar qué hacer ahora. En ese momento mi estómago suelta un largo gruñido. Me doy cuenta de que no recuerdo cuándo fue la última vez que comí algo. Anoche imaginaba que llegaría aquí y que Ben me prepararía unos huevos revueltos o algo así, o que pediríamos que nos trajeran algo. En parte estoy demasiado mareada y nerviosa para comer, pero quizá piense con más claridad si me echo algo al estómago.

Rebusco en la nevera y en los armarios de la cocina, pero, aparte de medio paquete de mantequilla y una barra de salami, no hay nada. Uno de los armarios es distinto del resto: es una especie de cavidad con un sistema de poleas, pero no consigo descubrir para qué sirve. Desesperada, corto un trozo de salami con un cuchillo japonés muy afilado que encuentro en el bote de los utensilios de Ben, pero no es un desayuno opíparo que digamos.

Me meto en el bolsillo las llaves que he encontrado en la chaqueta de Ben. Ya sé el código y tengo las llaves, así que puedo volver a entrar en la casa.

El patio da menos miedo a la luz del día. Paso por delante de las ruinas de la estatua de la mujer desnuda. La cabeza está separada del resto, boca arriba, con los ojos mirando al cielo. Parece que han cavado uno de los parterres últimamente, lo que explica ese olor a tierra recién removida. También hay una fuentecita funcionando. Miro hacia la cabaña del rincón y veo un hueco oscuro entre las lamas cerradas de los postigos; perfecto para observar a escondidas lo que ocurra aquí fuera. Me la imagino observándome a través de esa rendija, a la anciana que vi anoche, la que parece que vive ahí.

Al cerrar la puerta de fuera me fijo en lo extraño que es mi entorno, en lo extranjero que me parece todo: los preciosísimos edificios que me rodean, los coches con matrículas desconocidas... Las calles también parecen distintas a la luz del día, y están mucho más concurridas cuando me alejo del silencio del callejón donde está el edificio. También huelen distinto: a humo de motos, a tabaco y a café torrefacto. Debe de haber llovido esta noche, porque los adoquines están relucientes y resbalan. Todo el mundo parece saber exactamente a dónde va: me bajo de la acera para esquivar a una mujer que venía derecha hacia mí hablando por el móvil y casi choco con un par de chavales que comparten un patinete eléctrico. Nunca me había sentido tan perdida, como un pez fuera del agua.

Paso por delante de tiendas con el cierre bajado, de puertas de hierro forjado que dan a patios y jardines llenos de hojarasca, de farmacias con cruces de neón verde que brillan intermitentes (da la impresión de que hay una en cada calle, ¿será que los franceses enferman con más frecuencia?), vuelvo por el mismo camino sin darme cuenta y me pierdo un par de veces. Por fin encuentro una panadería. Tiene el letrero pintado de verde esmeralda, con letras doradas —BOULANGERIE— y un toldo a rayas. Dentro, las paredes y el suelo están decorados con azulejos con dibujos y huele a azúcar quemado y mantequilla derretida. El local está hasta arriba de gente: una larga cola se dobla sobre sí misma. Espero, cada vez más hambrienta, mirando el mostrador lleno de toda clase de cosas que parecen demasiado perfectas para comérselas: pastelitos con frambuesas glaseadas, pepitos con glaseado violeta, tartaletas de chocolate con mil capas finísimas y un toque de algo que parece oro de verdad por encima. La gente que va delante de mí hace pedidos importantes: tres hogazas de pan, seis cruasanes, una tarta de manzana. Se me hace la boca agua.

Siento cómo me crujen en el bolsillo los billetes que saqué de la cartera de Ben.

La mujer que va delante de mí tiene un pelo tan perfecto que parece de mentira: una media melena muy corta, negra y brillante, sin un solo mechón fuera de su sitio. Lleva un pañuelo de seda atado al cuello, una especie de abrigo de color cámel y un bolso de piel negro colgado del brazo. Parece rica. Rica pero no hortera. Una pija francesa. No tienes el pelo tan perfecto si no te pasas el día prácticamente sin hacer nada.

Miro hacia abajo y veo un perro delgadito y plateado con una correa de cuero azul clara. Me mira con ojos oscuros y desconfiados.

La señora que atiende el mostrador le entrega una caja de color pastel atada con una cinta:

—*Voilà, madame Meunier.*

—*Merci.*

Se vuelve y veo que lleva los labios pintados de rojo, tan perfectamente que el carmín podría estar tatuado. Le echo unos cincuenta años, pero muy bien llevados. Está guardando la tarjeta en la cartera. Mientras lo hace, algo cae al suelo: un trozo de papel. ¿Un billete?

Me agacho para recogerlo. Le echo un vistazo. Lástima, no es un billete. Alguien así seguramente no echaría de menos diez euros. Es una nota escrita a mano, en mayúscula, con letra grande. Leo: *DOUBLE LA PROCHAINE FOIS, SALOPE.*

—*Donne-moi ça!*

Levanto la vista. La mujer me mira enfadada, tendiendo la mano. Creo que sé lo que quiere, pero lo ha dicho de una manera tan maleducada, como una reina dando órdenes a una campesina, que hago como que no la entiendo.

—¿Perdón?

Cambia al inglés.

—Dame eso. —Y por fin, como si se diera cuenta de algo, añade—: Por favor.

Le tiendo el billete sin ninguna prisa. Me lo quita de la mano tan bruscamente que siento que una de sus largas uñas me araña la piel. Sin darme las gracias, sale por la puerta.

—*Excusez-moi. Madame?* —dice la dependienta, dispuesta a atenderme.

—Un cruasán, por favor.

Seguramente todo lo demás será demasiado caro. Vuelven a sonarme las tripas mientras la veo meterlo en la bolsita de papel.

—Dos, mejor.

Mientras vuelvo al apartamento por las calles frías y grises, me como el primer cruasán en tres bocados, con ansia, y el segundo más despacio, saboreando la sal de la mantequilla y disfrutando del crujido de la masa por fuera y de la suavidad del interior. Está tan bueno que me dan ganas de llorar, y a mí no hay muchas cosas que me hagan llorar.

Cuando llego al edificio, entro usando el código que averigüé ayer. Al cruzar el patio, noto un tufo reciente a tabaco. Miro hacia arriba siguiendo el olor. Hay una chica sentada en el balcón del cuarto piso, con un cigarrillo en la mano. Tiene la cara pálida, el pelo oscuro y revuelto, y va vestida de negro de arriba abajo, desde el jersey de cuello alto hasta las Docs que lleva en los pies. Desde aquí veo que es muy joven: diecinueve o veinte años, quizá. Nota que la estoy mirando, me doy cuenta por la forma en que se queda completamente congelada (es la única manera que tengo de describirlo).

«Tú. Tú sabes algo —pienso sin apartar la vista de ella—. Y voy a hacer que me lo digas».

MIMI

Cuarto piso

Me ha visto. La mujer que llegó anoche, la que he visto esta mañana paseándose por el apartamento de él. Me está mirando fijamente. No puedo moverme.

Dentro de mi cabeza, el chisporroteo eléctrico se hace más fuerte.

Por fin se da la vuelta. Cuando exhalo, me arde el pecho.

A él también le vi llegar desde aquí. Era agosto, hace casi tres meses, en plena ola de calor. Camille y yo estábamos sentadas en el balcón, en las sillas de terraza viejas que ella había comprado en una *brocante*. Estábamos bebiendo Aperol *spritz*, aunque yo en realidad odio el Aperol *spritz*. Camille me convence a menudo para que haga cosas que no haría de otro modo.

Benjamin Daniels apareció en un Uber. Camiseta gris, vaqueros. Pelo moreno tirando a largo. No sé por qué, pero parecía famoso. O quizá famoso no, pero sí… especial. ¿Sabes? No sé cómo explicarlo, pero tenía algo que hacía que quisieras mirarle. Que sintieras la necesidad de mirarle.

Yo llevaba gafas de sol y le miraba de reojo, así que no parecía que estuviera observándole. Cuando abrió el maletero, vi que tenía manchas de sudor debajo de los brazos y, como se le había subido un poco la camiseta, vi también que la línea del moreno acababa por debajo de la cinturilla de los vaqueros y que, donde empezaba la piel más clara, una flecha de vello oscuro apuntaba hacia abajo. Se le marcaron los músculos de los brazos cuando sacó las bolsas del maletero. No parecía de los que se pasan la vida en el gimnasio. Era más elegante. Como un baterista: los bateristas siempre tienen buenos músculos. Incluso desde aquí podía imaginarme cómo olería su sudor: no mal, solo a sal y a piel.

Le gritó al conductor «¡Gracias, tío!» y enseguida me di cuenta de que tenía acento inglés. Hay una serie de televisión antigua con la que estoy obsesionada, *Skins*, sobre unos adolescentes ingleses que no paran de follar y enamorarse.

—Mmm —dijo Camille levantándose las gafas de sol.

—*Mais non* —contesté yo—. Es muy mayor, Camille.

Se encogió de hombros.

—Solo tiene treinta y tantos.

—*Oui*, o sea, mayor. Como quince años más que nosotras.

—Bueno, piensa en toda la experiencia que tendrá. —Hizo una uve con los dedos y sacó la lengua entre ellos.

Yo me reí.

—Puaj, qué asco.

Ella levantó las cejas.

—*Pas du tout*. Lo sabrías si tu querido papá te dejara acercarte a algún chico…

—Cállate.

—Ay, Mimi… ¡Estoy bromeando! Pero ya sabes que algún día tendrá que darse cuenta de que ya no eres una niña pequeña. —Sonrió y aspiró el Aperol con la pajita.

Por un segundo me dieron ganas de abofetearla. Y estuve a punto de hacerlo. No siempre controlo bien mis impulsos.

—Es un poco… protector, nada más.

Era mucho más, de hecho, pero supongo que yo nunca había querido hacer nada que pudiera decepcionar a mi padre, que empañara esa imagen de princesita que tenía de mí.

Aun así, muchas veces deseaba parecerme más Camille. Tomarme el sexo con esa naturalidad. Para ella es solo una cosa más que le gusta hacer: como nadar o montar en bicicleta o tomar el sol. Yo nunca me había acostado con nadie, y mucho menos con dos personas a la vez (una de sus especialidades), ni había probado con chicas y chicos. ¿Sabes lo más gracioso? Que a mi padre le pareció muy bien que se viniera a vivir conmigo; dijo que vivir con otra chica «evitaría que me metiera en líos».

Camille llevaba el bikini más pequeño que tenía: tres triángulos de ganchillo de color claro que no tapaban casi nada. Tenía los pies apoyados contra los barrotes del balcón y las uñas de los pies pintadas de color rosa Barbie, un poco descascarilladas. Aparte del mes que había pasado en el sur con unos amigos, se sentaba en la terraza casi todos los días de calor y se ponía cada vez más morena, embadurnándose de La Roche-Posay. Todo su cuerpo parecía bañado en oro, y el pelo se le había aclarado hasta ponerse de color caramelo. Yo no me pongo morena, solo me quemo, así que estaba sentada a la sombra como un vampiro con mi novela de Françoise Sagan, con una camisa grande de hombre puesta.

Camille se inclinó hacia delante, mirando todavía al tipo que estaba sacando las maletas del coche.

—¡Madre mía, Mimi! Tiene un gato. ¡Qué mono! ¿Lo ves? Mira, en ese transportín. *Salut, minou!*

Lo hizo a propósito, para que él mirara hacia arriba y nos viera, la viera a ella. Y él miró.

—¡Hola! —saludó Camille poniéndose de pie y haciendo tantos aspavientos que sus *nénés* rebotaron dentro del top del bikini como si quisieran escaparse—. *Bienvenue!* ¡Bienvenido! Soy Camille. Y esta es Merveille. ¡Bonito gato!

Yo quería que se me tragara la tierra. Camille sabía perfectamente lo que decía: en francés, en jerga, *chatte* significa «coño», igual que *pussy* en inglés. Además, odio mi nombre completo, Merveille. Nadie me llama así. Soy Mimi. Mi madre me puso ese nombre porque significa «maravilla» y decía que eso fue para ella mi nacimiento: algo inesperado pero maravilloso. Pero a mí me da muchísima vergüenza.

Me escondí detrás del libro, aunque no tanto como para dejar de verle por encima de él.

El tipo se hizo sombra con la mano sobre los ojos.

—¡Gracias! —dijo. Levantó la mano y nos saludó. Cuando lo hizo, volví a ver esa franja de piel entre la camiseta y los vaqueros—. Soy Ben. Amigo de Nick. Voy a mudarme al tercero.

Camille se volvió hacia mí.

—Bueno, bueno —dijo en voz baja—. Creo que este sitio acaba de volverse mucho más interesante. —Sonrió—. Quizá debería presentarme como es debido. Ofrecerme a cuidarle el gato, si se va a algún sitio.

«No me extrañaría que dentro de una semana se le esté follando», pensé. No sería ninguna sorpresa. Lo sorprendente era cuánto me fastidiaba pensarlo.

Alguien llama a la puerta de mi apartamento.

Recorro el pasillo sin hacer ruido y miro por la mirilla. *Merde*. Es ella, la mujer del piso de Ben.

Trago saliva, o lo intento. Noto como si tuviera la lengua atascada en la garganta.

Me cuesta pensar con este rugido en los oídos. Sé que no tengo por qué abrir la puerta. Este es mi apartamento, mi espacio. Pero el toc-toc-toc no cesa, me golpea el cráneo hasta que siento que va a estallarme algo dentro.

Rechino los dientes y abro la puerta, doy un paso atrás.

Me quedo impresionada al ver su cara de cerca: le veo a él en sus rasgos de inmediato, aunque ella es bajita y tiene los ojos más oscuros y hay algo, no sé, como ansioso en ella que quizá Ben tenía también y sabía ocultar mejor. Es como si en ella todos los ángulos fueran más agudos. En él todo era suavidad. Va muy descuidada, además: pantalones vaqueros y un jersey viejo con los puños deshilachados, y el pelo rojo oscuro recogido de cualquier manera encima de la cabeza. En eso tampoco se parece a él. Incluso con una camiseta gris en un día de calor Ben parecía… arreglado, ¿sabes? Como si todo le quedara bien.

—Hola —me dice, y sonríe, pero no es una sonrisa de verdad—. Soy Jess. ¿Cómo te llamas?

—M-Mimi. —Me sale la voz ronca.

—Mi hermano, Ben, vive en el tercero, pero… Bueno, es como si hubiera desaparecido. ¿Le conoces?

Por un momento se me ocurre absurdamente fingir que no hablo inglés. Pero es una estupidez.

Sacudo la cabeza.

—No, no le conocía. No le conozco, quiero decir. Lo siento, mi inglés no es muy bueno.

Noto que mira más allá de mí, como si tratara de ver dentro del apartamento. Me muevo a un lado para taparle la vista. Entonces me mira como si tratara de ver dentro de mí, y es peor aún.

—¿El apartamento es tuyo? —me pregunta.

—*Oui*.

—Guau. —Sus ojos se ensanchan—. Qué pasada tener una casa así. ¿Y vives sola?

—Con Camille, mi compañera de piso.

Intenta mirar otra vez dentro del apartamento, por encima de mi hombro.

—Quería preguntarte si has visto últimamente a Ben.

—No. Ha tenido las contraventanas cerradas. Quiero decir…

—Me doy cuenta demasiado tarde de que no es eso lo que me ha preguntado.

Levanta las cejas.

—Ya —dice—, pero ¿te acuerdas de cuándo fue la última vez que le viste por aquí? Me sería muy útil saberlo. —Sonríe. Su sonrisa no se parece en nada a la de él. Pero ninguna sonrisa se parece a la de Ben.

Comprendo que no se va a ir si no le doy una respuesta. Me aclaro la garganta.

—Pues… no lo sé. Hace tiempo. Puede que una semana, creo.

—*Quoi? Ce n'est pas vrai!* No es cierto.

Me doy la vuelta y veo que Camille aparece detrás de mí, en camiseta interior y *culotte.*

—Fue ayer por la mañana, ¿no te acuerdas, Mimi? Os vi juntos en la escalera.

Merde. Siento que me arde la cara.

—Ah, sí. Es verdad. —Me vuelvo hacia la mujer que espera en la puerta.

—Entonces, ¿ayer estaba aquí? —Frunce el ceño, mirándome a mí y a Camille y viceversa—. ¿Le viste?

—Ajá —contesto—. Ayer. Se me había olvidado.

—¿Te dijo si pensaba ir a algún sitio?

—No. Fue solo un segundo.

Vuelvo a ver su cara cuando me le crucé en la escalera. «Hola, Mimi. ¿Qué tal?». Esa sonrisa. Nadie sonríe como él.

—No puedo ayudarte —digo—. Lo siento. —Voy a cerrar la puerta.

—Me dijo que me pediría que le diera de comer a su gatito si se iba alguna vez —comenta Camille, y su manera casi seductora de decir «gatito» me recuerda a cuando dijo aquello de «¡Bonito gato!» el día que llegó Ben—. Pero esta vez no me lo ha pedido.

—¿Sí? —La mujer parece interesada—. Entonces, parece que...

Puede que se haya dado cuenta de que le voy cerrando la puerta poco a poco, porque hace un movimiento, como si fuera a entrar en el piso. Y sin pararme a pensar le cierro la puerta en la cara tan fuerte que siento que la madera cede bajo mis manos.

Me tiemblan los brazos. El cuerpo entero me tiembla. Sé que Camille me estará mirando alucinada, preguntándose qué pasa, pero ahora mismo no me importa lo que piense. Apoyo la cabeza contra la puerta. No puedo respirar. Y de repente siento que me ahogo. Las náuseas se apoderan de mí y, antes de que pueda contenerme, estoy vomitando sobre el precioso parqué pulido.

SOPHIE

Ático

Voy subiendo las escaleras cuando la veo. Una desconocida entre estas paredes. Me da tal susto que casi se me cae la caja de la *boulangerie*. Una chica curioseando en el rellano del ático. No sé qué pinta aquí.

La observo un rato antes de hablar.

—*Bonjour* —digo con frialdad.

Se da la vuelta, sobresaltada. Bien. Quería pillarla por sorpresa.

Pero soy yo quien se sorprende.

—Tú.

Es la de la panadería: esa chica tan desastrada que ha recogido la nota que se me ha caído.

DOUBLE LA PROCHAINE FOIS, SALOPE. «El doble la próxima vez, zorra».

—¿Quién eres?

—Me llamo Jess. Jess Hadley. Estoy pasando unos días en casa de mi hermano Ben —dice rápidamente—. En el tercero.

—Si vives en el tercero, ¿qué haces aquí arriba?

Es lógico, supongo. Que ronde por aquí como si fuera la dueña del lugar. Igual que él.

—Estoy buscando a Ben.

Debe de darse cuenta de lo absurdo que suena eso —como si él pudiera estar escondido en algún rincón en sombras, aquí arriba, en el ático—, porque de repente parece azorada.

—¿Le conoces? ¿A Benjamin Daniels?

Esa sonrisa: un zorro entrando en el gallinero. El sonido de una copa al romperse. Una mancha carmesí en una servilleta blanca y almidonada.

—El amigo de Nicolas. Sí. Aunque solo le he visto un par de veces.

—¿Nicolas? ¿Nick, quieres decir? Creo que Ben me ha hablado de él. ¿En qué piso vive?

Dudo. Luego digo:

—En el segundo.

—¿Recuerdas cuándo fue la última vez que le viste por aquí? —pregunta—. A Ben, digo. Tenía que estar aquí anoche. Le he preguntado a una de las chicas del cuarto… ¿Mimi? Pero no me ha dicho gran cosa.

—No lo recuerdo. —Puede que mi respuesta suene demasiado apresurada, demasiado tajante—. Claro que Ben no se prodiga mucho. Ya sabes, es muy… ¿Cómo decirlo? Muy reservado.

—¿En serio? Me extraña muchísimo en Ben. Yo pensaba que a estas alturas ya se habría hecho amigo de toda la gente del edificio.

—Mío, no. —Eso al menos es cierto. Me encojo un poco de hombros—. De todos modos, puede que se haya ido y se haya olvidado de avisarte.

—No. Ben no haría eso.

¿Me acuerdo de la última vez que le vi? Por supuesto que sí.

Pero ahora estoy pensando en la primera. Hará unos dos meses. En plena ola de calor.

No me agradaba. Lo supe enseguida.

Su risa, eso fue lo primero que oí. Vagamente amenazadora, como puede serlo la risa de un hombre. Ese matiz casi competitivo.

Yo estaba en el patio. Había pasado la tarde plantando, a la sombra. Para otros, la jardinería es una especie de ocio creativo. Para mí es un medio de controlar mi entorno. Cuando le dije a Jacques que quería ocuparme del jardincito del patio, no lo entendió. «Podemos pagar a alguien para que lo haga», me dijo. En el mundo de mi marido, se puede pagar a alguien para cualquier cosa.

El final del día: la luz que se desvanece, el calor todavía agobiante. Mirando por entre las matas de romero, los vi entrar en el patio. Primero Nick. Luego un desconocido, con un ciclomotor. Tenía más o menos la misma edad que su amigo, pero parecía mayor. Alto y espigado. Pelo oscuro. Buen porte. Había una desenvoltura muy llamativa en su forma de habitar el espacio que le rodeaba.

Le vi arrancar una ramita de romero de uno de los arbustos, tirando con fuerza para romperla. Vi que se la acercaba a la nariz y aspiraba. El gesto tenía algo de presuntuoso. Me pareció un acto de vandalismo.

Entonces Benoit corrió hacia ellos. El recién llegado lo cogió en brazos.

Yo me levanté.

—No le gusta que le coja nadie, solo yo.

Benoit, el muy traidor, giró la cabeza y lamió la mano del desconocido.

—*Bonjour*, Sophie —dijo Nicolas—. Este es Ben. Va a vivir aquí, en el tercero. —Lo dijo con orgullo, presumiendo de su amigo como de un juguete nuevo.

—Encantado de conocerla, *madame*. —Él sonrió entonces: una sonrisa perezosa, de algún modo tan presuntuosa como su forma de mutilar aquel arbusto. «Voy a gustarte», parecía decir. «Le gusto a todo el mundo».

—Por favor —dije—, llámame Sophie.

Su *madame* había hecho que me sintiera como si tuviera cien años, aunque solo era una muestra de buena educación.

—Sophie.

De pronto deseé no haberlo dicho. Era demasiado informal, demasiado íntimo.

—Me lo llevo, si no te importa. —Tendí las manos para que me diera al perro. Benoit olía ligeramente a gasolina y a sudor de hombre. Lo sostuve un poco apartado de mi cuerpo—. A la portera no va a gustarle —añadí señalando el ciclomotor y luego la cabaña—. Los odia.

Quería hacerme valer, pero parecía una señora regañando a un niño pequeño.

—Tomo nota —contestó—. Gracias por el aviso. Tendré que hacerle un poco la pelota, a ver si me la gano.

Le miré extrañada. ¿Por qué querría hacer eso?

—Pues buena suerte —dijo Nick—. A esa mujer no le cae bien nadie.

—Ah —dijo él—, pero a mí me gustan los retos. Seguro que me la meto en el bolsillo.

—Ándate con ojo —le advirtió Nick—. No sé si te conviene darle confianzas. Tiene el don de aparecer cuando menos te lo esperas.

A mí no me gustó nada la idea. Esa mujer con sus ojos vigilantes, su omnipresencia. ¿Qué podía decirle si se la «metía en el bolsillo»?

Cuando llegó Jacques, le conté que había conocido al nuevo vecino del tercero. Frunció el ceño y me señaló el pómulo.

—Tienes una mancha de tierra ahí.

Me froté la mejilla. No sé por qué no lo había visto al mirarme al espejo. Y yo que creía que había tenido mucho cuidado…

—Bueno, ¿y qué te parece nuestro vecino nuevo?

—No me gusta.

Jacques levantó las cejas.

—Por lo que cuentas, parece un joven interesante. ¿Qué es lo que no te gusta?

—Es demasiado... encantador.

Ese encanto. Lo manejaba como un arma.

Jacques frunció el ceño. No lo entendía. Mi marido, un hombre inteligente pero también arrogante. Acostumbrado a hacer las cosas a su manera, a tener poder. Yo nunca he adquirido esa arrogancia. Nunca he estado segura de mi posición hasta el punto de caer en la autocomplacencia.

—Bueno —dijo—, habrá que invitarle a una copa para echarle un vistazo.

No me gustó cómo sonaba eso: invitarle a nuestra casa.

El primer anónimo llegó dos semanas después.

Sé quién es usted, madame *Sophie Meunier. Sé quién es realmente. Si no quiere que nadie más lo sepa, le sugiero que deje 2 000 euros debajo del escalón suelto de delante de la puerta.*

Aquel *madame*: una pullita desagradable disfrazada de falsa formalidad. El tono burlón y soberbio. Sin matasellos; lo habían entregado en mano. Mi chantajista conocía el edificio lo bastante bien como para saber lo del escalón suelto de la puerta de entrada.

No se lo dije a Jacques. Para empezar, porque sabía que se negaría a pagar. Los que tienen más dinero suelen ser los más agarrados a la hora de desprenderse de él. Me daba demasiado miedo no pagar. Saqué mi joyero. Pensé en el broche de zafiros amarillos que me había regalado Jacques por nuestro segundo aniversario de boda, y en las horquillas de jade y diamantes que me regaló las Navidades pasadas. Al final, elegí una pulsera de esmeraldas; era lo menos arriesgado, porque Jacques nunca me pedía

69

que me la pusiera. La llevé a una casa de empeños, un sitio en las *banlieues*, las barriadas de más allá de la carretera de circunvalación que rodea la ciudad. Un mundo muy alejado del París de las postales y los sueños turísticos. Tenía que ir a un sitio donde nadie pudiera reconocerme. El prestamista se dio cuenta de que estaba fuera de mi elemento. Creo que intuyó mi miedo. Él no sabía que ese miedo no se debía al barrio, sino al espanto que me producía encontrarme en aquella situación. Por lo degradante que era.

Volví con dinero suficiente para pagar, aunque con menos del que debería haber obtenido. Diez billetes de doscientos euros. El dinero me pareció sucio: por el sudor de otras manos, por la mugre acumulada. Metí los billetes en un sobre grueso, donde parecían aún más sucios en contraste con la fina cartulina de color crema, y sellé el sobre. Como si así el chantaje fuera a ser menos horrible, menos humillante. Lo dejé, como me habían indicado, bajo el escalón suelto de delante de la puerta del edificio.

De momento, había saldado mis deudas.

—Creo que ya puedes volver al tercero —le digo a la extraña, a esta chica desastrada.

Su hermana. Cuesta creerlo. En realidad, cuesta imaginar que él haya tenido una infancia, una familia. Parecía tan… sagaz. Como si hubiera llegado al mundo completamente formado.

—No me he quedado con tu nombre —dice.

«No te lo he dicho».

—Sophie Meunier —contesto—. Mi marido, Jacques, y yo vivimos en el ático, en esta planta.

—Si vivís en el ático, ¿qué hay ahí arriba?

Señala la escalera de madera.

—La entrada a las *chambres de bonne*, las antiguas habitaciones del servicio, en el desván. —Señalo con la cabeza en dirección contraria, hacia la escalera de bajada—. Pero seguro que prefieres volver al tercero.

Capta la indirecta. Tiene que pasar a mi lado para volver a bajar. No me muevo ni un centímetro cuando pasa. Solo cuando empieza a dolerme la mandíbula me doy cuenta de lo fuerte que estaba apretando los dientes.

JESS

Cierro la puerta del apartamento a mi espalda. Pienso en cómo me ha mirado Sophie Meunier hace un momento: como si fuera algo que se le hubiera pegado a la suela del zapato. Puede que sea francesa, pero reconocería a ese tipo de persona en cualquier parte. La melenita negra y brillante, el pañuelo de seda, el bolso de diseño. El tonillo con que ha dicho «ático». Es una esnob. Para mí no es nada nuevo que me miren como si fuera escoria, pero me ha parecido detectar algo más. Una hostilidad fuera de lo normal cuando le he mencionado a Ben.

Pienso en lo que ha dicho, eso de que quizá Ben se haya ido. «No es buen momento», me dijo por teléfono. Pero no se iría sin más, sin avisarme..., ¿o sí? Soy su hermana, su única familia. Por más que le fastidie, no creo que sea capaz de dejarme tirada.

Claro que no sería la primera vez que desaparece de mi vida casi sin mirar atrás. Como cuando de repente tuvo unos padres nuevos dispuestos a darle una vida nueva y mágica de colegios privados, vacaciones en el extranjero y perros labradores. «Lo siento», nos dijeron, «pero los Daniels solo quieren adoptar un niño. En realidad, a veces es mejor separar a los menores de una misma familia, sobre todo si hay un trauma compartido». Como decía, a mi hermano siempre se le ha dado bien conseguir que la gente se enamore de él. Cuando se alejó en el asiento trasero del Volvo azul marino de los Daniels, se volvió una sola vez y luego fijó la mirada adelante, hacia su nueva vida.

No. Si hasta me dejó una nota de voz dándome instrucciones… Y aunque hubiera tenido que marcharse por alguna razón, ¿por qué no responde a mis llamadas ni a mis mensajes?

Vuelvo a pensar en la cadena rota de su san Cristóbal. En las manchas de sangre del pelaje del gato. En que ninguno de los vecinos parece dispuesto a darme ni siquiera los buenos días; incluso tienen una actitud abiertamente hostil. En esa sensación de que aquí pasa algo raro.

Busco alguna pista en las redes sociales de Ben. Por lo visto en algún momento ha borrado todas sus cuentas, menos la de Instagram. ¿Cómo es que no me he dado cuenta antes? No tiene Facebook ni Twitter. Su foto de perfil de Instagram es el gato, que ahora mismo está sentado sobre el escritorio, mirándome con los ojos entornados. No queda ni una sola foto en su muro. Supongo que es típico de Ben, el maestro de la reinvención, haberse deshecho de todas sus cosas viejas. Pero hay algo en la desaparición de todo su contenido que me da escalofríos. Es casi como si alguien hubiera intentado borrarle del mapa. Aun así, le envío un MD:

Ben, si ves esto, ¡contesta al teléfono!

Mi móvil zumba:

Solo te quedan 50 MB de datos en *roaming*. Para ampliar tu cuota, pincha en este enlace…

Mierda. Ni siquiera puedo pagarme el plan más barato.

Me siento en el sofá. Entonces me doy cuenta de que me he sentado encima de la cartera de Ben. Debo de haberla tirado aquí antes. La abro y saco la tarjeta de visita metida en la parte delantera. «*Theo Mendelson, corresponsal en París,* The Guardian». Y escrito a mano: *¡PROPONLE UN REPORTAJE!* ¿Trabajará Ben para él, o habrán estado en contacto hace poco? Hay un número en la tarjeta. Llamo pero no contestan, así que envío un mensaje corto:

Hola. Te escribo por mi hermano, Ben Daniels. Estoy tratando de encontrarle. ¿Puedes ayudarme?

Dejo el teléfono. Acabo de oír algo raro.

Me quedo muy quieta y presto atención, tratando de averiguar qué es ese ruido. Parecen pasos bajando por una escalera, pero el sonido no procede de delante de mí, del rellano y la escalera que hay más allá de la puerta del apartamento, sino de detrás. Me levanto del sofá y observo la pared. Y entonces, al fijarme bien, veo algo ahí. Paso las manos por el revestimiento de seda descolorida de la pared. Hay un desnivel, un hueco en la tela que corre horizontalmente por encima de mi cabeza y en vertical hacia abajo. Doy un paso atrás y me fijo en la forma que tiene. Está muy bien disimulada y el sofá está justo delante, así que solo se nota si miras con mucha atención, pero creo que es una puerta.

SOPHIE

Ático

De vuelta en el apartamento, meto la mano en el bolso —un Celine negro de piel, carísimo y sumamente discreto, regalo de Jacques—, saco la cartera y casi me sorprende comprobar que la nota no ha hecho un agujero en el cuero. No puedo creer que antes haya tenido la torpeza de tirarla al suelo sin querer. Normalmente no soy nada torpe.

El doble la próxima vez, zorra.

La recibí ayer por la mañana. La última de unas cuantas. Muy bien. Ya no tiene ningún poder sobre mí. La rompo en pedacitos y los esparzo dentro de la chimenea. Tiro del cordón con borla encastrado en la pared y las llamas cobran vida, incinerando el papel al instante. Luego atravieso rápidamente el apartamento pasando por delante de los ventanales con vistas a París y recorro del pasillo con sus tres cuadros abstractos de Gerhard Richter. Mis tacones repiquetean un instante en el parqué; luego, la seda de la alfombra persa antigua acalla su sonido.

En la cocina abro la caja de la *boulangerie*. Dentro hay una quiche Lorraine salpicada de trozos de beicon, con la masa tan crujiente que se rompería al menor contacto. El aroma lácteo de la nata y la yema de huevo me da arcadas. Cuando Jacques no está en casa, cuando está en uno de sus viajes de negocios, suelo alimentarme a base de café solo y fruta, y algún que otro pedacito de chocolate negro de una tableta de Maison Bonnat.

No tenía ganas de salir. Me apetecía quedarme aquí escondida, lejos del mundo. Pero soy una clienta habitual y es importante no variar la rutina.

Un par de minutos después, vuelvo a abrir la puerta del apartamento y espero unos segundos, aguzando el oído y mirando escalera abajo para asegurarme de que no hay nadie. En este edificio no se puede hacer nada sin temor a que la portera salga de algún rincón oscuro, como si se materializara de repente, hecha de sombras. Pero por una vez no es ella quien me preocupa. Es la recién llegada, esa desconocida.

Cuando me aseguro de que estoy sola, cruzo el descansillo hasta la escalera de madera que lleva a las antiguas *chambres de bonne*. Soy la única persona del edificio que tiene llave de esas habitaciones. El acceso de la portera a las zonas comunes del edificio termina aquí.

Ato la correa de Benoit al último peldaño de la escalera de madera. Lleva un conjunto de cuero azul de Hermès: los dos con nuestro lujoso Hermès al cuello. Ladrará si ve a alguien.

Me saco la llave del bolsillo y subo la escalera. Al meterla en la cerradura me tiembla un poco la mano. Tengo que intentarlo un par de veces para que gire.

Empujo la puerta. Justo antes de entrar, compruebo de nuevo que nadie me observa. Toda precaución es poca. Y más aún estando ella aquí, husmeando.

Paso unos diez minutos aquí arriba, en las *chambres de bonne*. Después cierro el candado con todo cuidado y me guardo la llavecita plateada. Benoit me espera al pie de la escalera, mirándome con esos ojos oscuros. Él me guarda el secreto. Me llevo un dedo a los labios.

Shh.

JESS

Agarro el sofá y lo retiro de la pared. El gato se baja de un salto del escritorio y se acerca al trote, confiando quizá en que aparezca un ratón o algún bicho. Sí, yo tenía razón: hay una puerta. No tiene pomo, pero agarro el borde, meto los dedos por el hueco y tiro. Se abre.

Suelto un gritito de sorpresa. No sé qué me esperaba: un armario oculto, quizá, pero no esto. La oscuridad me recibe al otro lado. Noto un aire tan frío como si acabara de abrir una nevera. Hay un olor a aire mohoso y rancio, como en una iglesia. Cuando mis ojos se acostumbran a la oscuridad distingo una escalera de piedra que sube y baja en espiral, oscura y estrecha. No podría ser más distinta de la majestuosa escalera que hay al otro lado de la puerta del apartamento. Supongo, por su aspecto, que era la escalera reservada al servicio, igual que las habitaciones de las criadas de las que me ha hablado Sophie Meunier en el piso de arriba.

Entro y dejo que la puerta se cierre. De repente está muy oscuro, pero veo un resquicio en la puerta por el que entra luz, un poco por debajo de la altura de la cabeza. Me agacho y pego el ojo a la hendidura. Veo el interior del apartamento: el cuarto de estar, la cocina. Parece una especie de mirilla. Supongo que es posible que esté aquí desde siempre, que sea tan vieja como el propio edificio. O puede que la hayan hecho hace poco. Alguien podría haber estado espiando a Ben a través de la rendija. Y también podría haber estado espiándome mí.

Todavía oigo los pasos que bajan. Enciendo la linterna del móvil y los sigo, procurando no tropezarme, porque los peldaños tienen una curva muy cerrada. Debieron de hacer esta escalera en una época en que la gente era más bajita: yo no soy muy alta que digamos y me siento encajonada.

Dudo un momento. No tengo ni idea de a dónde puede llevar esto. No estoy segura de que sea buena idea. ¿Es posible incluso que haya algún peligro?

Bueno, la verdad es que eso nunca me ha detenido otras veces. Así que sigo bajando.

Llego a otra puerta. Aquí también veo otra pequeña mirilla. Acerco el ojo rápidamente y miro adentro. No parece que haya nadie. Estoy un poco desorientada, pero imagino que este debe de ser el apartamento del segundo: la casa de Nick, el amigo de Ben. Parece tener la misma distribución que el de Ben, pero todas las paredes son blancas y no hay nada en ellas. Aparte del ordenador gigantesco que hay en la esquina, de algunos libros y de una cosa que parece un aparato de gimnasia, la habitación está prácticamente vacía y tiene tan poco carácter como una consulta de dentista. Da la impresión de que Nick casi no se ha instalado.

Debajo de mí los pasos siguen oyéndose, como si me invitasen a seguirlos. Continúo bajando, con la luz del teléfono rebotando delante de mí. Debo de estar ya en el primer piso. Otro apartamento y ahí está: otra mirilla. Miro por ella. Esta casa es un desastre: hay cachivaches por todas partes, bolsas vacías de patatas fritas de tamaño grande y ceniceros rebosantes de colillas, mesitas llenas de botellas y una lámpara de pie tumbada de lado. Doy un paso atrás automáticamente cuando veo aparecer una figura. No lleva la parka, pero le reconozco enseguida: es el tipo de la puerta, el de la pelea en el patio, Antoine. Parece estar bebiendo a morro de una botella de Jack Daniel's. Se bebe el último trago y levanta la botella. ¡Dios! Doy un salto cuando la estrella contra la mesa.

Se tambalea y mira el trozo de botella roto que tiene en la mano como si no supiera qué hacer con él. Luego se gira en mi dirección. Por un momento parece que me está mirando fijamente y me entra el pánico. Pero estoy mirando por una rendija de unos milímetros de ancho. Es imposible que pueda verme. ¿Verdad?

No pienso quedarme a averiguarlo. Sigo bajando a toda prisa. Debo de estar a la altura de la planta baja, del portal. Otro tramo de escaleras: creo que ahora estoy en el subsuelo. El aire parece más cargado, más frío; me imagino rodeada de tierra. Por fin la escalera desemboca en una puerta que se balancea sobre sus goznes: la persona a la que estoy siguiendo acaba de cruzarla. Se me acelera el pulso, debo de estar acercándome. Atravieso la puerta y, aunque al otro lado sigue estando igual de oscuro, tengo la impresión de haber entrado en un espacio amplio y retumbante. Silencio. No se oyen pasos. ¿Adónde habrán ido? Debo de ir solo unos segundos por detrás.

Aquí abajo hace más frío. Huele a humedad, a moho. Mi teléfono emite un rayo de luz muy débil en la oscuridad, pero alcanzo a ver el resplandor naranja de un interruptor delante de mí. Lo pulso y se enciende la luz; el pequeño temporizador mecánico empieza a sonar: tic, tic, tic, tic. Seguramente solo tengo un par de minutos antes de que se apague. No hay duda, estoy en el sótano: un espacio ancho y de techo bajo que fácilmente puede ser el doble de grande que el apartamento de Ben. Varias puertas salen de él. En la esquina hay un estante con un par de bicicletas. Y, apoyado en la pared, un ciclomotor rojo. Me acerco a él, saco las llaves que encontré en la chaqueta de Ben, meto la de la Vespa en el contacto y la giro. Se encienden las luces. Entonces me doy cuenta: Ben no puede haberse ido por ahí, a algún sitio, con su moto. Debo de haberme apoyado en ella porque siento que se inclina. Ahora veo que la rueda delantera está pinchada; tiene la goma hecha trizas. ¿Habrá sido un accidente? Pero hay algo en el destrozo que parece intencionado.

Me vuelvo para mirar el sótano. Quizá el responsable haya desaparecido detrás de una de esas puertas. ¿Se está escondiendo de mí? Siento un escalofrío de inquietud cuando me doy cuenta de que puede que me esté observando.

Abro la primera puerta. Un par de lavadoras, una de ellas encendida, con la ropa girando en un revoltijo multicolor.

En el cuarto de al lado huelo los cubos de basura antes de verlos: ese olor dulzón, a podrido. Se oye un ruido, como de algo arrastrándose. Cierro la puerta.

El cuarto siguiente es un armario de limpieza: fregonas, cepillos y cubos y un montón de trapos sucios en el rincón.

El siguiente tiene un candado, pero la puerta está abierta. La empujo. Está lleno de vino: estantes y más estantes, del suelo al techo. Debe de haber más de mil botellas. Algunas parecen muy viejas: las etiquetas están manchadas y medio despegadas y el vidrio cubierto de polvo. Saco una. No sé mucho de vinos. He trabajado en muchos bares, pero siempre eran sitios de esos en los que la gente te dice «una copa grande de tinto, guapa» y por un par de libras más te ponen la botella entera. Este en cambio se nota que es caro. Está claro que el que tenga aquí abajo esta bodega se fía de sus vecinos. Y seguramente no lo notará, si desaparece una botellita. Puede que me aclare las ideas. Voy a escoger una que se note que lleva siglos aquí, una de la que se hayan olvidado. Encuentro las botellas más polvorientas y cubiertas de telarañas en los estantes de abajo, busco por las filas y saco una un poco. 1996. Una imagen de una casa señorial en relieve dorado. *Château Blondin-Lavigne*, pone en la etiqueta. Esta me vale.

Se apaga la luz. Se habrá agotado el tiempo. Busco un interruptor. Esto está tan oscuro que me desoriento enseguida. Doy un paso a la izquierda y me rozo con algo. Mierda. Debo tener cuidado: estoy prácticamente rodeada de paredes de vidrio tambaleante.

Ahí. Por fin veo el brillito naranja de otro interruptor. Lo pulso y vuelve a encenderse la luz con un zumbido.

Me vuelvo hacia la puerta. Qué raro, creía que la había dejado abierta. Se habrá cerrado detrás de mí. Giro el pomo, pero no pasa nada cuando empujo. La puerta no se mueve. ¿Qué coño…? No puede ser. Lo intento otra vez, y nada. Y luego otra, con todas mis fuerzas, apoyando todo mi peso contra la puerta.

Alguien me ha encerrado aquí dentro. Es la única explicación.

LA PORTERA

Portería

Es por la tarde y ya la luz parece desvanecerse, las sombras se espesan. Tocan a la puerta de mi cabaña. Lo primero que pienso es que es él, Benjamin Daniels. El único que se dignaría venir a verme aquí. Me acuerdo de la primera vez que llamó a mi puerta, pillándome por sorpresa.

—*Bonjour, madame.* Solo quería presentarme. Me mudo al tercer piso. ¡Supongo que eso nos convierte en vecinos!

Al principio creí que se estaba burlando de mí, pero su sonrisa educada decía lo contrario. Seguro que tenía que saber que no había ningún mundo en el que nosotros dos fuéramos vecinos, ¿no? Aun así, me impresionó.

Vuelven a llamar a la puerta. Esta vez noto el tono autoritario de la llamada y me doy cuenta de mi error. No es él, claro... Sería imposible.

Cuando abro la puerta, ella está al otro lado: Sophie Meunier. *Madame,* para mí. Con todas sus galas: el abrigo beige tan elegante, el bolso negro reluciente, el casco negro y lustroso de su pelo, el nudo de seda del fular... Forma parte de esa tribu de mujeres a las que se ve paseando por las calles más distinguidas de esta ciudad, con bolsas de cartón rígido con letras doradas colgadas del brazo, llenas de ropa de diseño y objetos caros, y un perrito de raza al final de una correa. Los maridos adinerados con sus aventuras de *cinq-à-sept*, los pisazos señoriales y las casas de vacaciones blancas con postigos de madera en la Île de Ré. Nacidas aquí, criadas aquí, de la burguesía francesa más rancia, o al menos eso quieren hacernos creer. Nada chabacano. Nada *nouveau*. Todo sencillez elegante, calidad y herencia.

—*Oui, madame?* —digo.

Se aleja un paso de la puerta como si no soportara estar tan cerca de mi casa, como si su pobreza pudiera contagiársele de alguna manera.

—La chica —se limita a decir. No me llama por mi nombre, nunca me llama por mi nombre, ni siquiera estoy segura de que sepa cuál es—. La que llegó anoche, la que se aloja en el tercero.

—*Oui, madame?*

—Quiero que la vigile. Quiero que me diga cuándo se va y cuándo vuelve. Quiero saber si tiene visitas. Es sumamente importante. *Comprenez-vous?* ¿Comprende?

—*Oui, madame.*

—Bien.

No es mucho más alta que yo, pero aun así se las arregla para mirarme como desde una gran altura. Luego se da la vuelta y se aleja todo lo rápido que puede con el perrito gris pisándole los talones.

La veo alejarse. Luego me acerco a mi pequeño escritorio y abro el cajón. Miro dentro, reviso su contenido.

Puede que me mire por encima del hombro, pero el conocimiento que tengo me da poder. Y creo que ella lo sabe. Sospecho, aunque ella nunca lo reconocería, que *madame* Meunier me tiene un poco de miedo.

Es curioso: tenemos en común más cosas de las que parece a simple vista. Las dos llevamos mucho tiempo viviendo en este edificio. Las dos, cada una a su modo, nos hemos vuelto invisibles. Parte del decorado.

Pero yo sé qué clase de mujer es de verdad *madame* Sophie Meunier. Y de lo que es capaz.

JESS

—¡Hola! —grito—. ¿Alguien me oye?

Siento cómo se tragan el sonido las paredes, lo inútil que es gritar. Empujo la puerta con todas mis fuerzas, confiando en romper la cerradura con el peso de mi cuerpo. Nada: es como si me estrellara contra un muro de hormigón. Golpeo la madera, aterrada.

Mierda. ¡Mierda!

—¡Hola! —grito desesperadamente—. ¡HOLA! ¡AYUDA!

Esa última palabra. El recuerdo repentino de otra habitación. Yo gritando a pleno pulmón, gritando hasta quedarme ronca y aun así sintiendo que no era suficiente, porque nadie acudía. «Ayuda, ayuda, ayuda, que alguien me ayude, ella no está…».

Me tiembla todo el cuerpo.

Y entonces, de repente, se abre la puerta y se enciende una luz. Hay un hombre ahí, de pie. Doy un paso atrás. Es Antoine, el tío al que acabo de ver romper una botella contra una mesita, como si tal cosa.

No… Ahora veo que me he equivocado. Habrá sido por la altura, quizá, y por la anchura de los hombros. Pero este es más joven y, a la poca luz que hay, veo que tiene el pelo más claro, de un color rubio oscuro.

84

—*Ça va?* —me pregunta. Y añade en inglés—: ¿Estás bien? He bajado a por mi ropa y he oído…

—¡Eres británico! —exclamó.

Tan británico como la Reina, de hecho: tiene el típico acento de niño pijo, como si tuviera la boca llena de nata. Un poco como el que adoptó Ben cuando se fue a vivir con sus padres nuevos.

Me mira como si esperase una explicación.

—Alguien me ha encerrado aquí —digo. Me entran escalofríos ahora que se está disipando el efecto de la adrenalina—. Me han encerrado a propósito.

Se pasa una mano por el pelo y frunce el ceño.

—No creo. La puerta estaba atascada cuando la he abierto. El pomo no va muy bien, desde luego.

Pienso en la fuerza con que me he lanzado contra la puerta. ¿De verdad puede haberse atascado sin más?

—Bueno, gracias —digo débilmente.

—No hay de qué. —Retrocede y me mira—. ¿Qué haces aquí? No en la *cave*, quiero decir. En el edificio.

—¿Conoces a Ben, el vecino del tercero? He venido a pasar unos días con él.

Vuelve a fruncir el ceño.

—Ben no me dijo que esperaba visita.

—Bueno, es que fue todo un poco precipitado —digo—. Entonces…, ¿le conoces?

—Sí. Somos amigos desde hace mucho. ¿Y tú eres…?

—Soy Jess —digo—. Jess Hadley, su hermana.

—Yo soy Nick. —Se encoge de hombros—. Soy…, bueno, el que le propuso que se viniera a vivir aquí.

NICK

Segundo piso

Le he propuesto a Jess que suba a casa en vez de hablar en la *cave*, donde hace frío y está oscuro. Ahora me arrepiento un poco: le he ofrecido que se siente, pero se pasea por la habitación mirando mi bici Peloton y mis estanterías. Tiene desgastadas las rodillas de los vaqueros, los puños del jersey deshilachados y las uñas mordidas casi hasta la raíz, como trocitos de concha rota. Desprende una energía nerviosa, inquieta: nada que ver con la indolencia y la relajación de Ben. Su voz también es distinta; supongo que a ella no le tocó ir a un colegio privado. Claro que la dicción de Ben cambiaba mucho dependiendo de con quién estuviera hablando. Tardé un tiempo en notarlo.

—Oye —dice de repente—, ¿te importa que me lave un poco la cara? Estoy muy sudada.

—Claro que no.

¿Qué voy a decirle?

Vuelve pasados un par de minutos. Me viene un olor a Annick Goutal Eau de Monsieur. O bien también lo usa ella (lo que parece improbable) o se ha puesto un poco cuando estaba en el baño.

—¿Mejor? —le pregunto.

—Sí, mucho mejor, gracias. Me gusta tu ducha efecto lluvia. Se llama así, ¿no?

86

Sigo observándola mientras recorre la habitación con la mirada. Se parecen, sí. Desde ciertos ángulos, el parecido es casi escalofriante. Pero el color del pelo es distinto: el suyo, rojo oscuro; el de Ben, castaño. Y ella es bajita y fibrosa de cuerpo. Por eso y por la curiosidad con que merodea examinándolo todo, me recuerda a un zorrito.

—Gracias por ayudarme —dice—. Por un momento he pensado que no iba a salir nunca de ahí.

—Pero ¿se puede saber qué hacías en la *cave*?

—¿En la qué?

—En la *cave* —contesto—. Significa «bodega» en francés.

—Ah, ya. —Se muerde la piel del borde de la uña del pulgar y se encoge de hombros—. Solo estaba echando un vistazo, supongo.

He visto la botella de vino que tenía en la mano. He visto como volvía a dejarla en el estante cuando creía que yo no miraba, pero no voy a mencionarlo. El dueño de esa bodega puede permitirse perder una botella o dos.

—Es enorme ese sótano —comenta.

—Lo utilizó la Gestapo en la guerra —le digo—. Su cuartel general estaba en la avenida Foch, cerca del Bois de Boulogne, pero al final de la ocupación tenían… exceso de personal. Usaban el sótano para alojar a presos. Miembros de la Resistencia y esas cosas.

Hace una mueca.

—Supongo que es lógico. Este lugar tiene atmósfera, ¿sabes? A mi madre le encantaban esas cosas: las energías, el aura, las vibraciones…

«Le encantaban». Recuerdo que Ben me habló de su madre una noche, borracho en un *pub*. Aunque sospecho que ni siquiera estando borracho me contó más de lo que pretendía contarme.

—La verdad es que yo nunca he creído mucho en esas cosas —continúa—, pero aquí se nota que hay algo. Este sitio me da escalofríos. —Se refrena—. Lo siento, no quería ofenderte…

—No, no pasa nada. Creo que sé lo que quieres decir. Entonces, eres la hermana de Ben.

Quiero saber con exactitud qué está haciendo aquí.

Asiente con un gesto.

—Sí. Misma madre, distinto padre.

Noto que no dice nada de que a Ben le adoptaron. Recuerdo la sorpresa que me llevé cuando lo supe. Y también que pensé que tenía sentido. Eso explicaba que no se le pudiera encasillar como al resto de nuestros compañeros de clase en la facultad: los remeros serios y estirados, los empollones de matrícula de honor, los fiesteros que andaban siempre de juerga… Sí, tenía la dicción y la soltura de un chico de colegio privado, pero siempre daba la impresión de que había algo más por debajo de todo eso. Un asomo de algo más tosco, más turbio. Quizá por eso la gente se sentía tan atraída por él.

—Me gusta tu Gaggia —dice Jess acercándose a la cocina—. Tenían una así en una cafetería en la que trabajé. —Se ríe sin muchas ganas—. Puede que no haya ido a un colegio pijo ni a una universidad famosa como mi hermano, pero hago una microespuma de muerte.

Noto un punto de acritud en sus palabras.

—¿Te apetece un café? Puedo preparártelo. Aunque me temo que solo tengo leche de avena.

—¿Tienes cerveza? —pregunta esperanzada—. Ya sé que es temprano, pero me sentaría estupendamente tomarme una.

—Claro, y siéntate, por favor —le digo señalando el sofá.

Con lo poco que he dormido, verla dar vueltas por la habitación me está mareando.

Voy a la nevera y saco un par de botellas: cerveza para ella y *kombucha* para mí (nunca bebo alcohol antes de las siete). Antes de que me dé tiempo a abrirle la cerveza, se saca un mechero del bolsillo, lo encaja entre la yema del índice y la parte inferior de la chapa y, no sé cómo, la abre. Yo la observo asombrado, y un poco horrorizado también. ¿Quién es esta chica?

—Creo que Ben no me dijo que ibas a venir —le digo con toda la naturalidad que puedo. No quiero que piense que la estoy acusando de nada, aunque desde luego Ben no me lo dijo. Claro que no hemos hablado mucho estas últimas dos semanas, con lo ocupado que estaba él.

—Es que fue un poco improvisado. —Hace un gesto vago con la mano—. ¿Cuándo has visto por última vez a Ben?

—Hace un par de días, creo.

—Entonces, ¿hoy no has sabido nada de él?

—No. ¿Por qué? ¿Pasa algo?

Observo como se rasga la uña del pulgar con los dientes, tan fuerte que me estremezco. Veo brotar una gotita de sangre en la raíz.

—No estaba aquí cuando llegué anoche. Y no sé nada de él desde ayer por la tarde. Sé que esto te va a sonar raro, pero ¿puede haberse metido en algún lío?

Toso y me atraganto con el sorbo que acabo de tomar.

—¿En un lío? ¿De qué tipo?

—Es que… tengo la impresión de que pasa algo raro. —Se ha puesto a toquetear la cadena de oro que lleva al cuello. Veo asomar el santito de metal; es idéntico al de él—. Me dejó una nota de voz que… Es como si se cortara a mitad de una frase. Y ahora no contesta al teléfono. No ha leído mis mensajes. Su cartera y sus llaves estaban en el apartamento, y sé que no se ha llevado la Vespa porque la he visto en el sótano.

—Pero eso es muy propio de Ben, ¿no? Seguramente se habrá ido unos días a hacer algún reportaje con un par de cientos de euros en el bolsillo de atrás. Desde aquí puedes coger un tren casi a cualquier sitio de Europa. Ben siempre ha sido así, desde que éramos estudiantes. Desaparecía de repente y volvía a los pocos días contando que se había ido a Edimburgo porque le apetecía, o que quería ver los Norfolk Broads, o que se había alojado en un albergue y había estado haciendo senderismo por los Brecon Beacons.

Los demás apenas nos acordábamos de que había un mundo fuera de nuestra pequeña burbuja (algunos, de hecho, queríamos olvidarlo). No se nos hubiera ocurrido marcharnos. Él, en cambio, se iba solo, por su cuenta, como si no estuviera cruzando una especie de barrera invisible. Esa ansia, ese empuje que tenía…

—No creo —dice Jess interrumpiendo mis recuerdos—. Ben no haría eso sabiendo que yo venía.

Pero no parece segura del todo. Lo dice casi como si formulara una pregunta.

—De todos modos, parece que le conoces bastante bien —añade.

—No nos veíamos mucho hasta hace poco. —Eso, al menos, es cierto—. Ya sabes lo que pasa. Pero se puso en contacto conmigo cuando se mudó a París. Y cuando volvimos a vernos, pareció que no había pasado el tiempo.

Vuelvo a pensar en aquel reencuentro, hace casi tres meses. Mi sorpresa —mi asombro— al ver su correo electrónico después de tanto tiempo, después de todo lo que pasó. Un bar deportivo en Saint-Germain: el suelo y la barra pegajosos, camisetas de *rugby* de equipos franceses firmadas y clavadas en la pared, trozos de embutido rancio para acompañar la cerveza y unas quince pantallas de televisión emitiendo partidos de la liga francesa de *rugby*. Pero había algo nostálgico en el ambiente. Era casi el tipo de sitio al que habríamos ido en nuestra época de estudiantes, a tomar pintas y a hacer como que éramos hombres de verdad.

Nos contamos lo que nos había pasado durante los diez años anteriores: mi etapa en Palo Alto, su carrera de periodista. Sacó su móvil para mostrarme su trabajo.

—No es precisamente… material de primera —dijo encogiéndose de hombros—. No es a lo que quería dedicarme. Es una porquería, la verdad. Pero ahora mismo las cosas están chungas. Tendría que haberme dedicado a la tecnología, como tú.

Tosí, un poco avergonzado.

—Hombre, tampoco es que yo haya conquistado el mundo de la tecnología.

Me estaba quedando corto, en realidad, pero casi me decepcionaba más su falta de éxito que la mía. Yo esperaba que a esas alturas ya hubiera escrito una novela premiada. Nos habíamos conocido en un periódico estudiantil, pero a él siempre pareció tirarle más la ficción que el rigor periodístico. Y yo estaba seguro de que, si alguien triunfaba, sería Ben Daniels. Si él no lo conseguía, ¿a qué podíamos aspirar los demás?

—La verdad es que tengo la sensación de estar siempre en la cuerda floja —comentó—. Puedo comer en algunos restaurantes de primera y de vez en cuando consigo una noche gratis por ahí. Pero no es exactamente lo que pensaba que acabaría haciendo. Para eso necesitas una gran historia, hacerte un nombre. Un verdadero golpe de efecto. Estoy harto de Londres, de ese club de amiguetes. Y se me ocurrió probar suerte aquí.

Los dos teníamos grandes planes la última vez que nos habíamos visto, aunque los míos consistieran básicamente en mandar a la mierda a mi viejo y estar lo más lejos posible de casa.

Un estruendo repentino me devuelve a la habitación. Jess, que otra vez se está paseando por la habitación, ha tirado una foto de la estantería: una de las pocas que tengo ahí arriba.

La recoge.

—Perdón. Pero es un barco muy bonito. El de la foto.

—Es el yate de mi padre.

—¿Y este eres tú, el que está con él?

—Sí.

En esa foto tengo unos quince años. Él tiene la mano apoyada en mi hombro y los dos sonreímos a la cámara. Aquel día conseguí impresionarle manejando el timón un rato. Creo que es una de las pocas veces que he sentido que estaba orgulloso de mí.

De repente oigo una carcajada.

—Y esta parece sacada de *Harry Potter* —dice—. Con estas capas negras. ¿Esto es…?

—Cambridge.

Un grupo de alumnos después de un baile de etiqueta, posando en Jesus Green, junto al río Cam, a la luz del atardecer, medio borrachos con nuestras togas y botellas de vino en las manos. Mirando la foto, casi puedo sentir ese aroma tan verde de la hierba recién cortada: la esencia de un verano inglés.

—¿Allí fue donde conociste a Ben?

—Sí, trabajábamos juntos en *Varsity*, él en la redacción y yo en la página web. Y los dos íbamos al Jesus.

Pone cara de fastidio.

—Qué nombres les ponen a esos sitios. —Mira la foto entrecerrando los ojos—. Ben no está en esta foto, ¿no?

—No. La hizo él.

Se reía mientras nos hacía posar. Típico de Ben estar detrás de la cámara, en vez de delante: contando la historia en lugar de formar parte de ella.

Jess se acerca a las estanterías. Va de un lado a otro leyendo los títulos. Cuesta imaginársela quieta.

—Cuántos libros en francés tienes. Eso es lo que estudiaba Ben allí, ¿no? Estudios Franceses o algo así.

—Bueno, al principio hizo Lenguas Modernas, sí. Luego se cambió a Literatura Inglesa.

—¿En serio? —Algo nubla su rostro—. No… no lo sabía. Nunca me lo ha dicho.

Recuerdo las cosas sueltas que Ben me contó de ella mientras viajábamos. Que lo había tenido mucho más difícil que él. Que no había tenido a nadie que la ayudara. Y que fue pasando de una casa de acogida a otra sin asentarse en ningún sitio.

—Así que ¿tú eres el amigo que le ayudó a conseguir este piso? —pregunta.

—Sí, ese soy yo.

* * *

—Suena de maravilla —dijo Ben cuando se lo propuse, el día de nuestro reencuentro—. ¿Y estás seguro de eso, del alquiler? ¿En serio crees que sería tan bajo? Si te digo la verdad, ahora mismo ando corto de dinero.

—Puedo preguntar —le dije—. Pero sí, estoy casi seguro. Bueno, no está en perfecto estado. Si no te importa que haya algunas cosas un poco… antiguas…

Sonrió.

—En absoluto. Ya me conoces. Me gustan los lugares con carácter. Y te aseguro que es mucho mejor que dormir en el sofá de un amigo. ¿Puedo llevar a mi gato?

Me reí.

—Imagino que sí. —Le dije que iba a informarme—. Creo que seguramente te lo alquilarán, si lo quieres.

—Pues… gracias, tío. Quiero decir que… En serio, me parece alucinante, de verdad.

—De nada. Encantado de ayudarte. Entonces, ¿sí? ¿Te interesa?

—Ya lo creo. —Se rio—. Deja que te invite a otra ronda para celebrarlo.

Estuvimos horas allí sentados, tomando cervezas. Y de repente era como si estuviéramos otra vez en Cambridge, como si no hubiera pasado el tiempo.

Se mudó un par de días después. Así de rápido. Yo estaba con él en el apartamento cuando lo vio por primera vez.

—Ya sé que es un poco retro —le dije.

—Desde luego, tiene carácter. ¿Sabes qué? Creo que lo voy a dejar así. Me gusta. Es gótico.

Y pensé que era genial tenerle de vuelta. Me sonrió y no sé por qué pero de repente sentí que todo iba a salir bien. Mejor que bien, incluso. Como si aquello pudiera ayudarme a encontrar a ese tipo que yo había sido una vez, hacía mucho tiempo.

—¿Puedo usar tu ordenador?

—¿Qué?

Dejo de recordar, sobresaltado. Veo que Jess se ha acercado a mi iMac.

—Las dichosas tarifas de *roaming* son una putada. Se me ha ocurrido que puedo echarle otro vistazo al Instagram de Ben, por si acaso le ha pasado algo a su teléfono y ha contestado a mi mensaje.

—Eh... Puedo darte la contraseña de mi wifi.

Pero ya está sentada con la mano en el ratón. Parece que no tengo elección.

Mueve el ratón y la pantalla se ilumina.

—Espera. —Se inclina hacia delante mirando el salvapantallas y luego se gira hacia mí—. Estos sois Ben y tú, ¿verdad? Jo, qué joven está. Y tú también.

Llevo varios días sin encender el ordenador. Me obligo a mirar.

—Supongo que sí. Éramos casi unos críos.

Qué extraño es pensarlo. Me sentía tan adulto en ese momento... Como si todos los misterios del mundo se me hubieran revelado de repente. Y sin embargo seguíamos siendo unos críos. Miro por las ventanas. No me hace falta mirar la foto; puedo verla con los ojos cerrados. La luz dorada y oblicua, los dos guiñando los ojos para que el sol no nos deslumbrase.

—¿Dónde estabais?

—Unos cuantos nos fuimos de Interrail todo el verano después de los exámenes finales.

—¿Cómo, en tren?

—Sí, por toda Europa. Fue increíble.

Lo fue de verdad. La mejor época de mi vida, incluso.

Miro a Jess. Se ha quedado callada. Parece ensimismada.

—¿Estás bien?

—Sí, claro. —Pone una sonrisa forzada. Su energía parece haberse disipado un poco—. Entonces… ¿dónde hicisteis esta foto?

—Creo que en Ámsterdam.

No es que lo crea: lo sé. ¿Cómo voy a olvidarlo?

Mirando esa foto, siento aún el sol de finales de julio en la cara, el olor a azufre del agua tibia del canal. Veo con toda claridad aquellos días, aunque esos recuerdos tengan más de una década. Pero todo en aquel viaje parecía importante. Todo lo que se dijo, todo lo que se hizo.

JESS

—Acabo de acordarme de que tengo que irme —dice Nick mirando su reloj—. Lo siento, sé que querías usar el ordenador.

—Ah —digo, un poco cortada—. No te preocupes. A lo mejor puedes darme tu contraseña, a ver si puedo conectarme a la wifi desde arriba.

—Claro.

De repente parece impaciente por irse. Puede que llegue tarde a algo.

—¿Qué pasa? —le pregunto—. ¿Tienes trabajo?

Me gustaría saber a qué se dedica. Desde luego, se nota que tiene pasta, aunque no cante a dinero; es más bien como si lo susurrara. Al echar un vistazo a la casa, he visto que tiene unos altavoces supermodernos (Bang & Olufsen; los buscaré luego, pero estoy segura de que son carísimos), una cámara de las buenas (una Leica), un monitor enorme en el rincón (un Apple) y esa cafetera tan profesional. Pero hay que fijarse bien para darse cuenta de que es rico. Las pertenencias de Nick dejan claro que está forrado, pero también que no quiere jactarse de su riqueza. Puede que incluso se avergüence un poco de ella. En todo caso, dan muchas pistas sobre él, igual que los libros que tiene en las estanterías; por lo menos los títulos que entiendo: *Inversión estratégica,*

El inversor tecnológico, Atrapar un unicornio, La ciencia de la auto-disciplina... O como las cosas que tiene en el baño. He pasado unos tres segundos mojándome la cara con agua fría; el resto del tiempo lo he dedicado a registrar los armarios. Se pueden averiguar muchas cosas de alguien viendo su cuarto de baño. Eso lo aprendí cuando me llevaban a conocer a posibles familias de acogida. Nadie te va a impedir que uses su baño si se lo pides. Me metía allí, husmeaba un poco, a veces birlaba un lápiz de labios o un frasco de perfume, y otras veces echaba una ojeada a las habitaciones al volver, y así averiguaba si ocultaban algo raro o sospechoso.

En el cuarto de baño de Nick he visto lo normal: enjuague bucal, pasta de dientes, loción para después del afeitado, paracetamol, cosméticos caros con nombres como Aesop y Byredo y, además, una buena provisión de oxicodona. Todo el mundo tiene su veneno particular, eso lo entiendo. Yo también probé algunas cosas, en su día, cuando sentía que era más fácil dejar de preocuparse por cualquier cosa y escabullirse por la puerta falsa de la vida. No era lo mío, pero lo entiendo. Y supongo que los chicos ricos también sufren.

—Estoy... Bueno, estoy en paro ahora mismo —contesta Nick.

—¿En qué trabajabas antes?

Me retiro de mala gana del escritorio. Estoy segura de que su último trabajo no fue en un antro con palmeras hinchables y flamencos colgando del techo.

—Estuve una temporada en San Francisco. En Palo Alto. Empresas tecnológicas emergentes. Era un ángel, ¿sabes lo que es?

—Pues... no.

—Un inversor.

—Ah.

Debe de ser bonito tomarse con tanta tranquilidad el no tener trabajo. Está claro que para él «estar en paro» no significa andar corto de dinero.

Se encoge un poco para pasar por mi lado y llegar a la puerta; le he bloqueado el paso y, como es un inglés formalito y pijo, seguramente le parece de mala educación pedirme que me retire. Noto el olor de su colonia cuando pasa a mi lado: un perfume ahumado, caro y delicioso, el mismo que me he echado en el baño.

—Uy —digo—, perdona, te estoy entreteniendo.

—No pasa nada.

Pero me da la impresión de que no está tan relajado como aparenta; quizá por su postura o por la tensión de su mandíbula.

—En fin, gracias por tu ayuda.

—Mira —dice—, seguro que no hay por qué preocuparse, pero cuenta conmigo si necesitas ayuda. Si puedo hacer algo o aclararte cualquier duda, intentaré hacerlo.

—Sí que hay una cosa —le digo—. ¿Sabes si Ben está saliendo con alguien?

Frunce el ceño.

—¿Saliendo con alguien?

—Sí. Si tiene novia o algún ligue.

—¿Por qué lo preguntas?

—Es solo una corazonada.

No soy para nada mojigata, pero me da un poco de repelús hablarle de las bragas que encontré en la cama de Ben.

—Pues…

Se lleva una mano al pelo y se pasa los dedos por él, revolviéndose los rizos. Es guapísimo. Sí, mi prioridad es encontrar a Ben, pero no estoy ciega. Siempre he tenido una debilidad absurda por los pijos educaditos (y no es que esté orgullosa de ello).

—No, que yo sepa —contesta por fin—. No creo que tenga novia, pero supongo que no estoy al tanto de todo lo que hace en París. Quiero decir que habíamos perdido el contacto antes de que se mudara aquí.

—Sí.

Le entiendo perfectamente.

«Pero eso es muy propio de Ben, ¿no?», ha dicho hace un rato. «Siempre ha sido así, desde que éramos estudiantes». Y yo he pensado: «¿Ah, sí? ¿En serio?». Y, si cuando estaba en Cambridge solía irse por ahí sin previo aviso, ¿cómo es que nunca sacaba tiempo para venir a verme? Siempre decía que estaba «muy liado con los trabajos de clase» o que no podía faltar a sus tutorías, porque ya sabía yo cómo era aquello. Pero yo no lo sabía, claro. Él sabía que yo no lo sabía. Una de las pocas veces que vino a verme (yo estaba entonces con una familia de acogida en Milton Keynes) fue cuando le propuse ir yo Cambridge. Tuve el presentimiento de que la amenaza de que su hermana —esa chavala cutre de casa de acogida— se presentara allí y estropeara su imagen daría resultado. Al pensarlo, siento una punzadita de algo que espero que sea rabia y no dolor. El dolor es lo peor.

—Siento no serte más útil —dice Nick—, pero, si necesitas algo, aquí estoy. En el piso de abajo.

Nuestras miradas se cruzan. Sus ojos son de un azul muy oscuro, no marrones como yo creía. Intento no dejarme cegar por la ligera atracción que siento por él. ¿Puedo confiar en este tío? Es amigo de Ben. Dice que está dispuesto a ayudarme. El problema es que no se me da muy bien confiar en la gente. Llevo demasiado tiempo valiéndome sola. Aun así, Nick podría serme útil. Conoce a Ben. Por lo visto, mejor que yo en algunos aspectos. Está claro que habla francés. Parece un tipo majo. Pienso en esa Mimi, tan rara y nerviosa, y en esa Sophie Meunier, que es como un témpano de hielo. Es agradable pensar que alguien en este edificio puede echarme una mano, ser un aliado.

Veo que se pone un abrigo elegante, de lana azul marino, y que se enrolla al cuello una bufanda gris que parece muy suave.

Se acerca a la puerta y me la abre.

—Encantado de conocerte, Jess —dice con una sonrisilla.

Parece el retrato de un ángel. No sé por qué se me ocurre esa idea (puede que sea porque él mismo ha usado la palabra hace un momento), pero sé que es correcta; perfecta, incluso. Un ángel caído. Es por el pelo rizado y rubio oscuro y por esas sombras púrpura que tiene debajo de los ojos azules oscuros. A mi madre también le gustaban los ángeles; siempre nos decía a Ben y a mí que todos tenemos uno que vela por nosotros. Lástima que el suyo no estuviera a la altura.

—Y, oye, estoy seguro de que Ben va a aparecer —dice.

—Gracias. Yo también lo creo. —Intento creerlo, al menos.

—Espera, voy a darte mi número.

—Genial.

Le doy mi móvil y graba su número.

Cuando vuelvo a cogerlo, nuestros dedos se rozan y él baja la mano rápidamente.

Al volver al apartamento de Ben, es un alivio comprobar que puedo usar la wifi de Nick con la contraseña que me ha dado. Me meto en el Instagram de Ben y busco «Nick Miller», el nombre que ha grabado en mi móvil, pero no lo veo entre los seguidores de Ben. Pruebo a hacer una búsqueda más general y me salen Nick Millers de todas partes: de Estados Unidos, de Canadá, de Australia… Les echo un vistazo hasta que empiezan a escocerme los ojos, pero son demasiado jóvenes, o demasiado viejos, o demasiado calvos, o del país que no es. Google tampoco me sirve de nada: todos los resultados del buscador tratan sobre un personaje de una serie de televisión llamado Nick Miller. Me rindo. Justo cuando estoy a punto de guardarme el móvil en el bolsillo, vibra al recibir un mensaje. Y por un momento pienso: «Ben. ¡Es de Ben!». Sería increíble, después de todo lo que…

Es de un número desconocido:

He recibido tu mensaje sobre Ben. No he tenido noticias suyas, aunque me había prometido un par de artículos y una propuesta. Voy a estar todo el día trabajando en el café Belle Epoque, junto a los Jardines de Luxemburgo. Puedes encontrarme allí. T.

Al principio no entiendo quién es; luego veo mi mensaje, arriba, y me doy cuenta de que es el tío al que escribí antes. Me saco la cartera de Ben del bolsillo de atrás del pantalón para ver su nombre completo. *Theo Mendelson. Corresponsal en París,* The Guardian.

Voy ahora mismo, le respondo.

Antes de volver a meter la tarjeta en la cartera, me doy cuenta de que hay otra detrás. Me llama la atención porque es muy sencilla, muy poco habitual. Es metálica, de color azul noche, con una imagen de fuegos artificiales en dorado. No tiene texto ni números ni nada. No es una tarjeta de crédito. Tampoco parece una tarjeta de visita. ¿Qué es, entonces? Dudo, me sorprendo un poco al notar cuánto pesa en la palma de la mano y me la guardo en el bolsillo.

Cuando abro la puerta que da al patio me doy cuenta de que está empezando a oscurecer: el cielo es del color de un moratón de hace tiempo. ¿Cómo es posible? No he notado que pasaban las horas. Este lugar se traga el tiempo, como en un cuento de hadas.

Al salir al patio oigo un sonido cerca, un arañar: *ras, ras, ras.* Me vuelvo y doy un respingo al ver una figura pequeña y encorvada a un par de metros de mí, a la derecha. Es la señora mayor que vi anoche. Lleva el pelo gris tapado con un pañuelo y una especie de chaqueta larga y amorfa encima de un delantal. Su cara es toda nariz y barbilla; las cuencas de los ojos parecen vacías. Podría tener cualquier edad entre setenta y noventa años. Sostiene una escoba con la que barre las hojas muertas formando un montón. Me mira fijamente.

—*Bonsoir* —le digo—. Eh… ¿Ha visto a Ben? ¿El vecino del tercero? —señalo arriba, a las ventanas del apartamento, pero ella sigue barriendo, *ras, ras, raaaas,* sin dejar de observarme.

Luego se acerca aún más. No me quita ojo, casi ni parpadea, solo desvía la vista un segundo para mirar el edificio como si buscara algo. Luego abre la boca y dice en voz baja, con un sonido parecido al de las hojas muertas:

—Aquí no se te ha perdido nada.

La miro extrañada.

—¿Cómo dice?

Menea la cabeza. Y entonces se da la vuelta, se aleja y sigue barriendo. Ha sido todo tan rápido que casi podría creer que me lo he imaginado. Casi.

Me quedo mirando su figura encorvada mientras se aleja. Por Dios santo, tengo la sensación de que toda la gente que conozco en este edificio habla en clave, menos Nick, quizá. Siento un impulso repentino y casi violento de acercarme a ella corriendo y, no sé, zarandearla o algo así… Obligarla a decirme qué ha querido decir. Me trago mi frustración.

Cuando me vuelvo para abrir la puerta de fuera, siento su mirada en los omóplatos tan claramente como el roce de la yema de unos dedos. Y al salir a la calle no puedo evitar preguntarme si habrá sido una advertencia o una amenaza.

LA PORTERA

Portería

La puerta se cierra haciendo ruido detrás de la chica. Se cree que está en un edificio de pisos normal y corriente. En un sitio que se rige por las reglas habituales. No tiene ni idea de dónde se ha metido.

Pienso en las instrucciones de *madame* Meunier. Sé que no tengo más remedio que obedecer. Me juego demasiado como para no cooperar. Le diré que la chica acaba de salir, como me ha pedido. Y también la avisaré cuando vuelva. Como la empleada obediente que soy. No le tengo ninguna simpatía a *madame* Meunier, eso ya lo he dejado claro, pero la llegada de la chica nos ha obligado a entablar una especie de alianza incómoda. La chica ha estado husmeando. Preguntando a los vecinos, igual que hacía él. No puedo permitir que ponga este sitio en evidencia. Es lo que quería hacer él.

Aquí hay cosas que tengo que proteger, ¿comprenden? Cosas que hacen que no pueda dejar este trabajo. Y hasta hace poco me sentía segura aquí. Porque esta gente tiene secretos. Me he metido demasiado en esos secretos. Sé demasiado. No pueden deshacerse de mí. Y yo nunca podré librarme de ellos.

Fue amable, el recién llegado. Nada más. Se fijó en mí. Me saludaba cada vez que pasaba por el patio, o en la escalera. Me preguntaba qué tal estaba. Hacía comentarios sobre el tiempo. No

103

parece gran cosa, ¿verdad? Pero hacía tanto tiempo que nadie me prestaba atención, que nadie era tan amable conmigo… Hacía tanto tiempo que no se fijaban en mí como ser humano… Y al poco empezó a hacer preguntas.

—¿Cuánto tiempo lleva trabajando aquí? —me preguntó mientras limpiaba el suelo de piedra, al pie de la escalera.

—Mucho, *monsieur*. —Escurrí la fregona en el cubo.

—¿Y cómo empezó a trabajar aquí? Espere, deje que lo haga yo. —Cargó con el pesado cubo de agua por el pasillo.

—Mi hija vino primero a París. Y yo vine detrás.

—¿Por qué vino a París?

—De eso hace mucho tiempo, *monsieur*.

—Aun así, me interesa.

Eso hizo que me fijara más en él. De repente sentí que ya le había contado suficiente. A aquel extraño. ¿Era demasiado amable, se interesaba demasiado? ¿Qué quería de mí?

Tuve mucho cuidado con lo que le respondí.

—No es una historia muy interesante. Puede que se la cuente en otro momento, *monsieur*. Tengo que seguir trabajando. Pero gracias por su ayuda.

—Por supuesto. No deje que la entretenga.

Durante muchos años, mi insignificancia y mi invisibilidad fueron una máscara detrás de la que esconderme. Y mientras tanto evitaba hurgar en el pasado. Desenterrar la vergüenza. Como digo, este trabajo puede tener sus pequeñas indignidades, pero no es ninguna vergüenza.

Sin embargo, el interés de ese hombre, sus preguntas… Por primera vez en mucho tiempo sentí que alguien me prestaba atención. Y como una tonta, caí en la trampa.

Y ahora esa chica le ha seguido hasta aquí. Hay que animarla a que se marche antes de que se dé cuenta de que las cosas no son lo que parecen.

Quizá yo pueda persuadirla de que se vaya.

JESS

Es extraño volver a estar entre la gente, el tráfico, el ruido, después del silencio del edificio. También me desorienta un poco, porque sigo sin saber muy bien dónde estoy, cómo conectan entre sí las calles de los alrededores. Echo un vistazo al plano en mi móvil, muy deprisa, para no gastar demasiados datos. Resulta que la cafetería donde he quedado con el tal Theo está en la otra punta de la ciudad, cruzando el río, así que decido coger el metro, aunque tenga que cambiar otro de los billetes que le robé a Ben.

Parece que, cuanto más me alejo del apartamento, menos me cuesta respirar. Es como si una parte de mí hubiera olido la libertad y no quisiera volver a entrar en ese sitio, aunque sé que tengo que hacerlo.

Camino por calles adoquinadas, pasando junto a terrazas con sillas de mimbre abarrotadas de gente charlando, bebiendo vino y fumando. Paso por delante de un molino de viento viejo, de madera, que asoma por detrás de un seto y me pregunto qué narices hace eso en medio de la ciudad, en un jardín particular. Al bajar a toda prisa un tramo largo de escaleras de piedra, tengo que esquivar a un tipo que duerme dentro de un fortín de cajas de cartón que parecen empapadas. Dejo un par de euros en su vasito de papel. Un poco más adelante atravieso un par de plazas muy elegantes que parecen casi idénticas, menos porque en el centro de una hay unos señores mayores jugando a la petanca o a algo muy parecido y en la otra un tiovivo con el techo a rayas y niños aferrados a caballitos y peces saltarines.

Cuando llego a las calles más concurridas, cerca de la estación de metro, noto una sensación extraña, una especie de tensión, como si estuviera a punto de pasar algo. Es como un olor en el aire, y yo tengo buen olfato para los líos. Y, efectivamente, veo tres furgones de la policía aparcados en una bocacalle. Los veo sentados dentro, con los cascos y los chalecos anticuchillo. Instintivamente, agacho la cabeza.

Sigo el flujo de gente hasta el metro. Me atasco en el torniquete porque me olvido de sacar el billetito de papel. Cuando llega el tren, no sé cómo abrir las puertas y un chico tiene que ayudarme antes de que se marche sin mí. Todo esto hace que me sienta como una turista despistada, cosa que odio: estar despistada es peligroso, te hace vulnerable.

Mientras estoy de pie, en medio de la aglomeración apestosa y agobiante del vagón, tengo la sensación de que me están observando. Miro a mi alrededor: un grupo de adolescentes colgados de la barra, con aspecto de haber salido de un parque de *skate* de los años noventa; una chica con chaqueta de cuero; unas cuantas señoras mayores con perros diminutos y carritos de la compra; un grupo de personas vestidas de manera extraña, con gafas de esquí en la cabeza y pañuelos al cuello, una de ellas con una pancarta pintada. Pero no veo nada especialmente sospechoso y, cuando llegamos a la siguiente parada, se sube un hombre con un acordeón y dejo de ver la mitad del vagón.

Al salir del metro, el camino más rápido parece ser atravesar un parque, el Jardin du Luxembourg. En el parque la luz es morada, cambiante; no ha oscurecido del todo. Las hojas crujen bajo mis pies por el sendero, allí donde no las han barrido y amontonado en pirámides enormes de color naranja brillante. Las ramas de los árboles están casi desnudas. Hay un quiosco de música vacío, una cafetería cerrada, sillas apiladas. Vuelvo a tener la sensación de que me observan, de que alguien me viene siguiendo. Siento una mirada fija en mí, pero no veo a nadie cuando me vuelvo.

Entonces le veo a él. A Ben. Pasa por delante de mí, corriendo junto a otro chico. ¿Qué coño...? Tiene que haberme visto. ¿Por qué no se ha parado?

—¡Ben! —grito apretando el paso—. ¡Ben!

Pero no mira atrás. Arranco a correr. Casi no le distingo ya, va desapareciendo en la penumbra. Mierda. Se me dan bien muchas cosas, pero correr no es una de ellas.

—¡Eh, Ben! ¡Joder!

No se da la vuelta, aunque varios corredores me miran al pasar. Por fin llego justo detrás de él, jadeando. Alargo la mano, le toco el hombro. Se da la vuelta.

Doy un paso atrás. No es Ben. De cara no se parece en nada: tiene los ojos demasiado juntos, la barbilla débil. Veo a Ben levantando una ceja, tan claramente como si le tuviera delante. «¿Me has confundido con ese tipo?».

—*Qu'est-ce que tu veux?* —pregunta el desconocido, molesto, y añade—: ¿Qué quieres?

No puedo responder, en parte porque no puedo respirar y hablar a la vez, pero sobre todo porque estoy muy aturdida. Mientras se alejan corriendo, le hace un gesto a su compañero como diciendo que soy una chalada.

Claro que no era Ben. Al verle alejarse, me doy cuenta de lo poco que recuerda a él: corre sin ninguna gracia, con los brazos flojos, como un torpe. Ben nunca ha sido torpe para nada. Me quedo con la misma sensación que tuve cuando pasó corriendo a mi lado. Ha sido como ver un fantasma.

* * *

El café Belle Epoque tiene un aire festivo, lleno de destellos rojos y dorados. Su luz se desparrama por la acera. Las mesas de fuera están repletas de gente charlando y riendo, y las ventanas están empañadas por el vaho de los cuerpos que se agolpan en las mesas de dentro. A la vuelta de la esquina, donde no han encendido las lámparas de calor, hay un hombre solo encorvado sobre un portátil. Me doy cuenta enseguida de que es él.

—¿Theo?

Me siento como en una cita de Tinder, si es que me molestara en seguir yendo a esas citas y no fueran todos unos farsantes y unos gilipollas.

Levanta la vista, con el ceño fruncido. Tiene el pelo moreno, tirando a largo, y barba de varios días. Parece un pirata que ha decidido ponerse ropa corriente: un jersey de lana con el cuello un poco raído y encima una chaqueta muy gruesa.

—¿Theo? —vuelvo a preguntar—. Nos hemos mandado unos mensajes, por Benjamin Daniels. Soy Jess.

Asiente con la cabeza rápidamente. Retiro la sillita metálica que tiene enfrente. Se me pega a la mano por el frío.

—¿Te importa si fumo?

Creo que es una pregunta retórica, porque ya ha sacado un paquete arrugado de Marlboro. Todo en él parece arrugado.

—No, claro. Te cojo uno, si no te importa.

No puedo permitirme tener el hábito de fumar, pero estoy tan nerviosa que necesito fumarme uno, aunque no me lo haya ofrecido.

Se pasa los siguientes treinta segundos intentando encender su cigarrillo con un mechero viejo, murmurando en voz baja «joder» y «vamos, cabrón». Me parece detectar un ligero acento.

—¿Eres del este de Londres? —le pregunto, pensando que a lo mejor, si me congracio con él, estará más dispuesto a ayudarme—. ¿De dónde?

Levanta una ceja morena, pero no responde. Por fin, el

mechero funciona y encendemos los cigarrillos. Da una calada al suyo como un asmático aspirando de un inhalador, luego se recuesta en la silla y me mira. Es alto y parece incómodo sentado en la sillita, con una de sus largas piernas cruzada sobre la rodilla de la otra, a la altura del tobillo. Es bastante atractivo, si te gustan los tipos duros. Pero no estoy segura de que a mí me gusten, y alucino conmigo misma por ponerme a pensar en eso, dadas las circunstancias.

—Conque Ben, ¿eh? —dice entornando los ojos entre el humo.

Hay algo en su forma de decir el nombre de mi hermano que da a entender que no le tiene mucho aprecio. Puede que haya encontrado a la única persona inmune al encanto de mi hermano.

Antes de que me dé tiempo a responder, se acerca un camarero con cara de enfado por tener que tomarnos nota, aunque sea su trabajo. Theo, que parece igual de cabreado por tener que hablar con él y además en francés con acento británico, pide un café solo doble y una cosa llamada Ricard.

—Voy a acostarme tarde, tengo una entrega —me dice, un poco a la defensiva.

Yo pido un *chocolat chaud*; por entrar en calor, más que nada. Seis euros. Espero que pague él.

—Y lo otro también —le digo al camarero.

—¿Un Ricard?

Digo que sí con la cabeza. El camarero se marcha.

—Creo que no servimos eso en el Copacabana —comento.

—¿Dónde?

—En el bar donde trabajaba. Hasta hace un par de días, de hecho.

Levanta otra vez una de sus cejas morenas.

—Parece un sitio elegante.

—Era lo peor, en serio.

Pero el día en que el Pervertido decidió enseñarme su

asquerosa pilila me harté por fin. También fue el día en que decidí tomarme la revancha por el asco que me había dado todas esas veces que se me pegaba por detrás y me echaba el aliento caliente y húmedo en la nuca, o que me «apartaba» agarrándome de las caderas, o por los comentarios que hacía sobre mi físico o mi ropa. Por todas esas cosas que no eran «nada» pero que sí lo eran, y que hacían que me sintiera un poco menos yo misma. Otra quizá se habría marchado entonces y no habría vuelto. O le habría denunciado a la policía. Pero yo no soy así.

—Ya —dice Theo. Está claro que no tiene tiempo para más charla—. ¿A qué has venido?

—¿Ben trabaja para ti?

—No, qué va. Hoy en día nadie trabaja para nadie, por lo menos en este oficio. Aquí el que no corre vuela, cada cual va a lo suyo. Pero sí, a veces le encargo una reseña o un artículo de viajes. Lleva tiempo queriendo meterse en el periodismo de investigación. Supongo que ya lo sabes. —Yo digo que no con la cabeza—. De hecho, tiene que entregarme un artículo sobre los disturbios.

—¿Los disturbios?

—Sí. —Me mira como si no pudiera creer que no lo sepa—. La gente está muy cabreada por la subida de impuestos y el precio de los combustibles. La cosa está que arde. Gases lacrimógenos, cañones de agua, de todo. Ha salido en las noticias. Seguro que habrás visto algo.

—Solo llevo aquí desde anoche. —Pero entonces me acuerdo—: He visto furgones de policía cerca de la estación de metro de Pigalle. —Me acuerdo del grupo de gente del vagón, con las gafas de esquí—. Y a algunos manifestantes, creo.

—Sí, seguramente. Han estallado disturbios por toda la ciudad. Y Ben iba a escribirme un artículo sobre ellos. Pero también iba a hablarme de una supuesta primicia que tenía para mí. Esta mañana, de hecho. Se puso muy misterioso al respecto. Y luego no he vuelto a saber de él.

Una nueva posibilidad. ¿Puede que sea eso lo que ha pasado? ¿Que Ben haya hurgado demasiado en algo? ¿Que haya cabreado a alguien peligroso y haya tenido que…? ¿Qué? ¿Huir? ¿Desaparecer? ¿O…? No quiero pensar en las otras alternativas.

Nos traen nuestras bebidas; mi chocolate caliente, espeso, oscuro y brillante, en una jarrita con una taza. Me lo sirvo, bebo un sorbo y cierro los ojos porque puede que sean seis euros pero también es el mejor chocolate caliente que he probado en mi puta vida.

Theo se pone cinco sobrecitos de azúcar moreno en el café y lo remueve. Luego bebe un buen trago de su Ricard. Yo pruebo el mío: sabe a regaliz, me recuerda a los chupitos pegajosos de Sambuca que me he tomado detrás de la barra, invitada por los clientes o a escondidas, de la botella, cuando la noche estaba tranquila. Me lo bebo de un trago. Theo levanta las cejas.

Me limpio la boca.

—Perdona. Lo necesitaba. Llevo un día de mierda, te lo juro. Verás, Ben ha desaparecido. Ya sé que no has sabido nada de él, pero no tendrás alguna idea de dónde puede estar, ¿verdad?

Se encoge de hombros.

—Lo siento —dice.

Noto que la pequeña esperanza a la que me estaba aferrando se desvanece y muere.

—¿Qué quieres decir con que ha desaparecido?

—Anoche no estaba en su casa, aunque me dijo que iba a estar allí. No responde a mis llamadas, ni siquiera lee mis mensajes. Y hay otras cosas, además…

Trago saliva, le cuento lo de la sangre en el pelo del gato, la mancha de lejía, la hostilidad de los vecinos. Mientras se lo cuento, hay un momento en que pienso: «¿Cómo he llegado a esto? ¿Cómo es que estoy sentada aquí, con un desconocido, en una ciudad extraña, intentando encontrar a mi hermano?».

Theo se limita a dar caladas a su cigarrillo y a mirarme a través del humo sin inmutarse. Tiene una cara de póquer estupenda.

—Otra cosa muy extraña —continúo— es que está viviendo en un edificio muy elegante. Lo digo porque no creo que Ben gane mucho escribiendo, ¿no?

A juzgar por el estado de la ropa de Theo, sospecho que no.

—No. Uno no se mete en este oficio por dinero, eso desde luego.

Entonces me acuerdo de otra cosa. De la extraña tarjeta metálica que encontré en la cartera de Ben. Me la saco del bolsillo trasero de los vaqueros.

—He encontrado esto. ¿Te dice algo?

Observa el diseño dorado de fuegos artificiales y frunce el ceño.

—No estoy seguro. He visto antes ese símbolo, pero ahora mismo no recuerdo dónde. ¿Puedo quedármela? Te avisaré si me entero de algo.

Le tiendo la tarjeta de mala gana, porque es una de las pocas cosas que tengo que parece una pista. Theo me la quita de la mano y hay algo en su forma de agarrarla que no me gusta. De repente parece muy ansioso, aunque me ha dicho que no conoce bien a Ben y no parece muy preocupado por su bienestar. No me da la sensación de ser un buen samaritano, precisamente. No sé si fiarme de este tipo. Pero, aun así, tengo que conformarme.

—Hay una cosa más —le digo recordando—. Ben me dejó esta nota de voz anoche, justo antes de que yo llegara a la Gare du Nord.

Theo coge mi móvil. Pone el mensaje y se oye la voz de Ben: «Hola, Jess…».

Se me hace raro oírlo otra vez así. Suena distinto de la última vez que lo escuché, como si no fuera Ben, como si estuviera mucho más lejos de mi alcance.

Theo lo escucha hasta el final.

—Parece que dice algo más al final. ¿Sabes qué es?

—No, no lo distingo. Se oye muy bajo.

Levanta un dedo.

—Espera. —Mete la mano en la mochila que tiene junto a la silla (tan arrugada como todo lo demás) y saca un par de auriculares enredados—. Vale. Con la cancelación de ruido, se oye muy alto. ¿Quieres uno? —Me ofrece un auricular.

Me lo pongo en la oreja.

Sube el volumen a tope y vuelve a poner el mensaje.

Escuchamos la parte de la grabación que ya conocemos. La voz de Ben: «Hola, Jess, es el número doce de la Rue des Amants. ¿Vale? Tercer piso». Y luego: «Llama al portero automático. Estaré arriba esperándote…». Su voz parece cortarse a mitad de la frase, como cada vez que he escuchado el mensaje. Pero ahora oigo otra cosa: lo que parecía un chisporroteo de la grabación es en realidad un crujido de madera. Reconozco ese crujido. Son las bisagras de la puerta del apartamento.

Y entonces oigo la voz de Ben a lo lejos, tranquila pero mucho más clara que antes, cuando solo parecía un murmullo: «¿Qué haces tú aquí?». Una pausa larga. Y luego añade: «¿Y qué coño…?».

A continuación se oye otro sonido: un gemido. Incluso a este volumen es difícil saber si es una persona la que hace ese ruido o alguna otra cosa: ¿un crujido del parqué, quizá? Luego, nada, silencio.

Tengo aún más frío que antes. Me descubro echando mano de mi cadena, buscando la medalla y agarrándola con fuerza.

Theo vuelve a poner la grabación. Y la pone una tercera vez. Ahí está. Ahí está la prueba. Había alguien en el apartamento con Ben la noche que me dejó la nota de voz.

Nos quitamos los auriculares. Nos miramos el uno al otro.

—Sí —dice Theo—. Joder, sí que es un poco raro.

MIMI

Cuarto piso

Ella no está ahora mismo en casa. Lo sé porque he estado vigilando desde la ventana de mi cuarto. El tercero tiene todas las luces apagadas y la habitación está a oscuras, pero por un momento me parece verle a él saliendo de entre las sombras. Luego parpadeo y, claro, no hay nadie.

Pero sería típico de él. Tenía la costumbre de presentarse sin avisar. Como la segunda vez que le vi.

Me había pasado por Pêle-Mêle, una tienda de vinilos vieja, cuando volvía de la Sorbona. Hacía mucho calor. Tenemos una expresión en francés, *soleil de plomb*, para cuando parece que el calor pesa como el plomo. Así era aquel día; cuesta creerlo, ahora que fuera hace tanto frío. Era horrible: el humo de los tubos de escape y los turistas sudorosos y quemados por el sol se agolpaban en las aceras. Siempre odio a los turistas, pero más que nunca en verano. Andan dando tumbos, acalorados y de mal humor por haber venido a la ciudad en vez de irse a la playa. Pero en la tienda no había turistas, porque desde fuera parece muy lúgubre y deprimente; precisamente por eso me gusta. Estaba oscuro dentro y hacía fresco; era como estar debajo del agua, con los ruidos de fuera amortiguados. Podía pasarme horas allí dentro, en mi pequeña burbuja, escondida del mundo, flotando entre los montones de vinilos y escuchando un disco detrás de otro en la cabina de cristal rayado.

—Hola.

Me di la vuelta y allí estaba. El tipo que acababa de mudarse al tercero. Le veía casi todos los días, llevando su Vespa por el patio o a veces moviéndose por su piso: siempre dejaba las contraventanas abiertas. Pero de cerca era distinto. Vi la barba que empezaba a crecerle en la mandíbula y el vello cobrizo de sus brazos. Vi que llevaba una cadena que desaparecía debajo del cuello de la camiseta. Eso no me lo esperaba: parecía tan elegante… De cerca, noté el olor de su sudor. Suena un poco asqueroso, pero era un olor limpio, como a pimienta, no la peste a cebolla frita que hay en el metro. Era un poco mayor, como yo le había dicho a Camille. Pero también era muy guapo. De hecho, me dejó sin respiración.

—Eres Merveille, ¿no?

Casi se me cae el disco que tenía en la mano. Sabía mi nombre. Se acordaba. Y no sé por qué, pero, aunque odio mi nombre, en sus labios sonaba distinto; especial, casi. Asentí con la cabeza, porque no me sentía capaz de hablar. La boca me sabía a metal; puede que me hubiera mordido la lengua. Imaginé la sangre acumulándose entre mis dientes. En el silencio oía el ventilador del techo, *zum, zum, zum,* como el latido de un corazón.

Por fin conseguí hablar.

—L-la mayoría de la gente me llama Mimi.

—Mimi. Te va bien. Yo soy Ben. —Su acento inglés, tan áspero—. Somos vecinos: me mudé al apartamento del tercero hace unos días.

—*Je sais* —le dije. Me salió la voz en un susurro. «Lo sé». Me parecía absurdo que pensara que no lo sabía.

—Es un edificio muy chulo. Te encantará vivir allí. —Yo me encogí de hombros—. Con tanta historia y con esos rincones increíbles: la *cave,* el ascensor…

—También hay un montaplatos —solté. Es una de mis cosas favoritas del edificio. No sabía por qué, pero de repente me entraron ganas de contárselo.

Se inclinó hacia delante.

—¿Un montaplatos? —Parecía encantando. Sentí una especie de cálido resplandor por haber sido la causante de su entusiasmo—. ¿En serio?

—Sí. De cuando el edificio era un verdadero *hôtel particulier*. Pertenecía a una condesa o algo así, y había una cocina en la *cave*. Subían la comida y la bebida por el montaplatos y bajaban la ropa sucia.

—¡Es alucinante! Nunca he visto uno en la vida real. ¿Dónde está? No, espera, no me lo digas. Voy a intentar encontrarlo. —Sonrió, y me di cuenta de que le devolvía la sonrisa. Se tiró del cuello de la camiseta—. Qué calor hace hoy.

Vi que la medallita de su cadena se soltaba.

—¿Llevas un san Cristóbal? —pregunté, otra vez sin pararme a pensar. Creo que fue por la sorpresa de verlo y reconocer el santito de oro.

—Ah, sí. —Miró la medalla—. Sí. Era de mi madre. Me lo regaló cuando era pequeño. Nunca me lo quito, casi se me olvida que la llevo puesta.

Intenté imaginármelo de niño y no pude. Solo podía verlo tal y como era: alto, ancho, con la piel de la cara morena. Tenía arrugas, sí, pero ahora me daba cuenta de que no le envejecían. Al contrario, hacían que pareciera más interesante que cualquier chico de los que yo conocía. Como si hubiera viajado mucho y hubiera visto y hecho muchas cosas. Sonrió.

—Me sorprende que lo hayas reconocido. ¿Eres católica?

Me puse colorada.

—Mis padres me llevaban a un colegio católico.

Un colegio católico para chicas. «Tu padre esperaba de verdad que te hicieras monja», decía Camille. «Era lo más parecido

116

a un cinturón de castidad que encontró». La mayoría de las chicas y los chicos que conozco, como Camille, fueron a grandes *lycées* donde no tenían que usar uniforme y fumaban y se comían la boca en la calle a la hora del almuerzo. Ir a un sitio como las Soeurs Servantes du Sacré Coeur te convierte en un bicho raro. Como sacada de *Madeline*, esa serie de libros infantiles. O sea, que cuando vas en el metro con tu uniforme te miran solo ciertos depravados y los demás tíos te ignoran. Te vuelves incapaz de hablar con ellos como un ser humano normal. Seguramente por eso mi padre lo eligió para mí.

Claro que no me quedé todo el tiempo en el SSSC. Tuvieron algunos problemas con un profesor de allí, un chico joven; mis padres pensaron que era mejor que me fuera y durante los últimos años tuve un tutor privado, lo que fue aún peor.

Vi que Benjamin Daniels estaba mirando el disco que yo tenía en la mano.

—La Velvet Underground —dijo—. Me encanta.

El diseño de la carátula del vinilo era de Andy Warhol: una serie de dibujos de unos labios rojos y húmedos abriéndose para beber un refresco con una pajita. De repente me pareció un poco guarro y sentí que volvían a arderme las mejillas.

—Yo voy a comprar este —me dijo levantando el disco que llevaba—. The Yeah Yeah Yeahs. ¿Te gustan?

Me encogí de hombros.

—*Je ne sais pas.*

Nunca había oído hablar de ellos. Tampoco había escuchado el disco de la Velvet Underground que había cogido. Solo me había gustado el diseño de Warhol; pensaba copiarlo en mi cuaderno de bocetos cuando llegara a casa. Voy a la Sorbona, pero lo que de verdad me gustaría estudiar (si pudiera decidir) es arte. A veces me parece que solo me siento completa cuando tengo un carboncillo o un pincel en la mano. Que es la única forma en que puedo expresarme de verdad.

—Bueno, me voy. —Hizo una mueca—. Tengo fecha de entrega para un trabajo.

Hasta eso sonaba bien: tener fecha de entrega. Era periodista; le había visto trabajar hasta las tantas de la noche con su portátil.

—Vosotras vivís en el cuarto, ¿no? ¿En el edificio? ¿Tú y tu compañera de piso? ¿Cómo se llama?

—Camille.

Nadie se olvida de Camille. Ella es la sexi, la divertida. Pero él se había olvidado de su nombre. Y se acordaba del mío.

Unos días después, metieron una nota por debajo de la puerta del apartamento.

¡Lo encontré!

Al principio no entendí lo que quería decir. ¿Quién había encontrado qué? No le veía ningún sentido. Debía de ser para Camille. Pero entonces me acordé de nuestra conversación en la tienda de discos. ¿Podía ser? Fui al armario donde está el montaplatos, saqué la manivela oculta y la accioné para hacer subir el carrito. Y vi que había algo dentro: el disco de los Yeah Yeah Yeahs que él había comprado en la tienda. Iba acompañado de una nota. *Hola, Mimi. He pensado que a lo mejor te apetecía escuchar esto. Ya me dirás qué te parece. B x*

—¿De quién es eso? —Camille se acercó y leyó la nota por encima de mi hombro—. ¿Te lo ha prestado Ben? —Me di cuenta de que parecía sorprendida—. Le vi ayer —añadió—. Me dijo que estará encantado de que dé de comer a su gatito si alguna vez se va de viaje. Me ha dado su llave de repuesto. —Se puso un mechón de pelo de color caramelo detrás de la oreja.

Sentí un alfilerazo de celos, pero me recordé a mí misma que a ella no le había dejado una nota ni le había enviado un disco.

Hay una expresión en francés, *être bien dans sa peau*, que

significa que una se siente bien en su propia piel. No es algo que yo sienta muy a menudo, pero al coger el disco me sentí así. Como si tuviera algo que fuera solo mío.

Ahora miro el armario que tiene dentro el montaplatos. Me sorprendo acercándome a él como si tirara de mí. Lo abro para dejar a la vista las poleas y acciono la manivela como hice aquel día de agosto. Espero a que aparezca el carrito.

«¿Qué?».

Me quedo mirándolo. Hay algo dentro. Igual que cuando me mandó el disco. Solo que no es un disco. Es algo envuelto en tela. Me inclino para cogerlo y, al agarrarlo, noto un pinchazo. Levanto la mano y veo que tengo sangre en la palma. *Merde*. Lo que haya dentro ha atravesado la tela y me ha hecho un corte. Lo suelto y la tela esparce su contenido por el suelo.

Doy un paso atrás. Miro el cuchillo, recubierto por una costra de algo que parece óxido o suciedad pero que no lo es, y que también ha manchado la tela en la que estaba envuelto.

Y empiezo a gritar.

JESS

No puedo dejar de pensar en cómo sonaba la voz de Ben al final del mensaje. En el miedo que transmitía. «¿Qué haces *tú* aquí?». Ese énfasis. Da la impresión de que conocía a la persona que estaba con él en la habitación. Y luego ese «¿Y qué coño?». Mi hermano, que siempre se controla, en cualquier situación. Nunca le había oído así. Casi no parecía él.

Noto un malestar en la boca del estómago. Está ahí desde el principio, en realidad, y ha ido en aumento desde anoche. Ahora ya no puedo seguir ignorándolo. Creo que anoche le pasó algo a mi hermano, antes de que llegara yo. Algo malo.

—¿Vas a volver a ese sitio? —pregunta Theo—. ¿Después de oír eso?

Me sorprende un poco su preocupación, sobre todo porque no parece un tío muy sensible.

—Sí —contesto, procurando parecer más segura de lo que me siento—. Tengo que estar allí.

Es la verdad, pero además, aunque no lo diga, no tengo otro sitio al que ir.

* * *

Decido volver andando en vez de coger el metro. Es una caminata, pero necesito que me dé el aire, intentar despejarme. Miro el teléfono para ver la ruta. Entonces vibra:

Casi has agotado tus datos de *roaming*. Para ampliar tu cuota, pincha en este enlace...

Mierda. Vuelvo a guardármelo en el bolsillo.

Paso por delante de tiendecitas muy cucas pintadas de rojo, verde esmeralda o azul marino. Los escaparates llenos de luz muestran vestidos estampados, velas, sofás, joyas, bombones, y hasta unos merengues monísimos, teñidos de azul y rosa. Supongo que aquí hay cosas para todo el mundo, si uno tiene dinero de sobra para gastar. Al llegar al puente, me abro paso entre la multitud de turistas que se hacen *selfies* delante del río, besándose, sonriendo, hablando y riendo. Es como si vivieran en un universo paralelo. Y de repente la belleza de este lugar me parece un envoltorio de colores que oculta algo horrible dentro. Noto un olor a podrido por debajo de los aromas dulzones de las pastelerías y las bombonerías: los charcos apestosos que deja en la acera el pescado puesto en hielo delante de una pescadería, el hedor de la mierda de perro pisada en la acera, la peste de los desagües atrancados. La sensación de malestar aumenta. ¿Qué le pasó a Ben anoche? ¿Y qué puedo hacer yo?

Ha habido momentos en mi vida en los que he estado bastante desesperada, sin saber cómo iba a pagar el alquiler ese mes. Momentos en los que he dado gracias a Dios por tener un hermano con más medios que yo. Porque, sí, puede que antes estuviera resentida con él por tener mucho más de lo que tenía yo, pero me ha sacado de algunos apuros importantes.

Una vez que tuve un problema serio en una casa de acogida, fue a buscarme en el Golf que le habían comprado sus padres, aunque estaba en plenos exámenes.

—Nosotros los huérfanos tenemos que apoyarnos. No, somos peor que huérfanos, porque nuestros padres no nos quieren. Están vivos, pero no nos quieren.

—Tú no eres como yo —le dije—. Tú tienes una familia: los Daniels. Mírate. Fíjate en cómo hablas. Mira este coche tan guay. Tienes un montón de cosas, de todo.

Él se encogió de hombros.

—Solo tengo una hermanita.

Ahora me toca a mí ayudarle. Y aunque me resisto con toda mi alma a avisar a la policía, creo que tengo que hacerlo.

Saco el móvil, busco el número y marco el 112.

Tardan unos segundos en contestar. Espero, escuchando el tono de espera mientras jugueteo con mi san Cristóbal. Por fin alguien coge el teléfono:

—*Comment puis-je vous aider?* —Una voz de mujer.

—Eh, *parlez-vous anglais?*

—*Non.*

—¿Puede ponerme con alguien que lo hable?

Un suspiro.

—*Une minute.*

Pasado un rato se oye otra voz, la de un hombre.

—¿Sí?

Comienzo a explicarle el asunto. No sé por qué, pero dicho en voz alta me suena todo mucho más endeble.

—Disculpe. No lo entiendo. Su hermano le dejó un mensaje de voz. ¿Desde su apartamento? ¿Y está preocupada?

—Parecía asustado.

—Pero ¿no había señales de robo en su casa?

—No, creo que fue alguien que conocía…

—¿Su hermano es un menor?

—No, tiene más de treinta años. Pero ha desaparecido.

—¿Y está segura de que no se ha ido unos días de viaje, por ejemplo? Porque parece lo más probable, ¿no?

Empiezo a tener la sensación de que esto es inútil. No creo que estemos llegando a ninguna parte.

—Estoy casi segura, sí. Es todo muy raro, joder... Perdón. No contesta al teléfono, se ha dejado la cartera y las llaves...

Una larga pausa.

—Muy bien, *mademoiselle*. Deme su nombre y su dirección, voy a dar curso a la denuncia y volveremos a ponernos en contacto con usted.

—Bueno, yo...

No quiero figurar en ningún papel oficial. ¿Qué pasa si cotejan datos con el Reino Unido y dan con mi nombre? Y la forma en que dice «dar curso a la denuncia» con esa voz aburrida y plana... Suena como si dijera: «Ya pensaremos en hacer algo al respecto dentro de un par de años, cuando hayamos hecho todas las cosas que de verdad importan y algunas que no tienen ninguna importancia».

—*Mademoiselle?* —insiste.

Cuelgo.

Ha sido una pérdida de tiempo total. Pero ¿de verdad esperaba otra cosa? La policía británica nunca me ha ayudado. ¿Por qué pensaba que la francesa iba a ser distinta?

Cuando levanto la vista del móvil me doy cuenta de que me he perdido. Debo de haber estado caminando sin rumbo mientras hablaba por teléfono. Intento abrir el plano en el móvil, pero no se carga. Mientras lo intento, el teléfono zumba y me llega una notificación:

Has consumido todos tus datos de *roaming*. Para ampliar tu cuota, pincha en este enlace...

¡Qué mierda! Se está haciendo de noche, además, y me siento aún más perdida.

Vale. Contrólate, Jess. Puedo hacerlo. Solo necesito encontrar una calle donde haya más gente, y luego buscar una estación de metro y un plano. Pero las calles se vuelven cada vez más silenciosas, hasta que solo oigo los pasos de otra persona, un poco por detrás de mí.

Hay un muro alto a mi derecha y, al ver una plaquita clavada en él, me doy cuenta de que estoy pasando junto a un cementerio. Por encima del muro distingo las tumbas más altas, las puntas de las alas y la cabeza inclinada de un ángel melancólico. Ya casi ha oscurecido del todo. Me detengo.

Detrás de mí, los pasos también se detienen.

Camino más deprisa. Los pasos se aceleran.

Alguien me está siguiendo. Lo sabía. Doblo la esquina del muro para perderme de vista unos segundos. Y en lugar de seguir adelante me paro y me pego a la pared. El corazón me late con fuerza contra las costillas. Es una estupidez de la hostia, seguramente. Lo que debería hacer es huir, buscar una calle con gente, rodearme de otras personas. Pero tengo que averiguar quién me sigue.

Espero hasta que aparece una figura. Alta, con un abrigo oscuro. Me arde el pecho: me doy cuenta de que he estado conteniendo la respiración. La figura se gira lentamente, mirando a su alrededor. Buscándome. Lleva una capucha y por un momento no puedo verle la cara.

Luego, de repente, da un paso atrás y comprendo que me ha visto. Se le baja la capucha. Ahora le veo la cara a la luz de una farola. Es una mujer: joven, y tan guapa que podría ser modelo. Pelo castaño oscuro, con un flequillo recto y un lunar en el pómulo alto, como un signo de puntuación. Lleva una sudadera con capucha debajo de la chaqueta de cuero. Me mira sorprendida.

—Hola —digo.

Doy un paso hacia ella con cautela. El temor va remitiendo, sobre todo ahora que veo que no es la figura amenazadora que me había imaginado.

—¿Por qué me sigues?

Retrocede. Parece que ahora tengo la sartén por el mango.

—¿Qué quieres? —le pregunto con insistencia.

—Estoy… estoy buscando a Ben. —Tiene un acento muy marcado, pero no francés. De Europa del Este, quizá, por cómo pronuncia la ele—. No contesta. Me dijo que fuera al apartamento, si era muy importante. Te oí preguntar por él anoche. En la calle.

Entonces recuerdo que, al llegar al edificio, por un momento me pareció ver una figura agazapada entre las sombras, detrás de un coche aparcado.

—¿Eras tú? ¿Detrás de un coche?

No dice nada, y supongo que esa es la única respuesta que voy a obtener. Doy otro paso adelante. Ella da uno atrás.

—¿Por qué? —le pregunto—. ¿Por qué estás buscando a Ben? ¿Cuál es ese asunto tan importante?

—¿Dónde está Ben? —se limita a decir—. Tengo que hablar con él.

—Eso es justo lo que estoy intentando averiguar. Creo que le ha pasado algo. Ha desaparecido.

De repente se pone muy pálida. Parece tan asustada que a mí también me entra miedo. Entonces suelta un taco en otro idioma. Suena algo así: *kurvaj*.

—¿Qué pasa? —le pregunto—. ¿Por qué estás tan asustada?

Menea la cabeza. Da unos pasos más hacia atrás, casi tropezándose. Luego se da la vuelta y echa a andar rápidamente en la otra dirección.

—Espera —le digo. Y luego, al ver que sigue alejándose, le grito—: ¡Espera!

Pero empieza a correr. Yo corro tras ella. Joder, qué rápida es, con esas piernas tan largas. Y yo soy muy flaca, pero no estoy en forma.

—¡Para, por favor! —grito.

La persigo hasta una calle más transitada. La gente se gira y nos mira. En el último momento tuerce a la izquierda y baja a toda prisa por las escaleras de una estación de metro. Una pareja que sube las escaleras cogida del brazo se separa alarmada para dejarla pasar.

—¡Por favor! —Bajo corriendo detrás de ella. Me falta la respiración y siento que me muevo a cámara lenta—. ¡Espera!

Pero ya ha atravesado la barrera. Por suerte, hay un torniquete fuera de servicio que se ha quedado abierto y me lanzo detrás de ella. Pero al llegar a un cruce (el pasillo de la derecha lleva a los trenes que van en dirección este y el de la izquierda a los que van en dirección oeste), me doy cuenta de que no tengo ni idea de por dónde ha ido. Tengo un cincuenta por ciento de posibilidades de acertar, supongo. Elijo la derecha. Jadeando, bajo al andén y la veo de pie al otro lado de las vías. ¡Mierda! Me mira fijamente, con la cara blanca.

—¡Por favor! —grito mientras intento recuperar el aliento—. Por favor, solo quiero hablar contigo…

La gente se gira y me mira extrañada, pero me da igual.

—¡Espera ahí! —le digo.

Noto una gran ráfaga de aire caliente, oigo el estruendo de un tren que se acerca por el túnel. Subo corriendo las escaleras y cruzo el puente que lleva al otro andén. Siento el retumbar del tren cuando pasa debajo de mí.

Bajo al otro lado. No la veo. La gente se amontona para subir a los vagones. Intento montar en uno, pero está lleno, hay demasiados cuerpos apelotonados, la gente retrocede por el andén para esperar el próximo tren. Cuando las puertas se cierran, veo su cara, pálida y asustada, mirándome fijamente. El tren arranca y entra en el túnel traqueteando. Miro el tablero que muestra la ruta: hay quince estaciones hasta el final de la línea.

Un vínculo con Ben, una pista, por fin. Pero no tengo ninguna posibilidad de averiguar a dónde va, dónde puede bajarse. Ni de volver a verla, probablemente.

JESS

El apartamento está iluminado por completo. He encendido todas las luces. Hasta he puesto un vinilo en el tocadiscos pijo de Ben. Estoy intentando que no me entre el pánico y me ha parecido buena idea que hubiera todo el ruido y la luz posibles. El edificio estaba tan silencioso cuando he entrado hace un momento... Demasiado silencioso, diría yo. Como si no hubiera nadie detrás de las puertas junto a las que he pasado. Como si el propio edificio estuviera escuchando, a la espera de algo.

Ahora es totalmente distinto estar aquí. Antes era solo una sensación que no lograba identificar, pero ahora he oído el final de la nota de voz. Ahora sé que la última vez que Ben dio señales de vida tenía miedo y que había alguien en este piso, con él.

También pienso en la chica. En la cara que ha puesto cuando le he dicho que creía que le había pasado algo a Ben. Estaba asustada, pero también me ha dado la impresión de que se lo esperaba.

De repente me doy cuenta de que mirando desde cualquiera de los otros apartamentos, desde determinado ángulo, se me puede ver aquí sentada, iluminada como si estuviera en un escenario. Me acerco a las ventanas y cierro de golpe los grandes postigos de madera. Mejor así. Está claro que aquí antes había cortinas: me

127

fijo en que las anillas de la barra están todas rotas, como si en algún momento las hubieran arrancado.

No puedo quedarme aquí sentada, dándole vueltas al asunto una y otra vez. Tiene que haber algo más que se me escapa. Algo que me dé una pista de lo que ha podido pasar.

Registro el apartamento. Me agacho para mirar debajo de la cama, revuelvo las camisas del armario de Ben, busco en los armarios de la cocina. Separo el escritorio de la pared. Bingo: algo cae al suelo. Algo que estaba atrapado entre la pared y la parte de atrás del escritorio. Lo recojo. Es un cuaderno. Uno de esos cuadernos pijos de cuero. Del tipo que usaría Ben.

Lo abro. Hay unas cuantas notas que parecen apuntes para reseñas de restaurantes. Cosas así. Luego, en una página casi al final, leo:

LA PETITE MORT
Sophie M lo sabe.
Mimi: ¿dónde encaja ella?
¿Y la portera?

La petite mort. Hasta yo puedo traducirlo: «la pequeña muerte». Sophie M tiene que ser Sophie Meunier, la vecina del ático. *Sophie M lo sabe.* ¿Qué es lo que sabe? Mimi es la chica del cuarto, la que parecía que iba a vomitar el desayuno cuando le pregunté por Ben. ¿Dónde encaja Mimi, en efecto? ¿Y qué tiene que ver la portera? ¿Por qué escribía Ben en su cuaderno sobre esas personas y sobre «pequeñas muertes»?

Hojeo el resto del cuaderno con la esperanza de descubrir algo más, pero veo que está en blanco. De todos modos, algo he sacado en claro: pasa algo raro con la gente de este edificio. Ben estaba haciendo anotaciones sobre ellos.

Bebo más vino. Esperaba que me calmara los nervios, pero no parece estar sirviendo de mucho. Me está amodorrando, nada más. Dejo la copa, porque siento que debo mantenerme despierta, vigilar, seguir pensando. No quiero quedarme dormida aquí. De repente no me siento segura.

Cuando empiezan a cerrárseme los ojos, me doy cuenta de que no tengo elección. Tengo que dormir. Necesito energías para seguir adelante. Me arrastro hasta el dormitorio y me dejo caer en la cama. Sé que no puedo hacer nada más por hoy, estando tan agotada, pero al apagar la luz me doy cuenta de que ya ha pasado un día entero sin noticias de mi hermano y la sensación de temor aumenta.

Abro los ojos de golpe. Parece que no ha pasado el tiempo, pero los números de neón del despertador de Ben marcan las tres. Algo me ha despertado. Lo sé, aunque no esté segura de qué ha sido. ¿Habrá sido el gato, que ha tirado algo? Pero no, está aquí, en la cama, noto su peso apoyado en mis pies y, cuando se me acostumbran los ojos a la oscuridad, lo distingo más claramente a la luz verdosa del despertador. Está sentado, alerta, moviendo las orejas puntiagudas como radares que intentasen captar una señal. Ha oído algo.

Y entonces lo oigo yo también. Un crujido, el ruido de una tabla del suelo al pisarla. Hay alguien aquí, en el apartamento, conmigo, justo al otro lado de la puerta de doble hoja.

Pero… ¿podría ser Ben? Abro la boca para llamarle. Luego dudo. Me acuerdo de la nota de voz. No se ve luz por debajo de la puerta: mi visitante se mueve en la oscuridad. Ben ya habría encendido las luces.

De repente estoy completamente despierta. Más que despierta: con todos los sentidos alerta. Mi respiración suena demasiado fuerte en medio del silencio. Intento controlarla, que sea lo más silenciosa posible. Cierro los ojos y finjo dormir, quedándome muy quieta. ¿Ha entrado alguien por la fuerza? Pero ¿no lo habría oído, si hubieran roto un cristal o hubieran forzado la puerta?

Espero, escuchando cada crujido de las pisadas que cruzan el cuarto de estar. No parece que el intruso tenga ninguna prisa. Tiro de la colcha para taparme casi por completo. Y entonces, entre el ruido de la sangre que me atruena los oídos, oigo que la puerta del dormitorio empieza a abrirse.

Siento una opresión tan grande en el pecho que me cuesta respirar. El corazón me martillea contra las costillas. Sigo fingiendo que estoy dormida, pero al mismo tiempo pienso en la lámpara que hay junto a la cama. Tiene un base de metal muy pesada. Podría estirar el brazo y…

Espero con la cabeza apoyada en la almohada, intentando decidir si cojo la lámpara ahora o…

Pero… ahora oigo pisadas suaves que se alejan. Oigo como se cierra la puerta de la habitación. Y un momento después, más lejos, el chirrido de la puerta del apartamento al abrirse y cerrarse.

Quien sea se ha ido.

Me quedo quieta un momento, respirando agitadamente. Luego me levanto de un salto, abro la puerta y salgo al cuarto de estar. Si me doy prisa, quizá le pille. Pero primero rebusco en los armarios de la cocina, saco una sartén pesada, por si acaso, y abro la puerta del apartamento. El pasillo y la escalera están a oscuras y en silencio. Cierro la puerta y me acerco a las ventanas. Quizá pille a alguien en el patio. Pero solo veo un foso oscuro: las formas negras de los árboles y los arbustos, y ni un solo movimiento. ¿Adónde habrá ido?

Enciendo una luz. Parece que está todo intacto. No hay cristales rotos y la puerta principal no está dañada. Es como si hubieran entrado sin más.

Casi podría creer que lo he soñado. Pero estoy segura de que ha entrado alguien. Lo he oído. Y el gato también, aunque ahora mismo esté tan tranquilo, tumbado en el sofá, lamiéndose con delicadeza las zarpas abiertas.

Miro el escritorio de Ben y me doy cuenta de que el cuaderno no está. Busco en los cajones y detrás del escritorio, donde lo encontré. ¡Mierda! Soy idiota. ¿Por qué lo dejé ahí, a la vista? ¿Por qué no lo escondí en algún sitio?

Ahora me parece muy evidente: después de escuchar esa nota de voz, tendría que haber tomado más precauciones. Debería haber puesto algo delante de la puerta. Debería haber sabido que podía entrar alguien a husmear. Porque no tendrían que entrar por la fuerza. Si es la misma persona con la que hablaba Ben en la grabación, ya tiene una llave.

Treinta horas antes

BEN

Todo se vuelve negro. Solo un instante. Entonces todo se vuelve de una claridad aterradora. Va a suceder aquí, ahora, en este apartamento. Aquí mismo, en este inocuo rincón del suelo, justo al otro lado de la puerta, va a morir.

Comprende lo que debe de haber sucedido. Ha sido Nick. ¿Quién si no? Pero también puede que esté involucrado alguno de los otros. Porque, por supuesto, están todos relacionados...

—Por favor —logra decir—, puedo explicarlo.

Siempre ha sido capaz de salir de cualquier situación a base de labia. Benjamin Lengua de Plata, le llamaba ella. Ojalá supiera qué decir. Pero de pronto le parece tan difícil hablar...

El siguiente golpe llega con una brusquedad asombrosa, con una fuerza sorprendente. Su voz suena suplicante, aguda como la de un niño.

—No, no... Por favor, por favor... No...

Se atropella al hablar, él que siempre es tan dueño de sí mismo. Ya no hay tiempo para explicaciones. Está suplicando. Pidiendo clemencia. Pero no hay ninguna en los ojos que le miran desde arriba.

Ve la sangre que salpica sus vaqueros, pero tarda un momento en comprender a qué se debe. Luego ve que empiezan a caer goterones de color carmesí sobre el parqué. Despacio, al principio; luego cada vez más rápido. No parece real: un rojo tan intenso y brillante, y tanta, de repente. ¿Cómo puede proceder de él? Más y más a cada segundo. Debe de estar manando a borbotones.

Entonces sucede de nuevo, otro golpe y cae, y al caer se golpea la cabeza contra algo duro y afilado: el borde de la encimera de la cocina.

Debería haberlo sabido. Debería haber sido menos arrogante, menos presuntuoso. Tendría que haber puesto una cadena en la puerta, como mínimo. Pero no, se creía invencible, pensaba que era él quien controlaba la situación. ¡Qué estúpido ha sido! ¡Qué arrogante!

Ahora está tirado en el suelo y no cree que vaya a volver a ponerse en pie. Intenta levantar las manos, suplicar sin palabras, defenderse, pero sus manos tampoco le obedecen. Ha perdido el control de su cuerpo. Y entonces se apodera de él un nuevo terror: está totalmente indefenso.

Las contraventanas… las contraventanas están abiertas. Fuera está oscuro, lo que significa que toda esta escena debe verse desde fuera, iluminada. Si alguien lo viera, si alguien viniera en su auxilio…

Con un esfuerzo inmenso abre los ojos, se gira y comienza a arrastrarse hacia las ventanas. ¡Cuánto le cuesta! Cada vez que apoya una mano, se resbala. Tarda un momento en darse cuenta de que es porque el suelo está lleno de sangre, de sangre suya. Por fin llega a la ventana. Se incorpora un poco por encima del alféizar, extiende una mano y deja una huella sangrienta en el cristal. ¿Hay alguien ahí fuera? ¿Hay un rostro que mira hacia arriba, iluminado por la luz que arrojan las ventanas, ahí fuera, en la penumbra? Se le nubla otra vez la vista. Intenta golpear con la palma de la mano, pronunciar la palabra SOCORRO.

Y entonces le asalta el dolor. Es inmenso, aplastante; nunca ha sentido un dolor parecido. No puede soportarlo: es demasiado. Aquí es donde termina la historia.

Y su último pensamiento lúcido es: «Jess». Jess vendrá esta noche y no habrá nadie aquí para recibirla. Desde el momento en que llegue, ella también estará en peligro.

Domingo

NICK

Segundo piso

Es por la mañana. Entro en la escalera del edificio. Llevo horas corriendo. No tengo ni idea de cuánto tiempo, en realidad, ni de la distancia que he recorrido. Unos cuantos kilómetros, seguro. Normalmente sabría los datos exactos, revisaría obsesivamente mi Garmin y lo subiría todo a Strava nada más volver. Esta mañana ni siquiera me he molestado en mirar. Necesitaba despejarme, nada más. Solo me he parado porque el dolor del gemelo ha empezado a hacerse insoportable, aunque por un momento casi he disfrutado corriendo con esa molestia. Una lesión antigua. Conseguí que un matasanos de Silicon Valley me recetara oxicodona. Que también me ayudó a aliviar el escozor cuando mis inversiones empezaron a torcerse.

Al llegar al primero, dudo un momento delante de la puerta del apartamento. Llamo una, dos, tres veces. Presto atención por si oigo ruido de pasos dentro mientras me fijo en el marco rayado de la puerta y en lo mal que huele a tabaco. Espero un par de minutos, pero no abren. Probablemente estará durmiendo la borrachera ahí dentro. O puede que me esté evitando. No me extrañaría. Hay una cosa que quiero, que necesito decirle a este tío. Pero supongo que tendrá que esperar.

Cuando empiezo a subir las escaleras, me pican los ojos. Me

levanto el bajo de la camiseta empapada de sudor para frotármelos y sigo subiendo.

Estoy pasando junto al tercero cuando la puerta se abre de golpe y ahí está ella: Jess.

—Eh, hola —digo pasándome una mano por el pelo.

—Ah —contesta confundida—. ¿Estabas subiendo?

—No, no… La verdad es que venía a ver cómo estabas. Quería decirte que siento haberme ido tan deprisa ayer, cuando hablamos. ¿Tuviste suerte? ¿Conseguiste encontrar a Ben?

La miro detenidamente. Está muy pálida. Ya no es el zorrito astuto que parecía ayer; ahora es un conejo deslumbrado por los faros de un coche.

—Jess, ¿estás bien?

Abre la boca, pero por un momento no emite ningún sonido. Tengo la impresión de que está librando una especie de batalla interior. Por fin suelta:

—Alguien entró aquí anoche, de madrugada. Alguien debe de tener la llave de este apartamento.

—¿La llave?

—Sí. Entraron y estuvieron rondando por la casa.

Ahora ya parece menos un conejo deslumbrado. Esa vena de dureza vuelve a aparecer.

—¿Qué dices? ¿Entraron en el apartamento? ¿Se llevaron algo?

Se encoge de hombros, vacila.

—No.

—Mira, Jess, me parece que deberías hablar con la policía.

Hace una mueca.

—Llamé ayer. No me ayudaron nada.

—¿Qué te dijeron?

—Que tomaban nota —dice poniendo cara de fastidio—. La verdad es que no sé por qué me molesté en llamar. Soy una puta idiota que ha venido sola a París y casi no habla francés. No sé por qué pensé que me tomarían en serio…

—¿No hablas francés? —le pregunto.

Se encoge de hombros.

—Muy poco. Puedo pedir una cerveza y ya está. Qué útil, ¿verdad?

—Mira, ¿por qué no te acompaño a la *commisariat*? Seguro que estarán más dispuestos a ayudarte si les explico en francés lo que pasa.

Levanta las cejas.

—Sería... Bueno, sería genial. Gracias. Estoy... Oye, te lo agradezco muchísimo. —Se encoge de hombros—. No se me da muy bien pedir favores.

—No me lo has pedido, te lo he ofrecido yo. Te dije ayer que quería ayudarte. Lo digo en serio.

—Pues gracias. —Se tira de la cadena que lleva al cuello—. ¿Podemos irnos enseguida? Necesito salir de este sitio.

JESS

Estamos en la calle, vamos andando en silencio. No dejo de darle vueltas a la cabeza. Esa nota de voz me ha hecho sentir que no puedo confiar en nadie del edificio, tampoco en el excompañero de facultad de Ben, por muy majo que sea. Pero, por otro lado, Nick es quien ha propuesto que vayamos a comisaría. Seguramente no lo haría si tuviera algo que ver con la desaparición de Ben, ¿no?

—Por aquí. —Me agarra por el codo (me hormiguea un poco el brazo al sentir su contacto) y me lleva por un callejón; mejor dicho, por una especie de túnel de piedra entre edificios—. Es un atajo —dice.

En contraste con la calle llena de gente que dejamos atrás, aquí de repente no se ve a nadie y está mucho más oscuro. Nuestros pasos resuenan. No me gusta no poder ver el cielo.

Siento alivio cuando salimos al otro lado, pero al doblar la esquina veo que al final de la calle hay una barrera policial. Hay varios tipos con casco y chaleco y la porra en la mano. Se oye el chisporroteo de las radios.

—Joder —digo, con el corazón acelerado.

—*Merde* —dice Nick al mismo tiempo.

Se acerca y les habla. Yo me quedo donde estoy. No parecen amistosos. Noto que nos miran de arriba abajo.

—Es por los disturbios —me explica cuando vuelve—. Creen que va a haber jaleo. —Me mira atentamente—. ¿Estás bien?

—Sí, perfectamente.

Me recuerdo a mí misma que estamos literalmente de camino a comisaría. Quizá puedan ayudarnos, pero de repente me parece importante aclarar una cosa.

—Oye, Nick —digo cuando echamos a andar de nuevo.

—¿Sí?

—Ayer, cuando hablé con la policía, me dijeron que necesitaban mi nombre y dirección para sus registros o lo que sea. Yo… no quiero darles esa información.

Nick frunce el ceño. ¿Por qué?

—Prefiero no hablar de ese tema, no vale la pena. —Pero, como sigue mirándome extrañado y no quiero que piense que soy una especie de delincuente empedernida, le digo—: Tuve un problemilla en el trabajo justo antes de venir aquí.

No fue solo un problemilla. Hace dos días entré en el Copacabana sonriendo, como si mi jefe no me hubiera enseñado la polla el día anterior. Cuando me conviene, soy buena actriz. Necesitaba el puto trabajo. Y luego, a la hora de la comida, antes de abrir, mientras el Pervertido estaba cagando (se metió en el baño con una revista guarra, así que sabía que la cosa iba para rato), entré en su despacho, saqué la llavecita de la caja, la abrí y me llevé todo lo que había dentro. No era mucho; el tío es demasiado astuto para eso, la vaciaba todos los días. Pero me alcanzó para llegar a París, para escapar en el primer Eurostar en el que encontré billete. Ah, y de propina puse dos barriles de cerveza delante de la puerta del aseo, uno encima del otro, el de arriba justo debajo del pomo para que no pudiera girarlo. Seguro que le costó un buen rato salir.

Así que no, no me apetece nada figurar en ningún documento oficial. No es que crea que me persigue la Interpol, pero me preocupa que mi nombre esté en algún sistema informático y la policía de aquí coteje datos con el Reino Unido. He venido a París para empezar de cero.

—Nada importante —añado—. Pero es un asunto… delicado.

—Ya, claro —dice Nick—. Mira, les daré mis datos como persona de contacto. ¿Te parece bien?

—Sí. —Relajo los hombros aliviada—. Gracias, Nick, eso sería estupendo.

—Bueno —dice mientras esperamos en un semáforo—, estoy pensando en lo que le voy a contar a la policía. Voy a decirles que te pareció que había alguien en el apartamento anoche, claro…

—No me lo pareció —le digo—. Sé que había alguien.

—Claro —asiente—. ¿Y hay algo más que quieres que diga?

Me quedo pensando.

—Pues… He hablado con el editor de Ben.

Se vuelve hacia mí.

—¿Ah, sí?

—Sí. El del *Guardian*. No sé si será importante, pero por lo visto Ben tenía una idea para un artículo y estaba muy entusiasmado.

—¿Sobre qué?

—No lo sé. Un gran reportaje de investigación. Pero imagino que si se vio envuelto en algo…

Nick afloja un poco el paso.

—Pero ¿su editor no sabe de qué iba el artículo?

—No.

—Ah. Es una pena.

—Y encontré un cuaderno. Es lo único que faltaba esta mañana. Tenía anotaciones sobre los vecinos del edificio. Sobre Sophie Meunier… ¿La conoces? Es la señora del ático. Y sobre Mimi, la chica del cuarto. Y también sobre la portera. Había una frase que decía *la petite mort*. Creo que significa «la pequeña muerte».

Veo que algo cambia en su expresión.

—¿Qué es? ¿Qué significa?

Tose.

—Bueno, también es un eufemismo para el orgasmo.

—Ah.

No soy para nada vergonzosa, pero aun así noto que me arden las mejillas. De repente me doy cuenta de que Nick me está mirando y de lo cerca que estamos el uno del otro en la calle, que por lo demás está vacía. Se hace un silencio largo e incómodo.

—El caso es —digo— que la persona que entró anoche en el piso se llevó el cuaderno. Así que debía de haber algo importante en él.

Torcemos hacia una bocacalle. Veo un par de carteles rotos pegados en unas vallas. Me paro un momento delante de ellos. Unos rostros fantasmales impresos en blanco y negro me miran fijamente. No necesito entender francés para saber lo que son: personas desaparecidas.

—Mira —dice Nick al darse cuenta de que los estoy mirando—, esto va a ser complicado, seguramente. Todos los años desaparece un montón de gente. Aquí hay cierto… problema cultural con eso. Existe la idea de que, si alguien desaparece, puede ser que tenga motivos propios para hacerlo. Que la gente tiene derecho a desaparecer.

—Vale, pero seguramente no van a pensar que eso es lo que ha pasado con Ben, porque en este caso hay algo más… —Dudo un momento y luego decido arriesgarme y contarle lo de la nota de voz.

Se queda callado un buen rato mientras lo asimila.

—La otra persona —dice—, ¿se oye su voz?

—No. No creo que diga nada. Solo habla Ben. —Me acuerdo del «¿Y qué coño…?»—. Estaba asustado. Nunca le he oído así. Deberíamos contárselo también a la policía, ¿no? Ponerles el mensaje.

—Sí. Desde luego.

Caminamos en silencio un par de minutos más, Nick marcando el ritmo. Y de repente se para delante de un edificio grande, moderno y feísimo, completamente distinto a los elegantes bloques de apartamentos que lo flanquean.

—Bueno, ya estamos aquí.

Miro el edificio que tenemos delante. *COMMISSARIAT DE POLICE,* pone en grandes letras negras encima de la entrada.

Trago saliva y entro detrás de Nick. Espero junto a la entrada mientras él habla en un francés fluido con el tipo del mostrador.

Intento imaginar cómo debe ser tener la confianza en sí mismo que tiene Nick en un lugar como este, sentir que tienes derecho a estar aquí. A mi izquierda hay tres personas esposadas, con la ropa mugrienta y la cara embadurnada de algo que parece hollín, gritando y discutiendo con los policías que las custodian. ¿Serán manifestantes? Siento que tengo mucho más en común con ellos que con el niño rico que me ha traído hasta aquí. Me aparto de un salto cuando nueve o diez tíos vestidos de antidisturbios entran en la recepción y pasan por mi lado empujándome al salir a la calle y se meten en el furgón que los espera.

El policía de detrás del mostrador asiente con la cabeza mirando a Nick. Veo que coge un teléfono.

—He pedido hablar con alguien de más graduación —dice Nick al acercarse—. Así nos harán caso de verdad. Está llamando.

—Ah, genial.

Menos mal que está aquí Nick, con su francés fluido y su desenvoltura de niño pijo. Sé que si hubiera entrado aquí yo sola, no me habrían hecho ni caso. O peor todavía, me habría acojonado y me habría ido sin hablar con nadie.

El recepcionista se levanta y nos hace señas de que pasemos. Intento refrenar el nerviosismo que me produce adentrarme en este sitio. Nos lleva por un pasillo hasta un despacho con una placa en la puerta que dice *Commissaire Blanchot.* Hay un hombre de unos cincuenta años, calculo, sentado detrás de un escritorio enorme. Levanta la vista. Tiene el pelo cortado a cepillo y canoso, la cara grande y cuadrada y los ojos pequeños y oscuros. Se levanta y le estrecha la mano a Nick, luego se vuelve hacia mí, me mira de arriba abajo y señala con una mano las dos sillas que hay delante de la mesa.

—*Asseyez vous*.

Está claro que Nick ha movido algunos hilos: el despacho y el aire de importancia que se da Blanchot me dicen que es un pez gordo. Pero hay algo en él que no me gusta. No sé qué es. Puede que sea su cara de pitbull o quizá se deba a cómo me ha mirado hace un momento. Da igual, me recuerdo a mí misma. No tiene que gustarme. Lo único que necesito es que haga bien su trabajo, que encuentre a mi hermano. Y no estoy tan ciega como para no darme cuenta de que quizá se deba solo a mis experiencias pasadas.

Nick se pone a hablar con Blanchot en francés. Casi no capto ni una palabra de lo que dicen. Me parece entender el nombre de Ben, y un par de veces miran hacia mí.

—Lo siento —me dice Nick—. Acabo de darme cuenta de que estamos hablando muy rápido. Quería contárselo todo. ¿Has entendido algo? Me temo que no habla mucho inglés.

Niego con la cabeza.

—Si hubieras hablado despacio, no habría habido mucha diferencia.

—No te preocupes, te lo explico. Le he contado cuál es la situación. Y básicamente nos hemos topado con lo que te decía antes: el «derecho a desaparecer». Pero estoy intentando convencerle de que esto es otra cosa. De que tú, de que los dos estamos muy preocupados por Ben.

—¿Le has dicho lo del cuaderno? ¿Y lo que pasó anoche?

Asiente.

—Sí, se lo he contado todo.

—¿Y la nota de voz? —Levanto mi teléfono—. La tengo aquí, puedo ponérsela.

—Buena idea. —Nick le dice algo al comisario Blanchot, luego se vuelve hacia mí y asiente—. Quiere escucharla.

Le tiendo el teléfono. No me gusta la forma en que el tipo me lo quita de las manos. «Solo está haciendo su trabajo, Jess», me digo.

Reproduce la nota de voz a través de una especie de altavoz y, una vez más, oigo la voz de mi hermano como no la había oído nunca antes. «¿Qué coño…?». Y luego ese sonido. Ese extraño gemido.

Miro a Nick. Se ha puesto blanco. Parece reaccionar igual que yo; o sea, que mi presentimiento era correcto.

Blanchot apaga el altavoz y le hace un gesto de asentimiento a Nick. Parece que, como no hablo francés, o como soy mujer, o ambas cosas, apenas existo para él.

Le doy un codazo a Nick.

—Ahora tiene que hacer algo, ¿no?

Él traga saliva y parece recomponerse. Le hace una pregunta al comisario y se vuelve hacia mí.

—Sí. Creo que enseñarle la nota de voz ha ayudado. Nuestra denuncia tiene fundamento.

Por el rabillo del ojo veo que Blanchot nos observa con cara inexpresiva.

Y de repente todo termina, vuelven a darse la mano y Nick dice: «*Merci, commissaire Blanchot*» y yo también digo «*Merci*» y Blanchot me sonríe y yo intento ignorar mi malestar, que sé que probablemente tiene menos que ver con este tipo que con todo lo que representa. Luego nos acompaña al pasillo y cierra la puerta del despacho.

—¿Cómo ha ido? —le pregunto a Nick mientras salimos de la comisaría—. ¿Crees que se lo ha tomado en serio?

Dice que sí con la cabeza.

—Al final, sí. Creo que ha sido por la nota de voz —dice con la voz ronca. Todavía está pálido y angustiado por lo que acaba de oír en la nota de voz—. Y no te preocupes, me he puesto a mí como contacto, no a ti. En cuanto sepa algo, te aviso.

Al salir a la calle, se para un momento y se queda inmóvil. Veo que se tapa los ojos con la mano y respira hondo, tembloroso. Y pienso: aquí hay otra persona que se preocupa por Ben. Quizá no esté tan sola en esto como yo pensaba.

SOPHIE

Ático

Preparo el apartamento para las copas. El último domingo de cada mes, Jacques y yo recibimos a todos en el ático y abrimos algunas botellas de las mejores añadas de la bodega del sótano. Pero esta noche será diferente. Hay mucho que discutir.

Vierto el vino en el decantador y coloco las copas. Podríamos permitirnos tener servicio para hacer estas cosas, pero Jacques nunca ha querido que entraran extraños en este piso, por si husmeaban en sus asuntos privados. A mí no me ha parecido mal, aunque supongo que si tuviéramos servicio habría estado menos sola aquí a lo largo de estos años. Al dejar el decantador en la mesa baja de la sala de estar, le veo allí, en el sillón de enfrente: Benjamin Daniels, tal y como estaba sentado hace casi tres meses, con el tobillo de una pierna apoyado sobre la rodilla de la otra y una copa de vino en la mano, perfectamente a gusto en este entorno.

Estuve observándole. Vi que evaluaba la casa, su nivel de riqueza. O puede que intentara encontrarle algún defecto al mobiliario que yo elegí con tanto cuidado como la ropa que llevo: el sillón Florence Knoll de mediados de siglo, la alfombra Ghom de seda bajo sus pies. Para poner de relieve la clase, el buen gusto, ese tipo de refinamiento que no puede comprarse.

146

Se giró y me sorprendió mirándole. Sonrió. Esa sonrisa suya, como la de un zorro entrando en el gallinero. Yo también sonreí, con frialdad. No iba a azorarme de ningún modo. Sería la anfitriona perfecta.

Le preguntó a Jacques por su colección de fusiles antiguos.

—Voy a enseñártela. —Jacques bajó uno de los fusiles, un raro honor—. ¿Has visto qué bayoneta? Se puede atravesar a un hombre de parte a parte con ella.

Ben contestó a la perfección. Se fijó en el estado de conservación, en el labrado del latón. Mi marido, un hombre que no se deja engatusar fácilmente, cayó rendido. Me di cuenta enseguida.

—¿A qué te dedicas, Ben? —preguntó al servirle otra copa.

Era una noche calurosa de finales de verano: habría sido mejor elegir un blanco, pero Jacques quería presumir de aquella añada.

—Soy escritor —contestó Ben.

—Es periodista —dijo Nick al mismo tiempo.

Observé atentamente la cara de Jacques.

—¿Qué tipo de periodismo? —preguntó con despreocupación.

Ben se encogió de hombros.

—Principalmente críticas de restaurantes, exposiciones nuevas, ese tipo de cosas.

—Ah. —Jacques se sentó en su sillón. El rey de todo cuanto contemplaba—. Pues estaré encantado de sugerirte algunos restaurantes para que escribas sobre ellos.

Ben sonrió: esa sonrisa relajada y carismática.

—Me sería muy útil. Gracias.

—Me caes simpático, Ben —le dijo Jacques señalándole—. Me recuerdas un poco a mí a tu edad. Ese fuego en las tripas. Esa ansia. Yo también lo tenía, ese empuje. Lo que no se puede decir de muchos jóvenes hoy en día.

Antoine y su esposa, Dominique, del primer piso, llegaron en ese momento. A la camisa de Antoine le faltaba un botón: se le abría dejando ver la carne fofa. Dominique, en cambio, se había esforzado, por decirlo de algún modo. Llevaba un vestido de punto tan fino que se ceñía a cada curva voluptuosa de su cuerpo. *Mon Dieu,* si hasta se le transparentaban los pezones. Recordaba un poco a la Bardot: el mohín hosco de la boca, esos ojos oscuros y bovinos. Me descubrí pensando que toda esa voluptuosidad se desvanecería, convertido en grasa (no hay más que ver a esa pobre vaca de la Bardot) lo que era anatema para tantos hombres franceses. En este país, la gordura se considera un signo de debilidad, incluso de estupidez. La idea me produjo un placer mezquino.

La vi mirar a Ben. Le miraba de arriba abajo, comiéndoselo con los ojos. Supongo que ella creía que estaba siendo sutil. A mí me parecía una puta barata a la caza de un cliente. Vi que él le devolvía la mirada. Dos personas atractivas que se fijaban la una en la otra. Ese estremecimiento. Ella se volvió hacia Antoine. Vi que su boca se curvaba en una sonrisa mientras hablaba con él. Pero la sonrisa no era para su marido. Era para Ben. Una exhibición cuidadosamente calculada.

Antoine estaba bebiendo demasiado. Vació su copa y la alargó para que se la volviéramos a llenar. Le olía mal el aliento, incluso a un metro de distancia. Se estaba poniendo en ridículo.

—¿Alguien fuma? —preguntó Ben—. Voy a salir a fumar un cigarrillo. Un hábito horrible, lo sé. ¿Puedo usar la terraza de la azotea?

—Es por ahí —le dije—. Pasada esa librería, dobla a la izquierda y verás la puerta y la escalera.

—Gracias. —Me dedicó esa sonrisa encantadora.

Esperé a que se encendieran las luces del sensor, que era la señal de que había llegado a la azotea. No se encendieron. Solo tendría que haber tardado un minuto, más o menos, en subir la escalera.

Mientras los demás hablaban fui a investigar. No estaba en la terraza ni en el otro lado del salón, más allá de la librería. Volví a notar un escalofrío. El presentimiento de que un zorro había entrado en el gallinero. Avancé por el pasillo en sombras que lleva a las otras habitaciones del apartamento.

Le encontré en el despacho de Jacques, con la luz apagada. Estaba mirando algo.

—¿Qué haces aquí? —Se me erizó la piel de rabia. Y de miedo.

Se giró, a oscuras.

—Lo siento —dijo—. Debo de haber entendido mal tus indicaciones.

—Eran muy claras. —Era difícil mantener las formas, reprimir el impulso de decirle que se fuera sin más—. A la izquierda —dije—. Por la puerta. En dirección contraria.

Hizo una mueca.

—Es culpa mía. Puede que me haya pasado de la raya con ese vino tan delicioso. Pero, dime, ya que estamos aquí, esta fotografía… Me fascina.

Supe al instante qué fotografía estaba mirando. Una grande, en blanco y negro, un desnudo colgado frente al escritorio de mi marido. El rostro de la mujer vuelto de lado, su perfil disolviéndose en las sombras, sus pechos desnudos y el triángulo oscuro de su vello púbico entre los muslos blancos. Le había pedido a Jacques que se deshiciera de ella. Era tan impúdica. Tan sórdida.

—Pertenece a mi marido —le dije secamente—. Este es su despacho.

—Así que aquí es donde trabaja el gran hombre —comentó—. ¿Y tú? ¿También trabajas?

—No —respondí.

Ya lo sabía, seguramente. Las mujeres de mi posición no trabajan.

—Pero habrás hecho algo antes de conocer a tu marido.

—Sí.

—Lo siento —dijo cuando el silencio se prolongó tanto que parecía una presencia física suspendida en el aire, entre nosotros—.

Es el periodista que llevo dentro. Tengo… curiosidad por la gente. —Se encogió de hombros—. Me temo que es incurable. Por favor, discúlpame.

Yo ya lo había pensado la primera vez que le vi: que manejaba su encanto como un arma. Pero ahora estaba segura de ello. Nuestro nuevo vecino era peligroso. Pensé en las notas. En mi chantajista misterioso. ¿Sería una coincidencia que hubieran empezado a llegar casi al mismo tiempo que aquel hombre, al que parecía que nada se le escapaba? ¿Que estuviera exigiéndome dinero y amenazándome con revelar mis secretos? De ser así, no lo permitiría. No dejaría que aquel desconocido desmantelase todo lo que había construido.

Conseguí recuperar el habla.

—Te acompaño a la azotea —le dije.

Le seguí hasta que cruzó la puerta correcta. Se dio la vuelta y me dedicó una sonrisa, una breve inclinación de cabeza. No le sonreí.

Fui a reunirme con los demás. Un momento después, Dominique se levantó y anunció que ella también iba a fumarse un cigarrillo. Puede que estuviera avergonzada porque su marido se hubiera emborrachado y estuviera derrengado en el sofá. O puede que simplemente no tuviera vergüenza, pensé al acordarme de cómo había mirado a Ben al llegar.

Antoine estiró el brazo bruscamente y la agarró de la muñeca con fuerza. La copa de vino que Dominique tenía en la mano se sacudió y una salpicadura carmesí cayó sobre el tejido claro de su vestido.

—Non —dijo Antoine—. *Tu ne feras rien de la sorte.*

«No vas a hacer tal cosa».

Dominique me miró entonces. Con los ojos muy abiertos. De mujer a mujer. «¿Ves cómo me trata?». Aparté la mirada. Tú has elegido, *chérie*, igual que yo. Sabía qué clase de hombre era mi marido cuando me casé con él; seguro que a ti te pasó lo mismo. Y si no… entonces es que eres aún más tonta de lo que pensaba.

Vi que se zafaba de su marido y se encaminaba a la azotea. Me los imaginé a los dos allá arriba, vi cómo se desarrollaba la escena. Los tejados de París tendidos ante ellos, las calles iluminadas como sartas de luces. Ella se inclinaría hacia delante al prender su cigarrillo con el de él. Rozaría con los labios su mano.

Bajaron un rato después. Al verlos, Antoine se levantó del asiento en el que estaba desplomado y se acercó renqueando a Dominique.

—Nos vamos.

Ella sacudió la cabeza.

—No, no quiero.

Antoine se inclinó hacia ella y le dijo en voz lo bastante alta como para que lo oyéramos todos:

—Nos vamos, putita. —*Petite salope.* Luego se volvió hacia Ben—. Aléjate de mi mujer, puto inglés. *Comprends-tu?* ¿Entendido?

Como para poner el punto final a sus palabras, hizo un gesto con su copa de vino llena, y no sé si fue porque estaba borracho o si lo hizo a propósito, pero el caso fue que la copa salió volando. Se oyó una explosión de vidrio. El vino salpicó la pared.

Nos quedamos todos quietos, en silencio.

Ben se volvió hacia Jacques.

—Lo siento mucho, *monsieur* Meunier, yo…

—Por favor, no te disculpes. —Jacques se puso de pie y se acercó a Antoine—. Nadie se comporta así en mi casa. No eres bien recibido aquí. Vete. —dijo con voz fría y amenazadora.

Antoine abrió la boca. Vi sus dientes manchados de vino. Por un momento pensé que iba a decir algo imperdonable, pero luego se volvió y miró a Ben. Una mirada larga, más elocuente que cualquier palabra.

El silencio que siguió a su marcha sonó como un diapasón.

151

* * *

Más tarde, mientras Jacques atendía una llamada telefónica, fui al baño a darme una ducha. Me descubrí apuntándome con la alcachofa de la ducha entre las piernas, casi sin querer. En la imagen que se me vino a la cabeza aparecían ellos dos, Dominique y Ben, en el jardín de la azotea. Imaginé todas las cosas que podían haber ocurrido entre ellos mientras los demás hablábamos de cosas sin importancia en el piso de abajo. Y mientras mi marido daba órdenes por teléfono —su voz era apenas audible a través de la pared—, tuve un orgasmo silencioso, con la cabeza apoyada contra los azulejos fríos. La pequeña muerte, lo llaman. *La petite mort.* Y quizá fuera lo más adecuado. Porque una pequeña parte de mí murió esa noche. Y otra cobró vida.

JESS

Es de noche y estoy otra vez en el apartamento, asomada al patio. Miro de arriba abajo los cuadrados iluminados de las ventanas de los vecinos intentando ver moverse a alguno de ellos.

He mandado un par de mensajes a Nick preguntándole si tenía noticias de la policía, pero aún no me han respondido. Sé que es muy pronto, pero no he podido evitarlo. Le agradezco que me haya ayudado. Es agradable sentir que tengo un aliado en esto. De todos modos, sigo sin confiar en que la policía vaya a hacer algo. Y estoy empezando a inquietarme otra vez. No puedo quedarme de brazos cruzados esperando a que me hagan caso.

Me pongo la chaqueta y salgo al rellano. No sé qué voy a hacer, pero sé que tengo que hacer algo. Mientras estoy parada intentando decidir qué hago, me doy cuenta de que oigo voces en algún lugar por encima de mí. Resuenan en el hueco de la escalera. Sin poder resistirme, las sigo. Empiezo a subir las escaleras, paso junto al piso de Mimi, en el cuarto, y me paro un momento a escuchar el silencio de detrás de la puerta. Las voces deben de venir del ático. Se oye la voz de un hombre por encima de las otras, gritando más que el resto. Ahora oigo también otras voces, aunque parece que están hablando todos a la vez. No distingo lo que dicen, aun así. Otro tramo de escaleras y llego al rellano de arriba.

Tengo la puerta del ático frente a mí y, a mi izquierda, la escalera de madera que lleva a las antiguas habitaciones del servicio.

Me acerco con cuidado a la puerta del ático, encogiéndome con cada crujido de la tarima. Con un poco de suerte, los de dentro estarán tan distraídos discutiendo que no prestarán atención a los ruidos de fuera. Llego junto a la puerta, me agacho y pego la oreja al ojo de la cerradura.

El hombre empieza a hablar otra vez, más fuerte que antes. Mierda, hablan solo en francés, cómo no. Me parece oír el nombre de Ben y me pongo tensa, estiro el cuello para oír mejor, pero no distingo ni una sola...

—*Elle est dangereuse.*

Espera. Hasta yo puedo adivinar lo que significa eso: «es peligrosa». Pego todavía más la oreja al ojo de la cerradura y me concentro, tratando de captar cualquier palabra que pueda entender.

De repente, oigo ladridos junto a mi oído. Me aparto bruscamente de la cerradura, casi me caigo de espaldas y consigo ponerme de pie a duras penas. Joder, tengo que salir de aquí. No puedo dejar que me vean...

—Tú.

Demasiado tarde. Me doy la vuelta. Sophie Meunier está de pie en la puerta. Lleva una camisa de seda de color crema, pantalones negros y unos pendientes de diamantes que brillan a lo bestia, y tiene una expresión tan gélida que es posible que los diamantes sean carámbanos diminutos que le han salido de las orejas. Hay un perrito gris a sus pies (¿un *whippet*?) que me mira con ojos negros y brillantes.

—¿Qué haces aquí?

—He oído voces y...

Me quedo callada al darme cuenta de que oír voces detrás de la puerta del piso de otra persona no es una buena excusa para ponerse a escuchar a escondidas. Ben, con su labia, podría haber salido del paso, pero yo no encuentro la manera de hacerlo.

Parece que está tratando de decidir qué hacer conmigo. Por fin dice:

—Bueno, ya que estás aquí, puedes entrar a tomar una copa con nosotros.

—Eh...

Me mira esperando una respuesta. Mi instinto me dice que entrar en este apartamento es muy mala idea.

—Claro —digo—. Gracias. —Miro mi ropa: unas Converse, una chaqueta vieja y unos vaqueros con un roto en la rodilla—. ¿Voy bien vestida así?

Su cara deja claro que nada de lo que llevo puesto le parece ni remotamente bien, pero contesta:

—Estás bien como estás. Acompáñame, por favor.

Entro detrás de ella. Noto el perfume que lleva, un olor denso y floral, aunque en realidad solo huele a dinero.

Al entrar me quedo pasmada. El piso es como mínimo el doble de grande que el de Ben, puede que más. Un espacio diáfano y luminoso dividido por una librería gigante. Los ventanales, que llegan del techo al suelo, dan a los tejados y las calles de París. En la oscuridad, las ventanas iluminadas de los edificios que nos rodean forman una especie de tapiz luminoso.

¿Cuánto costará un piso así? Mucho, imagino. Seguramente, millones. Alfombras elegantes en el suelo, enormes obras de arte moderno en las paredes: salpicaduras y rayas de colores vivos, formas grandes y atrevidas. Hay un cuadro pequeño cerca de mí: una mujer sosteniendo una especie de olla, con una ventana detrás. Veo la firma en la esquina inferior derecha: Matisse. Vale. Joder. No sé mucho de arte, pero hasta yo he oído hablar de Matisse. Y por todas partes, expuestos en mesitas, hay figuritas y jarrones de cristal delicados. Seguro que hasta el más pequeño cuesta más de lo que gané yo en todo un año en ese bar de mierda. Sería tan fácil meterse uno en el bolsillo...

De repente soy consciente de que me siento observada. Levanto la vista y me encuentro con unos ojos. Pintados, no reales. Un enorme retrato: un hombre sentado en un sillón. Mandíbula y nariz fuertes, sienes canosas. Bastante guapo, aunque tiene una cara un poco cruel. Es por la boca, quizá, por su expresión. Lo curioso es que me resulta familiar. Tengo la sensación de haber visto su cara antes, pero no recuerdo dónde. ¿Será alguien famoso? ¿Un político o algo así? Aunque no sé por qué iba yo a reconocer a un político, y menos a un político francés: no sé nada de esas cosas. Así que debe de ser otra cosa. Pero ¿dónde narices…?

—Mi marido, Jacques —dice Sophie detrás de mí—. Está de viaje de negocios en estos momentos, pero no me cabe duda de que estará… —una leve vacilación— deseando conocerte.

Parece poderoso. Y rico. Rico es, obviamente, no hay más que ver este sitio.

—¿A qué se dedica?

—Al negocio del vino —contesta.

Eso explica los miles de botellas del sótano. La *cave* también debe de ser de ella y de su marido.

Después me fijo en un extraño expositor que hay en la pared de enfrente. Al principio pienso que es una especie de instalación de arte abstracto. Pero, al mirar con atención, veo que es una colección de armas de fuego antiguas. Cada una con una protuberancia afilada, parecida a un cuchillo, en el extremo.

Sophie sigue mi mirada.

—Son de la Primera Guerra Mundial. A Jacques le gusta coleccionar antigüedades.

—Falta una —observo.

—Sí. Están reparándola. Requieren más mantenimiento del que puede parecer. *Bon* —dice en tono cortante—. Pasa a conocer a los demás.

* * *

Nos dirigimos hacia la librería. Ahora me doy cuenta de que hay más gente detrás. Al rodearla, los veo frente a frente en dos sofás de color crema. Mimi, la del cuarto piso, y (oh, no) Antoine, el del primero. Me mira como si se alegrara de verme tanto como yo a él. Seguramente es el tipo de vecino al que una procura evitar y dejar a su bola. Cuando miro hacia atrás, sigue mirándome. Noto como si algo me bajara por la columna vertebral.

Es un grupo de personas muy variopinto, sin nada en común entre sí, aparte del hecho de que son vecinos: la extraña y callada Mimi, que no puede tener más de diecinueve o veinte años; Antoine, un hombre de mediana edad, hecho polvo; y Sophie, con su seda y sus diamantes. ¿De qué estarían hablando hace un momento? No parecía una conversación cortés entre vecinos. Siento sus ojos fijos en mí, noto que me miran como si fuera un espécimen desconocido recién llegado a un laboratorio. *Elle est dangereuse.* Estoy segura de que no he oído mal.

—¿Te apetece una copa de vino? —pregunta Sophie.

—Pues sí. Gracias.

Levanta la botella y, mientras el vino se vierte en la copa, veo la imagen dorada de un castillo en la etiqueta y me doy cuenta de que ya lo he visto antes; es como el de la botella que cogí abajo, en la bodega.

Bebo un sorbo bien largo; me hace falta. Noto que tres pares de ojos me observan. Son los que tienen el poder en esta sala, el conocimiento, y eso no me gusta. Me siento superada en número, atrapada. Y entonces pienso «A la mierda». Alguno de ellos tiene que saber algo sobre lo que le ha pasado a Ben. Esta es la mía.

—Sigo sin saber nada de Ben —comento—. ¿Sabéis?, estoy empezando a pensar que tiene que haberle pasado algo. —Quiero darles un susto, sacarlos de su silencio vigilante. Así que digo—: Hoy cuando he ido a la policía…

Ocurre tan rápido que no consigo ver cómo sucede, pero de repente hay un revuelo y veo que la chica, Mimi, ha vertido su copa de vino. El líquido carmesí ha salpicado la alfombra y una pata del sofá.

Durante un segundo nadie se mueve. Puede que, como yo, los otros dos estén observando cómo el líquido oscuro empapa la tela y se alegren de no haber sido ellos.

La chica se ha puesto lívida, del color de la remolacha.

—*Merde* —exclama.

—No pasa nada —dice Sophie—. *Pas de problème.* —Pero su voz parece de acero.

MIMI

Cuarto piso

Putain. Quiero marcharme ahora mismo pero eso provocaría otra escena, así que no puedo. Tengo que quedarme aquí sentada y aguantarme mientras todos me miran fijamente. Mientras ella me mira fijamente. El ruido blanco de dentro de mi cabeza se convierte en un rugido ensordecedor.

De repente empiezo a encontrarme mal. Tengo que salir de la habitación. Es la única solución. Siento que no me controlo. La copa de vino… Ni siquiera sé si ha sido accidente o si lo he hecho a propósito.

Me levanto de un salto del sofá. Todavía noto cómo me mira. Voy dando tumbos por el pasillo hasta encontrar el baño.

Contrólate, Mimi. *Putain de merde.* Contrólate, joder.

Vomito en la taza del váter y me miro al espejo. Tengo los ojos enrojecidos, llenos de capilares rotos.

Por un momento me parece verle. Aparece detrás de mí. Esa sonrisa suya, que me parecía un secreto que solo conocíamos nosotros dos…

Podía pasar horas observándole. Esas noches calurosas de principios de otoño, mientras trabajaba en su escritorio con todas las ventanas abiertas y yo estaba tumbada en mi cama, con el ventilador echándome aire fresco en la nuca y las luces apagadas para que no pudiera verme en las sombras. Era como verle en un escenario. A veces se paseaba sin camiseta. Una vez, solo con una toalla atada a la cintura, de modo que vi la sombra oscura del vello de su pecho, esa línea de pelo que se extendía desde su tripa hasta debajo de la toalla: un hombre, no un niño. Casi nunca se acordaba de cerrar las contraventanas. O puede que las dejara abiertas adrede.

Saqué mis materiales de pintura. Era mi nuevo tema favorito. Nunca había pintado tan bien. Nunca había cubierto el lienzo tan deprisa. Normalmente tenía que parar, revisar, corregir mis errores. Pero con él no hacía falta. Fantaseaba con pedirle algún día que posara para mí.

A veces oía su música a través del patio. Era como si quisiera que la escuchara. Tal vez incluso la ponía para mí.

Una noche levantó la vista y me sorprendió mirándole.

Se me paró el corazón. *Putain.* Llevaba tanto tiempo observándole que había olvidado que él también podía verme. Me dio mucha vergüenza.

Pero entonces me saludó con la mano, como el primer día, cuando le vimos llegar en el Uber. Solo que entonces también estaba saludando a Camille. Sobre todo a Camille, probablemente, con su bikini diminuto. Esta vez, en cambio, era distinto. Esta vez solo me saludaba a mí.

Yo también levanté la mano.

Fue como si nos hiciéramos una seña íntima.

Y entonces sonrió.

Sé que tengo tendencia a desarrollar fijaciones. A obsesionarme un poco. Pero tenía la impresión de que él también era muy obsesivo. Se sentaba allí y no paraba de escribir hasta medianoche; algunos días hasta más tarde. A veces con un cigarrillo en la boca. A veces yo también me fumaba uno. Era casi como si estuviéramos fumando juntos.

Le miraba hasta que me ardían los ojos.

* * *

Ahora, en el cuarto de baño, me echo agua fría en la cara y me enjuago la boca para quitarme el amargor del vómito. Intento respirar con calma.

¿Por qué acepté venir esta noche? Pienso en Camille, que esta tarde cogió su cestita de mimbre y salió a la calle a pasar el rato con sus amigos, sin preocuparse por nada. No como yo, atrapada aquí, sola y sin amigos. ¡Cuánto me gustaría cambiarme por ella!

Le oigo hablar de repente. Tan claramente como si estuviera detrás de mí susurrándome al oído. Siento su aliento cálido en la piel: «Eres fuerte, Mimi. Sé que lo eres. Mucho más fuerte de lo que cree la gente».

JESS

El silencio se alarga cuando sale Mimi. Tomo un sorbo de mi vino.

—Bueno —digo por fin—, ¿cómo es que…?

Me interrumpe un golpe en la puerta: alguien está llamando. El ruido parece resonar eternamente en medio del silencio. Sophie Meunier se levanta para ir a abrir. Antoine y yo nos quedamos frente a frente. Me mira sin pestañear. Pienso en él rompiendo aquella botella en su piso mientras yo miraba por la mirilla, en lo violento que me pareció todo. Me acuerdo de la escena con su mujer en el patio.

Y entonces, en voz baja, me dice:

—¿Qué haces aquí, niña? ¿Aún no has captado el mensaje?

Bebo otro sorbo de vino.

—Estoy disfrutando de este vino tan bueno —le digo.

No me sale con tanto desparpajo como yo esperaba: me tiembla un poco la voz. Me gusta pensar que hay pocas cosas que me asusten. Pero este tipo me da miedo.

—Nicolas —oigo decir a Sophie, pronunciando el nombre a la francesa. Luego añade en inglés—: *Welcome*. Pasa y acompáñanos. ¿Quieres tomar algo?

¡Nick! En parte me alegro de que haya venido, de no tener

162

que quedarme a solas con esta gente. Pero al mismo tiempo me pregunto qué está haciendo aquí.

Un momento después dobla la esquina de la librería siguiendo a Sophie Meunier, con una copa de vino en la mano. Por lo visto, vivir en París le ha dado estilo, mucho más del que suelen tener los británicos en general: lleva una camisa muy blanca con el cuello desabrochado que resalta perfectamente su moreno y unos pantalones azul marino. Se ha peinado hacia atrás el pelo rubio y rizado, apartándoselo de la frente. Parece sacado de un anuncio de perfumes: guapo, distante... Intento refrenarme. ¿Qué estoy haciendo, colándome por este tío?

—Jess —dice Sophie—, este es Nicolas.

Él me sonríe.

—Hola. —Se vuelve hacia Sophie—. Jess y yo ya nos conocemos.

Se hace un silencio un poco incómodo. ¿La gente rica que vive en apartamentos como este hace estas cosas? ¿Se reúnen para tomar algo? Yo nunca he tenido vecinos así. Claro que los sitios donde he vivido no eran muy «amistosos».

Sophie pone una sonrisa forzada.

—Podrías enseñarle a Jess las vistas desde el jardín de la azotea, Nicolas.

—Claro. —Nick me mira—. ¿Te apetece ir a echar una ojeada, Jess?

Intuyo que lo que intenta Sophie es librarse de mí, pero al mismo tiempo es una oportunidad para hablar con Nick sin que nos oigan los demás. Le sigo más allá de la librería y subimos por otro tramo de escaleras.

Abre una puerta.

—Adelante.

Tengo que pasar a su lado mientras sostiene la puerta abierta, tan cerca que huelo su perfume caro y el olor muy suave de su sudor.

Una ráfaga de aire helado me golpea al salir. Luego veo el

cielo nocturno, las luces de abajo. La ciudad se extiende a mis pies como un mapa iluminado, las cintas brillantes de las calles serpenteando en todas direcciones, el resplandor rojo y borroso de las luces traseras de los coches... Por un segundo tengo la sensación de estar suspendida en el aire y me asusto. No, no es que esté suspendida en el aire, pero, aparte de una barandilla de hierro que parece bastante endeble, no hay prácticamente nada que me separe de las calles, cinco pisos más abajo.

De repente se encienden unos cuantos focos a nuestro alrededor: deben de tener algún tipo de sensor. Ahora veo arbustos y hasta árboles en grandes maceteros de gres, un rosal enorme que todavía tiene algunas flores blancas y varias estatuas no muy distintas a la que se hizo pedazos en el patio.

Nick sale a la terraza detrás de mí. Como me he quedado clavada en el sitio, mirando, no le he dejado espacio y tiene que pegarse a mí. Noto en la nuca el calor de su aliento, que contrasta con el aire helado. Siento un impulso repentino y feroz de apoyarme contra él. ¿Cómo reaccionaría si lo hiciera? ¿Se apartaría? Al mismo tiempo, tengo unas ganas inmensas de tirarme de cabeza a la noche. Como si pudiera nadar en ella.

«Cuando estás a esta altura, ¿sientes alguna vez el impulso de saltar?».

—Sí —contesta, y me doy cuenta de que debo de haber hecho la pregunta en voz alta.

Me vuelvo hacia él. Apenas le distingo, solo veo una silueta recortada sobre el resplandor de las luces de detrás. Pero es alto. Desde tan cerca, cobro conciencia de nuestra diferencia de altura. Da un pasito atrás.

Miro más allá de él y me doy cuenta de que hay un piso más por encima de nosotros: unos ventanucos oscuros y manchados de polvo, rodeados de hiedra, como salidos de un cuento de hadas. No me sorprendería ver aparecer un rostro fantasmal detrás de los cristales.

—¿Qué hay ahí arriba?

Sigue mi mirada.

—Ah, las *chambres de bonne*, donde antiguamente estaban las habitaciones del servicio.

Debe de ser ahí donde lleva la escalera de madera. Luego señala la ciudad.

—Hay buenas vistas desde aquí arriba, ¿verdad?

—Es alucinante —digo—. ¿Cuánto crees que cuesta un piso así? ¿Un par de millones? ¿Más?

—Eh… No tengo ni idea.

Pero alguna idea debe tener; tiene que saber lo que vale su apartamento. Seguramente se siente violento. Sospecho que es demasiado fino para hablar de esas cosas.

—¿Has sabido algo? —le pregunto—. ¿De ese tal Blanchot, el de la comisaría?

—Desgraciadamente no. —Se me hace raro no poder ver la expresión de su cara—. Ya sé que es frustrante, pero solo han pasado unas horas. Vamos a darle un poco de tiempo.

Siento un arrebato de desesperación. Tiene razón, claro, es demasiado pronto. Pero sigo sin encontrar a Ben y no puedo evitar angustiarme por que no haya ningún avance. Y además no logro entender a estas personas, no consigo saber de qué van.

—Ahí dentro me ha parecido que sois todos muy amigos —comento, intentando hablar en un tono ligero.

Nick suelta una carcajada muy breve.

—Yo no diría tanto.

—Pero ¿quedáis a menudo? Yo nunca me he tomado una copa con mis vecinos.

Noto que se encoge de hombros.

—No, no muy a menudo. A veces. Oye, ¿quieres un cigarrillo?

Oigo el chasquido del mechero y, cuando se enciende la llama, veo su cara iluminada desde abajo. Sus ojos son agujeros negros, vacíos como los de la estatua del patio. Me pasa un cigarrillo y siento un momento el contacto cálido de sus dedos y luego su aliento en la cara cuando me inclino para que me dé fuego. El aire parece estremecerse entre nosotros.

Doy una calada.

—Creo que a Sophie no le caigo muy bien.

Se encoge de hombros.

—Nadie le cae bien.

—¿Y Jacques, su marido, el de ese retrato enorme? ¿Cómo es?

Hace una mueca.

—Un poco cabrón, si te digo la verdad. Y ella solo está con él por el dinero, eso está claro.

Casi me atraganto con el humo. Lo ha dicho con mucha naturalidad, pero poniendo verdadero énfasis en el «cabrón». Me gustaría saber qué tiene contra ellos. Y si le caen tan mal, ¿por qué viene a su casa a tomar una copa?

—¿Y ese tipo del piso de abajo, Antoine? —pregunto—. Me extraña mucho que ella le haya invitado. Hasta me sorprende que le deje sentarse en el sofá. El día que llegué, ese tipo me mandó a la mierda. Es un borde.

Nick vuelve a encogerse de hombros.

—Bueno, no es que eso lo justifique, pero su mujer le acaba de dejar.

—¿Sí? Pues me alegro por ella, la verdad.

—Mira. —Señala detrás de mí—. Se ve el Sacré-Coeur, allí.

Está claro que no quiere seguir hablando de sus vecinos. Miramos juntos la catedral iluminada, que parece flotar sobre la ciudad como un gran fantasma blanco. Y a lo lejos... Sí, ahí, se ve la Torre Eiffel. Durante unos segundos se enciende como una gigantesca candela romana y un millar de luces brillan arriba y abajo por ella, en movimiento. De repente soy consciente de lo enorme e inabarcable que es esta ciudad. Ben está ahí, en alguna parte. Eso creo, eso espero... De nuevo ese sentimiento de desesperación.

Me zarandeo a mí misma mentalmente. Tiene que haber algo más que pueda averiguar, algún enfoque nuevo que aún no haya descubierto. Me vuelvo hacia Nick.

—Ben no te dijo qué estaba investigando, ¿verdad? Sobre qué estaba escribiendo para ese reportaje de investigación.

—No, no me dijo nada. Yo creía que seguía haciendo críticas de restaurantes y ese tipo de cosas. Pero es típico de él, ¿no?

Me parece detectar una nota de amargura.

—¿Qué quieres decir?

—Bueno, cabe preguntarse si alguien conoce de verdad a Benjamin Daniels.

«Dímelo a mí», pienso. Aun así, me gustaría saber qué quiere decir exactamente.

—De todos modos, es lo que siempre ha querido hacer. —De pronto habla en un tono más melancólico—. Periodismo de investigación. Eso o escribir una novela. Recuerdo que una vez me dijo que quería escribir algo que hiciera que vuestra madre se sintiera orgullosa. Hablaba mucho de eso durante el viaje.

—¿Te refieres al viaje que hicisteis después de la universidad?

Por su forma de decir «el viaje», da la impresión de que fue algo muy importante. El Viaje. Pienso en su salvapantallas. Mi instinto me dice que siga insistiendo.

—¿Cómo fue? Recorristeis toda Europa, ¿no?

—Sí. —Su tono vuelve a cambiar: ahora suena más ligero, como ilusionado—. Estuvimos todo el verano viajando. Fuimos cuatro: Ben, yo y un par de chicos más. La verdad es que las pasamos moradas. Trenes horribles sin aire acondicionado, baños atascados… Días, semanas enteras durmiendo sentados en asientos de plástico duro, comiendo pan duro y casi sin lavar la ropa. Y cuando la lavábamos teníamos que ir a lavanderías.

Parece emocionado. «Chaval —pienso—, si crees que eso es pasarlas moradas, es que no tienes ni idea de nada». Me acuerdo de su apartamento minimalista: los altavoces Bang & Olufsen, el iMac, toda esa riqueza disimulada. Me gustaría odiarle por ello, pero no puedo. Hay algo melancólico en él. Entonces me acuerdo de la oxicodona que vi en su baño.

—¿Dónde fuisteis? —le pregunto.

—A todas partes. Estábamos en Praga un día, en Viena al siguiente y en Budapest dos días después. O a veces nos pasábamos una semana entera tirados en la playa y yendo a la discoteca cada noche, como hicimos en Barcelona. Y en Estambul perdimos un fin de semana entero por culpa de una intoxicación alimentaria.

Digo que sí con la cabeza como si supiera de qué está hablando, aunque no estoy segura de poder señalar todos esos sitios en el mapa.

—Así que a eso se dedicaba Ben —digo—. Qué distinto de un piso de una sola habitación en Haringey…

—¿Dónde está Haringey?

Le miro. Incluso lo ha pronunciado mal. Pero, claro, un niño rico como él no habrá oído hablar de ese barrio.

—En el norte de Londres. Ben y yo nos criamos allí. Ya entonces Ben estaba deseando escapar de allí, viajar por el mundo. La verdad es que eso me recuerda una cosa…

—¿Qué?

—Mi madre nos dejaba solos bastante a menudo, cuando tenía que salir. Trabajaba por turnos y nos dejaba encerrados en casa a partir de las seis para que no nos metiéramos en líos, porque el barrio era un poco chungo. Nos aburríamos un montón, pero Ben tenía un globo terráqueo viejo, ya sabes, uno de esos con luz. Se tiraba horas dándole vueltas y señalando los sitios a los que podíamos ir. Y me los describía, además: mercados de especias, mares de color turquesa, ciudades en la cima de las montañas… No me explico cómo sabía todas esas cosas. Aunque seguramente se lo inventaba todo, en realidad.

Intento no dejarme arrastrar por el recuerdo. No estoy segura de haber hablado con nadie de todo eso.

—En fin... Parece que os lo pasasteis en grande. La foto de tu salvapantallas era de Ámsterdam, ¿verdad?

Le miro, pero está contemplando la noche, y mi pregunta queda suspendida en el frío aire otoñal.

LA PORTERA

Portería

Estoy vigilando la azotea desde mi puesto en el patio. He visto encenderse las luces hace un momento. Ahora veo que alguien se acerca a la barandilla. Oigo voces y el sonido débil de la música que baja flotando. Contrasta con los ruidos que llegan de unas calles más allá, el chirriar de las sirenas de policía. Lo acabo de oír en la radio: esta noche han estallado otra vez los disturbios. Aunque los de arriba no lo sepan ni les importe.

La radio me la regaló él, en realidad. Y hace solo unas semanas le vi también allí arriba, en la azotea, fumando con la mujer del borracho del primero.

Cuando la persona que está junto a la barandilla se gira, me doy cuenta de que es ella, la chica que se aloja en su piso. Se las ha arreglado de algún modo para entrar en el ático. ¿La habrán invitado? Seguramente no. Si se parece en algo a su hermano, imagino que se habrá invitado ella sola.

En un par de días ha conseguido acceder a partes de este edificio en las que yo no he entrado nunca, a pesar de llevar tantos años trabajando aquí. Pero era de esperar. Yo no soy de su clase, claro. En todo el tiempo que llevo trabajando aquí, creo que el gran Jacques Meunier solo me ha mirado dos veces y me ha hablado una. Pero para un hombre como él apenas soy un ser humano, por supuesto. Prácticamente soy invisible.

Aun así, la chica no es como ellos. Lo es tan poco como yo o incluso menos. Por lo visto también es aficionada a trepar, igual que su hermano. A colarse en los sitios. ¿Sabrá realmente en lo que se ha metido aquí? Yo creo que no.

Veo aparecer otra figura detrás de ella. Es el joven del segundo piso. Contengo la respiración. Ella está muy cerca de la barandilla. Espero que sepa lo que hace. Subir tan alto, tan deprisa, solo sirve para que la caída sea aún mayor.

NICK

Segundo piso

Contárselo a Jess me ha hecho revivir esa emoción. El gozo de ir de una ciudad a otra en tren jugando partidas interminables de póquer con una baraja vieja y bebiendo latas de cerveza caliente. Hablar de gilipolleces y de temas profundos; casi siempre una mezcla de ambas cosas. Algo real. Algo mío. Algo que el dinero no podía comprar. Por eso, a pesar de todo, acepté de inmediato reencontrarme con Ben. No es la primera vez que anhelo volver allí, recuperar esa inocencia.

Intento contenerme. Eso sí que es ver las cosas de color de rosa. Porque no todo fue inocente, ¿no?

No, nada de eso. Nuestro amigo Guy estuvo a punto de tener una sobredosis en una discoteca de Berlín. Le encontramos vertiéndose agua en la cara y prácticamente tuvimos que salvarle de morir ahogado.

En Hungría tuvimos que sobornar a un revisor porque llevábamos los billetes caducados y nos amenazó con dejarnos tirados en medio de un pinar.

En un callejón de Zagreb, unos pandilleros nos robaron todo el dinero que nos quedaba y por poco nos cortan el cuello.

Y en Ámsterdam…

Observo a Jess mientras da una calada al cigarrillo. Recuerdo que Ben me habló de ella en una cervecería de Praga: «Mi herma-na Jess fue quien encontró a mi madre. Era una cría. La puerta de la habitación estaba cerrada con llave, pero yo le había ense-ñado a forzar una cerradura con un trozo de alambre. Una niña de ocho años no debería ver algo así. Fue… Joder…». Recuerdo que se le quebró un poco la voz. «Me reconcome no haber esta-do allí».

Me pregunto cómo te afecta algo así. Estudio a Jess, pienso en cómo la conocí ayer, cuando estaba a punto de robar la bote-lla de vino. O en cómo se ha presentado aquí esta noche, sin que la invitaran. Tiene un punto de temeridad, da la impresión de que es capaz de hacer cualquier cosa. De que es impredecible. Pe-ligrosa. Y después de lo que ha pasado esta mañana cuando he-mos salido, está claro que tiene problemas con la policía.

—Yo nunca he salido del Reino Unido —dice de repente—. Bueno, solo para venir aquí, claro. Y mira lo bien que está resul-tando.

La miro fijamente.

—¿Sí? ¿Es la primera vez que viajas al extranjero?

—Sí. —Se encoge de hombros—. Hasta ahora no había te-nido motivos para hacerlo. Ni tampoco dinero. Bueno…, ¿y cómo era Ámsterdam?

Pienso en ello. Los canales olían mal con aquel calor. Éramos un grupo de chavales, así que, por supuesto, nos fuimos derechos al Barrio Rojo. De Wallen, se llama. Las luces de neón de los es-caparates: naranja, rosa fucsia. Chicas en lencería apretándose contra el cristal, haciéndote señas de que podías ver mucho más si pagabas. Y luego un cartel: *Espectáculo de sexo en vivo en el sótano.*

Los demás quisieron entrar, cómo no. Porque en el fondo se-guíamos siendo unos adolescentes salidos.

Pasamos por un túnel, bajamos por unas escaleras. La luz se fue haciendo más tenue. Entramos en una sala pequeña. Olía a sudor rancio y a tabaco. Costaba un poco respirar, como si el aire escaseara o las paredes estuvieran juntándose. Se abrió una puerta.

—No puedo —dije de repente.

Los otros me miraron como si me hubiera vuelto loco.

—Pero esto es lo que se hace en Ámsterdam —dijo Harry—. Es solo por divertirnos. No me digas que te da miedo ver un coño. Y, además, aquí esto es legal. No nos vamos a meter en ningún lío, si es eso lo que te preocupa.

—Ya lo sé. Lo sé, pero es que… No puedo. Mirad, yo… me quedo fuera. Luego nos vemos.

Me di cuenta de que pensaban que era un rajado, pero no me importó. No podía hacerlo. Ben me miró entonces. Y aunque él no podía saberlo, sentí que de alguna manera lo entendía. Pero así era Ben. Nuestro líder de facto. El adulto de nuestro grupito: el que tenía más mundo de todos. El que con su labia conseguía que le dejaran entrar en cualquier club nocturno, en cualquier albergue que estuviera supuestamente lleno, y era también capaz de salir de cualquier lío: fue él quien le pasó el soborno al revisor. A mí me daba mucha envidia. Ese tipo de encanto no se puede aprender ni comprar. Aun así, yo pensaba que quizá se me pegara un poco de esa confianza en sí mismo, de ese aplomo.

—Te acompaño, tío —dijo.

Los gritos de decepción de los otros: «Va a ser muy raro si solo estamos nosotros dos» y «Pero ¿qué os pasa? ¡Joder!».

Ben me pasó un brazo por los hombros.

—Vamos a pasar de estos pardillos con sus chorradas —dijo—. ¿Qué tal si buscamos un *coffee shop*?

Salimos a la calle y enseguida sentí que me costaba menos respirar. Fuimos a un local que había un par de calles más allá. Nos sentamos con nuestros porros ya liados.

Ben se inclinó hacia mí.

—¿Estás bien, tío?

—Sí, estoy bien.

Inhalé con avidez, deseando que la bruma de la marihuana me envolviera.

—¿Qué es lo que te ha dado tan mal rollo de ese sitio? —preguntó un momento después.

—No lo sé. Prefiero no hablar del tema, si no te importa.

Habíamos empezado con una maría bastante suave. Al principio me pareció que casi no pegaba, pero cuando empezó a hacerme efecto sentí que algo cambiaba. En realidad, ahora que lo pienso, puede que no fuera la maría. Fue Ben.

—Mira —dijo—. Entiendo que no quieras hablar, pero si necesitas desahogarte, ya sabes. —Levantó las manos—. Yo no te voy a juzgar.

Pensé en ese lugar, en las chicas. Llevaba tanto tiempo guardando dentro mi sórdido secretillo… Quizá fuera una especie de catarsis. Respiré hondo. Di una larga calada al porro y empecé a hablar. Y una vez que empecé, ya no quise parar.

Le hablé del regalo que me hicieron cuando cumplí dieciséis años. Le conté lo que me dijo mi padre: que había llegado la hora de convertirme en un hombre. Ese era su regalo. Lo mejor de lo mejor para su hijo. Quería regalarme una experiencia que no olvidara nunca.

Recuerdo que bajamos por una escalera. Se abrió una puerta. Y le dije a mi padre que yo no quería eso.

—¿Qué? —Me miró fijamente, extrañado—. ¿Qué te crees, que esto es poco para ti? ¿Vas a despreciármelo? Pero ¿a ti qué te pasa, chico?

Le conté a Ben que me quedé. Porque tenía que hacerlo. Y que cuando salí de aquel sitio era otra persona, aunque apenas fuera un hombre aún. Le conté que aquello dejó una mancha dentro de mí.

De repente se lo solté todo, todos mis secretos, toda la mierda que nunca le había contado a nadie; me brotó a borbotones, como una cascada de agua pútrida. Y Ben me escuchó allí sentado, en la oscuridad del café.

—Dios —dijo con las pupilas dilatadas—. Eso es muy jodido. Recuerdo claramente que dijo eso.

—No se lo he contado a nadie más —le dije—. No... no se lo digas a los otros, ¿vale?

—No te preocupes —me contestó.

Después de aquello empezamos a probar cosas más fuertes, retándonos el uno al otro. Ahí fue cuando nos pegó de verdad. Nos mirábamos y nos echábamos a reír sin saber por qué.

—Casi no vimos la ciudad —le digo ahora a Jess—, así que no soy lo que se dice un experto. Pero si buscas un buen *coffee shop*, creo que podría recomendarte uno.

Ojalá la noche hubiera terminado ahí. Sin lo que vino después. Sin la oscuridad. Sin el agua negra del canal.

JESS

—Espera —digo—. ¿Me dijiste que hacía más de diez años que no veías a Ben cuando os volvisteis a encontrar?

—Sí.

—O sea, desde ese viaje, ¿no?

—Sí. No le había visto desde entonces.

Dejo pasar unos segundos, esperando que continúe, que me explique por qué dejaron pasar tanto tiempo. Pero nada, silencio.

—Tengo que preguntártelo —digo—. ¿Se puede saber qué pasó en Ámsterdam?

Lo digo un poco en broma, pero la verdad es que me da la impresión de que hay algo raro en esa historia. Por la forma en que le ha cambiado la voz mientras me lo contaba.

Por un momento, su cara es como una máscara. Luego es como si se acordara de sonreír.

—Bah, nada. Tonterías típicas de chavales, ya sabes.

Una ráfaga de viento helado nos golpea, arranca hojas de los arbustos y las lanza al aire.

—¡Ostras! —exclamo cruzando los brazos.

—Estás tiritando.

—Sí, bueno, la verdad es que esta chaqueta no está diseñada

para el frío. Calidad Primark. —Aunque dudo mucho que Nick sepa lo que es Primark.

Alarga una mano con un gesto tan repentino que me asusto y retrocedo.

—Perdona —dice—. No quería asustarte. Tienes una hoja prendida en el pelo. Espera un segundo, te la quito.

—Seguramente hay de todo ahí dentro —bromeo—. Trozos de comida, colillas… De todo.

Noto el calor de su aliento en la cara y sus dedos en mi pelo mientras desprende la hoja.

—Ya está.

La saca y me la enseña: es una hoja de hiedra marrón. Su cara sigue estando casi pegada a la mía. Y como sabe una siempre estas cosas, intuyo que está a punto de besarme. Hace mucho tiempo que nadie me besa. Me doy cuenta de que he abierto un poco los labios.

Entonces nos quedamos otra vez a oscuras.

—Mierda —dice Nick—. Son los sensores, nos hemos quedado demasiado quietos.

Mueve el brazo y se vuelven a encender, pero lo que estaba a punto de pasar entre nosotros se ha roto. Parpadeo para despejarme y dejar de ver chiribitas. ¿Cómo se me ocurre? Estoy intentando encontrar a mi hermano desaparecido. No tengo tiempo para esto.

Nick se aleja un paso de mí.

—Bueno —dice sin mirarme a los ojos—. ¿Bajamos?

Volvemos a bajar al apartamento.

—Oye, creo que voy a buscar un baño —le digo. Necesito recomponerme un poco.

—¿Quieres que te enseñe por dónde es? —me pregunta Nick. Está claro que conoce bien este apartamento, aunque diga que no viene a menudo.

—No, no hace falta. Gracias.

Va a reunirse con los demás. Yo recorro un pasillo poco iluminado. Una gruesa alfombra bajo mis pies. Más obras de arte colgadas en las paredes. Voy abriendo puertas a medida que avanzo: no sé exactamente lo que busco, pero sé que tengo que encontrar algo que me ayude a comprender mejor a estas personas y su relación con Ben.

Encuentro dos dormitorios: uno muy masculino e impersonal, como imagino que debe de ser una habitación de un hotel de negocios caro, y el otro más femenino. Parece que Sophie y Jacques Meunier duermen en habitaciones separadas. Interesante, aunque quizá no sea muy sorprendente. Junto a la habitación de Sophie hay un vestidor del tamaño de una habitación, con hileras de zapatos de tacón y botas en colores discretos (negro, tostado y camel), montones de vestidos y camisas de seda colgados en perchas y jerséis de aspecto caro separados con papel de seda. En un rincón hay un tocador de madera muy adornada, con una sillita que parece antigua y un espejo grande. Pensaba que solo las Kardashian y la gente de las películas tenía vestidores así.

También encuentro el cuarto de baño, tan grande que podría darse una clase de yoga en él, con una enorme bañera revestida de mármol y dos lavabos: uno para él y otro para ella. La siguiente puerta da al aseo: supongo que, si eres rico, no meas en el mismo lugar en el que te bañas con tus aceites perfumados. Echo un vistazo rápido a los armarios, pero no encuentro nada, aparte de unos jabones muy pijos de un sitio llamado Santa Maria Novella. Me guardo un par.

La habitación que hay enfrente del aseo parece un despacho. Huele a cuero y a madera vieja. En el centro hay un escritorio enorme que también parece antiguo, con una tapa de cuero de color burdeos justo en el centro. Enfrente hay una imagen grande en blanco y negro que al principio me parece un cuadro abstracto. Luego, de repente, como si fuera un ojo mágico, me doy cuenta de que en realidad es una fotografía del torso de una mujer: los pechos, el ombligo, la uve de vello púbico entre las piernas. Me quedo mirándola un momento, sorprendida. Me parece una cosa muy extraña para colgarla en tu despacho, pero supongo que, si trabajas en casa, puedes hacer lo que quieras.

Pruebo a abrir los cajones del escritorio. Están cerrados, pero este tipo de cerraduras son bastante fáciles de forzar. Tardo más o menos un minuto en abrir el de arriba. Lo primero que encuentro son un par de hojas de papel. Parece que falta la primera hoja, porque estas están numeradas con un *2* y un *3* en la parte de abajo. Parece una lista de precios o algo así. No: son cuentas. De vinos, creo: veo que pone *añada* en la parte de arriba de una columna. El número de botellas compradas (nunca más de cuatro) y un precio al lado de cada vino. Madre mía. Algunas de estas botellas cuestan más de mil euros, por lo visto. Luego pone el nombre de una persona, creo, al lado de cada anotación. ¿Quién gasta tanto dinero en vino?

Busco en el fondo del cajón por si hay algo más. Agarro algo pequeño y liso. Lo saco. Es un pasaporte. Bastante antiguo, por lo que parece. En la portada hay un escudo circular dorado y unas letras en otro alfabeto. ¿Ruso, quizá? Sí, es bastante antiguo. Lo abro y veo una fotografía en blanco y negro de una mujer joven. Tengo la misma sensación que cuando he visto el retrato de encima de la chimenea: la sensación de que ya he visto a esta persona en alguna parte, aunque no consiga ubicarla. Tiene las mejillas y los labios carnosos, el pelo largo, rizado y alborotado, las cejas depiladas, muy finas, en forma de media luna. De repente me doy cuenta, por la forma de la boca y la curva de la barbilla. Es Sophie Meunier, solo que unos treinta años más joven. Vuelvo a mirar la portada. Así que en realidad es rusa o algo así, no francesa. Qué raro.

Cierro el cajón. Al hacerlo, algo cae al suelo con un ruido sordo. ¡Mierda! Lo cojo: no se ha roto, menos mal. Una fotografía en un marco de plata. Una foto de estudio, muy formal. No sé cómo no la he visto antes: será porque estaba muy concentrado en los cajones. Hay varias personas en ella. Reconozco primero al hombre. Es Jacques Meunier, el marido de Sophie, el tipo del cuadro. Y a su lado está ella, con una edad intermedia entre la que tiene ahora y la de la foto del pasaporte. Parece que intenta sonreír, pero lo que le sale es una especie de mueca antipática. Luego hay tres niños. Frunzo el ceño y entorno los ojos para verles la cara. Luego inclino la fotografía para intentar verla mejor con la poca luz que hay. Dos chicos adolescentes y una niña.

El chico más pequeño, con su mata de pelo rubio... No es la primera vez que le veo. Y entonces me acuerdo. Le vi en una fotografía en el piso de Nick, junto a un barco de vela, con la mano de un hombre en el hombro. ¡El chico pequeño es Nick!

Espera, espera, esto no tiene ningún sentido. Solo que, de repente, sí que lo tiene: un sentido horrible. El chico mayor, el del pelo moreno y el ceño fruncido, casi un hombre ya, creo que es Antoine. Y la niña, con el pelo oscuro... La miro más de cerca. Hay algo en su cara asustada que me resulta familiar. ¡Es Mimi! Las personas de esta fotografía son...

Entonces oigo que me llaman por mi nombre. ¿Cuánto tiempo llevo aquí? Dejo la fotografía haciendo ruido, de pronto noto las manos torpes. Cruzo rápidamente la habitación y me asomo al pasillo por la rendija de la puerta. La puerta del fondo sigue cerrada, pero empieza a abrirse. Mientras todavía estoy a tiempo de que no me vean, me escabullo por el pasillo hasta el aseo.

Oigo la voz de Nick:

—¿Jess?

Vuelvo a abrir la puerta del aseo y salgo al pasillo poniendo cara de sorpresa. El corazón me late a toda prisa, casi en la garganta.

—¡Hola! —digo—. ¿Todo bien?

—Pues... Solo... Bueno, Sophie quería que me asegurara de que no te habías perdido. —Pone esa sonrisa de buen chico y pienso: «No conozco a esta persona en absoluto».

—No —digo—, estoy bien. —Increíblemente, mi voz suena casi normal—. Estaba a punto de volver con vosotros.

Sonrío.

Y mientras tanto no paro de pensar: «Son familia, son familia». El simpático Nick, la gélida Sophie, Antoine el borracho y la tranquila e intensa Mimi...

«¿Qué cojones...?».

SOPHIE

Ático

Se han ido todos. Me duele la mandíbula del esfuerzo de mantener una máscara de serenidad. Que la chica se haya presentado aquí ha desbaratado por completo mis planes para esta noche. No he conseguido ponerme de acuerdo con los demás, como quería.

La botella de vino sigue abierta sobre la mesa. He bebido mucho más de lo que habría bebido si Jacques estuviera aquí. Se quedaría pasmado si me viera tomar más de una copa. Claro que también he pasado muchas noches aquí sola a lo largo de los años. Supongo que no soy muy distinta a otras mujeres de mi posición social: deambulando solas por sus enormes apartamentos mientras sus maridos están de viaje con sus amantes o atareados con el trabajo.

Cuando me casé con Jacques lo entendí como un intercambio: mi juventud y mi belleza a cambio de su riqueza. Con el paso de los años, como suele ocurrir con este tipo de contratos, mi valor fue disminuyendo mientras el suyo iba en aumento. Yo sabía en lo que me metía y no me arrepiento casi en absoluto de mi decisión. Pero tal vez no contaba con la soledad y las horas vacías. Miro a Benoit, que duerme en su cama del rincón. No es de extrañar que tantas mujeres como yo tengan perro.

En todo caso, prefiero estar sola a estar con mis hijastros. Veo cómo me miran Antoine y Nicolas.

Agarro la botella y vierto el vino que queda en una copa. El líquido llega hasta el borde. Me lo bebo todo de un trago. Es un borgoña excelente, pero así no sabe bien. El ácido me pica en la garganta y en las fosas nasales como un vómito.

Abro otra botella y empiezo a bebérmela. Esta vez bebo a morro, inclinando la botella. El vino sale tan rápido que no puedo tragarlo. Me atraganto. Me arde la garganta, la tengo en carne viva. El vino se derrama por mi barbilla y mi cuello. Es extrañamente refrescante. Siento cómo cala en la seda de mi blusa.

Le vi en el patio a la mañana siguiente de tomar aquella copa, hablando con Camille, la compañera de piso de Mimi, en medio de un charco de sol. Jacques me dijo una vez que le parecía bien que esa chica viviera con nuestra hija. Que era una buena influencia. Seguro que su opinión no tenía nada que ver con ese mohín y esos labios rosados, con la nariz delicada y respingona y los pechos pequeños y erguidos.

Ella se inclinaba hacia Benjamin Daniels como un girasol se inclina hacia el sol en un campo provenzal. Llevaba una blusa de vichí que le resbalaba por los hombros morenos y unos pantalones cortos blancos tan pequeños que se le veía media nalga bronceada por debajo del dobladillo. Estaban guapísimos los dos juntos, igual de guapos que Dominique y él. Era imposible no verlo.

—*Bonjour, madame Meunier* —dijo Camille, y me saludó con la mano mientras cambiaba el peso de una pierna a la otra.

Estoy segura de que el *madame* estuvo calculado para hacerme sentir el poder cruel de su juventud.

Sonó su teléfono. Leyó lo que acababa de recibir y esbozó una sonrisa, como si estuviera leyendo el mensaje secreto de un amante. Se llevó los dedos a los labios. Seguramente era todo teatro para que él lo viera, para intrigar, para atraerle.

—Tengo que irme —dijo—. *Salut, Ben.* —Dio media vuelta y le lanzó un beso.

Y entonces solo quedamos Benjamin Daniels y yo en el patio. Y la portera, por supuesto. Estaba segura de que estaría viéndolo todo desde su caseta.

—Tienes esto precioso —comentó.

¿Cómo sabía que era todo obra mía?

—No está en su mejor momento —respondí—. En esta época del año casi se ha marchitado todo.

—Pero me encantan los colores, tan vivos —dijo—. Dime, ¿qué son esas flores?

—Dalias. Y agapantos.

Me preguntó por varios parterres. Parecía interesado de verdad, aunque yo sabía que solo me estaba siguiendo la corriente. Aun así, no le corté. Disfrutaba hablándole (hablando con alguien) del oasis que había creado. Por un momento casi me olvidé de que desconfiaba de él.

Y entonces se volvió para mirarme.

—Quería preguntarte una cosa. Me intriga tu acento. ¿Eres francesa de origen?

—¿Perdón? —Luché para no perder el control de mi expresión, pero sentí que la máscara se me escurría.

—Me he dado cuenta de que no siempre usas el artículo definido —dijo—. Y tu manera de pronunciar las consonantes… Suenan un poco más duras que las de un hablante nativo. —Acercó el pulgar y el índice—. Solo un poquitín. ¿Dónde naciste?

Me quedé sin habla un momento. Nadie había hecho nunca un comentario sobre mi acento; ni siquiera los franceses. Ni siquiera los parisinos, que son los más esnobs de todos. Había empezado a convencerme a mí misma de que hablaba francés a la perfección. De que mi disfraz era perfecto, infalible. Pero ahora me daba cuenta de que, si él lo había notado y ni siquiera era francés, los demás también lo notaban, por supuesto que sí. Era un resquicio, una grieta en el caparazón a través de la cual se podía vislumbrar mi yo del pasado. Todo lo que había organizado tan cuidadosamente, todo por lo que me había esforzado tanto... Con esa sola pregunta me estaba diciendo: «A mí no me engañas».

—No me gusta —le dije a Jacques más tarde—. No me fío de él.

—¿Qué quieres decir? A mí me impresionó anoche. Irradia ambición, se nota. Tal vez sea una buena influencia para esos inútiles de mis hijos.

¿Qué podía decirle? ¿Que hizo un comentario sobre mi acento? ¿Que no me gusta cómo parece observarnos a todos? ¿Que no me gusta su sonrisa? Sonaba todo tan endeble...

—No lo quiero aquí —dije. No se me ocurrió otra cosa—. Creo que deberías pedirle que se vaya.

—¿Ah, sí? —dijo Jacques en tono muy amable. Demasiado amable—. ¿Ahora vas a decirme a quién puedo o no puedo tener en mi casa?

Y eso fue todo. Comprendí que no debía decir nada más sobre el asunto. Al menos de momento. Tendría que discurrir otra manera de librar a este lugar de Benjamin Daniels.

A la mañana siguiente llegó otra nota.

Te conozco, Sophie Meunier. Conozco los secretos vergonzosos que ocultas bajo esa apariencia burguesa. Pueden quedar entre nosotros o puede enterarse todo el mundo. Solo pido una pequeña remuneración por guardar silencio.

La cantidad que pedía mi chantajista se había duplicado. Supongo que unos pocos miles de euros tendrían que parecerle poca cosa a alguien que vive en un piso que vale varios millones. Pero el piso está a nombre de Jacques. Y el dinero amarrado en sus cuentas, sus inversiones y sus negocios. Nuestro acuerdo siempre ha sido muy anticuado en ese aspecto: nunca he tenido más que lo que se me entregaba para el mantenimiento de la casa y mi ropa. Antes de formar parte de este mundo, no era consciente de lo invisible que es la grasa (el dinero) que hacer girar sus engranajes. Está todo escondido, invertido en activos líquidos o ilíquidos, y en realidad hay muy poco disponible en efectivo.

Aun así, no se lo conté a Jacques. Sabía que reaccionaría muy mal y eso solo empeoraría las cosas. Sabía que, si se lo contaba, este asunto se volvería tangible y haría aflorar el pasado. Y que solo serviría para poner aún más de manifiesto el desequilibrio de poder que hay entre mi marido y yo. No, tendría que encontrar la manera de pagar. Todavía me sentía capaz de resolverlo por mi cuenta. Esta vez elegí una pulsera de diamantes: un regalo de aniversario.

A la mañana siguiente dejé obedientemente otro fajo de billetes mugrientos en un sobre de color crema debajo del escalón suelto.

Ahora me miro en el espejo del otro lado de la habitación. La mancha carmesí del vino sigue extendiéndose. Me quedo absorta mirándola. El rojo cala en la seda clara de la blusa como sangre derramada.

Me arranco la blusa. Se rasga fácilmente. Los botones de nácar se desprenden y vuelan hacia los rincones de la habitación. Luego, los pantalones. La lana fina y suave me oprime, se me pega a la piel. Un momento después estoy en el suelo pataleando para quitármelos. Estoy sudando. Jadeo como un animal.

Miro mi lencería, por la que mi marido paga una fortuna pero que rara vez ve. Miro este cuerpo, al que se le ha negado tanto placer, todavía tan definido por los años de dieta. El xilófono de mi escote, la horquilla de mi pelvis. Antes mi cuerpo era todo curvas y voluptuosidad. Una cosa que provocaba lujuria o rechazo. Hecha para ser tocada. Con gran esfuerzo lo convertí en un objeto que ocultar, sobre el que colgar las prendas confeccionadas para una mujer de mi clase social.

Tengo los labios manchados de vino. Y los dientes también. Abro la boca de par en par.

Sosteniéndome la mirada en el espejo, suelto un grito mudo.

JESS

He puesto una excusa para marcharme del ático lo antes posible. Estaba deseando salir de allí. Ha habido un momento, mientras sentía que todos me observaban, en que me he preguntado si intentarían detenerme. Al abrir la puerta incluso me ha parecido sentir una mano en el hombro. He bajado a toda prisa las escaleras hasta el apartamento de Ben, con un cosquilleo en la nuca.

Son familia. Son familia. Y este no es el apartamento de Ben, en realidad. Ahora mismo estoy en casa de una familia. ¿Por qué coño no me lo dijo Ben? ¿No le pareció importante? ¿O es que no lo sabía?

Pienso en lo mucho que me impresionó en comisaría lo bien que habla Nick francés. Claro que lo habla bien: es su lengua materna. Intento recordar nuestra primera conversación. En ningún momento, que yo recuerde, me dijo que fuera inglés. Lo de Cambridge lo supuse, y él no dijo nada en contra.

Aunque sí me mintió en una cosa. Fingió que su apellido era Miller. ¿Por qué eligió ese apellido en concreto? Recuerdo los resultados que obtuve cuando lo busqué en Internet. ¿Lo eligió simplemente porque es muy común? Me acerco a la estantería de

Ben, saco su viejo diccionario francés-inglés y busco la letra *M*. Esto es lo que encuentro:

meunier (mønje, jɛR) **sustantivo masculino**: miller.

Miller = Meunier. Me dio la traducción de su apellido.

Aun así, hay una cosa que no entiendo. Si Nick tiene alguna intención oculta, ¿por qué estaba tan dispuesto a ayudarme? ¿Por qué me acompañó a la comisaría y habló con el comisario Blanchot? No me cuadra. Quizá tenga alguna razón más inocente para ocultarme todo esto. Puede que sean solamente una familia muy celosa de su intimidad, por ser tan ricos. O puede que me hayan tomado por una perfecta imbécil…

Siento un escalofrío al pensar en ellos esta noche, mientras tomaban una copa. Me observaban como a un animal en el zoo. No tenía sentido que un grupo de personas tan diferentes hubiera quedado para tomar algo. No parecían tener nada en común. Pero si son familia… entonces es distinto. No tienes que tener nada en común con tu familia; solo os unen lazos de sangre. Bueno, supongo que es así, porque yo nunca he tenido lo que se dice una familia. Quizá por eso no me di cuenta de la verdad. No pude interpretar las señales, las pistas pequeñas pero importantes. No sé cómo funciona una familia.

Vuelvo a dejar el diccionario en la estantería. Al hacerlo, una hoja de papel se desprende y cae al suelo. Pienso que es una página del diccionario, por lo vieja que está, hasta que la recojo. Tardo un momento en darme cuenta de por qué la reconozco. Estoy segura de que es la primera hoja de esas cuentas que he visto en el cajón del escritorio del ático. Sí: hay un *1* en la parte de abajo de la hoja. Los mismos conceptos: las añadas, el precio de venta, los apellidos de las personas que compraron las botellas, todo con una *M.* pequeñita delante. Pero lo más interesante es lo que hay impreso en la parte de arriba de la hoja:

el símbolo de unos fuegos artificiales, en relieve dorado. Igual que la extraña tarjeta metálica que tenía Ben en su cartera: la que le dejé a Theo ayer. Y lo que también es interesante es que Ben (con la misma letra de su cuaderno) ha escrito algo en el margen:

Los números no cuadran. Los vinos valen mucho menos, seguro.

Y luego, debajo, subrayado dos veces pone: Preguntar a Irina.

Se me acelera un poco el corazón. Esto es una pista. Es algo importante. Pero ¿cómo voy a averiguar qué significa? ¿Y quién coño es Irina?

Saco el móvil y hago una foto. Usando otra vez la wifi de Nick, se la envío a Theo.

He encontrado esto entre las cosas de Ben. ¿Alguna idea?

Pienso en nuestro encuentro en el café. No sé si me fío del todo de él. Ni siquiera estoy convencida de que vaya a volver a tener noticias suyas, pero es literalmente la única persona que me queda.

Mi pulgar se paraliza sobre el teléfono. Me quedo muy quieta. Acabo de oír algo. Un arañar en la puerta del apartamento. Pienso enseguida en el gato, hasta que me doy cuenta de que está tumbado en el sofá. Me da un vuelco el corazón. Hay alguien intentando entrar.

Me levanto. Siento el impulso de coger algo con lo que defenderme. Me acuerdo de ese cuchillo tan afilado que hay en la cocina, el que tiene caracteres japoneses. Voy a buscarlo. Luego me acerco a la puerta. La abro de golpe.

—¡Usted!

Es la vieja. La portera. Da un paso atrás. Levanta las manos. Creo que sostiene algo en el puño derecho, pero sus dedos están tan apretados que no veo qué es.

—Por favor... *Madame*... —Su voz suena muy áspera, como oxidada por la falta de uso—. Por favor... No sabía que estaba aquí. Pensaba...

Se para de repente, pero noto que mira automáticamente hacia arriba.

—Pensaba que todavía estaba arriba, ¿verdad? En el ático. —O sea que ha estado vigilando mis movimientos por el edificio—. ¿Y qué? ¿Se le ha ocurrido venir a husmear? ¿Qué tiene en la mano? ¿Una llave?

—No, *madame*. No es nada. Se lo juro. —Pero no abre la mano para enseñármelo.

Entonces se me ocurre algo.

—¿Anoche era usted? ¿Fue quien entró de madrugada? ¿Se coló aquí y estuvo rondando por el piso?

—Por favor, no sé de qué me habla.

Va retrocediendo poco a poco. Y de repente me siento fatal. Yo no soy muy grande, pero ella es todavía más pequeña, y es una mujer mayor. Bajo el cuchillo. Ni siquiera me había dado cuenta de que la estaba apuntando. Me asusto un poco de mí misma.

—Mire, lo siento. No pasa nada.

Porque, en realidad, ¿qué daño puede hacer una viejecita así?

Cuando me quedo otra vez sola, pienso en las opciones que tengo. Podría hablar con Nick directamente, planteárselo a las claras, a ver qué dice. Preguntarle a cuento de qué me dio un nombre falso. Obligarle a darme una explicación. Pero enseguida lo descarto. Tengo que fingir que no sé nada. Si se entera de que he descubierto su secreto (el secreto de todos), me convertiré en una amenaza para él, y es posible que haya más cosas que intenta ocultar. En cambio, si cree que todavía no sé nada, quizá pueda seguir indagando, oculta a plena vista. Pensándolo bien, lo que he descubierto me da cierto poder. Desde el principio, desde que pisé por primera vez este edificio, los demás han tenido en la mano todas las cartas de la baraja. Ahora yo también tengo una. Una sola, pero puede que sea un as. Y voy a usarlo.

MIMI

Cuarto piso

Cuando vuelvo a casa solo quiero meterme en mi habitación y taparme la cabeza con las mantas, esconderme en la oscuridad con el pingüino Monsieur Gus y dormir varios días seguidos. Estoy agotada por el tiempo que he pasado arriba, por el esfuerzo que me ha supuesto todo esto, pero cuando abro la puerta del apartamento me encuentro con que hay cajas de cerveza y botellas de alcohol que me cortan el paso y oigo sonar a MC Solaar por los altavoces a todo volumen.

—*Qu'est-ce qui se passe?* —llamo—. ¿Qué pasa?

Camille aparece vestida con unos calzoncillos de hombre y una camiseta interior de encaje, y el pelo rubio sucio recogido en un moño medio deshecho. Lleva en la mano un porro encendido.

—Nuestra fiesta de Halloween —dice sonriendo—. Es esta noche.

—¿Qué fiesta?

Me mira como si estuviera loca.

—¿No te acuerdas? A las nueve y media abajo, en la *cave*, por el ambiente tétrico, y luego a lo mejor subiremos aquí unos cuantos a seguir la fiesta. Dijiste que tu padre seguramente estaría fuera esta semana.

Putain. Se me había olvidado por completo. ¿De verdad que acepté esto? Si lo acepté, tengo la sensación de que fue en otra vida. No puedo tener a gente aquí, no podré soportarlo…

—No podemos hacer una fiesta —le digo. Intento hablar con firmeza, ponerme asertiva, pero me sale una vocecilla chillona.

Camille me mira y se echa a reír.

—¡Ja! Estás de coña, claro. —Se acerca a grandes zancadas, me revuelve el pelo y me da un beso en la mejilla. Huele a maría y a Miss Dior—. Pero ¿a qué viene esa cara tan larga, *ma petite chou?* —Luego se aparta y me mira con atención—. Espera. *Es-tu sérieuse?* ¿Qué cojones, Mimi…? ¿Crees que puedo cancelarlo ahora, a las ocho y media? —Me mira fijamente, como si me viera por primera vez—. ¿Qué te pasa? ¿Ha ocurrido algo?

—*Rien* —digo. «Nada»—. No pasa nada. Era broma. De hecho, me apetece un montón.

Pero tengo los dedos cruzados a la espalda como cuando era pequeña y decía una mentira. Camille sigue mirándome atentamente. No puedo sostenerle la mirada.

—Es que anoche no dormí bien —digo moviéndome nerviosa—. Mira, tengo que… tengo que ir a prepararme. —Siento que me tiemblan las manos. Aprieto los puños. Quiero zanjar esta conversación ahora mismo—. Aún no tengo listo el disfraz.

Eso la distrae, por suerte.

—¿Te he dicho que yo voy a ir de aldeana de *Midsommar?* Encontré un vestido de campesina alucinante en un puesto del mercado de Les Puces y voy a verterle encima un montón de sangre falsa. Va a ser superguay, *non?*

—Sí —digo con voz ronca—. Superguay.

Entro a toda prisa en mi habitación, cierro la puerta, me apoyo en ella y suelto el aire que estaba conteniendo. Las paredes de color índigo me envuelven como un oscuro capullo. Miro el techo, donde cuando era pequeña pegué un montón de estrellas que brillan en la oscuridad, e intento recordar a la niña que las miraba fijamente antes de dormirse. Luego miro mi póster de Cindy en la pared de enfrente y, aunque sé que solo son imaginaciones mías, de repente me parece distinta: tiene los ojos desorbitados, como si estuviera aterrada.

Siempre me ha encantado esta época del año, especialmente Halloween. La oportunidad de regodearse en la oscuridad después de toda la alegría tediosa y el calor del verano. Pero nunca me han gustado las fiestas, ni siquiera en mis mejores momentos. Me dan tentaciones de intentar quedarme aquí escondida. Echo un vistazo al hueco oscuro de debajo de la cama. Quizá podría meterme ahí abajo, como hacía de niña (cuando papá se enfadaba, por ejemplo) y esperar a que se acabe la fiesta…

Pero no tiene sentido. Solo conseguiría que Camille sospeche aún más y se ponga insistente. Sé que no me queda más remedio que dar la cara y emborracharme hasta que no recuerde ni mi nombre. Con un trozo de lápiz de ojos viejo intento dibujarme una telaraña negra en la mejilla para que Camille no diga que no me he esforzado, pero me tiemblan tanto las manos que no consigo mantener el lápiz firme. Así que me lo difumino por debajo de los ojos y por las mejillas como si hubiera estado llorando lágrimas negras, ríos de hollín.

Cuando vuelvo a mirarme al espejo doy un paso atrás. Es espeluznante: ahora me veo como me siento por dentro.

LA PORTERA

Portería

Me ha pillado. No es propio de mí ser tan descuidada. En fin... Tendré que vigilar y esperar y volver a intentarlo cuando se presente la oportunidad.

Vuelvo a mi cabaña. El timbre de la puerta suena continuamente. Dudo cada vez. Esta es mi pequeña porción de poder. Podría negarles la entrada si quisiera. Sería tan fácil despachar a los invitados a la fiesta... Pero, por supuesto, no lo hago. Los observo entrar en el patio con sus disfraces. Jóvenes, guapos. Incluso los que no son verdaderamente guapos están embellecidos por su juventud. Tienen toda la vida por delante.

Un grito fuerte: un chico salta por encima de la espalda de otro. Sus acciones muestran la verdad: que todavía son niños, aunque físicamente sean ya adultos. Mi hija tenía la misma edad que ellos cuando vino a París. Cuesta creer lo adulta, lo centrada que parecía, comparada con estos jóvenes. Pero es lo que tiene ser pobre, que acorta la infancia. Y endurece la ambición.

Le hablé a Benjamin Daniels de ella.

En septiembre, en plena ola de calor, llamó a la puerta de mi cabaña. Cuando abrí de mala gana, me tendió una caja de cartón. En el lateral había una foto de un ventilador eléctrico.

—No entiendo, *monsieur*.

Me sonrió. Tenía una sonrisa tan encantadora…

—*Un cadeau.* Un regalo, para usted.

Le miré extrañada, intenté negarme.

—*Non, monsieur.* Es demasiado. No puedo aceptarlo. Ya me regaló la radio…

—Ah —dijo—, ¡pero esto era gratis! Se lo prometo. Una oferta de dos por uno en Mr. Bricolage. Compré uno para el apartamento y este me sobra. No lo necesito, de verdad. Y seguro que aquí dentro hace muchísimo calor. —Señaló con la cabeza mi cabaña—. Mire, ¿quiere que se lo instale?

Nadie entra nunca en mi casa. Los demás no han entrado nunca. Dudé un momento, pero era verdad que hacía muchísimo calor. Siempre tengo todas las ventanas cerradas para preservar mi intimidad, y el aire se había vuelto tan sofocante, estaba tan quieto, que era como estar dentro de un horno. Así que abrí la puerta y le dejé pasar. Me enseñó las distintas funciones del ventilador y me ayudó a colocarlo para que pudiera sentarme donde me diera la corriente de aire cuando mirara por las contraventanas. Vi que miraba a su alrededor observando mi pequeño escritorio, la cama abatible, la cortina que da al lavabo. Intenté no sentir vergüenza; por lo menos sabía que estaba todo limpio y ordenado. Y entonces, cuando ya se iba, me preguntó por las fotografías que tengo en la pared.

—¿Quién es esta de aquí? Qué niña tan bonita.

—Es mi hija, *monsieur.* —Una nota de orgullo maternal; hacía tiempo que no sentía nada parecido—. Cuando era pequeña. Y aquí cuando era un poco más mayor.

—¿Todas las fotos son de ella?

—Sí.

Tenía razón. Había sido una niña preciosa, tan bonita que en nuestro pueblo, en nuestra tierra, la gente me paraba por la calle para decírmelo. Y a veces (porque así es en nuestra cultura) hacían la señal contra el mal de ojo y me decían que tuviera cuidado, que era demasiado hermosa y que solo me traería desgracias si no tenía cuidado. Si yo era demasiado orgullosa y no la escondía.

—¿Cómo se llama?

—Elira.

—¿Es la que vino a París?

—Sí.

—¿Y sigue viviendo aquí?

—No. Ya no. Pero yo vine detrás de ella y me quedé cuando se marchó.

—Debe de ser… ¿qué? ¿Actriz? ¿Modelo? Con ese físico…

—Era muy buena bailarina —dije. No pude resistirme. De repente, al ver su interés, me entraron ganas de hablar de ella. Hacía mucho tiempo que no hablaba de mi familia—. Por eso vino a París.

Recordé la llamada telefónica, un mes después de su llegada. No había correo electrónico en aquel entonces, ni mensajes de texto. Tenía que esperar semanas a que me llamara, y pasado un rato empezaba a oírse un pitido y nos dábamos cuenta de que se estaba quedando sin monedas.

—He encontrado un sitio, mamá. Puedo bailar allí. Van a pagarme muy bien.

—¿Y estás segura de que es un sitio decente? ¿Es seguro?

Se rio.

—Sí, mamá. Está en un buen barrio. ¡Tendrías que ver las tiendas que hay cerca! Allí va gente elegante, gente rica.

Ahora veo que uno de los invitados a la fiesta se acerca tambaleándose a un arriate que acaban de replantar y hace sus necesidades ahí mismo, en el suelo. *Madame* Meunier se horrorizaría si lo supiera, aunque sospecho que ahora mismo tiene asuntos más urgentes de los que ocuparse. Normalmente la idea de que sus preciosos parterres estén empapados de orina me produciría un placer un poco retorcido, pero este no es un momento normal. Ahora mismo me angustia esta invasión del edificio.

Esta gente no debería estar aquí. Ahora no, después de todo lo que ha pasado en este sitio.

JESS

Estoy paseándome por el apartamento. Me gustaría saber si los demás están todavía arriba, en el ático, bebiendo vino y riéndose de mi estupidez.

Abro las ventanas para intentar que entre un poco de aire fresco. Oigo a lo lejos el débil lamento de las sirenas de la policía: París parece una ciudad en guerra consigo misma. Pero, aparte de eso, hay un extraño silencio. Oigo el crujido de las tablitas del suelo bajo mis pies, incluso el vaivén de las hojas secas en el patio.

Entonces un grito rompe el silencio. Me paro con todos los músculos en tensión. Venía de fuera...

Oigo otra voz y, de repente, hay mucho ruido en el patio: gritos y chillidos. Abro las contraventanas y veo que un montón de chicos y chicas entran por la puerta principal, atraviesan los adoquines y entran en el edificio llevando alcohol, gritando y riendo. Está claro que hay una fiesta. Pero ¿a quién se le ocurre celebrar una fiesta aquí? Me fijo en los sombreros puntiagudos, en las capas y las calabazas que llevan bajo el brazo, y entonces caigo en la cuenta. Debe de ser Halloween. Me cuesta creer que el tiempo siga corriendo fuera del misterio de este edificio y de la desaparición de Ben. Si estuviera en Brighton, ahora mismo estaría disfrazada de gatita sexi, sirviendo Jägerbombs a grupos de londinenses de despedida de soltero. Han pasado poco más de cuarenta y ocho horas desde que dejé esa vida y ya la siento muy muy lejana.

Veo que un tío se para y mea en un parterre mientras sus amigos le miran riéndose. Cierro de golpe los postigos. Espero que así se oiga menos ruido.

Me quedo sentada aquí un momento. Más allá de las ventanas, el ruido suena amortiguado, pero aún se oye. Se me acaba de ocurrir una cosa. Cabe la posibilidad de que alguien que vaya a esa fiesta conozca a Ben. A fin de cuentas, lleva unos meses viviendo aquí. Quizá pueda averiguar algo más sobre esta familia. Y la verdad es que cualquier cosa es mejor que estar aquí sentada, sintiéndome rodeada y vigilada, sin saber qué estarán maquinando contra mí.

No tengo disfraz, pero seguro que encontraré algo por aquí. Entro en el dormitorio y, mientras el gato me observa con curiosidad, sentado encima de la cómoda de Ben, quito la sábana de la cama. Saco un cuchillo del cajón, le hago a la sábana un par de agujeros para los ojos y me la pongo por encima de la cabeza. Entro en el baño a echar un vistazo, intentando no enredarme con los bordes de la sábana. No voy a ganar ningún concurso, pero por lo menos es un disfraz y, francamente, es mucho mejor que el puto traje de gatita sexi, la mayor mierda de los disfraces de Halloween.

Abro la puerta del apartamento y presto atención. Parece que se dirigen al sótano. Bajo sin hacer ruido por la escalera de caracol, siguiendo la música y el flujo de invitados que van hacia la *cave*. El latido de los bajos suena cada vez más fuerte, hasta que siento que me vibra en el cráneo.

NICK

Segundo piso

Voy por mi tercer cigarrillo esta noche. Empecé a fumar cuando volví aquí. El sabor me da asco, pero necesito el chute de la nicotina para tranquilizarme. Todos estos años de vida saludable y ahora mírame: chupando un Marlboro como un ahogado dando las últimas boqueadas. Miro por la ventana mientras fumo, observo a los chavales que entran en el patio. Esta tarde estuve a punto de besarla en la terraza. Ese momento alargándose entre los dos, hasta que pareció que era lo único que tenía sentido...

Dios. Si no se hubieran apagado las luces y me hubieran sacado de mi trance, la habría besado. ¿Y en qué situación me encontraría ahora?

Su hermana. Su hermana.

¿Cómo se me habrá ocurrido?

Entro en el baño. Apago el cigarrillo en el lavabo, donde se humedece. Me miro al espejo.

«¿Quién te crees que eres?», me pregunta mi reflejo en silencio. Y sobre todo, ¿quién cree ella que eres?

Un buen tipo, deseoso de ayudarla. Preocupado por su amigo.

Eso es lo que ve, ¿no? Lo que la has hecho creer.

Leí en alguna parte que el sesenta por ciento de la gente no puede pasar más de diez minutos sin mentir. Pequeños embustes para quedar mejor, para ser más atractivos a ojos de los demás. Mentirijillas para no ofender. Así que no he hecho nada fuera de lo normal. Es de lo más humano. Pero lo que de verdad importa es que no le he mentido. Directamente, no. Lo que ocurre es que no le he dicho toda la verdad.

No es culpa mía que pensara que soy británico. Es lógico. He perfeccionado mi acento y mi dominio del idioma a lo largo de los años. Me esforcé mucho por conseguirlo cuando estaba en Cambridge; no quería que me conocieran como «el francés». Allanaba las vocales, endurecía las consonantes. Perfeccioné una especie de acento londinense. Siempre ha sido un motivo de orgullo para mí, me hacía ilusión que los británicos me tomaran por uno de ellos, como le ha pasado a ella.

La segunda cosa que ha dado por sentado es que las personas que viven en este edificio solo tienen una relación de vecinos. Eso se lo ha imaginado ella solita, sinceramente. Yo me he limitado a no sacarla de su error. A decir verdad, me gustaba que creyera en él, en Nick Miller. Un tipo normal que no tenía nada que ver con este sitio, más allá de pagar un alquiler.

Porque ¿acaso hay alguien que pueda asegurar que nunca ha deseado que su familia sea menos bochornosa o distinta en algún sentido? ¿Que nunca se ha preguntado cómo sería verse libre de todas esas ataduras familiares? ¿De ese equipaje? Y esta familia tiene bastante más equipaje que la mayoría.

He tenido noticias de papá esta tarde, por cierto. *¿Todo bien, hijo? Recuerda que confío en ti para que soluciones las cosas allí.* Ese «hijo» ha sonado muy cariñoso, tratándose de él. Debe de tener muchísimo interés en que haga lo que quiere. Claro que mi padre destaca precisamente por conseguir que los demás hagan lo que él quiere. Lo que ha añadido a continuación es más típico de él, por supuesto. *Ne merdes pas.* «No la cagues».

Pienso en aquella cena, durante la ola de calor. Todos reunidos en la terraza de la azotea. La luz violácea, los faroles brillando entre las higueras, el aroma cálido de sus hojas. Las farolas, que iban encendiéndose allá abajo, en la calle. El aire espeso como una sopa, como si hubiera que tragarlo en vez de aspirarlo.

Papá en un extremo de la mesa, mi madrastra a su lado, vestida con seda *eau-de-nil* y diamantes, tan fría como calurosa era la noche, con la cara vuelta hacia el horizonte como si estuviera en otro lugar o lo deseara. Recuerdo el día que papá nos presentó a Sophie. Yo debía de tener nueve años o por ahí. Qué glamurosa parecía, qué misteriosa.

En el otro extremo de la mesa estaba sentado Ben: al mismo tiempo invitado de honor y ternero cebado. Le había invitado papá personalmente. Por lo visto le había impresionado cuando subió a tomar una copa.

—Bueno, Ben —dijo mi padre acercándose con otra botella de vino—. Tienes que decirme qué te parece este. Está claro que tienes un paladar excelente. Y eso es algo que no se aprende, por más que se beba.

Miré a Antoine, que ya iba por su segunda botella, y me pregunté si había captado la indirecta. Nuestro padre nunca dice nada al azar. Antoine es su protegido, supuestamente: el que trabaja para él desde que acabó de estudiar. Pero también es su chivo expiatorio, incluso más que yo, sobre todo porque tuvo que encajar todas las críticas durante los años que yo estuve ausente.

—Gracias, Jacques. —Ben sonrió y le tendió su copa.

Mientras papá vertía un chorro carmesí en una de las copas Lalique de mi madre, le puso una mano en el hombro con gesto paternal. Había entre ellos una complicidad que yo nunca había tenido con mi padre, y al mirarlos sentí una especie de envidia ridícula. Antoine también se había fijado. Vi que fruncía el ceño.

Pero tal vez aquello podía beneficiarme. Si a mi padre le caía tan bien Ben (alguien a quien yo había invitado a esta casa, a nuestra familia), quizá hubiera algún modo de que me aceptara por fin, a mí, a su propio hijo. Una esperanza patética, pero así son las cosas. En lo que respecta al afecto paterno, siempre he tenido que conformarme con las sobras.

—Veo esa expresión agria que tienes, Nicolas —dijo mi padre utilizando la palabra francesa, *maussade*, y se volvió hacia mí de repente, de esa manera suya tan inquietante.

Sorprendido, bebí un trago de vino demasiado deprisa, tosí y noté un picor amargo en la garganta. Ni siquiera me gusta mucho el vino. Tal vez alguna variedad biodinámica, pero no el vino denso y añoso.

—Es increíble —añadió—. Pones exactamente la misma cara que tu santa madre, que en paz descanse. Nada era nunca lo bastante bueno para ella.

Sentí que Antoine se revolvía a mi lado.

—El puto vino que estás sirviendo es suyo —murmuró en voz baja.

La familia de mi madre era muy antigua, un linaje de rancio abolengo, vino antiguo de una gran finca: Château Blondin-Lavigne. La bodega del sótano, con sus miles de botellas, formaba parte de su herencia, que había recibido mi padre al morir ella. Y desde su muerte, mi hermano, que nunca le ha perdonado que nos dejara, se ha bebido todas las botellas que ha podido.

—¿Qué has dicho, hijo mío? —preguntó papá volviéndose hacia Antoine—. ¿Algo que quieras compartir con nosotros?

El silencio se prolongó peligrosamente, pero Ben lo atajó con la exquisita sincronización de un primer violín iniciando su solo:

—Esto está delicioso, Sophie.

Estábamos comiendo la comida favorita de mi padre (cómo no): entrecot poco hecho, patatas salteadas frías y ensalada de pepino.

—Puede que esta carne sea la mejor que he probado nunca.

—No la he hecho yo —repuso Sophie—. Nos la traen del restaurante.

Ella no estaba comiendo entrecot, solo ensalada de pepino. Y me di cuenta de que no miraba a Ben, sino a un punto situado más allá de su hombro derecho. Al parecer, Ben no la había conquistado. Al menos todavía. Noté, en cambio, que Mimi le lanzaba miradas furtivas cuando creía que nadie la veía, y que casi fallaba al llevarse el tenedor a la boca. Noté también que Dominique, la mujer de Antoine, le miraba con una media sonrisa, como si le prefiriera a la comida que tenía delante. Y que, mientras tanto, Antoine agarraba el cuchillo de la carne como si estuviera planeando clavárselo entre las costillas a alguien.

—Tú que conoces a Nicolas desde que erais unos chavales —le dijo mi padre a Ben—, dime una cosa. ¿Alguna vez trabajó cuando estaba en ese lugar ridículo?

Con «ese lugar ridículo» se refería a Cambridge, una de las mejores universidades del mundo. Pero el gran Jacques Meunier no había necesitado estudiar en la universidad y mira a dónde había llegado. Era un hombre hecho a sí mismo.

—¿O se limitó a malgastar el dinero que tanto me cuesta ganar? —añadió, y se volvió hacia mí—. Eso se te da muy bien, ¿verdad que sí, hijo mío?

Aquello me dolió. Poco tiempo antes, yo había invertido parte de ese «dinero que tanto le costaba ganar» en una *start-up* sanitaria de Palo Alto. La gente que sabía de estas cosas estaba entusiasmada con el proyecto: un test rápido de sangre, el futuro de la medicina. Invertí la mayor parte del dinero que me había asignado mi padre cuando cumplí dieciocho años. Era la oportunidad de demostrarle mi valía; de probar que tenía tan buen criterio como él, en mi campo.

—No sé si trabajó mucho o no en la universidad —contestó Ben lanzándome una sonrisa irónica, y fue un alivio que disipara la tensión—. Hicimos carreras diferentes. Pero prácticamente dirigíamos juntos el periódico estudiantil, y unos cuantos de nosotros pasamos todo un verano viajando. ¿Verdad, Nick?

Asentí con la cabeza. Intenté imitar su sonrisa relajada, pero de repente tuve la sensación de haber avistado a un depredador en medio de la hierba crecida. Él añadió:

—Praga, Barcelona. Ámsterdam…

No sé si fue una coincidencia, pero nuestras miradas se cruzaron en ese momento. No conseguí interpretar su expresión. De pronto quise que se callara de una puta vez. Intenté hacérselo entender con una mirada. «Basta. Ya está bien». No era el momento de hablar de Ámsterdam. Mi padre no podía enterarse de eso, nunca.

Ben desvió la mirada, rompiendo el contacto visual. Y entonces me di cuenta de lo imprudente que había sido al invitarle a casa.

En ese momento se oyó un estruendo tan fuerte que parecía que el edificio se estaba derrumbando. Tardé un par de segundos en darme cuenta de que era un trueno. Inmediatamente después, un rayo iluminó el cielo de color violeta. Mi padre parecía furioso. Quizá controle todo lo que ocurre en este lugar, pero ni siquiera él podía decirle al tiempo lo que tenía que hacer. Comenzaron a caer goterones. La cena había terminado.

«Menos mal».

Me acordé de volver a respirar. Pero algo había cambiado.

Más tarde, esa misma noche, Antoine irrumpió en mi habitación.

—Papá y tu amiguito el inglés. Son uña y carne, ¿no? Sabes que sería muy propio de él desheredarnos y dejárselo todo a un puto desconocido, ¿verdad?

—Qué tontería —dije.

Y lo era. Pero mientras lo decía sentí que la idea arraigaba. En efecto, sería muy propio de mi padre. Siempre anda diciéndonos (a nosotros, a sus propios hijos) lo inútiles que somos y lo mucho que le hemos decepcionado. Pero ¿sería también una maniobra propia de Ben?

Lo que siempre había hecho tan atractivo a mi amigo era la imposibilidad de llegar a conocerle. Podías pasar horas, días, en su compañía (podías viajar por toda Europa con él) sin llegar a estar seguro de haber conocido al verdadero Benjamin Daniels. Era un camaleón, un enigma. Yo no tenía ni idea, en realidad, de a quién había dejado entrar en mi casa, en el seno de mi familia.

Busco en el armario de debajo del lavabo, saco la botella de enjuague bucal y echo un poco en el vasito. Quiero quitarme el mal sabor de boca del tabaco. La puerta del armario sigue abierta. Ahí están los botecitos de pastillas, puestos en fila, bien ordenados. Sería tan fácil. Mucho más eficaz que el tabaco. Tan útil para sentirme un poco menos... presente en este momento.

Lo cierto es que, mientras he estado fingiendo ante Jess, casi podía fingir también ante mí mismo que era un adulto normal, que vivía solo, rodeado de los aditamentos de mi éxito. Un apartamento alquilado. Cosas que había comprado con dinero ganado con mi propio esfuerzo. Porque quiero ser ese hombre, de verdad que sí. He tratado de serlo. No un perdedor de treinta y tantos años, obligado a volver a la casa de su padre porque ha perdido hasta la camisa.

Es igual: por más que haya intentado engañarme a mí mismo, el hecho de tener una cerradura en la puerta y un timbre propio no cambia nada. Sigo estando bajo su techo; sigo infectado por este lugar. Y, estando aquí, retrocedo. Por eso escapé y pasé una década al otro lado del mundo. Por eso era tan feliz en Cambridge. Por eso fui derecho a encontrarme con Ben en ese bar cuando se puso en contacto conmigo, a pesar de lo de Ámsterdam. Por eso le invité a vivir aquí. Pensé que su presencia podía hacer más llevadera mi condena. Que su compañía me ayudaría a retornar a otra época de mi vida.

De modo que, cuando dejé creer a Jess que era otra persona, se trataba solo de eso: de una pequeña fantasía inofensiva; nada siniestro, en absoluto.

De verdad.

JESS

Las voces suenan como un rugido por encima de la música. Es increíble la cantidad de gente que hay aquí abajo: debe de haber más de cien personas, bastantes más. Han colgado telarañas falsas del techo y han puesto velas en el suelo para iluminar las paredes de piedra. La cera quemada huele muy fuerte en este espacio tan estrecho y sin ventilación. Con el reflejo danzarín de las llamas, da la impresión de que la piedra se mueve y se retuerce como algo vivo.

Intento mezclarme con la gente. Mi disfraz es, desde luego, el peor que veo. La mayoría de los invitados van muy bien disfrazados. Una monja con un hábito blanco manchado de sangre besa a una mujer que se ha pintado el cuerpo semidesnudo de rojo y lleva un par de cuernos de diablo retorcidos. Un médico de la peste vestido con una capa que le llega hasta los pies y un sombrero negros levanta el pico largo y curvo de su máscara para dar una calada a un cigarrillo y deja que el humo salga por los agujeros de los ojos. Una persona muy alta, vestida de esmoquin y con una enorme cabeza de lobo, sorbe un cóctel por una pajita. Por todas partes hay monjes locos, muertes con guadaña, demonios y zombis. Y es curioso, pero este entorno hace que todas estas figuras parezcan más siniestras de lo que parecerían en la superficie, con buena luz. Incluso la sangre falsa parece más real aquí abajo.

Intento encontrar la manera de introducirme en uno de estos grupos y preguntar por Ben. Y me muero de ganas de tomar una copa.

De repente, siento que me arrancan la sábana de la cabeza. Un vaquero zombi levanta las manos:

—¡Uy!

Debe de haber pisado la tela que arrastro. Mierda, ya está mugrienta y manchada de cerveza derramada. Hago una bola con la sábana. Tendré que pasar sin disfraz. Aquí hay tanta gente que no creo que nadie vaya a fijarse en mí.

—Eh, *salut!*

Me giro y veo a una chica alucinantemente guapa con una enorme corona de flores en la cabeza y un vestido blanco de campesina salpicado de sangre. Tardo un momento en ubicarla: es la compañera de piso de Mimi. Camille, creo que se llama.

—¡Eres tú! —dice—. Eres la hermana de Ben, ¿verdad? Me parece que ya no vas a poder pasar desapercibida.

—Eh… Espero que no te importe que haya bajado. He oído la música y…

—Ya sabes, *plus on est de fous, plus on rit.* ¡Cuantos más mejor! Oye, es una pena que no esté Ben. —Hace un mohín—. Parece que le encantan las fiestas.

—Entonces, ¿conoces a mi hermano?

Arruga la naricilla pecosa.

—¿A Ben? *Oui, un peu.* Un poco.

—¿Y a ellos les cae bien? A los Meunier, quiero decir. A la familia.

—Claro que sí. ¡Todo el mundo le adora! A Jacques Meunier le cae genial, creo. Puede que hasta le guste más que sus propios hijos. Uy… —Se para como si de pronto hubiera recordado algo—. Antoine. Ese no le traga.

Me acuerdo entonces de la escena en el patio, esa primera mañana.

—¿Crees que puede haber algo…? Bueno, ¿entre mi hermano y la mujer de Antoine?

Se le borra la sonrisa.

—¿Ben y Dominique? *Jamais* —contesta con ferocidad—. Tonteaban un poco, nada más.

Pruebo otra táctica.

—¿Dijiste que viste a Ben el viernes hablando con Mimi en las escaleras?

Dice que sí con la cabeza.

—¿A qué hora fue eso? Lo digo por si… ¿Le viste después de eso? ¿Le viste esa noche?

Duda ligeramente. Luego contesta:

—No estuve aquí esa noche. —De pronto parece ver a alguien detrás de mí—. *Coucou, Simone!* —Se vuelve hacia mí—. Tengo que irme. ¡Que te diviertas!

Me saluda moviendo un poco la mano. La chica divertida y con ganas de fiesta parece haber vuelto, pero cuando le he preguntado por la noche en que desapareció Ben no parecía tan alegre. De repente me ha dado la impresión de que estaba deseando cortar la conversación. Y por un momento me ha parecido ver que se le caía la máscara de la cara. Y he entrevisto a alguien totalmente distinto debajo.

MIMI

Cuarto piso

Cuando bajo a la *cave* ya hay muchísima gente dentro. Las aglomeraciones nunca han sido lo mío, ni en mis mejores momentos; no me gusta que la gente invada mi espacio. Henri, el amigo de Camille, ha traído sus platos y un altavoz enorme y está poniendo a La Femme a todo volumen. Camille saluda a los recién llegados a la entrada con su disfraz de *Midsommar*. La corona de flores se le tambalea en la cabeza cuando da brincos y abraza a la gente.

—*Ah, salut, Gus, Manu... Coucou, Dédé!*

A mí nadie me presta atención, aunque esta sea mi casa. Han venido por Camille, son amigos suyos. Me sirvo diez centímetros de vodka en un vaso y me pongo a beber.

—*Salut, Mimi.*

Bajo la mirada. *Merde.* Es la amiga de Camille, Loulou. Está sentada sobre el regazo de un tío, con una copa en una mano y un cigarrillo en la otra. Va vestida de gata, con una diadema con orejas de encaje y un vestido de seda ceñido, con estampado de leopardo y un tirante caído. Tiene el pelo largo y castaño enmarañado como si acabara de levantarse de la cama y el pintalabios corrido, pero con un aire muy sexi. La perfecta parisina. Como sacada de esa serie tan estúpida, *Emily en París*. O como una de esas cretinas de Instagram con sus alpargatas Bobo y su raya pintada con rabillo, poniéndole ojitos de «fóllame» a la cámara. Así es como cree la gente que tiene que ser una francesa. No como yo, con mi corte de pelo casero y mis granos alrededor de la boca.

—Hace mucho que no te veo —dice gesticulando con el cigarrillo. También es una de esas chicas que encienden cigarrillos en las terrazas de los cafés pero no se tragan el humo, solo los sostienen y dejan que el humo se esparza por todas partes mientras hacen ademanes con sus preciosas manitas. La ceniza caliente me cae en el brazo—. Ya me acuerdo —añade abriendo mucho los ojos—. Fue en ese bar del parque. En agosto. *Mon Dieu*, nunca te había visto así. Estabas desatada. —Una risita monísima para el bicho raro de Mimi.

En ese momento cambia la música. Y, aunque me parezca increíble, es esa canción. *Heads Will Roll*, de los Yeah Yeah Yeahs. Parece cosa del destino. Y de repente vuelvo a estar allí.

Hacía demasiado calor para estar dentro, así que le propuse a Camille que fuéramos a un bar, al Rosa Bonheur, en el Parc des Buttes-Chaumont. No se lo dije a Camille, pero sabía que Ben podía estar allí. Estaba escribiendo un artículo sobre el bar; le había oído hablar con su editor a través de las ventanas abiertas del apartamento.

Desde que me prestó aquel disco de los Yeah Yeah Yeahs, yo había buscado en Google a la cantante, Karen O. Había probado a vestirme como ella y, cuando lo hacía, me sentía como si fuera otra. Había pasado la tarde cortándome el pelo como ella, corto y desigual. Y esa noche me puse mi disfraz de Karen O: una camiseta blanca de tirantes, muy fina, los labios rojos y los ojos rodeados por un cerco de lápiz negro. En el último momento, me quité el sujetador.

—¡Hala! —exclamó Camille cuando salí—. Qué... distinta

estás. ¡Madre mía, pero si se te ven las *nénés*! —Sonrió—. ¿Para quién te has puesto así?

—*Va te faire foutre.* —La mandé a la mierda porque me daba vergüenza—. No me he puesto así para nadie.

Y, además, lo mío no era nada comparado con lo que llevaba ella: un vestido de malla dorada, de punto grande, que le llegaba justo por debajo del *chatte*.

Fuera, las calles estaban tan calientes que notabas cómo ardía el pavimento a través de la suela de los zapatos y el aire temblaba lleno de polvo y gases de escape. Y entonces se produjo una coincidencia espantosa: justo cuando salíamos por la puerta del edificio apareció mi padre, viniendo en la otra dirección. A pesar del calor, me quedé helada. Quise morirme. Noté el momento exacto en que me vio porque le cambió la cara peligrosamente.

—*Salut* —dijo Camille moviendo la mano.

Él le sonrió. Para Camille siempre tenía una sonrisa, como todos los tíos del mundo. Ella llevaba una chaqueta abrochada encima del vestido, así que no se veía que debajo iba prácticamente desnuda. Me he dado cuenta de que se las arregla para ser exactamente como los hombres quieren que sea. Con papá siempre ha sido tan recatada, tan inocente… Siempre *oui, monsieur* y *non, monsieur* con los ojos bajos.

Papá se volvió hacia mí.

—¿Qué llevas puesto? —preguntó con un brillo en los ojos.

—Pues… Hace tanto calor que he pensado… —balbucí yo.

—*Tu ressembles à un petite putain.*

Eso dijo. Lo recuerdo tan claramente porque sus palabras se me quedaron grabadas a fuego: todavía me escuecen. «Pareces una putita». Nunca me había hablado así.

—¿Y qué te has hecho en el pelo?

Levanté la mano y toqué mi flequillo de Karen O.

—Me avergüenzo de ti. ¿Me oyes? No vuelvas a vestirte así. Ve a cambiarte.

Su tono me asustó. Asentí con la cabeza.

—*D'accord, papa.*

Volvimos a entrar en el edificio detrás de él, pero en cuanto entró en el ático Camille me cogió de la mano y salimos corriendo, corrimos por la calle hasta llegar al metro y yo traté de olvidarme del tema, traté de ser una chica de diecinueve años cualquiera que esa noche había salido de fiesta.

El parque parecía una selva, como si no formara parte de la ciudad: subía vapor de la hierba, de los arbustos, de los árboles. Había un montón de gente alrededor del bar. Aquella vibración, aquella energía salvaje. Sentía retumbar la música en lo más profundo de mi caja torácica, vibraba por todo mi cuerpo. Había gente con mucha menos ropa que yo, incluso con menos ropa que Camille: chicas con bikinis diminutos que seguramente habían pasado el día tomando el sol en las Plages de París, esas playas artificiales que montan junto al río en verano. El aire olía a sudor y a bronceador, a hierba seca y caliente y al dulzor pegajoso de los cócteles.

Me bebí el primer Aperol Spritz como si fuera limonada. Todavía me sentía fatal por cómo me había mirado mi padre. «Una putita». Su forma de escupir las palabras. El segundo también me lo bebí muy deprisa. Después ya no me importó tanto.

La DJ subió la música y la gente empezó a bailar. Camille me cogió de la mano y me arrastró entre la multitud. Había algunos amigos nuestros (bueno, suyos), de la Sorbona. Había pastillas circulando, en una bolsita de plástico. A mí eso no me va. Bebo, pero nunca me drogo.

—*Allez, Mimi* —dijo Loulou después de ponerse una pastilla en la lengua y tragársela—. *Porquoi pas?* —«Venga, Mimi. ¿Por qué no?»—. Solo media.

Y puede que de verdad me hubiera convertido en otra persona, porque me tomé la mitad de la pastillita que me ofrecía. Me la dejé en la lengua un segundo para que se disolviera.

Después todo se volvió borroso. De repente estaba bailando en medio de la multitud y solo quería seguir para siempre en medio de esos cuerpos sudorosos, de todos esos desconocidos. Parecía que todos me sonreían, que derrochaban amor.

Había gente bailando sobre las mesas. Alguien me subió a una. No me importó. Yo era otra persona, alguien nuevo. Mimi se había esfumado. Era maravilloso.

Y entonces pusieron esa canción, *Heads Will Roll.* En ese mismo momento miré y le vi. A Ben. Allí abajo, en medio del gentío. Camiseta gris clara y vaqueros, a pesar del calor. Una botella de cerveza en la mano. Fue como en una película. Había pasado tanto tiempo observándole en su apartamento, mirándole desde el otro lado de la mesa durante la cena, que se me hizo muy raro verle en el mundo real, rodeado de extraños. Había empezado a sentir que me pertenecía.

Y entonces se volvió, como si la presión de mis ojos hubiera bastado para que supiera que estaba allí, levantó una mano y me sonrió. Una corriente me recorrió. Fui hacia él. Pero de repente me caí. Había olvidado que estaba encima de la mesa, y me precipité al suelo.

—Mimi. ¿Mimi? ¿Con quién has venido?

No podía ver a los demás. Todas las caras que antes parecían sonreír ya no sonreían. Los veía mirarme y oía sus risas y parecía que estaba rodeada por una manada de animales salvajes que enseñaban los dientes y me observaban. Pero Ben estaba allí, y sentí que con él estaría a salvo.

—Creo que necesitas que te dé un poco el aire.

Me tendió la mano. La agarré. Era la primera vez que me tocaba. No quería soltarle, ni siquiera después de que me ayudara a ponerme de pie. No quería soltarle nunca. Tenía unas manos preciosas, los dedos largos y elegantes. Quería metérmelos en la boca, saborear su piel.

El parque estaba oscurísimo, lejos de las luces y el ruido del bar. Todo estaba a un millón de kilómetros de distancia. Cuanto más avanzábamos, más sentía que el resto de las cosas no eran reales. Solo él. El sonido de su voz.

Bajamos al lago. Él quería que nos sentáramos en un banco, pero yo vi un árbol junto al agua, con las raíces extendiéndose bajo la superficie.

—Aquí —le dije.

Se sentó a mi lado. Sentí su olor, a sudor limpio y a limón.

Me pasó una botella de Evian. De repente tenía sed, muchísima sed.

—No bebas demasiada —dijo—. Ya vale. —Me quitó la botella. Nos quedamos un rato en silencio—. ¿Cómo te encuentras? ¿Quieres volver a buscar a tus amigos?

No. Sacudí la cabeza. No quería eso. Quería quedarme allí, en la oscuridad, mientras la brisa caliente mecía los árboles altos por encima de nosotros y se oía el chapoteo del agua del lago en la orilla.

—No son mis amigos.

Sacó un cigarrillo.

—¿Quieres uno? A lo mejor te sienta bien.

Cogí uno y me lo puse entre los labios. Fue a pasarme el mechero.

—Hazlo tú —le dije.

Me encantó ver cómo sus dedos manejaban el mechero, era como si estuviera lanzando un hechizo. La punta del cigarrillo se encendió y brilló. Aspiré el humo.

—*Merci*.

De repente, las sombras de debajo del árbol siguiente parecieron moverse. Había alguien allí. No… eran dos personas. Enredadas. Oí un gemido. Luego un susurro:

—*Je suis ta petite pute*.

«Soy tu putita».

Normalmente habría mirado hacia otro lado. Me habría dado mucha vergüenza. Pero esa noche no pude apartar los ojos de ellos. La pastilla, la oscuridad, él sentado tan cerca (eso, sobre todo)... Algo se aflojó dentro de mí. Se me soltó la lengua.

—Yo nunca he tenido eso —susurré mirando hacia la pareja bajo el árbol.

Y me descubrí contándole mi secreto más penoso. Que, mientras que Camille traía a chicos distintos cada semana (y a veces también a chicas), yo nunca había follado con nadie. Solo que en ese momento no sentía vergüenza; sentía que podía decir cualquier cosa.

—Mi padre es muy estricto —dije.

Pensé en cómo me había mirado antes. «Una putita».

—Esta noche me ha dicho una cosa horrible... sobre mi aspecto. Y a veces tengo la sensación de que se avergüenza de mí, como si no le gustara mucho. Me mira, me habla como si fuera una... una impostora, o algo así.

Pensé que no me estaba explicando muy bien. Nunca le había contado aquello a nadie. Pero Ben me escuchaba y asentía, y por primera vez me sentí escuchada.

Entonces dijo:

—Ya no eres una niña pequeña, Mimi. Eres una mujer adulta. Tu padre ya no puede controlarte. Y lo que acabas de contarme, la forma en que te hace sentir... Utilízalo para impulsarte, para inspirarte en tu arte. Los verdaderos artistas son unos inadaptados, siempre.

Le miré. Había hablado con mucha pasión. Daba la sensación de que hablaba por experiencia.

—Yo soy adoptado —dijo entonces—. En mi opinión, la familia está sobrevalorada.

Me volví hacia él, sentado tan cerca en la oscuridad. Tenía sentido. Formaba parte de esa conexión que había entre nosotros, la que había sentido desde la primera vez que le vi. Los dos éramos unos inadaptados.

—¿Y sabes qué? —añadió, y su voz siguió sonando distinta a como sonaba normalmente. Más cruda. Más apremiante—. Lo importante no es de dónde vengas, ni las movidas que hayas podido tener en el pasado. Lo importante es quién eres. Lo que haces con las oportunidades que te brinda la vida.

Y entonces me puso la mano suavemente en el brazo. Una caricia ligerísima. Noté en la piel el calor de la yema de sus dedos. Esa sensación pareció pasar directamente de mi brazo al centro de mi ser. Podría haber hecho cualquier cosa conmigo allí, en la oscuridad, y yo se lo habría permitido.

Entonces sonrió.

—Te queda bien, por cierto.

—¿El qué?

—El pelo.

Levanté la mano para tocármelo. Sentí que lo tenía pegado a la frente por el sudor.

Me sonrió.

—Te favorece.

Y ese fue el momento. Me incliné, le agarré la cara con las dos manos y le besé. Quería más. Me subí a medias encima de él, intenté ponerme a horcajadas.

—Oye. —Riéndose, se apartó, me empujó suavemente y se pasó la mano por la boca—. Mira, Mimi, me gustas demasiado para eso.

Entonces lo entendí. Allí no; así no; no, la primera vez. La primera vez entre nosotros tenía que ser especial. Perfecta.

Puede que fuese por la pastilla, pero ese fue el momento en que sentí que me enamoraba de él. Pensaba que ya había estado enamorada antes y que la cosa no había funcionado. Ahora sabía lo falsa que había sido esa otra vez. Ahora lo entendía. Había estado esperando a Ben.

Termina la canción y el hechizo se rompe. Vuelvo a estar en la *cave*, rodeada de todos estos idiotas con sus estúpidos disfraces de Halloween. Ahora están poniendo a Christine and the Queens, y todo el mundo canta a gritos el estribillo. La gente pasa a mi lado ignorándome, como siempre.

Espera. Acabo de ver una cara entre la multitud. Una cara que no pinta nada en esta fiesta.

Putain de merde.

¿Qué coño hace esa aquí?

JESS

Me muevo por la *cave*, adentrándome entre la muchedumbre de caras enmascaradas y cuerpos que se retuercen. La fiesta se está desmadrando. Estoy casi segura de que hay una pareja follando contra una pared o casi, y un poco más allá un grupito poniéndose rayas. Me pregunto si la puerta de la bodega estará cerrada con llave. Creo que, con tanta gente, esos estantes llenos de botellas acabarían medio vacíos.

—*Veux-tu un baiser de vampire?* —me pregunta un tío.

Veo que va vestido de Drácula, con una capa de plástico y unos colmillos falsos.

—Perdona, ¿qué? —digo volviéndome hacia él.

—Un beso de vampiro —repite en inglés con una sonrisa—. Te he preguntado si quieres uno.

Por un momento creo que me está proponiendo que nos liemos. Luego miro hacia abajo y me doy cuenta de que tiene en la mano un vaso lleno de un líquido rojo brillante.

—¿Qué lleva?

—Vodka, granadina... y puede que algo de Chambord. —Se encoge de hombros—. Vodka, sobre todo.

—Okay, vale.

Me vendría bien ponerme un poco pedo. Me da el vaso. Bebo

223

un sorbo… Dios, está todavía más asqueroso de lo que parece: el chute metálico del vodka por debajo del jarabe de licor de frambuesa. Por el sabor que tiene, podríamos haberlo servido en el Copacabana, y eso no es bueno. Pero merece la pena por el vodka, aunque la verdad es que preferiría tomarlo solo. Bebo otro trago largo, y esta vez el dulzor no me pilla por sorpresa.

—Es la primera vez que te veo. —Parece casi más francés ahora que está hablando en inglés—. ¿Cómo te llamas?

—Jess. ¿Y tú?

—Victor. *Enchanté.*

—Eh… gracias. —Voy directa al grano—. Oye, ¿conoces a Ben? ¿A Benjamin Daniels, el del tercero?

Hace una mueca.

—*Non, désolé.* —Parece realmente apenado por no haber podido complacerme—. Me gusta tu acento —añade—. Es genial. Eres de Londres, *non?*

—Sí. —No es del todo cierto, pero ¿de dónde soy si no?

—¿Y eres amiga de Mimi?

—Eh… Sí, supongo que se puede decir que sí.

La he visto exactamente dos veces y no parecía encantada de verme que digamos, pero no voy a entrar en detalles.

Levanta las cejas sorprendido y me pregunto si he metido la pata.

—Es que… Aquí la mayoría somos amigos de Camille. A Mimi no la conoce nadie en realidad. Es… ¿Cómo se dice en inglés? Muy reservada. Un poco intensa. Un poco… —Hace un gesto que entiendo como «rarita».

—No la conozco tanto —digo rápidamente.

—Hay gente que no entiende por qué Camille es amiga suya, pero yo creo que no hay más que ver su apartamento para saber cuál es el motivo. Los padres de Mimi son ricos. ¿Sabes lo que te digo? —Señala hacia arriba, hacia el apartamento—. ¿En esta parte de la ciudad? Un pastón. La casa es acojonante —añade con mucho énfasis.

En otras circunstancias casi me daría pena Mimi. Que la gente piense que alguien es amigo tuyo solamente por tu dinero es durísimo. Yo no he tenido que enfrentarme nunca a ese problema, claro, pero aun así.

—Entonces, ¿de qué vas? —pregunta.

—¿Qué? —Tardo un segundo en darme cuenta de que se refiere a mi disfraz—. Ah, claro. —Mierda. Miro mi ropa: unos vaqueros y un jersey de punto lleno de pelotillas—. Pues antes era un fantasma, pero ahora solo soy una excamarera que está harta de movidas raras.

—*Quoi?* —Frunce el ceño.

—Nada —le digo—, cosas mías, no me hagas caso.

—Ah, vale. —Asiente con la cabeza—. Genial.

Entonces se me ocurre una idea. Si Camille y Mimi están aquí abajo, no hay nadie arriba, en su apartamento. Podría ir a echar un vistazo.

—Oye, Victor, ¿podrías hacerme un favor?

—Dime.

—Me estoy haciendo muchísimo pis, pero no creo que aquí abajo haya un… *toilette*, ¿verdad?

De repente parece incómodo: está claro que a los chicos franceses les da tanto corte hablar de esas cosas como a los británicos.

—¿Podrías preguntarle a Camille si te puede dejar la llave de su piso? —Pongo mi sonrisa más seductora, la que usaba con los clientes del bar que podían dejarme mejores propinas. Me toco un poco el pelo—. Te lo agradecería un montón.

Me devuelve la sonrisa.

—*Bien sûr.*

Estupendo. Puede que Ben no sea el único que tiene encanto.

Doy un sorbo a mi bebida mientras espero: está empezando a gustarme. O puede que sea el vodka, que me está haciendo efecto. Víctor vuelve unos minutos después y me enseña una llave.

—Genial —le digo tendiéndole la mano.

—Voy contigo —dice con una sonrisa.

Mierda. No sé qué cree que puede pasar, pero tal vez, si vamos juntos, despierte menos sospechas.

Le sigo fuera de la *cave* y subimos por la escalera a oscuras. Tomamos el ascensor —por sugerencia suya— y acabamos apretujados porque casi no hay sitio para una persona. Noto como le huele el aliento a tabaco y vodka, una mezcla no del todo desagradable. Y está bastante bueno, aunque de cara es demasiado mono para mi gusto; se podría cortar un limón con su mandíbula. Además, es básicamente un crío.

De pronto me acuerdo de lo que pasó con Nick en la azotea hace un par de horas. Ese momento, después de que me quitara la hoja del pelo, cuando tardó un poco más de la cuenta en apartarse. Esos segundos, justo antes de que se apagaran las luces, cuando estaba convencida de que iba a besarme. ¿Qué habría pasado si no nos hubiéramos quedado a oscuras de repente? ¿Si no me hubiera colado en el resto de las habitaciones y hubiera visto esa foto? ¿Habríamos vuelto a su casa? ¿Nos habríamos metido en la cama?

—¿Sabes?, siempre he querido estar con una mujer mayor que yo —dice Victor, muy serio, devolviéndome a la realidad.

«Echa el freno, colega», pienso. «Y, además, solo tengo veintiocho años».

El ascensor se para chirriando en el cuarto piso. Victor abre la puerta del apartamento. Hay un montón de botellas y unas cuantas cajas de cerveza apiladas en el cuarto de estar. Serán provisiones extra para la fiesta.

—Oye —digo—, ¿por qué no preparas unas copas mientras voy a hacer pis? Esta vez con mucho vodka, por favor, y menos de esa cosa roja.

Hay un pasillo con varias puertas que sale del cuarto de estar. La distribución me recuerda un poco a la del ático, solo que aquí todo es más pequeño y agobiante y en lugar de cuadros originales en las paredes hay carteles un poco viejos: Cindy Sherman-Centre

Pompidou y el póster de una gira de un tal Dinos. La primera habitación en la que entro es un auténtico desastre: hay un montón de ropa tirada por el suelo, zapatos y lencería de encaje de colores vivos, sujetadores y tangas enredados en tacones de aguja. Un tocador lleno de productos de maquillaje, como veinte barras de labios aplastadas y sin tapa. El aire está tan cargado de perfume y tabaco que enseguida me da dolor de cabeza. En una pared hay un póster enorme de Harry Styles en tutú y, en la de enfrente, otro de Dua Lipa en esmoquin. Pienso en Mimi y en su ceño fruncido y su flequillo grasiento. Estoy segura de que este no es su ambiente. Cierro la puerta.

La siguiente habitación tiene que ser la suya. Paredes oscuras. Grandes láminas en blanco y negro en las paredes (una de una mujer muy rara con los ojos en blanco) y un montón de libros de arte, muy serios, en la estantería. Un tocadiscos y, al lado, una caja con un montón de vinilos. El que está puesto en el tocadiscos es *It's Blitz!* de los Yeah Yeah Yeahs.

Me acerco de puntillas a la ventana. Resulta que Mimi tiene una vista perfecta del cuarto de estar de Ben, al otro lado del patio, en diagonal. Desde aquí veo el escritorio y el sofá. Qué interesante. Pienso en cómo se le cayó la copa de vino antes, cuando hablé de Ben. Está ocultando algo, seguro.

Abro el armario, registro los cajones de la ropa. Nada que destacar. Está todo muy ordenado, casi obsesivamente ordenado. Pero el problema es que no sé qué estoy buscando y sospecho que no tengo mucho tiempo antes de que Victor empiece a preguntarse por qué estoy tardando tanto.

Me arrodillo y busco a tientas debajo de la cama. Mi mano se topa con algo duro (madera, quizá), envuelto en tela, y enseguida me doy cuenta de que he encontrado algo importante. Lo cojo todo y lo saco. El trozo de tela gris se abre y deja a la vista un montón de lienzos cortados y rotos. Menudo caos, comparado con el resto de la habitación.

Miro con más atención la tela en la que estaban envueltos los lienzos. Es una camiseta gris con etiqueta de Acne, idéntica a las del armario de Ben. Estoy segura de que es suya. Hasta huele a su colonia. ¿Por qué Mimi envuelve sus dibujos en una camiseta de Ben? Y, sobre todo, ¿por qué tiene una camiseta de Ben?

—¿Jessie? —me llama Victor—. ¿Estás bien, Jessie?

Mierda. Parece que se está acercando.

Intento encajar algunos de los trozos de lienzo a toda prisa. Es como intentar hacer un rompecabezas muy desordenado. Por fin junto suficientes trozos del primer lienzo para ver el dibujo. Me echo un poco hacia atrás. Es un retrato buenísimo. Incluso ha conseguido captar su sonrisa, que hay quien dice que es encantadora pero que a mí me parece de capullo integral. Aquí está, justo delante de mí. Ben. Tal y como es en carne y hueso.

Si no fuera por una diferencia horrorosa. Me llevo la mano a la boca. Le han cortado los ojos.

—¿Jessie? —me llama Victor otra vez—. *Où es-tu, Jessie?*

Junto las piezas del siguiente lienzo y del siguiente. Joder, son todos de él. Incluso hay uno de él tumbado y... Dios, no me hacía ninguna falta ver esa parte de mi hermano. En todos los dibujos tiene los ojos destrozados, como perforados o recortados con algo.

Cuando conocí a Mimi, tuve la sensación de que mentía al decir que no le conocía. Sospeché que ocultaba algo en cuanto su copa de vino cayó al suelo en el apartamento de Sophie Meunier, pero esto no me lo esperaba. Si esto indica algo (si ese desnudo es una pista), conoce muy bien a Ben. Y está tan obsesionada con él que se ha ensañado con los cuadros: esas rajas en la tela solo puede haberlas hecho con algo muy afilado, o con mucha fuerza... o ambas cosas.

Me pongo de pie, pero al hacerlo ocurre algo muy extraño. Es como si toda la habitación se inclinara al moverme. Ostras... Me apoyo en la mesita de noche. Parpadeo para intentar que se

228

me pase el mareo. Doy un paso atrás y vuelve a pasar. Mientras intento conservar el equilibrio, noto como si el suelo rodara bajo mis pies y todo lo que me rodea fuera de gelatina. Las paredes se derrumban hacia dentro.

Salgo al pasillo, tambaleándome. Tengo que apoyar las manos en la pared para no caerme. Y entonces aparece Victor al fondo del pasillo.

—Ah, Jessie, estás ahí. ¿Qué hacías?

Se acerca a mí por el pasillo a oscuras, sonriendo. Sus dientes son muy blancos, como los de un vampiro de verdad. Para salir, tengo que pasar por su lado; me está cortando el paso. Aunque tengo el cerebro hecho sirope, me doy cuenta de lo que pasa. No puedes trabajar en veinte bares de mala muerte y no saberlo. La bebida a la que te invita un tío, un regalo que no tiene nada de inocente. Nunca antes había picado. ¿En qué coño estaba pensando? ¿Cómo he podido ser tan idiota? Siempre son los guapos, los que parecen inofensivos, los que van de niños buenos.

—¿Qué cojones había en esa copa, Victor? —pregunto.

Y entonces todo se vuelve negro.

Lunes

MIMI

Cuarto piso

Es de madrugada. Estoy sentada en el balcón viendo cómo se filtra la luz en el cielo. El porro que le robé a Camille no me ha servido para relajarme; solo ha hecho que me maree y me ha puesto aún más nerviosa. Me siento… Me siento como atrapada dentro de mi piel. Como si quisiera salir abriéndome paso a zarpazos.

Salgo a toda prisa del apartamento y bajo corriendo la escalera hacia la *cave*. No quiero encontrarme con nadie por el camino. Está llena de desperdicios de la fiesta de anoche: cristales rotos, bebidas vertidas y accesorios de disfraces: pelucas, tridentes de diablo y sombreros de bruja. Normalmente me gusta estar aquí abajo, a oscuras, tranquila: es otro lugar para esconderse. Pero ahora mismo tampoco puedo estar aquí porque su Vespa está ahí, apoyada en la pared.

No la miro (no puedo) mientras saco mi bici del estante de al lado.

Él siempre salía en esa Vespa. Yo quería saber cosas sobre su vida, quería seguirle por la ciudad, ver a dónde iba, qué hacía, con quién quedaba, pero era imposible porque iba a todas partes en la moto. Así que un día bajé a la *cave* y le hice un agujerito en la rueda delantera con mi cuchillo de cortar lienzos, que está muy

230

afilado. Mucho mejor así. No podría usar la moto durante unos días. Solo lo hice porque le quería.

Esa tarde le vi salir a pie. Mi plan había funcionado. Salí detrás de él, le seguí hasta el metro y me subí en el vagón siguiente. Se bajó en un barrio supercutre. ¿Qué haría allí? Fue y se sentó en un sitio de kebabs que parecía muy pringoso. Yo me senté en un bar de cachimbas que había enfrente, pedí un café turco e intenté pasar desapercibida entre todos aquellos viejos que fumaban tabaco con aroma a rosas. Me di cuenta de que Ben me estaba impulsando a hacer cosas que normalmente no hacía. Me estaba volviendo valiente.

Diez minutos después, más o menos, llegó una chica y se sentó con él. Era alta y delgada. Llevaba la cabeza tapada con una capucha que se quitó al sentarse delante de él. Sentí que se me revolvía el estómago cuando le vi la cara. Incluso desde el otro lado de la calle vi que era guapísima: el pelo como chocolate negro, con el flequillo recto mucho mejor cortado que el mío, y pómulos de modelo. Además, era muy joven: de mi edad, seguramente. Sí, su ropa era mala: una chaqueta de cuero que se notaba que era falso, una sudadera con capucha y unos vaqueros baratos, pero no sé por qué el contraste hacía que pareciera aún más atractiva. Mientras los observaba, sentí que me dolía el corazón como si un carbón al rojo vivo me quemara por dentro de las costillas.

Esperaba que él la besara, que le tocara la cara, la mano o que le acariciase el pelo…, cualquier cosa… Esperaba la punzada de dolor que sabía que sentiría cuando le viera hacerlo. Pero no ocurrió nada. Estuvieron hablando, nada más. Me di cuenta de que parecía un encuentro formal. Como si no se conocieran muy bien. Desde luego, no había nada que indicase que eran amantes. Por fin, él le pasó algo. Intenté ver qué era. Parecía un teléfono o una cámara, algo así. Entonces ella se levantó y se marchó, y él también. Se fueron cada uno por su lado. Yo seguía sin saber por qué había estado hablando con ella Ben ni qué le había dado, pero sentí tal alivio que me dieron ganas de llorar. No me había sido infiel. Comprendí que no debería haber dudado de él.

Más tarde, de vuelta en mi habitación, pensé en aquella noche en el parque, en cómo compartimos el cigarrillo. Los dos a oscuras junto al lago. El sabor de su boca cuando le besé. Pensé en él cuando me acosté en la cama por la noche, mientras me exploraba con los dedos. Y susurré esas palabras que había oído en la oscuridad junto al lago, *Je suis ta petite pute*. Soy tu putita.

Comprendí entonces que esa era la razón de que hubiera esperado tanto. Yo era distinta de Camille. No podía acostarme con cualquiera, al azar. Tenía que ser algo sólido. *Un grand amour.* Ya antes había creído que estaba enamorada, de Henri, el profesor de arte de mi colegio, Les Soeurs Servantes du Sacré Coeur. Desde el principio me di cuenta de que conectábamos. Me sonrió en la primera clase y me dijo que tenía mucho talento, pero más adelante, cuando le mandé los cuadros que había hecho de él, me llevó aparte y me dijo que eran inadecuados, a pesar del esfuerzo que había puesto en ellos, en conseguir el tono y las proporciones correctas, tal como nos había enseñado. Y cuando se los mandé a su mujer pero cortados en trocitos, presentaron una especie de denuncia. Y entonces… En fin, no quiero entrar en eso ahora. Me enteré de que se fueron al extranjero, a otro colegio.

No sabía dónde había estado escondida esta parte de mi ser. La parte que podía enamorarse. Bueno, sí que lo sabía. La había tenido guardada bajo llave en lo más profundo de mi ser. Me daba terror que ese tipo de debilidad me hiciera otra vez vulnerable. Pero ahora estaba preparada. Y Ben era diferente. Ben me sería fiel.

Abajo, en la *cave*, aparto los ojos de su Vespa. Siento como si tuviera una faja de metal alrededor de las costillas que me impide tomar aire suficiente. Y en mis oídos sigue sonando ese sonido horrible y torrencial, el ruido blanco, la tormenta. Necesito que pare.

Descuelgo mi bici y la subo por las escaleras. Siento cómo va creciendo la tensión dentro de mí mientras cruzo el patio con ella y la empujo por la calle empedrada, hasta llegar a la avenida, por la que el tráfico de hora punta de la mañana pasa a toda velocidad. Me subo al sillín, miro rápidamente a ambos lados por entre las lágrimas que me nublan la vista y me lanzo a la calle.

Se oye el chirrido de unos frenos. Un pitido. De repente estoy tumbada de lado en el asfalto, con las ruedas de la bici girando sin control. Noto todo el cuerpo magullado y roto. El corazón me late a mil por hora.

Casi casi.

—¡Serás gilipollas! —grita el conductor de la furgoneta asomándose por la ventanilla abierta y gesticulando con el cigarro que lleva en la mano—. ¿Qué cojones haces? ¿Cómo coño se te ocurre echarte a la calle sin mirar?

Yo también le grito, soltando aún más tacos que él. Le llamo *fils de pute, sac à merde*… Le mando a tomar por culo. Le digo que no tiene ni puta idea de conducir.

De repente, la puerta de mi edificio se abre y la portera sale corriendo. Nunca he visto a esa mujer moverse tan rápido. Siempre parece tan vieja y encorvada… Pero puede que se mueva más deprisa cuando no miramos. Porque siempre aparece cuando menos te lo esperas. Dobla una esquina o sale de entre las sombras, como si estuviera escondida acechando. Ni siquiera sé por qué tenemos portera. La mayoría de los edificios ya no tienen. Deberíamos haber instalado un intercomunicador moderno. Sería mucho mejor que tenerla fisgando por ahí, vigilándonos a todos. No me gusta cómo nos observa. Sobre todo, cómo me observa a mí.

Sin decir nada, extiende las manos y me ayuda a levantarme. Es mucho más fuerte de lo que hubiera imaginado. Luego me mira con atención, intensamente. Siento que está tratando de decirme algo. Desvío la mirada. Tengo la impresión de que sabe algo. O puede que todo, incluso.

Le suelto la mano bruscamente.

—*Ça va* —le digo. «Estoy bien»—. Puedo levantarme sola.

Todavía me escuecen las rodillas como a una niña que se ha caído en el patio del colegio. Y se ha salido la cadena de la bici. Pero nada más.

La cosa podría haber acabado de manera muy distinta. Si no hubiera sido tan cobarde. Porque la verdad es que sí que he mirado. De eso se trataba.

Sabía exactamente lo que hacía.

He estado muy cerca. Pero no lo bastante.

SOPHIE

Ático

Bajo las escaleras con Benoit trotando a mis pies. Al pasar por el tercer piso me detengo. La intuyo ahí, detrás de la puerta, como una ponzoña en el corazón de este lugar.

Me pasaba lo mismo con él. Su presencia alteraba el equilibrio del edificio. Después de aquella cena en la terraza me parecía verle en todas partes: en la escalera, cruzando el patio, hablando con la portera... Nosotros nunca hablamos con la portera, como no sea para darle instrucciones. Es una empleada y esa división hay que respetarla. Una vez incluso le vi entrar en su caseta. ¿De qué podían estar hablando ahí dentro? ¿Qué estaría contándole ella?

La tercera nota no la dejaron en el buzón, la metieron por debajo de la puerta del apartamento. Supongo que el chantajista sabía que Jacques estaba fuera en ese momento. Volví de la *boulangerie* con su quiche favorita, que le compro todos los viernes desde hace tanto tiempo que ya no recuerdo cuánto. Cuando vi la nota, se me cayó la caja que tenía en las manos y la quiche se desparramó por el suelo. Sentí un estremecimiento que yo sabía que tenía que ser de miedo, pero que por un momento me pareció casi de excitación. Lo que era igual de perturbador.

Llevaba tanto tiempo siendo invisible, hacía tanto tiempo que nadie se fijaba en mí, que esas notas, aunque me dieran miedo, hacían que sintiera que alguien me prestaba atención por primera vez en mucho tiempo.

Comprendí que no podía quedarme en el edificio ni un segundo más.

Fuera, las calles seguían inundadas de sol y el aire parecía temblar. Los turistas se agrupaban en las mesas de las terrazas de los cafés y sudaban mientras tomaban *thé glacé* y *citron pressée*, sorprendidos por no sentir que las bebidas les refrescaran. El restaurante, en cambio, estaba oscuro y fresco como una gruta submarina, tal y como yo imaginaba. Paredes recubiertas de friso oscuro, manteles blancos, cuadros enormes en las paredes. Me dieron la mejor mesa, por supuesto (Meunier SARL les suministraba vinos raros desde hacía años) y el aire acondicionado hacía que una pluma helada me acariciara la espalda de la blusa de seda mientras me bebía mi agua mineral.

—*Madame* Meunier. —El camarero se acercó—. *Bienvenue.* ¿Lo de siempre?

Siempre que como allí con Jacques pido lo mismo, la ensalada de endivias con nueces y trocitos de roquefort. Una esposa de edad madura es una cosa; una esposa gorda, otra bien distinta.

Pero ese día no estaba Jacques.

—*L'entrecôte* —dije.

El camarero me miró como si le hubiera pedido un trozo de carne humana. Era Jacques quien siempre tomaba entrecot.

—Pero *madame* —dijo—, con el calor que hace… Quizá las ostras… Tenemos unas *pousses en Claire* deliciosas. O un poco de salmón *sous vide*…

—El entrecot —repetí—. Muy poco hecho.

La última vez que había comido entrecot fue cuando un ginecólogo, hacía ya muchos años, me lo recetó para mejorar mi fertilidad (aquí los médicos todavía recomiendan la carne roja y el vino para curar muchas dolencias). Estuve meses comiendo como un cavernícola. Después, como eso no dio resultado, vino la indignidad de los tratamientos. Las inyecciones en las nalgas. Las miradas de leve repulsión de Jacques. Había heredado dos hijastros. ¿A qué venía esa obsesión por tener un hijo? No podía decirle que simplemente quería tener alguien a quien amar. De todo corazón, sin reservas, un amor correspondido. Por supuesto, los tratamientos no funcionaron. Y Jacques se negaba a adoptar. El papeleo, el escrutinio de sus negocios... No lo toleraría.

Me llevaron el entrecot y corté un pedazo. Vi como manaba la sangre, fina y de color rosa pálido, de la incisión. Fue entonces cuando levanté la vista y le vi a él, a Benjamin Daniels, en una esquina del restaurante. Estaba de espaldas a mí, pero veía su reflejo en el espejo de la pared. Había cierta elegancia en la línea de su espalda, en cómo se sentaba con las manos metidas en los bolsillos. Era la postura de alguien que se sentía perfectamente a gusto consigo mismo.

Sentí que se me aceleraba el pulso. ¿Qué estaba haciendo allí?

Levantó la vista y me «pilló» mirándole en el espejo, pero sospeché que sabía desde el principio que yo estaba allí y que había estado esperando a que reparara en él. Su reflejo levantó el vaso de cerveza.

Aparté la mirada. Bebí un sorbo de agua mineral.

Unos segundos más tarde, una sombra cayó sobre la mesa. Levanté la vista. Aquella sonrisa aduladora. Llevaba una camisa de lino arrugada y pantalones cortos, con las piernas morenas al aire. Su ropa era totalmente inapropiada para un restaurante tan formal y sin embargo parecía completamente relajado en aquel entorno. Le odié por ello.

—Hola, Sophie —dijo.

Aquella muestra de familiaridad hizo que me tensara, pero luego recordé que yo misma le había pedido que no me llamara *madame*. Aun así, su forma de decir mi nombre me pareció una transgresión.

—¿Puedo? —Indicó la silla.

Negarme habría sido de mala educación. Asentí en silencio para demostrarle que no me importaba lo que hiciera.

Era la primera vez que estaba tan cerca de él. Vi entonces que no era guapo en un sentido tradicional. Sus facciones eran demasiado desiguales. Su desenvoltura, su carisma: eso era lo que le dotaba de atractivo.

—¿Qué haces aquí? —le pregunté.

—Voy a escribir una crítica del restaurante. Jacques me lo sugirió en la cena. Aún no he comido, pero el local me ha impresionado: el ambiente, los cuadros…

Miré el cuadro que estaba observando. Una mujer arrodillada, de constitución recia, casi masculina. Miembros y mandíbula fuertes. Carecía por completo de elegancia, pero tenía una especie de fuerza salvaje y primitiva. Con la cabeza echada hacia atrás, aullaba a la luna como un perro. Las piernas separadas, la falda recogida… Era casi sexual. Imaginé que, si me acercaba al lienzo lo bastante para olisquearlo, no olería a pintura, sino a sangre. De repente cobré conciencia del sudor que seguramente había empapado la seda a la altura de mis axilas durante el trayecto hasta allí, las medias lunas de humedad ocultas en la tela.

—¿Qué te parece? —preguntó—. Me encanta Paula Rego.

—No sé si comparto tu opinión —contesté yo.

Me señaló el labio.

—Tienes un poquito de… Justo ahí.

Me llevé el pico de la servilleta a la boca y me limpié. Al retirarla, vi que el grueso tejido de hilo blanco estaba manchado de sangre. Lo miré fijamente.

Él tosió.

—Noto que… Mira, solo quería decirte que espero que no hayamos empezado con mal pie. El otro día, cuando comenté tu acento… Espero no haberte parecido maleducado.

—*Mais non.* ¿Qué te hace pensar eso?

—Verás, es que hice Estudios Franceses en Cambridge y me fascinan esas cosas.

—No me ofendí —le aseguré—. *Pas du tout.*

«En absoluto».

Sonrió.

—Me alegro. Y disfruté mucho de la cena en la azotea. Fuiste muy amable al invitarme.

—Yo no te invité. Fue idea de Jacques.

Puede que sonara grosero, pero también era cierto. Yo no podía invitar a nadie sin el consentimiento de Jacques.

—Pobre Jacques, entonces —dijo con una sonrisa reticente—. ¡El tiempo que hizo esa noche! Nunca he visto a nadie tan furioso. La verdad es que pensé que iba a intentar enfrentarse a la tormenta, como el rey Lear. ¡La cara que puso!

Me reí. No pude evitarlo. Debería haberme ofendido, haberme indignado. Nadie bromeaba a costa de mi marido. Pero fue por la sorpresa. Y había imitado tan bien la cara de furia de Jacques…

Tratando de recuperar la compostura, cogí el agua y bebí un sorbo. Pero hacía mucho tiempo que no me sentía tan ligera.

—Dime, ¿cómo es estar casada con un hombre como Jacques Meunier?

El sorbo se me atragantó. Empecé a toser y se me saltaron las lágrimas. Un camarero se acercó corriendo para ofrecerme ayuda, pero le indiqué con la mano que se fuera. Solo acertaba a pensar: «¿Qué sabe? ¿Qué le ha contado Nicolas?».

—Perdona. —Esbozó una sonrisa—. Creo que mi pregunta no ha sonado muy bien. A veces soy muy torpe cuando me expreso en francés. Me refería a estar casada con un hombre de negocios tan exitoso. ¿Cómo es?

No contesté. Le lancé una mirada que venía a decir: «A mí no me asustas». Pero sí que me asustaba. Quien me mandaba las notas era él, ahora estaba segura. Era él quien recogía los sobres de dinero que yo dejaba debajo del escalón suelto.

—Lo que quería decir —añadió— es que, si alguna vez quieres dar una entrevista, me interesaría mucho hablar contigo. Podrías hablarme de lo que supone dirigir un negocio con tanto éxito…

—El negocio no es mío.

—Bueno, seguro que eso no es cierto. Seguro que…

—No. —Me incliné sobre la mesa para enfatizar mi respuesta y recalqué cada palabra clavando la uña en el mantel—. Yo no tengo nada que ver con el negocio. *Comprenez-vous?*

—Vale. Muy bien. —Miró su reloj—. La oferta sigue en pie, aun así. Podría ser más bien un artículo sobre estilo de vida. Acerca de ti como la parisina por excelencia, algo así. Ya sabes dónde encontrarme. —Sonrió.

Yo me limité a mirarle. *Quizá no entiendas con quién estás tratando. He tenido que hacer ciertas cosas para llegar a donde estoy. He tenido que hacer sacrificios. He tenido que pasar por encima de determinadas personas. Comparado con todo eso, tú no eres nada.*

—En fin. —Se levantó—. Será mejor que me vaya. Tengo una reunión con mi editor. Nos vemos.

Cuando me aseguré de que se había ido, llamé al camarero.

—El 1998.

Abrió los ojos de par en par. Pareció que iba a proponerme una alternativa a un tinto tan fuerte con aquel calor. Pero entonces vio mi expresión. Asintió con la cabeza, se fue a toda prisa y volvió con la botella.

Mientras bebía me acordé de una noche, muy al principio de mi matrimonio. Fue en la Ópera Garnier, donde vimos *Madame Butterfly* bajo el techo pintado por Chagall y bebimos champán helado en el bar durante el intermedio. Yo confiaba en que Jacques me mostrara los famosos relieves de la luna y el sol pintados en oro puro en los techos abovedados de las salitas de los extremos, pero a él le interesaba más señalarme a ciertas personas, clientes suyos. Ministros del Gobierno, empresarios, figuras destacadas de los medios de comunicación franceses. A algunos incluso los reconocí, aunque ellos no me conocían a mí. En cambio, a Jacques le conocían todos. Le devolvían el saludo con una leve inclinación de cabeza.

Yo sabía exactamente el tipo de hombre con el que me casaba. Me metí en esto a conciencia. Sabía lo que obtendría de él. No, nuestro matrimonio no sería siempre perfecto, pero ¿qué matrimonio lo es? Y, al final, él me dio a mi hija. Podría perdonar cualquier cosa por eso.

Ahora, me paro un momento en el descansillo del tercer piso. Miro el número tres de latón. Recuerdo estar en este mismo sitio hace unas cuantas semanas. Pasé el resto de la tarde en el restaurante, bebiéndome la cosecha de 1998 mientras todos los camareros me observaban, sin duda horrorizados. *Madame* Meunier se ha vuelto loca. Mientras bebía, pensaba en Benjamin Daniels y en su impertinencia, en las notas, en el horrible poder que tenían sobre mí. Me llené de rabia y por primera vez en mucho tiempo me sentí verdaderamente viva. Como si fuera capaz de cualquier cosa.

Volví a casa cuando ya anochecía, subí las escaleras, me paré en este mismo lugar y llamé a su puerta.

Abrió enseguida, antes de que me diera tiempo a cambiar de idea.

—Sophie —dijo—. Qué sorpresa tan agradable.

Llevaba una camiseta y unos vaqueros y estaba descalzo. El tocadiscos estaba puesto detrás de él; un disco giraba perezosamente en el plato. Tenía una cerveza abierta en la mano. Pensé de pronto que podía haber alguien allí con él, algo que ni siquiera me había planteado.

—Entra —dijo.

Le seguí por el apartamento. De repente sentí que estaba invadiendo una propiedad privada, lo cual era absurdo. Aquella era mi casa, el intruso era él.

—¿Quieres beber algo? —me preguntó.

—No, gracias.

—Por favor. Tengo una botella de vino abierta. —Señaló su botella de cerveza—. Está mal que yo beba y tú no.

De algún modo ya había conseguido engatusarme, siendo tan amable, tan encantador. Debería haber estado preparada.

—No —contesté—. No quiero nada. Esta no es una visita de cortesía.

Además, todavía estaba aturdida por el vino que había bebido en el restaurante.

Hizo una mueca.

—Te pido disculpas —dijo—. Si se trata de lo que ha pasado en el restaurante, de mis preguntas, sé que he sido un impertinente. Me doy cuenta de que me he pasado de la raya.

—No es eso.

El corazón me latía muy deprisa. Me había dejado llevar por la ira y ahora sentía miedo. Hablar del asunto lo haría salir a la luz, lo convertiría en algo real al fin.

—Eres tú, ¿verdad?

Frunció el ceño.

—¿Qué?

No se lo esperaba, pensé. Ahora era yo quien le había pillado a contrapié. Aquello me dio la confianza que necesitaba para continuar.

—Las notas.

Pareció desconcertado.

—¿Qué notas?

—Sabes perfectamente a qué me refiero. A las notas, a las exigencias de dinero. He venido a decirte que no te conviene amenazarme. Haré cualquier cosa para protegerme. No me detendré ante nada.

Todavía oigo su risa torpe y compungida.

—*Madame* Meunier, Sophie, lo siento mucho, pero no sé de qué me estás hablando. ¿Qué notas?

—Las que me has dejado —dije—. En mi buzón. Por debajo de la puerta.

Observé su rostro con atención, pero solo vi desconcierto. O bien era un actor consumado, lo que no me habría extrañado, o bien no tenía ni idea de lo que le estaba hablando. ¿Podía ser cierto? Le miré, observé su expresión de perplejidad y me di cuenta, a mi pesar, de que le creía. Pero aquello no tenía sentido. Si no era él, ¿quién era, entonces?

—Yo… —La habitación pareció inclinarse un poco por efecto del vino que había bebido y de esta nueva certeza.

—¿Quieres sentarte? —preguntó.

Y me senté, porque de repente no estaba segura de poder sostenerme en pie.

Esta vez me sirvió una copa de vino sin preguntar. Me hacía falta. La cogí y traté de no sujetar el pie con tanta fuerza que se rompiera.

Se sentó a mi lado. Le miré, a ese hombre que era una espina clavada en mi costado desde su llegada, que había ocupado tanto espacio en mis pensamientos. Que había hecho que me sintiera vista (con toda la incomodidad que eso conllevaba) justo cuando creía que me había vuelto definitivamente invisible. La invisibilidad había sido un lugar seguro, aunque solitario a veces. Pero había olvidado lo emocionante que podía ser que te vieran.

Puede que estuviera en una especie de trance. Todo el vino que había bebido antes de ir a encararme con él. La tensión que había acumulado durante semanas mientras mi chantajista se mofaba de mí. La soledad que había ido creciendo dentro de mí durante años, secretamente, en silencio.

Me incliné y le besé.

Me aparté casi inmediatamente. No podía creer lo que había hecho. Me llevé una mano a la cara y me toqué la mejilla caliente.

Me sonrió. Yo no le había visto esa sonrisa antes. Era nueva. Íntima y secreta. Solo para mí.

—Tengo… tengo que irme. —Dejé la copa de vino en el suelo y al hacerlo tiré su cerveza—. *Oh, mon Dieu.* Lo siento…

—Me da igual la cerveza.

Y entonces me agarró la cabeza con las manos, me atrajo hacia sí y me besó.

Su olor, lo ajeno que era para mí, el tacto extraño de sus labios sobre los míos, la pérdida de mi autocontrol: todo eso fue una sorpresa, pero el beso en sí, no. En el fondo, sabía desde el principio que le deseaba.

—Desde aquel primer día —dijo como si se hiciera eco de mis pensamientos—, cuando te vi en el patio, he querido saber más de ti.

—Eso es ridículo —dije, porque lo era. Pero, por su forma de mirarme, no lo parecía tanto.

—No lo es. Confiaba en poder hacer esto desde esa noche en tu casa, cuando subí a tomar una copa. Cuando estábamos los dos solos en el despacho de tu marido…

Pensé en la indignación que había sentido al encontrarle allí, mirando esa fotografía. En el miedo. Pero, a fin de cuentas, el miedo y el deseo están enredados el uno en el otro.

—Esto es absurdo —dije—. ¿Y Dominique?

—¿Dominique? —Parecía sinceramente sorprendido.

—Os vi juntos aquella noche.

Se rio.

—Esa mujer podría follarse con los ojos hasta a una estatua. Y a mí me convenía distraer a tu marido para que no se diera cuenta de que deseaba a su mujer. —Extendió la mano y me atrajo de nuevo hacia sí.

—Esto no puede ocurrir…

Pero creo que notó mi falta de convicción porque sonrió.

—Odio decirlo, pero ya está ocurriendo.

—Debemos tener cuidado —susurré unos minutos después, al empezar a desabrocharme la blusa. Al dejar al descubierto la lencería que, pese a lo mucho que costaba, solo veían mis ojos. Al desvelar mi cuerpo, al que se le había negado tanto placer, mantenido y cuidado para un hombre que apenas lo miraba.

Se puso de rodillas delante de mí como si me idolatrara. Me bajó los pantalones de lanilla ajustados, acercó los labios al fino encaje de mis bragas y abrió la boca sobre mi sexo.

NICK

Segundo piso

Anoche no dormí bien, y no solo por la música de la fiesta en la *cave*, que estuvo retumbando en el hueco de la escalera toda la noche. En el cuarto de baño, me echo dos pastillitas azules más en la mano. Son lo único que me permite funcionar ahora mismo. Me las trago.

Salgo del cuarto de baño. Al pasar por delante del iMac, la pantalla se ilumina. ¿Lo he tocado? Si es así, ha sido sin querer. Pero ahí está: mi fotografía con Ben. Me quedo congelado delante de ella. Me atrae, supongo, igual que a un suicida le atrae la idea de pasarse una hoja de afeitar por la muñeca.

Después de aquella cena en la azotea todo fue distinto. Algo había cambiado. No me gustaba que mi padre mostrara tanta simpatía por Ben. No me gustó la forma en que Ben desvió los ojos para no mirarme cuando habló de nuestro viaje por Europa. Y tampoco me gustaba nada que, cada vez que yo le proponía que fuésemos a tomar una copa, estuviera muy liado: tenía que irse corriendo a ver a su editor, o a hacer una reseña de un restaurante nuevo. Evitaba mis llamadas, mis mensajes, esquivaba mi mirada cuando nos encontrábamos en la escalera.

Se suponía que las cosas no tenían que ser así. No era lo que yo imaginaba cuando le había ofrecido el apartamento. Era él

246

quien se había puesto en contacto conmigo. Su correo electrónico había abierto de par en par el pasado. Yo había corrido un gran riesgo al invitarle aquí. Daba por sentado que había un acuerdo tácito entre nosotros.

Me acerco a la pared, detrás del iMac, y paso las manos por la superficie. Noto la fina grieta en el yeso. Hay otra escalera aquí. Una escondida. Antoine y yo solíamos jugar en ella de pequeños. También la usábamos para escondernos de papá cuando estaba de malas. Me avergüenza reconocerlo, pero hubo un par de veces que la utilicé para espiar a Ben, para vigilar su apartamento y observar su vida. Para tratar de averiguar qué se traía entre manos. Quería saber qué estaba escribiendo con tanto empeño en su portátil, a quién llamaba por el móvil… Me esforzaba por oír lo que decía, pero no captaba nada.

Aunque a mí me evitase, al parecer sí tenía tiempo para los demás residentes de este edificio. Una tarde me los encontré en la *cave* cuando bajé a poner la lavadora. Primero oí risas. Luego, la voz de papá:

—Por supuesto, cuando heredé el negocio de su madre, era un completo desastre. Tuve que hacerlo rentable. Ahora hay que ser creativo si te dedicas a la viticultura. Especialmente si la finca ya no produce y pronto se convertirá todo en vinagre. Hay que encontrar maneras de diversificar.

—¿Qué pasa? —pregunté—. ¿Estáis de cata privada?

Salieron de la bodega como dos colegiales traviesos. Papá llevaba una botella en una mano y dos copas en la otra. Cuando Ben sonrió, vi que tenía los dientes teñidos por el vino que había bebido. Sostenía una de las pocas botellas mágnum que quedaban de la cosecha de 1996. Regalo de mi padre, por lo visto.

—Nicolas —dijo papá—, supongo que has venido a interrumpir la fiesta.

No «¿Quieres unirte a nosotros, hijo? ¿Te apetece una copa?». En todo el tiempo que he vivido bajo su techo, mi padre nunca me ha propuesto que hagamos algo parecido a aquella cata de vinos en la intimidad. Fue como echar sal en la herida. La primera traición evidente. Yo le había contado a Ben la clase de hombre que era mi padre. ¿Es que lo había olvidado?

Ben me sonríe desde la fotografía del salvapantallas. Y ahí estoy yo, sonriendo a su lado como el tonto que era. Ámsterdam, mes de julio. Nos daba el sol en los ojos. Hablar con Jess me ha hecho recordarlo todo. Aquella tarde que Ben y yo pasamos en el *coffee shop*, cuando le conté lo de mi cumpleaños, lo del «regalo» de papá. La catarsis que fue aquello. Lo limpio que me sentí, como si me hubiera purgado de todo aquello.

Después, cuando oscurecía, Ben y yo salimos a la calle y echamos a andar mientras charlábamos. Yo no estaba seguro de adónde íbamos y creo que él tampoco tenía ni idea. En algún punto del camino dejamos atrás la parte más turística de la ciudad y las multitudes. Aquellos canales eran más tranquilos, estaban menos iluminados. Casas antiguas y elegantes, con grandes ventanales a través de los cuales se veía a la gente en sus casas, hablando mientras tomaban vino, cenando… Había un tipo escribiendo ante un escritorio. Aquel era un barrio donde de verdad vivía gente.

Solo se oía el chapoteo del agua contra las orillas de piedra. Agua negra, negra como la tinta, sobre la que bailaban las luces de las casas. Y el olor, como a musgo y moho. Un olor antiguo. Allí no había mareantes nubes de marihuana que atravesar. Estaba harto de ese tufo. Harto también de las aglomeraciones, del parloteo de las conversaciones ajenas. Estaba harto incluso de nuestros otros dos amigos: de su voz, del olor de sus sobacos y sus pies sudados. Habíamos pasado demasiado tiempo juntos ese verano. Había oído todos los chistes y todas las historias que podían contar. Con Ben era distinto, de algún modo, aunque no sabía por qué.

Aquel silencio: sentía que quería bebérmelo como un vaso de agua fría. Era mágico. Y al contarle a Ben lo de mi padre... ¿Sabes eso que se siente cuando has comido algo en mal estado y después de vomitar te notas vacío pero también como limpio por dentro, casi mejor que antes, de alguna manera indefinible?

—Gracias —le dije de nuevo—. Por escucharme. No se lo dirás a nadie, ¿verdad? Ni a los otros.

—No, claro que no. Es nuestro secreto, tío. Si tú quieres.

Íbamos caminando por un tramo de canal que estaba aún más oscuro; creo que había un par de farolas rotas. Había un silencio sepulcral.

¿Sabes esos momentos de la vida que parecen suceder con tanta suavidad que da la impresión de que han sido programados de antemano? Así fue. No recuerdo haber tomado la decisión consciente de acercarme a él, pero lo siguiente que recuerdo es que le estaba besando. Fui yo quien dio el primer paso, no hay duda, lo sé, aunque fue como si mi cuerpo se moviera antes de que mi cerebro supiera lo que iba a hacer.

Yo había besado a mucha gente. A muchas chicas, quiero decir. Solo a chicas. En fiestas en casas, o borracho después de una fiesta o un baile en la universidad. Había ligado mucho. Y no era desagradable. Pero nunca me había parecido más íntimo ni más excitante que, qué sé yo, un apretón de manos. No es que me desagradase, pero cuando ocurría me descubría pensando todo el tiempo en las cuestiones logísticas (si estaba usando bien los dedos y la lengua, por ejemplo) y me revolvía un poco el estómago la cantidad de saliva que pasaba de un lado a otro. Lo sentía como un deporte que estaba practicando, tratando de mejorar, quizá. Nunca me pareció algo excitante, algo que me acelerara el pulso.

Pero aquello... aquello era distinto. Era tan innato como respirar. Me sorprendió lo firme que parecía su boca después de la blandura de las de las chicas a las que había besado. Pensaba que no habría ninguna diferencia. Y en cierto modo parecía tan

249

lógico… Como si fuera lo que había estado esperando, lo único que tenía sentido.

Agarré la cadena que él llevaba al cuello, la que había visto aparecer y desaparecer tantas veces bajo el cuello de su camiseta, la que tenía la figurita del santo colgando. Le di un pequeño tirón y le acerqué a mí.

Y entonces retrocedimos hacia la oscuridad. Le empujé hacia algún rincón escondido, caí de rodillas delante de él, de nuevo con tanta fluidez de movimientos como si estuviera todo escrito de antemano, como si aquello estuviera destinado a ocurrir. Le bajé la cremallera y me metí su polla en la boca. Su calor y su dureza, el olor secreto de su piel… Me dolían las rodillas de tenerlas apoyadas sobre los adoquines. Y aunque nunca me había permitido pensar en algo así, tenía que haberlo imaginado en algún lugar de mi subconsciente, en algún rincón de mis pensamientos oculto incluso para mí, porque sabía perfectamente lo que estaba haciendo.

Él sonrió después. Una sonrisa soñolienta, perezosa, drogada.

Pero, en mi caso, después de ese subidón de euforia, hubo un descenso inmediato. Nunca había sentido un bajón como aquel. Me dolían las rodillas y tenía los vaqueros mojados porque me había arrodillado encima de algo húmedo.

—Joder. Joder, no sé qué ha pasado. Mierda. Estoy… estoy muy ciego.

Lo cual era mentira. Estaba colocado, sí. Pero nunca, en toda mi vida, me había sentido más lúcido. Nunca me había sentido tan vivo, tan lleno de energía, tan cargado de electricidad… Tantas cosas diferentes.

—Tío —dijo con una sonrisa—, no te agobies. Estábamos un poco borrachos y muy fumados. —Señaló a nuestro alrededor y se encogió de hombros—. Y, además, no nos ha visto nadie.

Yo no podía creer que se lo tomara con tanta calma, pero puede que en el fondo de mi mente ya lo supiera, ya conociera ese lado de su carácter. Una vez escuché a alguien en Cambridge describirle como un «omnívoro» y me pregunté qué habría querido decir.

—No se lo digas a nadie —le dije. De repente estaba mareado por el miedo—. Tú no lo entiendes. Esto… esto tiene que quedar entre nosotros. Si se supiera… Mira, mi padre no lo entendería.

La idea de que mi padre se enterase fue como un puñetazo en el estómago, me quedé sin respiración solo de pensarlo. Vi su cara, oí su voz. Todavía me acordaba de lo que respondió cuando le dije que no quería ese regalo de cumpleaños, lo que había en esa habitación: «¿A ti qué te pasa, hijo? ¿No serás maricón?». El asco con el que lo dijo.

«Podría matarme si lo sospecha», pensé. Seguramente lo preferiría a tener un hijo como yo. Como mínimo, me desheredaría. Y aunque yo seguía sin saber qué sentía respecto a la posibilidad de aceptar su dinero, aún no estaba dispuesto a renunciar a él.

Después de lo de Ámsterdam decidí que no quería volver a ver a Benjamin Daniels. Nos fuimos distanciando. Yo tuve una serie de novias. Me marché a Estados Unidos y estuve allí casi una década, sin mirar atrás. Sí, allí hubo un par de chicos (la libertad de haber puesto de por medio miles de kilómetros de tierra y agua, aunque siempre me pareciera oír la voz de mi padre dentro de mi cabeza), pero nada serio.

Eso no significa que no haya pensado en aquella noche desde entonces. En cierto modo, sé que no he dejado de pensar en ella y de intentar evitarlo. Y entonces, después de tantos años, llegó el correo de Ben. Que se pusiera en contacto conmigo así, de improviso, tenía que significar algo. No podía ser simplemente un deseo pasajero de saber qué tal me iban las cosas.

Sin embargo, después de aquella cena en la terraza, cuando impresionó tanto a mi padre, apenas le veía y solo hablaba con él de pasada. Por Dios, si hasta sacaba tiempo para la portera, pero no para mí, su viejo amigo. Se había instalado aquí prácticamente sin pagar alquiler. Había cogido lo que necesitaba y luego se había olvidado de mí. Empecé a sentirme utilizado. Y al pensar en lo nervioso que parecía cada vez que me acercaba a él, también empecé a asustarme un poco, aunque no sabía muy bien por qué. Pensaba en lo que había dicho Antoine sobre que papá podía desheredarnos por puro capricho. En aquel momento me había parecido una locura, pero ahora... Empecé a sentir que no quería que Ben estuviera aquí. Que quería retirar la invitación. Pero no sabía cómo hacerlo; o, más bien, cómo deshacerlo. Él sabía demasiado. Había tantas cosas que podía usar en mi contra... Tenía que encontrar otra manera de conseguir que se fuera.

El temporizador debe de haberse agotado, porque la pantalla del iMac se queda en negro. No importa. Todavía veo la imagen. Me persigue desde hace más de una década.

Pienso en que anoche estuve a punto de besar a su hermana. Su súbito parecido con él, chocante y maravilloso, cuando giraba la cabeza o fruncía el ceño o se reía. Y también lo mucho que se parecía el momento: la oscuridad, la quietud. Los dos apartados del resto del mundo durante un rato.

Lo de aquella noche en Ámsterdam fue lo peor y lo más bochornoso que había hecho nunca.

Y también lo mejor que me había pasado en la vida.

Al menos así lo veía yo antes. Hasta que Ben vino para quedarse.

JESS

Me despierto en la oscuridad. Noto un gran peso en el pecho, un sabor horrible en la boca; tengo la lengua seca y embotada, como si no me perteneciera. Durante un rato, todo lo que ha pasado antes es un vacío absoluto. Es como asomarse a mirar y ver un agujero negro.

Palpo a mi alrededor, intentando distinguir lo que me rodea. Parece que estoy tumbada en una cama. Pero ¿qué cama? ¿De quién?

Joder. ¿Qué me ha pasado?

Poco a poco lo voy recordando: la fiesta; esa bebida asquerosa; Victor el vampiro.

Y entonces veo algo que reconozco. Unos numeritos verdes brillando en la oscuridad. Es el despertador de Ben. No sé cómo, pero estoy otra vez en el apartamento. Parpadeo mirando los números. Las 17:38. Pero eso no puede ser. Sería por la tarde. Y eso significaría que llevo (¡joder!) todo el día durmiendo.

Pruebo a incorporarme. Distingo dos ojos enormes, brillantes, con las pupilas verticales, a pocos centímetros de mi nariz. El gato está sentado encima de mí: ese es el peso que noto en el pecho. Empieza a arañarme la garganta lanzándome zarpazos como pequeños dardos dolorosos. Le aparto y se baja de la cama de un

253

salto. Me miro el cuerpo. Estoy completamente vestida, menos mal. Y ahora me acuerdo, como en fogonazos: fue Victor quien me trajo aquí cuando me desmayé en casa de Mimi. No era el violador que de repente pensé que era. De hecho, parecía bastante asustado por el estado en el que me encontraba y se marchó en cuanto pudo. Supongo que por lo menos intentó ayudarme.

De repente me acuerdo de otra cosa. Anoche encontré algo. Algo que parecía importante. Pero al principio lo que pasó me viene a la memoria en fragmentos borrosos, deshilvanados. Faltan grandes trozos, como agujeros en un rompecabezas. Sé que tuve sueños muy psicodélicos. Recuerdo una imagen de Ben gritándome a través de un cristal, pero yo no le veía la cara con claridad; el cristal parecía deformado. Intentaba advertirme de algo, pero no oía lo que me decía. Y de repente veía su cara claramente, pero eso fue peor todavía. Porque no tenía ojos. Se los habían arrancado.

Ahora me acuerdo de esas pinturas, debajo de la cama de Mimi. Dios santo, eso es lo que encontré anoche. Esas rajas en los lienzos, como si los hubiera destrozado con saña. Los cortes, los agujeros donde debían estar los ojos. Y la camiseta de Ben, envolviéndolos.

Me levanto de la cama y salgo al cuarto de estar dando tumbos. Me duele la cabeza. Puede que sea bajita, pero aguanto bien la bebida: una copa no basta para ponerme en ese estado. Quizá no fuese Victor, pero estoy casi segura de una cosa: de que esto me lo hizo alguien.

Un trino fuerte, tan fuerte en medio del silencio que doy un brinco. Mi teléfono. El nombre de Theo aparece en la pantalla.

Contesto.

—¿Hola?

—Ya sé qué es esa tarjeta —dice sin saludos ni preámbulos.

—¿Qué? ¿De qué estás hablando?

—De la tarjeta que me diste. La metálica con los fuegos artificiales. Ya sé lo que es. Mira, ¿podemos vernos a las siete menos cuarto? O sea…, ¿dentro de una hora, más o menos? En la estación de metro de Palais Royal. Desde allí podemos ir andando. Ah, y procura ponerte lo más elegante que puedas.

—Yo no…

Pero ya ha colgado.

MIMI

Cuarto piso

Anoche le puse algo en la bebida. Fue muy fácil. Había ketamina circulando por ahí y me hice con un poco, puse el polvo en un vaso, lo removí hasta que se disolvió y le pedí a un amigo de Camille que se lo diera a la chica inglesa del pelo rojo. Pareció encantado de hacerlo: es bastante guapa, supongo.

Tuve que hacerlo. No podía tenerla allí. Pero eso no significa que no me sienta mal por lo que hice. Toda mi vida he tenido mucho cuidado con las drogas, aparte de esa noche en el parque. Y dárselas a una persona sin que lo supiera... No estuvo bien. No es culpa suya haber cometido el error de venir aquí. Eso es lo peor. Seguramente ni siquiera es mala persona.

Pero yo sé que lo soy.

Camille sale de su cuarto con un camisón corto de seda y los ojos rodeados de cercos negros de maquillaje corrido. No había salido en todo el día, hasta ahora.

—Oye, lo de noche fue una pasaaada. La gente disfrutó a tope, ¿no crees? —Me mira con atención—. *Putain*, Mimi, estás hecha una mierda. ¿Qué te ha pasado en las rodillas?

Todavía me duelen, de cuando me caí en el asfalto delante de la furgoneta. La portera se empeñó en ponerme antiséptico en los raspones. Camille sonríe.

—Alguien ha pasado una noche estupenda, ¿no?

Me encojo de hombros.

—*Oui*. Supongo que sí. —En realidad fue una de las peores noches de mi vida, probablemente—. Pero… no he dormido bien.

No he dormido nada.

Me mira con más atención.

—Uuuy. ¿No has dormido por lo que yo me sé?

—¿A qué te refieres?

Me gustaría que dejara de mirarme tan fijamente.

—¡Ya sabes! ¡Tu chico misterioso?

De repente me late muy deprisa el corazón en el pecho.

—Ah. No. No fue nada de eso.

—Espera. —Me sonríe—. Nunca me lo has contado. ¿Funcionó?

—¿Que si funcionó? ¿Qué quieres decir? —Siento que me está agobiando; el olor a Miss Dior y a tabaco me repugna de repente. Necesito que salga de mi espacio.

—Las cosas que elegimos. ¡Mimi! —Mueve las cejas—. ¿No te habrás olvidado? ¡Si fue hace solo dos semanas!

Parece ya que le pasó a otra persona. Me veo como un personaje de una película, llamando a la puerta del cuarto de Camille. Estaba sentada en la cama pintándose las uñas de los pies. La habitación apestaba a esmalte de uñas y a maría.

—Quiero comprarme lencería —le dije.

Mamá siempre me compraba la ropa interior. Íbamos juntas a Eres cada temporada y me compraba tres conjuntos sencillos: negro, blanco y *nude*. Pero yo quería algo diferente. Algo que hubiera elegido yo misma. Solo que no tenía ni idea de dónde ir. Seguro que Camille lo sabría.

Levantó las cejas, sorprendida.

—¡Mimi! ¿Qué te ha pasado? ¿Ese nuevo *look* y ahora… lencería? ¿Quién es él? —Sonrió con picardía—. ¿O es ella? *Merde*, eres tan misteriosa que ni siquiera sé si te gustan más las chicas. —Una sonrisa burlona—. O a lo mejor eres como yo y depende de tu estado de ánimo.

¿De verdad no sabía quién era? A mí me parecía tan evidente… No solo que me gustaba, sino que teníamos una conexión especial. Me parecía obvio para todo el mundo, para cualquiera que nos viera.

—Venga. —Se levantó de un salto y tiró a un lado los separadores de espuma para los dedos de los pies—. Nos vamos ahora mismo.

Me llevó a Passage du Desir, en Châtelet. Es un *sex shop* —de una cadena—, en una avenida comercial con mucha gente, junto a tiendas de zapatos y ropa, porque, supongo, esto es Francia y follar es, no sé, una cosa de orgullo nacional. Se ven parejas que salen cargadas con bolsas y se sonríen con complicidad, y mujeres que entran en la pausa de la comida a comprar un vibrador. Yo nunca había entrado en un *sex shop*. De hecho, cada vez que pasaba por una de esas tiendas me ponía colorada al ver los escaparates y apartaba la vista.

Sentía que todo el mundo me miraba y se preguntaba qué hacía esa pobre pardilla, esa pringada, entre todas esas prendas de látex y esos lubricantes. Bajé la cabeza y traté de esconderme detrás de mi flequillo nuevo. Me imaginaba cosas horribles, como que papá pasaba por delante de la tienda, me veía dentro y me sacaba a rastras por el pelo llamándome *petite salope* delante de todo el mundo.

Camille sacaba cajas que contenían «kits eróticos» (conjuntos completos de lencería y liguero por diez euros), pero yo le decía que no; no eran lo bastante sofisticados. Entonces cogió un consolador enorme de color rosa, con las venas marcadas obscenamente, y lo meneó delante de mí.

—A lo mejor deberías comprarte uno de estos, ya que estamos aquí.

—Deja eso —siseé, a punto de morirme de vergüenza. Sí, en francés también existe esa expresión: *mourir de honte*.

—Masturbarse es saludable, *chérie* —contestó mucho más alto de lo necesario. Se notaba que estaba disfrutando—. ¿Sabes lo que no es saludable? No masturbarse. Seguro que en ese colegio al que te mandó tu papá te decían que es un pecado.

Le había hablado del colegio, pero no del motivo por el que tuve que marcharme.

—*Va te faire foutre* —dije dándole un empujón.

—Eso es justo lo que te hace falta a ti: que te jodan.

La saqué de allí a toda prisa. Entramos en una tienda con más clase, donde las dependientas, con sus moños y sus labios perfectamente pintados de rojo, me miraban de refilón. Mi camisa de hombre, mis botorras, mi flequillo cortado de cualquier manera… Un guardia de seguridad nos seguía. Normalmente, con eso habría bastado para que me fuera de allí. Pero necesitaba hacer aquello. Por él.

—Yo también quiero comprarme algo —me dijo Camille, acercándose al cuerpo un corsé de seda.

—Tienes más cosas en casa de las que hay en esta tienda.

—*Oui*. Pero me apetece algo más sofisticado, ¿sabes?

—¿Para quién es? —le pregunté.

—Para alguien nuevo. —Puso una sonrisa misteriosa.

Aquello me sonó raro. Camille nunca se anda con misterios. Si tiene un nuevo follamigo, media hora después de que echen el primer polvo ya se ha enterado todo el mundo.

—Cuéntame —le dije, pero se negó.

No me gustaba esa Camille nueva y misteriosa, pero estaba tan emocionada con mis compras que no me paré a pensar mucho en ello. Estaba ilusionadísima.

Junto a las estanterías de juguetes sexuales de diseño, echamos un vistazo a los estantes de prendas de encaje y seda, palpando el tejido. La lencería tenía que ser perfecta. Algunas prendas eran excesivas: sin entrepierna, con hebillas y correas, de cuero... Otras, Camille las rechazaba porque eran «lo que se compraría tu mamá», con florecitas y seda en colores pastel: rosa, pistacho, lavanda.

Luego dijo:

—Lo he encontrado, es perfecto para ti.

Me tendió el conjunto más caro de todos los que habíamos mirado. De encaje negro y seda tan fina que apenas se notaba entre los dedos. Elegante pero sexi. De mujer adulta.

Me lo probé en un probador con cortinas de terciopelo. Me recogí el pelo y entrecerré los ojos. Ya me sentía menos avergonzada. Nunca me había visto así. Pensaba que me sentiría estúpida y torpe. Que me preocuparía tener las tetas pequeñas, una ligera barriguita y las piernas arqueadas.

Pero no. Al contrario, me imaginé desnudándome delante de él. Me imaginé su cara. Le vi quitándome aquellas prendas.

Je suis ta petite pute.

Después de cambiarme, llevé el conjunto al mostrador y le dije a la dependienta que me lo cobrara. Me gustó ver cómo intentaba disimular su sorpresa cuando saqué la tarjeta de crédito. «Sí, jódete, zorra. Podría comprarme todo lo que hay aquí, si quisiera».

Mientras volvíamos al apartamento, no paré de pensar en la bolsa que llevaba en el brazo. No pesaba nada, pero de repente lo era todo.

Durante las siguientes noches le observé por la ventana. Sus sesiones de escritura cada vez se prolongaban hasta más tarde, gracias a los cafés que preparaba en la cocina y que se bebía mirando por las ventanas que daban al patio. Comprendí que estaba escribiendo algo importante. Veía lo rápido que tecleaba, inclinado sobre el ordenador. Quizá me dejara leerlo algún día, muy pronto. Sería la primera persona con la que lo compartiera. Le veía agacharse y acariciar la cabeza del gato y me imaginaba que yo era ese gato. Imaginaba que algún día me tumbaría en aquel sofá con la cabeza sobre su regazo y que me acariciaría el pelo como hacía con el gato. Y escucharíamos discos y hablaríamos de todos los planes que teníamos. Nos imaginaba allí, juntos en su apartamento, tan claramente que era como si lo estuviera viendo con mis propios ojos. Tan claramente que parecía una premonición.

NICK

Segundo piso

Golpes en la puerta de mi apartamento. Doy un salto, asustado.

—¿Quién es?

—*Laisse-moi entrer.*

«Déjame entrar». Más golpes. La puerta tiembla en sus goznes.

Voy a abrir. Antoine me aparta de un empujón y entra envuelto en una nube de alcohol y sudor rancio. Doy un paso atrás.

Hace solo dos semanas irrumpió también aquí de la misma manera:

—Dominique me está poniendo los cuernos. Lo sé. La muy zorra. Vuelve oliendo a otra cosa. Ayer la llamé desde la escalera y oí sonar su teléfono en algún sitio de este edificio. Cuando volví a llamarla, lo había apagado. Me dijo que se estaba haciendo la pedicura en Saint-Germain. Es él, lo sé. Es ese *connard* inglés que invitaste a vivir aquí…

Pensé si sería cierto. ¿Ben y Dominique? Sí, habían tonteado aquel día, tomando una copa en la terraza de la azotea. Aun así, yo no le había dado importancia. Ben coqueteaba con todo el mundo. Pero ¿sería por eso por lo que no me miraba a los ojos y evitaba mis llamadas? ¿Por lo que estaba tan «liado»?

Ahora Antoine chasquea los dedos delante de mi cara.

—¡Despierta, *petit frère*!

No lo dice con cariño. Tiene los ojos inyectados en sangre y el aliento le apesta a vino. Al volver después de esos años de ausencia, no podía creerme cuánto había cambiado. Cuando me marché, mi hermano acababa de casarse y era un hombre feliz. Ahora es un alcohólico, su vida es un desastre y su mujer le ha dejado. Es lo que tiene trabajar para nuestro padre.

—¿Qué vamos a hacer con ella? —pregunta bruscamente—. Con la chica.

—Cálmate…

—¿Que me calme?

Clava un dedo en el aire delante de mí. Doy otro paso atrás. Puede que él sea un desastre, pero yo siempre seré el hermano pequeño, el que esquiva los golpes. Y se parece tanto a papá cuando se enfada…

—Sabes que todo esto es culpa tuya, ¿no? Todo este lío. Si no hubieras invitado a vivir aquí a ese cabrón… Se presenta aquí y se cree que puede… hacer lo que le venga en gana. Sabes que te utilizó, ¿verdad? Pero tú no te diste cuenta, claro. No te enteraste de nada. —Frunce el ceño con una expresión entre burlona y pensativa—. De hecho, ahora que lo pienso, la forma en que le mirabas…

—*Ferme ta gueule.*

«Cierra la boca». Doy un paso hacia él. La ira es repentina, cegadora. Y cuando vuelvo a ser consciente de lo que estoy haciendo, me doy cuenta de que le he agarrado del cuello y tiene los ojos desorbitados. Aflojo la mano, pero con esfuerzo, como si una parte de mí se resistiera a hacerlo.

Levanta una mano y se frota el cuello.

—He puesto el dedo en la llaga, ¿eh, hermanito? —Su voz suena ronca. Tiene una mirada un poco asustada y su tono suena menos sarcástico de lo que le gustaría—. A papá no le haría ninguna gracia, ¿verdad? No, ninguna.

—Lo siento —digo avergonzado. Me duele la mano—. Joder, lo siento. No ayuda nada que nos peleemos así.

—Vaya, fíjate, cuánta madurez. Te avergüenza haberte cabreado así porque te gusta fingir que lo tienes todo controlado, ¿no? Pero en el fondo estás tan jodido como yo.

Cuando dice «jodido» (un áspero *foutu* en francés), me cae una gota de saliva en la mejilla. Levanto la mano y me la limpio. Quiero ir a lavarme la cara, frotármela con agua caliente y jabón. Me siento infectado por él.

Anoche, cuando Jess habló de Antoine, le vi a través de los ojos de una persona extraña. Y me avergoncé de él. Ella tiene razón. Es un desastre. Pero me repugnó que me lo dijera. Porque también es mi hermano. Podemos despreciar a nuestros familiares todo lo que queramos, pero en cuanto un extraño los insulta nos hierve la sangre. A fin de cuentas, Antoine no me cae bien, pero le quiero. Y veo en él mis propios defectos. En su caso es la bebida; en el mío, las pastillas y el ejercicio físico que utilizo para castigarme. Es posible que yo controle un poco más mis adicciones. Puede que sea menos desastroso, al menos en público. Pero ¿de verdad es algo de lo que pueda jactarme?

Antoine me sonríe.

—Seguro que desearías no haber vuelto, ¿eh? —Se acerca un poco más—. Dime una cosa, si tan fantástico es codearse con los peces gordos de Silicon Valley, ¿por qué volviste? Ah, *oui*… Porque no eres mejor que el resto de nosotros. Intentas fingir que sí, que no le necesitas ni a él ni su dinero, pero volviste arrastrándote como hacemos todos. Querías chupar un poco más de la teta paterna…

—¡Cállate de una puta vez! —grito apretando los puños.

Respiro hondo, despacio: inhalo contando hasta cuatro, exhalo contando hasta ocho, como dice mi aplicación de *mindfulness*. No me siento orgulloso de haber perdido los nervios de esa manera. Yo no soy así. No soy ese tipo de persona. Pero nadie me saca de quicio como Antoine. Es el único (con la excepción de mi padre, claro) que sabe exactamente qué decir y cómo decirlo para hacerme el máximo daño.

Pero lo peor es que tiene razón. Volví. Regresé a la casa del *paterfamilias* como un pájaro migratorio que regresa al mismo lago envenenado.

—Has vuelto a casa, hijo —me dijo papá cuando nos sentamos en la terraza de la azotea, la primera noche después de mi vuelta—. Siempre he sabido que volverías. Tendremos que hacer una excursión a la Île de Ré, sacar el barco un fin de semana.

Tal vez hubiera cambiado, tal vez se hubiera ablandado. No se burló de mí por el dinero que había perdido con mis inversiones, por lo menos en ese momento. Incluso me ofreció un puro, que me fumé aunque detestaba el sabor. Tal vez me hubiera echado de menos.

Después me di cuenta de que no era eso, en absoluto. Era únicamente una prueba más de su poder. Yo había fracasado al tratar de labrarme una vida lejos de él.

—Si quieres más dinero —me dijo—, puedes volver a casa para que pueda vigilarte. Se acabó el trotar por el mundo. Quiero recuperar el dinero que invierta. Quiero estar seguro de que no lo malgastas en idioteces. *Tu comprends?* ¿Entiendes?

Antoine se pasea de un lado a otro delante de mí.

—Entonces, ¿qué vamos a hacer con la chica? —pregunta otra vez con beligerancia de borracho.

—Baja la voz. Ella podría oír algo. —Aquí las paredes tienen oídos.

—¿Qué coño hace aquí aún? —Da una patada al marco de la puerta—. ¿Y si va a la policía?

—Ya me encargué de eso.

—¿Qué quieres decir?

—Es útil tener amigos en las altas esferas.

Entiende enseguida lo que le digo.

—Pero tiene que irse. —Empieza a murmurar, hablando consigo mismo—: Podríamos dejarla en la calle. Sería muy fácil. Lo único que habría que hacer sería cambiar la combinación de la puerta de fuera, así no podría entrar.

—No, eso no se...

—O podemos hacer que se vaya. ¿Una cría así? No sería difícil.

—No. Entonces la empujaríamos a ir otra vez a la policía, por su cuenta...

Suelta un sonido a medio camino entre un rugido y una queja. Es un lastre, un estorbo absoluto. Pero es de la familia, ¿no? Porque, al final, la sangre siempre es lo que más pesa. O, como decimos en francés: *La voix du sang est la plus forte*. La voz de la sangre es la más fuerte. Siempre me devuelve a este lugar.

—Es mejor que se quede aquí —digo bruscamente—. Tienes que entenderlo. Es mejor que podamos vigilarla. De momento solo tenemos que conservar la calma. Papá sabrá qué hacer.

—¿Sabes algo de él, de papá? —Su tono ha cambiado. Parece angustiado. Al decir «papá», su voz ha sonado por un segundo como la del niño que fue, el que se sentaba a la puerta de la habitación de su madre mientras los mejores médicos de París iban y venían, incapaces de entender la enfermedad que la consumía.

Asiento con la cabeza.

—Me mandó un mensaje esta mañana.

Espero que estés defendiendo el fuerte, hijo. Procura que Antoine no se descontrole. Yo volveré en cuanto pueda.

Antoine frunce el ceño. Es la mano derecha de papá en la empresa familiar, pero ahora mismo, de momento, el hombre de confianza soy yo. Eso debe dolerle. Claro que siempre ha sido así: nuestro padre nos enfrenta para que nos peleemos por las migajas de su afecto. Menos en las contadas ocasiones en que nos unimos contra un enemigo común.

Cuarenta y ocho horas antes

Ve por entre los postigos cómo le sacan del edificio. Igual que lo ve todo en este lugar. Unas veces desde su cabaña en el jardín; otras, desde los recovecos del edificio, desde donde puede espiarlos sin que se den cuenta.

El cadáver pesa visiblemente, envuelto en su mortaja improvisada. Puede que ya se esté poniendo rígido, que sea difícil de manejar. Un peso muerto.

Las luces del apartamento del tercero han estado encendidas hasta ahora, alumbrando la noche. Ahora se han apagado y ve que las ventanas se convierten en recuadros oscuros que ocultan todo lo que hay dentro. Pero no bastará con eso para borrar el recuerdo de lo que ha sucedido dentro.

Ahora se enciende la luz del patio. Observa cómo se ponen a trabajar, ocultos al mundo exterior tras los altos muros, haciendo todo lo necesario.

Pensó que al verle sentiría algo, pero no: nada. Sonríe ligeramente al pensar que ahora su sangre formará parte de este lugar, de su siniestro secreto. Bueno, a él le gustaban los secretos. Su mancha permanecerá aquí ya para siempre, sus mentiras quedarán enterradas con él.

Algo terrible ha sucedido aquí esta noche. Ella no hablará de lo que ha visto, ni siquiera sobre el cadáver. Nadie en este edificio es del todo inocente. Tampoco ella.

Se enciende otra luz, cuatro pisos más arriba. Vislumbra en el cristal una cara pálida, un cabello oscuro. Una mano se apoya en la ventana. Puede que, a fin de cuentas, sí haya un inocente en este asunto.

JESS

Busco en el armario de Ben por si hay algún conjunto que se haya dejado una exnovia, algo que me pueda poner. Cuando Theo me ha colgado, iba a decirle que no tengo nada elegante que ponerme para esta noche. Y tampoco tiempo ni dinero para comprarme algo: me ha avisado con muy poca antelación.

Mientras rebusco entre las camisas de Ben, me paro un momento y me acerco una a la cara. Intento conjurar su presencia por el olor, creer que pronto le veré delante de mí. Pero el olor de su colonia, de su piel, parece haberse desvanecido ya un poco. Me parece en cierto modo un símbolo de toda nuestra relación: siempre ando persiguiendo un fantasma.

Me retiro con esfuerzo del armario. Elijo, de mis dos jerséis, el que no tiene agujeros y me cepillo el pelo: no me lo he lavado desde que llegué, pero al menos ahora ya no parece un nido de pájaros. Me pongo la chaqueta. Me engancho unos pendientes de aro baratos en los lóbulos de las orejas. Me miro al espejo. No estoy muy «elegante» que se diga, pero tendrá que servir.

Abro la puerta del apartamento. La escalera está muy oscura. Busco a tientas el interruptor de la luz. El tufillo a tabaco es más fuerte que de costumbre. Huele casi como si hubiera alguien fumando ahora mismo. Algo me hace volverme hacia la izquierda. Un sonido, quizá, o puede que un movimiento del aire.

Y entonces veo algo raro: un puntito rojo brillante que flota en la oscuridad. Tardo un momento en comprender qué es. Estoy viendo la punta de un cigarrillo, sostenido por alguien oculto en la oscuridad, justo encima de mí.

—¿Quién está ahí? —pregunto, o intento preguntar, porque me sale la voz ahogada.

Vuelvo a buscar a tientas el interruptor, cerca de la puerta, y por fin lo encuentro. Se enciende la luz con un parpadeo. No hay nadie a la vista.

Me sigue latiendo el corazón a mil por hora cuando atravieso el patio. Justo cuando llego a la puerta de la calle, oigo unos pasos rápidos detrás de mí. Me vuelvo.

Es la portera, saliendo otra vez de las sombras. Intento alejarme y, cuando mi tacón choca con algo metálico, me doy cuenta de que ya estoy arrinconada contra la puerta. Solo me llega a la altura de la barbilla —y yo no soy grande, ni mucho menos—, pero su cercanía tiene algo de amenazador.

—¿Sí? —pregunto—. ¿Qué pasa?

—Tengo que decirle una cosa —murmura.

Mira hacia el edificio que nos rodea. Me recuerda a un animalillo olfateando el aire por si hubiera depredadores. Sigo su mirada hacia arriba. La mayoría de las ventanas están a oscuras, reflejan el brillo de las farolas de la calle.

Solo hay una luz encendida arriba, en el ático. No veo a nadie observándonos —estoy segura de que es eso lo que está comprobando—, pero no sé si me daría cuenta, si lo hubiera.

De repente, me acerca la mano. Es un gesto tan rápido y brusco que por un momento pienso que va a golpearme. Sucede tan deprisa que no tengo tiempo de apartarme. Pero no me golpea, sino que me agarra la muñeca con la mano, parecida a una zarpa. Me aprieta con una fuerza sorprendente; me hace daño.

—¿Qué hace? —le pregunto.

—Venga —me dice con tanta autoridad que no me atrevo a desobedecerla—. Venga conmigo, enseguida.

Voy a llegar tarde a mi cita, pero Theo puede esperar. Esto parece importante. La sigo por el patio hasta su cabañita. Camina deprisa, un poco encorvada, como si intentara esquivar un chaparrón. Me siento como la niña de un cuento a la que una bruja llevara a su casita en el bosque. Mira varias veces más el edificio, como si temiera que pueda haber alguien mirando. Pero parece decidir que vale la pena correr ese riesgo.

Abre la puerta y me hace pasar. Por dentro la cabaña es aún más pequeña de lo que parece por fuera, si eso es posible. Está todo embutido en un espacio diminuto. Hay una cama, sujeta a la pared por un sistema de poleas y levantada para que podamos estar de pie; un lavabo y un fogón antiguo y minúsculo. A mi derecha hay una cortina que supongo que da al cuarto de baño, simplemente porque es el único sitio donde puede estar.

Está todo tan limpio que casi da miedo: las superficies brillan, huele a lejía y a detergente y no hay nada fuera de su sitio. No sé por qué, pero no esperaba menos de esta mujer. Y, sin embargo, la limpieza, el orden, el jarroncito con flores hacen que sea todo aún más deprimente. Un poco de desorden podría distraer de lo agobiante que es todo, o de las manchas de humedad que hay en el techo, que seguro que no se quitan por más que las restriegues. Yo he vivido en algunos cuchitriles, pero este se lleva la palma. ¿Y qué se sentirá al vivir en esta chocita minúscula estando rodeada por el lujo y la amplitud del resto del edificio? ¿Cómo será vivir teniendo que ver a diario, en la puerta de tu casa, el recordatorio de lo poco que tienes?

No me extraña que me odie por haberme presentado aquí de pronto y haberme instalado en el tercero. Si supiera lo fuera de lugar que me siento yo también aquí, lo lejos que estoy de ellos y lo mucho que me parezco a ella… Sé que no puedo dejar que note que me da lástima: sería el peor insulto posible, y tengo la impresión de que seguramente es una persona muy orgullosa.

Detrás de su cabeza y de la mesita y la silla de comedor veo varias fotografías descoloridas clavadas en la pared. Una niña pequeña sentada en el regazo de una mujer. El cielo, detrás de ellas, es de un azul intenso y hay olivos al fondo. La mujer tiene delante un vaso que parece de té, con un asa de plata. La siguiente fotografía es de una joven. Delgada, de pelo y ojos oscuros. De dieciocho o diecinueve años. No es una fotografía actual: se nota por los colores saturados y por lo borrosa que está. Pero al mismo tiempo es demasiado reciente para ser de la anciana. Debe de ser alguien de su familia. No sé bien por qué, pero es imposible imaginar que esta señora tenga una familia o un pasado fuera de este lugar. Es imposible, incluso, imaginar que alguna vez haya sido joven. Es como si siempre hubiera estado aquí. Como si formara parte del edificio mismo.

—Qué guapa —digo—. La chica de la pared. ¿Quién es?

Se hace un largo silencio, tan largo que pienso que quizá no me ha entendido, pero por fin dice con esa voz rasposa:

—Mi hija.

—¿En serio?

La miro de nuevo a la luz de ese descubrimiento, de la belleza de su hija. Es difícil ver más allá de las arrugas, de los tobillos hinchados y las manos como garras, pero quizá, después de todo, distingo una sombra de esa belleza.

Carraspea.

—*Vous devez arrêter* —suelta de repente, interrumpiendo mis pensamientos. «Tiene que parar».

—¿Qué quiere decir? ¿Cómo que parar? —Me inclino hacia delante. Quizá pueda decirme algo.

—De hacer preguntas —dice—. De… buscar. Solo se está

creando problemas. Ya no puede ayudar a su hermano. Tiene que entender que…

—¿Por qué dice eso? —Me atraviesa un escalofrío—. ¿Cómo que ya no puedo ayudar a mi hermano?

Menea la cabeza.

—Aquí hay cosas que usted no puede entender. Pero yo las he visto con mis propios ojos. Yo lo veo todo.

—¿Qué cosas? ¿Qué ha visto?

No responde. Se limita a sacudir la cabeza.

—Estoy intentando ayudarla, señorita. Lo he intentado desde el principio. ¿No lo entiende? Si sabe lo que le conviene, parará. Se marchará de este lugar. Sin mirar atrás.

SOPHIE

Ático

Llaman a la puerta. Voy a abrir y me encuentro a Mimi al otro lado.

—*Maman*. —La forma en que dice esa palabra. Igual que cuando era pequeña.

—¿Qué pasa, *ma petite*? —le pregunto suavemente. Supongo que a los demás puedo parecerles fría, pero el amor que siento por mi hija… Desafiaría a cualquiera a encontrar algo que se le aproxime.

—Mamá, tengo miedo.

—Shh.

Doy un paso adelante para abrazarla. La aprieto contra mí, sintiendo el frágil abultamiento de sus omóplatos bajo las manos. Parece que hace mucho tiempo que no la abrazo así, que no me permite abrazarla así, como cuando era una niña. Durante un tiempo pensé que no volvería a hacerlo. Y que me llame *maman*… Sigue pareciéndome un milagro, como la primera vez que la oí decir esa palabra.

Siempre he sentido que era más mía que de Jacques. Supongo que es lógico, porque en cierto modo es el mayor regalo que me ha hecho Jacques, mucho más valioso que cualquier broche

274

de diamantes o cualquier pulsera de esmeraldas. Algo, alguien a quien podía amar sin reservas.

Un día, más o menos una semana después de la noche en que llamé a la puerta de Benjamin Daniels, Jacques se pasó un rato por casa a la hora de la cena. Le serví la quiche Lorraine que había comprado en la *boulangerie*, recién salida del horno.

Todo transcurrió como de costumbre. Todo siguió su tónica habitual, salvo por el hecho de que unas noches antes me había acostado con el vecino del tercero. Todavía me daba vueltas la cabeza al pensarlo. No podía creer que hubiera sucedido. Un momento —o más bien una noche— de locura.

Puse un trozo de quiche en el plato de Jacques. Le serví una copa de vino.

—Me he encontrado con nuestro inquilino en la escalera —comentó mientras comía y yo picoteaba mi ensalada—. Me ha dado las gracias por la cena del otro día. Ha sido muy amable, tan amable que no ha mencionado lo desastroso que fue el tiempo. Te manda saludos.

Bebí un sorbo de vino antes de contestar.

—¿Ah, sí?

Se rio y sacudió la cabeza, divertido.

—Qué cara has puesto… Cualquiera diría que el vino está picado. No te cae nada bien, ¿no?

No pude hablar.

Me salvó el teléfono de Jacques, que empezó a sonar en ese momento. Entró en su despacho para atender la llamada. Cuando volvió, tenía el semblante nublado por la ira.

—Tengo que irme. Antoine ha cometido un error estúpido. Un cliente se ha enfadado.

Señalé la quiche.

—Te la guardo caliente para cuando vuelvas.

—No. Tomaré algo por ahí. —Se puso la chaqueta—. Ah, y se me había olvidado decírtelo. Tu hija. La vi en la calle la otra noche. Iba vestida como una puta.

—¿Mi hija? —pregunté. ¿Ahora que había hecho algo que le desagradaba era «mi» hija?

—Todo ese dinero gastado… —añadió—. La mandamos a un colegio católico para tratar de convertirla en una joven formal y educada, y aun así se descarrió. Y ahora sale a la calle vestida como una golfa. Claro que quizá no sea ninguna sorpresa.

—¿Qué quieres decir?

Pero en realidad no me hacía falta preguntarlo. Sabía perfectamente lo que quería decir.

Entonces se marchó. Y yo me quedé sola en casa, como de costumbre.

Por segunda vez en una semana, me invadió la rabia. Una rabia ardiente, poderosa. Me bebí el resto de la botella de vino. Luego me levanté y bajé dos tramos de escalera.

Llamé a su puerta.

Él abrió. Me hizo entrar.

Esta vez no hubo preámbulos. Ni siquiera tratamos de mantener una conversación de cortesía. Creo que no dijimos ni una palabra. Ya no éramos respetuosos ni educados ni precavidos el uno con el otro. Se me desgarró la camisa de seda. Jadeé contra su boca como si me ahogara. Le mordí. Le arañé la espalda. Perdí por completo el control. Estaba poseída.

Después, mientras yacíamos enredados en las sábanas de su cama, por fin conseguí hablar.

—Esto no puede volver a pasar. Lo entiendes, ¿verdad?

Se limitó a sonreír.

Durante las semanas siguientes nos volvimos muy osados. Pusimos a prueba los límites, asustándonos un poco. El subidón de adrenalina, el miedo: esa sensación tan parecida a la excitación sexual. Una cosa parecía intensificar la otra como el subidón de una droga. Llevaba tanto tiempo portándome bien…

Los recovecos de este edificio se convirtieron en nuestro patio de recreo particular. Le hice una mamada en la antigua escalera de servicio; mis manos, expertas y codiciosas, se introdujeron en sus pantalones. Me tomó en el cuarto de la colada de la *cave*, contra la lavadora, mientras centrifugaba.

Y cada una de esas veces yo intentaba ponerle punto final. Y cada vez ambos oíamos —lo sé— la mentira que había detrás de mis palabras.

—*Maman* —dice Mimi ahora, y yo salgo de mis recuerdos bruscamente, sobresaltada y sintiéndome culpable—. Mamá, no sé qué hacer.

Mi milagro maravilloso. Mi Merveille. Mi Mimi. Llegó a mí cuando yo había perdido toda esperanza de tener un hijo. Porque no siempre ha sido mía.

Era simplemente perfecta. Un bebé de unas semanas. Yo no sabía exactamente de dónde había salido. Me hice algunas ideas, pero me las guardé para mí. Había aprendido que a veces es importante mirar para otro lado. Si sabes que no te va a gustar la respuesta, no preguntes. Solo había una cosa que necesitaba saber y obtuve la respuesta que buscaba: la madre había muerto.

—Y estaba en situación ilegal, así que no hay que preocuparse por el papeleo. Conozco a alguien en la *mairie* que arreglará la partida de nacimiento. —Una mera formalidad para la grande y poderosa casa Meunier—. Viene bien tener amigos en las altas esferas.

Así pues, era mía. Eso era lo importante. Podía darle una vida mejor.

—Shh —digo ahora—, estoy aquí. Todo se va a arreglar. Siento haber sido tan severa anoche, por lo del vino. Pero lo entiendes, ¿no? No quería que hubiera una escena. Déjalo todo en mis manos, *ma chérie*.

Era —es— tan feroz ese sentimiento… Aunque no saliera de mi cuerpo, en cuanto la vi supe que sería capaz de hacer cualquier cosa para protegerla, para mantenerla a salvo. Otras madres dicen esas cosas por decirlas. Pero puede que a estas alturas ya esté claro que yo no hago ni digo nada a la ligera. Cuando digo algo así, lo digo muy en serio.

JESS

Salgo de la estación de metro de Palais Royale. Hasta que se acerca a mí, casi no reconozco al tipo alto y elegantemente vestido que espera al final de la escalera.

—Llegas quince minutos tarde —dice Theo.

—Casi no me has dado tiempo —le digo—. Y me han entretenido…

—Vamos. Todavía podemos llegar a tiempo si nos damos prisa.

Le miro intentando descubrir por qué parece tan cambiado. Ahora solo tiene una sombra de barba y se le nota lo bien definida que tiene la mandíbula. El pelo moreno sigue necesitando un buen corte, pero se lo ha cepillado y lo lleva retirado de la cara. Viste una americana oscura, una camisa blanca y unos vaqueros. Hasta noto que se ha puesto un poco de colonia. Desde luego, está mucho más arreglado que cuando nos vimos en el café. Sigue pareciendo un pirata, pero un pirata que se ha lavado y afeitado y que ha cogido prestada ropa de civil.

—Con eso no te van a dejar pasar —dice señalándome con la cabeza. Está claro que mi atuendo no le merece la misma opinión que a mí el suyo.

—No tenía otra cosa. Intenté decírtelo…

—No pasa nada, ya me lo imaginaba. Te he traído un par de cosas.

Me da una bolsa de plástico de Monoprix. Miro dentro y veo un revoltijo de ropa: un vestido negro y unos zapatos de tacón.

—¿Esto lo has comprado?

—Es de una exnovia. Creo que tenéis más o menos la misma talla.

—Ah. Vale.

Me recuerdo a mí misma que todo esto puede ayudarme a descubrir qué le ha pasado a Ben y que no tengo elección: me toca ponerme la ropa embrujada de las novias del pasado.

—¿Por qué tengo que ir vestida así?

Se encoge de hombros.

—Son las normas. —Y al ver mi cara añade—: No, en serio. Ese sitio tiene un código de vestimenta. Las mujeres no pueden llevar pantalones y los tacones son obligatorios.

—Qué bonito y qué machista.

Me acuerdo del Pervertido, de cuando se empeñaba en que llevara desabrochados los cuatro primeros botones de la camisa «por los clientes»: «¿Quieres que parezca que trabajas en una guardería, guapa? ¿O en un puto McDonald's?».

Theo vuelve a encogerse de hombros.

—Sí, bueno, tienes razón, pero así es París, en parte. Ultraconservadora, hipócrita y machista. De todos modos, no me culpes a mí. No voy a llevarte a ese sitio porque me apetezca salir contigo. —Tose—. Venga, no tenemos toda la noche. Ya se nos está haciendo tarde.

—¿Para qué?

—Ya lo verás cuando lleguemos. Digamos que ese sitio no lo vas a encontrar en tu guía Lonely Planet.

—¿Y esto nos va a ayudar a encontrar a Ben?

—Te lo explicaré cuando lleguemos. Ya lo entenderás entonces.

Dios, qué exasperante es. Además, sigo sin saber si me fío del todo de él, aunque no sé muy bien por qué. Puede que sea porque todavía no entiendo de qué va, por qué está tan dispuesto a ayudarme.

Camino todo lo rápido que puedo, intentando seguir su ritmo. El otro día, en el café, no le vi de pie. Suponía que era alto, pero ahora me doy cuenta de que me saca más de treinta centímetros, y tengo que dar dos pasos por cada uno que da él. Cuando llevamos unos minutos andando, empiezo a jadear.

A nuestra izquierda, veo una pirámide de cristal enorme y resplandeciente que parece haber caído a tierra desde el espacio exterior.

—¿Qué es eso?

Me mira. Por lo visto he dicho una estupidez.

—Es la Pirámide. La de enfrente del Louvre. Ya sabes…, el famoso museo.

No me gusta que me hagan sentirme como un idiota.

—Ah. La *Mona Lisa*, ¿verdad? Sí, bueno, es que he estado un poquitín ocupada intentando encontrar a mi hermano desaparecido y aún no he tenido tiempo de darme una vuelta por él.

Nos abrimos paso entre la muchedumbre de turistas que parlotean en todos los idiomas del mundo. Mientras caminamos, le cuento lo que he descubierto: que son todos familia y que forman un frente unido y actúan en común… contra mí. No dejo de pensar en el momento en que entré en el apartamento de Sophie Meunier y los vi allí sentados, juntos: un retrato familiar espeluznante. Y en lo que oí cuando estaba agachada fuera. *Elle est dangereuse*. Y en Nick. Descubrir que no es un aliado, como yo creía. Eso todavía me escuece.

—Y justo antes de salir para encontrarme contigo, la portera me ha hecho una especie de advertencia. Me ha dicho que deje de buscar.

—¿Puedo decirte algo que he aprendido en mi larga y no muy ilustre carrera? —pregunta Theo.

—¿Qué?

—Cuando alguien te dice que dejes de buscar, normalmente significa que vas por buen camino.

Me cambio rápidamente en el baño subterráneo de un bar pijo mientras Theo pide una cerveza *demi* arriba para que el personal no nos eche. Me sacudo el pelo y observo mi reflejo en el espejo. No parezco yo. Es como si estuviera interpretando un papel. El vestido es ajustado pero más elegante de lo que esperaba. En la etiqueta interior pone *Isabel Marant*; supongo que es una mejora respecto a los que suelo comprarme en Primark. Los zapatos —*Michel Vivien*, pone en la plantilla— son más altos que los que suelo usar pero sorprendentemente cómodos; creo que podré caminar con ellos. Así que estoy haciendo el papel de exnovia de Theo, imagino. No estoy muy segura de qué siento al respecto.

Una chica sale del retrete que tengo al lado: melena oscura y brillante, un vestido sedoso que le deja un hombro al aire debajo de una chaqueta de punto muy amplia, y los ojos pintados con delineador negro. Se pone a perfilarse los labios con carmín. Eso es lo que necesito: el toque final.

—Perdona. —Me inclino hacia ella y pongo mi sonrisa más simpática—. ¿Podrías prestarme tu pintalabios?

Frunce el ceño, un poco molesta, pero me lo pasa.

—*Si tu veux.*

Me pongo un poco en un dedo y me lo paso por los labios —es un rojo oscuro, vampírico— y le devuelvo el carmín.

Levanta una mano.

—*Non, merci.* Quédatelo. Tengo otro. —Se echa el pelo brillante por encima de un hombro.

—Ah. Gracias. —Le pongo la tapa y se cierra con un *clic* reconfortante, como si estuviera imantado. Me doy cuenta de que tiene pequeñas ces entrelazadas en la parte de arriba.

Mi madre tenía una barra de labios como esta, aunque desde luego no tenía dinero para gastárselo en maquillaje caro. Pero así era ella: podía gastarse una pasta en un pintalabios y quedarse sin dinero para la cena. Yo, sentada en una silla, con las piernas colgando, y ella apretando la barra cerosa contra mis labios y luego haciendo que me volviera para mirarme al espejo. «Fíjate, cariño. ¿Verdad que estás guapa?».

Ahora me miro al espejo y hago un mohín, como me pidió mi madre que hiciera hace muchos años (un millón de años, toda una vida). Ya está. Listo. Disfraz completo.

Vuelvo a subir las escaleras.

—Preparada —le digo a Theo.

Se bebe la poca cerveza que queda en su vaso ridículamente pequeño. Noto que me echa un vistazo rápido. Abre la boca y por un momento creo que va a decir algo bonito. Bueno, en parte creo que ahora mismo no sabría qué hacer si me hiciera un cumplido, pero por otro lado podría ser agradable. Y entonces me señala la boca.

—Te has salido un poco —dice—. Pero sí, aparte de eso, así está bien.

«Vete a la mierda». Me paso el dedo por el borde de los labios. Me odio a mí misma por preocuparme siquiera por lo que piense de mí.

Salimos del bar y entramos en una calle llena de gente muy bien vestida que va de compras. Juraría que aquí el aire huele a cuero caro. Pasamos delante de los escaparates relucientes de las tiendas de los ricos: Chanel, Celine y, ¡ajá!, Isabel Marant... Me aleja de la multitud y me lleva a una bocacalle mucho más pequeña. Coches resplandecientes flanquean las aceras. En contraste con el bulevar comercial abarrotado de gente, aquí no se ve un alma, hay menos farolas y está mucho más oscuro. Un profundo silencio lo domina todo.

Entonces Theo se para delante de una puerta.

—Es aquí. —Mira su reloj—. Llegamos un poco tarde, claro. Esperemos que nos dejen entrar.

Miro la puerta. No hay número, pero sí una placa con un símbolo que reconozco: un estallido de fuegos artificiales. ¿Dónde estamos?

Theo estira el brazo por delante de mí (noto otra vez un rastro de esa colonia cítrica) y pulsa un timbre en el que no me había fijado. La puerta se abre con un chasquido. Aparece un hombre vestido con traje negro y pajarita. Veo que Theo se saca una tarjeta del bolsillo, la misma tarjeta que encontré en la cartera de Ben.

El portero mira la tarjeta y nos hace un gesto con la cabeza.

—*Entrez, s'il vous plaît*. La función está a punto de empezar.

Intento mirar más allá de él por si alcanzo a ver lo que hay dentro. Al final del pasillo veo una escalera que baja, iluminada por apliques con velas de verdad encendidas.

Theo me pone una mano en los riñones y, dándome un empujoncito, me hace avanzar.

—Vamos —dice—. No tenemos toda la noche.

—*Arrêtez*. —El portero nos corta el paso con una mano. Me mira—. *Votre mobile, s'il vous plaît*. No se permiten teléfonos ni cámaras.

—Eh… ¿Por qué? —Vuelvo a mirar a Theo. Pienso otra vez que no sé absolutamente nada de este tipo, aparte de lo que pone en su tarjeta de visita. Podría ser cualquiera. Podría haberme llevado a cualquier parte.

Asiente ligeramente con la cabeza como diciendo «No armes jaleo, haz lo que te dicen».

—Vaaale.

Le entrego mi teléfono al portero de mala gana.

—*Vos masques*.

Sostiene dos trozos de tela. Cojo uno. Un antifaz negro de seda.

—¿Qué...?

—Póntelo —murmura Theo junto a mi oído. Y luego dice más alto—: Deja que te ayude, cariño.

Intento actuar con naturalidad mientras me alisa el pelo y me ata el antifaz detrás de la cabeza.

El portero nos hace señas de que pasemos.

Con Theo detrás, empiezo a bajar las escaleras.

JESS

Una sala subterránea. Veo paredes de color rojo oscuro, iluminación tenue, una pequeña multitud de figuras sentadas en penumbra frente a un escenario velado por una cortina de terciopelo color burdeos. Los rostros enmascarados se giran para mirarnos cuando bajamos los últimos escalones. No hay duda, somos los últimos en llegar a la fiesta.

—¿Qué coño es este sitio? —le susurro a Theo.

—Shh.

Un acomodador con corbata negra se nos acerca al final de la escalera y nos indica que le sigamos. Pasamos junto a paredes decoradas con estilizadas figuras doradas de bailarines y luego avanzamos en zigzag entre pequeños reservados ocupados por personas con antifaz sentadas detrás de mesas. Más caras se giran hacia nosotros. Es incómodo sentirme tan observada. Por suerte, la mesa a la que nos lleva el acomodador está casi escondida en un rincón, en el sitio desde donde peor se ve el escenario.

Entramos en el reservado. No hay mucho espacio aquí dentro, la verdad, con las piernas largas de Theo; tiene que encogerlas y pegar las rodillas al tabique de madera. Parece tan incómodo que, en otras circunstancias, me daría la risa. El asiento es tan pequeño que tengo que sentarme con el muslo pegado al suyo.

Miro a mi alrededor. Es difícil saber si este sitio es de verdad antiguo o una imitación muy bien hecha. Toda la gente que nos rodea está forrada. Por la ropa que llevan, podrían haber salido para ir al teatro, pero hay algo en el ambiente que me chirría. Me recuesto en la silla intentando parecer relajada, como si estuviera perfectamente a gusto aquí, rodeada de trajes hechos a medida, lóbulos y cuellos repletos de joyas y peinados de gente rica. Desprenden un zumbido de energía extraño y ansioso que vibra por la sala: una nota de excitación, de expectación, muy intensa.

Se acerca un camarero y nos pregunta qué queremos beber. Abro la carta encuadernada en cuero. No hay precios. Miro a Theo.

—Una copa de champán para mi mujer —dice rápidamente, y se vuelve hacia mí con una sonrisa de falsa adoración tan convincente que me da un escalofrío—. Ya que estamos de celebración, cariño… —Espero que vaya a pagar él. Luego mira la carta—. Y una copa de este tinto para mí.

El camarero vuelve un minuto después blandiendo dos botellas envueltas en servilletas blancas. Vierte un chorro de champán en una copa y me la da. Tomo un sorbo. Está muy frío y las burbujitas me chisporrotean en la punta de la lengua. No sé si alguna vez he probado champán de verdad. Mamá solía decir que ella era «muy de champán», pero tampoco estoy segura de que lo probara nunca: solo sucedáneos baratos y dulzones.

Mientras el camarero sirve el tinto de Theo, la servilleta se desliza un poco y me fijo en la etiqueta.

—Es el mismo vino —le susurro a Theo cuando el camarero se va—. Los Meunier lo tienen en su bodega.

Theo se vuelve para mirarme.

—¿Qué apellido has dicho? —De pronto parece nervioso.

—Meunier. La familia de la que te hablé.

Baja la voz.

—Ayer fui al registro a ver la *matrice cadastrale* de este local. Es propiedad de una empresa llamada Meunier Wines SARL.

Me incorporo en la silla, muy recta, y de pronto lo veo todo más nítido. Siento como si miles de alfileres me pincharan la piel.

—Son ellos. Es la familia con la que vive Ben. —Intento pensar—. Pero ¿por qué le interesaba este local? ¿Estaría escribiendo una crítica o algo así?

—Para mí, no. Y no creo que, siendo tan exclusivo, este sea el tipo de sitio que busca salir en los medios.

Las luces empiezan a atenuarse, pero justo antes me fijo en alguien entre la gente, en una figura que me resulta extrañamente familiar a pesar del antifaz que lleva puesto. Intento volver a mirar hacia el mismo lugar, pero las luces se atenúan aún más, las voces se apagan y la sala queda a oscuras.

Oigo el crujido suavísimo de la ropa de la gente, algún que otro resoplido, la respiración del público. Alguien tose y el sonido resulta ensordecedor en medio del silencio repentino.

Entonces el telón de terciopelo comienza a descorrerse.

Una figura se alza en el escenario sobre un fondo negro. La piel iluminada de azul pálido. La cara en sombras. Completamente desnuda. No, no está desnuda, es solo un efecto óptico: dos trozos de tela cubren sus partes pudendas. Empieza a bailar. La música es profunda, palpitante, una especie de jazz, creo. No tiene melodía, pero sí ritmo. Y la bailarina está tan sincronizada con la música que parece que esta procede de ella, como si, más que seguirla, la creara con los movimientos que hace. El baile es extraño, intenso, casi amenazador. No sé si mirar o apartar los ojos; hay algo en su forma de bailar que me turba.

Aparecen más chicas, vestidas —o desvestidas— de la misma manera. La música se vuelve cada vez más fuerte, su pulso va creciendo hasta hacerse tan potente que es como si oyera el latido de mi propio corazón. Con la luz azul y los cuerpos que ondulan y se desplazan por el escenario, me siento como si estuviera bajo el agua, como si los contornos de las cosas se difuminaran y se mezclaran entre sí. Me acuerdo de ayer por la noche. ¿Habría algo en el champán? ¿O es solo el efecto de la iluminación, de la música y la oscuridad? Miro a Theo. Se remueve en su asiento, a mi lado; toma un sorbo de vino, con los ojos fijos en el escenario. ¿Está excitado por lo que ocurre en el escenario? ¿Estoy excitada yo? De repente soy muy consciente de lo cerca que estamos, de lo fuerte que se aprieta mi pierna contra la suya.

En el número siguiente solo hay dos mujeres: una vestida con un traje negro ceñido y pajarita y la otra con un vestido diminuto. Se van quitando poco a poco la ropa entre sí hasta que se ve que sin ella son casi idénticas. Noto que el público se inclina hacia delante, absorto.

Me acerco un poco a Theo y le susurro:

—¿Qué es este lugar?

—Un club bastante exclusivo —murmura—. Por lo visto se le conoce como La Petite Mort. Solo puedes entrar si tienes una de esas tarjetas. Como la que encontraste en la cartera de Ben.

Las luces vuelven a atenuarse. Se hace el silencio en la sala. Otra chica casi desnuda (esta lleva una especie de tocado de plumas, en vez de un antifaz) desciende del techo suspendida de un aro plateado. Su actuación se limita al aro: hace un salto mortal, una especie de voltereta hacia atrás, se deja caer y luego se engancha con un movimiento de tobillo. El público ahoga un grito.

Theo se acerca.

—Mira detrás de ti con cuidado —me susurra, y su aliento me hace cosquillas en la oreja. Empiezo a girarme—. No, por favor, con un poco más sutileza.

Dios, qué condescendiente es. Aun así, hago lo que me dice. Miro disimuladamente detrás de mí varias veces, de reojo. Y entonces me doy cuenta de que hay una serie de reservados entre las sombras del fondo. Sus ocupantes quedan ocultos a la vista del resto de los clientes por cortinas de terciopelo y están atendidos por un flujo constante de camareros que llevan botellas de vino y bandejas de canapés. De vez en cuando sale o entra alguien, y noto que siempre parece ser un hombre. Todos son del mismo estilo y edad: elegantes, trajeados, con antifaz, y con pinta de ser ricos e importantes.

Theo se inclina como si fuera a susurrarme alguna palabra cariñosa.

—¿Te has fijado?

—¿En que todos son hombres?

—Sí. Y en que de vez en cuando alguno pasa por esa puerta de ahí.

Sigo su mirada.

—Pero creo que es mejor que dejemos de mirar ya —murmura—. Por si acaso llamamos la atención.

Me vuelvo hacia el escenario. La chica se ha bajado del aro. Sonríe al público, recorriéndonos a todos con la mirada. Cuando llega a mí, se para. No son imaginaciones mías: se queda paralizada. Me mira fijamente, como horrorizada. Siento un escalofrío. El flequillo castaño y recto, la altura, incluso el pequeño lunar debajo del ojo izquierdo que ahora distingo a la luz de los focos. La conozco.

SOPHIE

Ático

Entran en fila en el apartamento. Nicolas, Antoine, Mimi. Se sientan en los sofás, en los mismos puestos que ocupaban anoche cuando nos interrumpió la chica. Nick golpetea la alfombra Ghom con el pie a un ritmo frenético. Mientras le observo, me parece distinguir una pequeña quemadura negra en la alfombra, justo debajo de su dedo gordo. Hay unas cuantas quemaduras en la valiosísima seda, pero solo se distinguen si una sabe lo que está buscando.

De repente me asaltan los recuerdos. Fue mi mayor transgresión, invitarle a subir aquí. Robamos una botella de la bodega de Jacques: una de las mejores cosechas. Hicimos el amor ahí, en la alfombra, mientras el resplandor y los ruidos de París entraban por los grandes ventanales. Después nos quedamos abrazados, abrigados con la manta de cachemira con la que tapé nuestros cuerpos desnudos. Si Jacques hubiera vuelto de repente... Pero ¿acaso no deseaba yo en parte que me pillara? Mírame, a mí, a la que has dejado aquí sola todos estos años. Amada. Deseada.

Mientras estábamos tumbados, le acaricié el pelo, disfruté de su suavidad densa y aterciopelada deslizándose entre mis dedos. Encendió un cigarrillo que nos pasamos como amantes adolescentes, las pavesas se esparcieron y quemaron la seda de la

291

alfombra. No me importó. Lo único que importaba era que, con él aquí, el apartamento parecía de repente cálido, lleno de vida, sonido y pasión.

—Mi madre solía acariciarme el pelo.

Retiré la mano bruscamente.

—No lo decía en ese sentido —añadió a toda prisa—. Solo quería decir que no me había dado cuenta de lo mucho que lo echaba de menos.

Y cuando se volvió para mirarme, vi en su expresión un asomo de fragilidad e indefensión, algo que permanecía escondido bajo su encanto. Me pareció ver mi propia soledad reflejada allí. Pero enseguida sonrió y esa impresión se desvaneció.

Un minuto después se incorporó y recorrió con la mirada el apartamento vacío.

—Jacques casi nunca está en casa a estas horas, ¿verdad?

Asentí con la cabeza. ¿Estaba planeando ya nuestro próximo encuentro?

—Está muy ocupado.

Parecía barrer con la mirada los cuadros de las paredes, el mobiliario, el lujo de la casa.

—Supongo que eso significa que el negocio va viento en popa.

Me quedé helada. Lo había dicho en tono ligero. ¿Demasiado ligero, quizá? Aquello me devolvió a la realidad: la locura de lo que estábamos haciendo, todo lo que estaba en juego.

—Deberías irte —le dije, enfadada de repente con él y conmigo misma—. No puedo seguir con esto. —Esta vez creí que lo decía en serio—. Tengo demasiado que perder.

Cierro los ojos. Los abro de nuevo y me concentro en el rostro de mi hija. Ella no me mira. De todos modos, he vuelto en mí. A lo que de verdad importa. Bebo un sorbo de vino para tranquilizarme. Sofoco los recuerdos a la fuerza.

—Bueno —les digo—. Vamos a empezar.

NICK

Segundo piso

Mi madrastra nos ha convocado a todos. Estamos sentados arriba, en el ático. Una pequeña conferencia de familia disfuncional como la que íbamos a celebrar anoche cuando Jess se presentó sin avisar y «metió el gato entre las palomas». Siempre me han entusiasmado los modismos ingleses. En francés tenemos uno parecido: *jeter un pavé dans la mare*, tirar una piedra a la charca. Y puede que sea una descripción más precisa de lo que provocó su llegada. Lo ha descolocado todo.

Miro a los demás. Antoine, que no para de beber vino (al ritmo que va, más valdría que cogiera la botella entera). Mimi, pálida y con cara de estar a punto de salir corriendo. Sophie rígida e inexpresiva en su asiento. No parece la misma mi madrastra. Al principio no entiendo qué ha cambiado en ella. Su melenita negra y lustrosa no tiene ni un pelo fuera de su sitio, su fular de seda está anudado con maestría alrededor del cuello. Pero hay algo raro. Entonces me doy cuenta de qué es: no lleva carmín. No sé si alguna vez la he visto sin él. Parece ajada, en cierto modo. Mayor, más frágil, más humana.

Antoine es el primero en hablar.

—Esa pedazo de imbécil está en el club. —Se vuelve hacia mí—. ¿Sigues pensando que no debemos hacer nada, hermanito?

—Creo… creo que lo importante es que seamos una piña —contesto—. Que formemos un frente común. Como familia. Eso es lo más importante. No podemos desmoronarnos ahora.

Pero me doy cuenta, al ver sus caras, que para mí son todos una incógnita. No siento que conozca a estas personas de verdad. Estuve mucho tiempo fuera. Y estamos todos tan distanciados que no parecemos una auténtica familia. Ni siquiera nosotros sentimos que lo seamos.

—Sí, claro, porque hasta ahora tú has sido una pieza clave de esta familia —replica Antoine, haciendo que me sienta aún más como un impostor, como un farsante. Señala con un gesto a Sophie—. Y no pienso hacer el papel de hijastro amantísimo de esa *salope*.

—Oye —le digo—, vamos a…

—Cuidado con lo que dices —le espeta Sophie, cáusticamente—. Estás en mi casa.

—Ah, ¿conque esta es tu casa? —Antoine hace una reverencia burlona—. Disculpa, no me había dado cuenta. Creía que solo eras un parásito que vivía del dinero de papá, no sabía que lo habías ganado tú solita.

Yo solo tenía ocho o nueve años cuando mi padre se casó con la nueva y misteriosa mujer que había aparecido de pronto en nuestra vida, pero Antoine era mayor, un adolescente. Mamá había pasado mucho tiempo incapacitada, languideciendo en sus habitaciones del tercer piso. Aquella recién llegada parecía tan joven, tan glamurosa. Yo estaba un poco enamorado de ella. Antoine se lo tomó de otra manera. Siempre se la ha tenido jurada.

—Parad de una vez —dice Mimi de repente, tapándose los oídos—. Todos. No puedo soportarlo más…

Antoine la mira con una horrible sonrisa en la cara.

—Ah, y en cuanto a ti —farfulla—, en realidad no formas parte de esta familia, ¿no es verdad, *ma petite soeur*?

—¡Cállate! —le ordena Sophie con voz gélida: la leona protegiendo a su cachorra.

A sus pies, el perro se sobresalta y suelta un ladrido agudo.

—Le estoy dando lo que se merece, nada más —dice Antoine—. ¿Qué pasó en el colegio con ese profesor? Papá tuvo que hacer una donación importante y aceptar sacarla de allí para que no se hiciera público. Claro que seguramente no es ninguna sorpresa, ¿no? —Se vuelve hacia Mimi—. Teniendo en cuenta de dónde viene.

—No te atrevas a hablarle así —responde Sophie en tono amenazador.

Miro a Mimi. Está ahí sentada, mirando a Antoine, aún más pálida que de costumbre.

—Vale —digo—, venga, vamos a…

—Y debo decir —me interrumpe Antoine— que es típico de nuestro querido *père* haber decidido largarse en medio de todo esto. ¿No os parece?

Miramos todos instintivamente el retrato de mi padre en la pared. Sé que son imaginaciones mías o un efecto de la luz, pero parece que su ceño pintado se ha fruncido un poco más. Me estremezco. Incluso cuando está a kilómetros de distancia, de alguna manera se siente en esta casa su presencia, su autoridad. El omnipotente Jacques Meunier que todo lo ve.

—Tu padre —le dice Sophie a Antoine bruscamente— tiene asuntos de los que ocuparse, como bien sabes. Su vuelta solo complicaría las cosas más aún. Debemos mantener la situación bajo control en su ausencia.

—Qué sorpresa que no esté aquí cuando se va todo a la mierda. —Antoine suelta una carcajada, sin ningún humor.

—Tu padre confía en que puedas manejar la situación por tus propios medios —responde Sophie—. Pero quizá sea demasiado pedir. Mírate. Tienes cuarenta años y sigues viviendo bajo su techo, chupando de su dinero. Él te lo ha dado todo. Nunca has tenido que madurar. Tu padre te lo ha servido todo en bandeja de plata. Los dos sois flores de invernadero, unos inútiles, demasiado débiles para el mundo exterior. Incapaces de volar del nido. —Eso escuece—. Por amor de Dios, muestra un poco de respeto por tu padre.

—¿Ah, sí? —Antoine le dedica una sonrisa desagradable—. ¿De verdad vas a darme tú lecciones de respeto, *putain*? —La última palabra la pronuncia en voz muy baja.

—¿Cómo te atreves a hablarme así? —Se gira hacia él con una ira tan intensa que su fachada gélida se resquebraja.

—¿Que cómo me atrevo? —Antoine esboza una sonrisa socarrona—. *Vraiment?* ¿En serio? —Se vuelve hacia mí—. ¿Sabes lo que es? ¿Sabes lo que es en realidad nuestra elegante madrastra? ¿Sabes de dónde procede?

Siempre he tenido mis sospechas. Fueron en aumento a medida que crecía, pero apenas me he permitido pensar en ellas, y mucho menos expresarlas en voz alta, por miedo a la ira de mi padre.

Antoine se levanta y sale de la habitación. Unos segundos después vuelve llevando un gran marco. Le da la vuelta para que todos podamos verlo. Es una fotografía en blanco y negro, un desnudo: el del despacho de mi padre.

—Vuelve a poner eso en su sitio —le ordena Sophie en tono amenazador. Tiene los puños apretados. Mira a Mimi, que está inmóvil, con los ojos muy abiertos y asustados.

Antoine vuelve a sentarse en el sillón con expresión satisfecha, apoyando la fotografía a su lado como si fuera el trabajo de ciencias de un niño.

—Miradla. —Señala la imagen y luego a Sophie—. ¿Verdad que lo ha hecho bien? Los fulares de Hermès, las gabardinas. *Une vraie bourgeoise.* Nadie lo adivinaría, ¿verdad? Nadie adivinaría que en realidad es una...

Un chasquido, fuerte como un disparo. Sophie se ha movido tan deprisa que no entendemos lo que ha ocurrido. Luego Antoine se lleva la mano a la cara y Sophie está de pie a su lado.

—Me ha pegado. —La voz de Antoine suena débil y asustada como la de un niño pequeño.

No es la primera vez que le pegan así. Papá siempre ha tenido la mano muy larga y Antoine, que era el mayor, parecía llevarse la peor parte.

—Me ha pegado, joder. —Retira la mano y vemos la marca de la mano de ella en su mejilla, una huella de color rosa amoratado.

Sophie sigue de pie junto a él.

—Piensa en lo que diría tu padre si te oyera hablarme así.

Antoine vuelve a mirar el retrato de papá. Aparta los ojos con esfuerzo. Es un tipo grandullón, pero casi parece encogerse. Todos sabemos que nunca se atrevería a hablarle así a Sophie delante de papá. Y que cuando papá regrese se montará un buen lío si se entera de esto.

—¿Podemos centrarnos en lo que importa, por favor? —digo tratando de poner un poco de orden—. Tenemos un problema más urgente del que ocuparnos.

Sophie le lanza otra mirada venenosa a Antoine, luego se vuelve hacia mí y asiente con la cabeza, rígidamente.

—Tienes razón. —Se vuelve a sentar y un segundo después ha vuelto a colocarse esa fría máscara—. Creo que lo más importante es que ella no se entere de nada más. Tenemos que estar preparados cuando vuelva. ¿Y si va demasiado lejos? ¿Nicolas?

Hago un gesto de asentimiento. Trago saliva.

—Sí. Sé lo que hay que hacer. Si se da el caso.

—La portera —dice Mimi de repente con una vocecilla ronca.

Nos giramos para mirarla.

—Vi a esa mujer, a Jess, entrando en la cabaña de la portera. Iba hacia la puerta de fuera y la portera salió corriendo y la agarró. Estuvieron allí dentro por lo menos diez minutos. —Nos mira a todos—. ¿De qué... de qué pudieron hablar tanto tiempo?

JESS

Miro fijamente a la chica del escenario. Es ella, la que me siguió hace dos días, a la que perseguí hasta el metro. Ella también me mira. El momento parece alargarse. Tiene la misma expresión aterrorizada que cuando el tren se alejó del andén. Y entonces, como si saliera de un trance, vuelve a mirar al público, sonríe, se monta en el aro cuando este empieza a subir y desaparece.

Theo se vuelve hacia mí.

—¿Qué ha pasado?

—¿Tú también lo has visto?

—Sí, lo he visto. Te estaba mirando fijamente.

—La conozco —digo—. La conocí justo después de hablar contigo por primera vez en aquel café.

Se lo explico todo: que la pillé siguiéndome y que la perseguí hasta el metro. El corazón me late más deprisa. Pienso en Ben. En la familia. En la bailarina misteriosa. Parecen todos piezas de un mismo rompecabezas. Sé que lo son. Pero ¿cómo encajan?

Cuando termina el espectáculo, los espectadores apuran sus copas y suben por la escalera para volver a salir a la noche.

Theo me da un codazo.

—Venga, vamos. Sígueme.

Estoy a punto de protestar (no nos vamos a ir sin más,

¿verdad?), pero me detengo al ver que, en vez de subir por la escalera como el resto de los clientes, abre de un empujón una puerta a nuestra izquierda. Es la misma que vimos antes, durante la función, por la que entraban todos esos hombres trajeados.

—Vamos a intentar hablar con tu amiga —murmura.

Se desliza por la puerta. Yo le sigo de cerca. Debajo de nosotros hay una escalera oscura, forrada de terciopelo. Empezamos a bajar. Oigo sonidos procedentes de abajo, pero amortiguados, como si vinieran de debajo del agua. Oigo música, creo, y un zumbido de voces y luego un grito repentino y agudo que podría ser de hombre o de mujer.

Casi hemos llegado al final de la escalera. Dudo. Me ha parecido oír algo. Otros pasos, además de los nuestros.

—Para —digo—. ¿Has oído eso?

Theo me mira extrañado.

—He oído pasos, estoy segura.

Escuchamos durante unos segundos en silencio. Nada. Entonces aparece una chica al pie de la escalera. Una de las bailarinas. Va tan maquillada que, vista de cerca, parece que lleva una máscara. Nos mira sorprendida. Por un momento tengo la impresión de que hay una niña asustada mirándome desde detrás de la gruesa capa de maquillaje, las pestañas postizas y los labios brillantes y rojos.

—Buscamos a una amiga —digo rápidamente—. ¿La chica del aro? Es sobre mi hermano, Ben. ¿Puedes decirle que la estamos buscando?

—No pueden estar aquí —sisea ella. Parece aterrorizada.

—No pasa nada —le digo tratando de tranquilizarla—. No vamos a quedarnos mucho tiempo.

Pasa a toda prisa por nuestro lado y sube las escaleras sin mirar atrás. Seguimos adelante. Al final del pasillo hay una puerta. La empujo con el hombro, pero no cede. De repente, me doy cuenta de que estamos muy abajo: al menos a dos pisos de profundidad. Al pensarlo, me cuesta respirar. Intento sofocar mi miedo.

—Creo que está cerrada con llave —digo.

Los ruidos son más fuertes ahora. A través de la puerta oigo una especie de gemido que suena casi animal.

Vuelvo a probar el picaporte.

—Sí, está cerrada con llave. Prueba tú…

Pero Theo no me responde.

Y sé, antes de volverme, que hay alguien detrás de nosotros. Ahora le veo: es el portero que nos recibió a la entrada, su enorme figura llena el pasillo, con la cara en sombras.

Mierda.

—*Qu'est-ce qui se passe?* —pregunta en tono amenazante, sin perder la calma, mientras empieza a acercarse—. ¿Qué hacen aquí abajo?

—Nos hemos perdido. —Se me quiebra la voz—. Yo… estaba buscando los aseos.

—*Vous devez partir* —dice—. Tienen que irse. Los dos. Ahora mismo. —Su voz sigue siendo tranquila, pero intimida más que si gritara. Parece decir: «No me toquéis los cojones».

Me agarra el brazo con una de sus manazas. Me hace daño. Intento apartarme y me agarra con más fuerza. Tengo la impresión de que ni siquiera se está esforzando.

—Oye, oye, esto no es necesario —dice Theo.

El portero no contesta ni me suelta. Con la otra mano, agarra del brazo también a Theo. Y Theo, que hasta ahora me parecía un tío altísimo, parece de repente un niño, como un muñeco que sujetara el portero.

Por un momento, el portero se queda inmóvil, con la cabeza ladeada. Miro a Theo y él frunce el ceño, tan sorprendido como yo. Entonces oigo un murmullo y me doy cuenta de que el portero está escuchando algo. Le están dando instrucciones a través de un auricular.

Se endereza.

—Por favor, *madame, monsieur*. —Su tono sigue siendo igual de educado y amenazador mientras me aprieta más el bíceps, quemándome la piel—. No hagan una escena. Acompáñenme.

Y entonces nos lleva a la fuerza por el pasillo y nos hace subir por el primer tramo de escaleras y volver a la sala con las mesas y el escenario. La mayoría de las luces se han apagado y la sala está completamente vacía. No, no del todo. Por el rabillo del ojo, me parece ver una figura alta, muy quieta, que nos observa desde un rincón oscuro. Pero no llego a verla bien porque el portero nos hace subir por el siguiente tramo de escaleras, hasta el nivel de la calle.

Entonces se abre la puerta y nos echan a la calle; el portero me da un empujón tan fuerte en la espalda que tropiezo y caigo de rodillas.

La puerta se cierra de golpe detrás de nosotros.

Theo, que ha conseguido mantener el equilibrio, me tiende la mano y me ayuda a levantarme. Mi ritmo cardíaco tarda un buen rato en volver a la normalidad. Cuando consigo controlar mi respiración me doy cuenta de que, aunque me duelen las rodillas y noto el brazo muy magullado, podría haber sido mucho peor. Me siento afortunada por volver a estar aquí fuera tragando bocanadas de aire helado. ¿Y si la voz del auricular hubiera dado otras órdenes? ¿Qué nos estaría pasando ahora mismo?

Es ese pensamiento, más que el frío, lo que me hace temblar. Me ciño la chaqueta con más fuerza.

—Vámonos de aquí —dice Theo.

Me pregunto si está pensando lo mismo que yo: «No vaya a ser que cambien de opinión».

La calle está casi en silencio, completamente desierta: solo se oye el zumbido de las luces de seguridad de los escaparates y el eco de nuestras pisadas sobre los adoquines.

Y entonces oigo otro ruido: unos pasos detrás de nosotros moviéndose rápidamente, cada vez más deprisa. Se me acelera el corazón y me vuelvo a mirar. Una figura alta, con la capucha subida. Cuando le da la luz en la cara, veo que es ella. La chica que me siguió hace dos noches, la chica del aro, la que me ha mirado fijamente esta noche en la sala como si se hubiera encontrado cara a cara con una pesadilla.

LA PORTERA

Portería

Estoy limpiando el polvo en el último piso. Normalmente, a estas horas hago los pasillos y las escaleras; *madame* Meunier es muy exigente en ese aspecto. Pero esta tarde he pasado al rellano. Es el segundo riesgo que corro; el primero fue hablar con la chica. Puede que nos hayan visto, pero estaba desesperada. Ayer por la tarde intenté meter una nota por debajo de su puerta, pero me pilló y me amenazó con un cuchillo. Tuve que encontrar otro modo. Porque me di cuenta de cómo era la noche que llegó, cuando se acercó a esa mujer y la ayudó a meter la ropa en la maleta. No podía quedarme de brazos cruzados y dejar que otra vida acabara destruida.

Están todos ahí dentro, en el ático: todos menos él, el cabeza de familia. Podría haber subido por la escalera de atrás (la uso a veces para vigilar), pero se oye mucho mejor desde aquí. No entiendo todo lo que dicen, pero de vez en cuando capto una palabra o una frase.

Uno de ellos dice su nombre: Benjamin Daniels. Me pego un poco más a la puerta. Ahora hablan también de la chica. Pienso en esa avidez suya, en su curiosidad y su viveza. Hay algo en su forma de ser que me recuerda a su hermano, sí, pero también a

303

mi hija. No físicamente, claro: nadie puede compararse a mi hija en eso.

Un día, cuando el calor había empezado a disiparse, invité a Benjamin Daniels a tomar un té en mi cabaña. Me dije a mí misma que era porque tenía que agradecerle que me hubiera regalado el ventilador, pero en realidad me apetecía tener compañía. No me había dado cuenta de lo sola que estaba hasta que él se interesó por mí. Había perdido la vergüenza que me daba al principio vivir de manera tan humilde y había empezado a disfrutar de su compañía.

Volvió a mirar las fotografías de las paredes mientras acunaba su vaso de té.

—Elira, ¿no es eso? ¿Así se llama su hija?

Le miré fijamente. No podía creer que se acordara. Me conmovió.

—Eso es, *monsieur.*

—Es un nombre muy bonito.

—Significa «la libre».

—Ah, ¿en qué idioma?

Me quedé callada un momento.

—En albanés.

Fue la primera cosa que le confesé. A partir de este detalle, podía haber adivinado mi situación aquí, en Francia. Le observé con atención.

Sonrió, nada más, y asintió con la cabeza.

—He estado en Tirana. Es una ciudad maravillosa, muy animada.

—Eso he oído, aunque yo no la conozco bien. Soy de un pueblecito de la costa del Adriático.

—¿Tiene alguna foto?

Dudé un momento, pero ¿qué daño podía hacer? Fui a mi

escritorcito y saqué el álbum de fotos. Se sentó enfrente de mí. Me di cuenta de que procuraba no mover las fotografías al pasar las páginas, como si estuviera manipulando algo muy valioso.

—Ojalá tuviera yo algo así —dijo de repente—. No sé qué pasó con las fotos de cuando era pequeño. Claro que tampoco sé si podría mirar...

Se detuvo. Intuí una pena oculta. Entonces, como si se hubiera olvidado del asunto —o quisiera olvidarse de él—, señaló una fotografía.

—¡Fíjese! ¡El color de ese mar!

Seguí su mirada. Al mirar la fotografía, pude oler el tomillo silvestre, el salitre en el aire.

Levantó la vista.

—Recuerdo que dijo que había venido a París para reunirse con su hija. Pero ¿ella ya no vive aquí?

Vi que recorría la cabaña con la mirada. Oí la pregunta tácita. Desde luego, no había cambiado la pobreza de mi país por una vida lujosa en Francia. ¿Por qué abandonaba alguien su vida por esto?

—No tenía intención de quedarme —dije—. Al principio, no.

Miré a las fotografías de la pared. Elira me miraba: a los cinco años, a los doce, a los diecisiete. Su belleza iba creciendo y cambiando, pero la sonrisa era siempre la misma. Los ojos eran los mismos. La recordaba pegada a mi pecho cuando era muy pequeña: esos ojos oscuros que me miraban con tanta luminosidad, con esa inteligencia tan extraña a su edad. Cuando hablé, no me dirigí a él, sino a su imagen.

—Vine aquí porque estaba preocupada por ella.

Se inclinó hacia delante.

—¿Por qué?

Le miré. Por un momento casi había olvidado que estaba allí. Dudé. Nunca le había hablado a nadie de ese tema. Pero parecía tan interesado, tan preocupado. Y estaba, además, esa pena que había intuido en él. Antes, incluso cuando tenía algún gesto de amabilidad conmigo o me prestaba atención, le había visto como uno de ellos. Como si fuera de una especie distinta. Rico, lleno de soberbia. Pero su dolor le hacía humano.

—No me llamó cuando dijo que lo haría. Y cuando por fin supe de ella no parecía la misma. —Miré las fotografías—. Yo… —Intenté encontrar la manera de describirlo—. Me dijo que estaba ocupada, que tenía mucho trabajo. Intenté no preocuparme. Intenté alegrarme por ella.

Pero yo lo sabía. Mi instinto de madre me decía que algo iba mal. Su voz sonaba rara. Ronca, enferma. Y lo que era peor, confusa; no parecía ella. Antes, cada vez que hablábamos, la sentía cerca de mí a pesar de los cientos de kilómetros que nos separaban. Ahora sentía que se alejaba. Y eso me asustó.

Tomé aire.

—La siguiente vez que llamó fue unas semanas después.

Al principio solo oí una respiración entrecortada. Luego, por fin, distinguí las palabras:

—Qué vergüenza, mamá, qué vergüenza. Ese lugar… es malo. Ocurren cosas terribles allí. No son buenas personas. Y… —Lo siguiente lo dijo en voz tan baja que no la entendí. Y entonces me di cuenta de que estaba llorando; lloraba tan fuerte que no podía hablar. Agarré el teléfono con tanta fuerza que me dolía la mano.

—No te entiendo, cariño.

—He dicho… He dicho que yo tampoco soy una buena persona.

—Claro que eres una buena persona —le dije con firmeza—. Te conozco: eres mi hija y eres buena.

—No lo soy, mamá. He hecho cosas horribles. Y ya ni siquiera puedo trabajar allí.

—¿Por qué no?

Una pausa larga. Tan larga que empecé a preguntarme si se había cortado la llamada.

—Estoy embarazada, mamá.

Al principio me pareció que no la había oído bien.

—¿Estás… embarazada?

No solo no estaba casada, sino que no me había dicho que tuviera pareja, nadie en especial. Me quedé tan pasmada que por un momento no pude hablar.

—¿De cuántos meses?

—De cinco, mamá. No puedo seguir ocultándolo. No puedo trabajar.

Después de aquello, solo oí el sonido de su llanto. Sabía que tenía que decir algo positivo.

—Pero yo… estoy muy contenta, cariño —le dije—. Voy a ser abuela. ¡Qué maravilla! Voy a empezar a reunir dinero.

Intenté que no notara mi angustia al pensar en cómo podría lograrlo rápidamente. Tendría que trabajar más, tendría que pedir favores, pedir dinero prestado. Me llevaría algún tiempo, pero encontraría la manera.

—Iré a París —le dije—. Te ayudaré a cuidar del bebé.

Miré a Benjamin Daniels.

—Tardé algún tiempo, *monsieur*. No era barato. Me llevó seis meses, pero por fin conseguí el dinero para venir aquí. —También tenía un visado que me permitiría quedarme unas semanas—. Sabía que Elira ya habría dado a luz, aunque hacía unas cuantas semanas que no sabía nada de ella. —Intentaba no angustiarme y trataba de imaginar cómo sería tener a mi nieto en brazos por primera vez—. Pero yo estaría allí para ayudarla a cuidar del bebé y para cuidarla a ella también: eso era lo importante.

—Por supuesto. —Él asintió, comprensivo.

—Cuando llegué no tenía la dirección de su casa, así que fui a su trabajo. Sabía el nombre; me lo había dicho ella. Parecía un lugar muy elegante y refinado. En la parte rica de la ciudad, como me había dicho ella. El portero miró mi ropa de pobretona. «La entrada para las limpiadoras está detrás», me dijo.

»Yo no me ofendí, era lo que me esperaba. Encontré la puerta y me colé dentro. Como tenía ese aspecto, era invisible. Nadie se me fijó en mí, nadie me dijo que no podía estar allí. Encontré a las mujeres, a las chicas que habían trabajado con mi hija, que la conocían. Y entonces fue cuando…

Por un momento no pude hablar.

—¿Cuando qué? —me preguntó él con suavidad.

—Mi hija había muerto, *monsieur*. Murió al dar a luz hace diecinueve años. Yo entré a trabajar aquí y aquí sigo.

—¿Y el bebé? ¿El bebé de su hija?

—Pero, *monsieur*, está claro que no lo ha entendido. —Cogí el álbum de fotos y lo volví a guardar en el escritorio con mis reliquias, mis tesoros. Las cosas que he ido coleccionando a lo largo de los años: un primer diente, un zapatito, un certificado escolar—. Mi nieta está aquí. Por eso vine yo. Por eso llevo trabajando aquí tantos años, en este edificio. Quería estar cerca de ella. Quería verla crecer.

Una palabra, detrás de la puerta del ático, y de golpe vuelvo al presente. Acabo de oír claramente que uno de ellos decía «portera». Retrocedo en la penumbra, pisando con cuidado para que no cruja la tarima del suelo. El instinto me dice que no debería estar aquí. Tengo que volver a mi cabaña. Ahora mismo.

MIMI

Cuarto piso

Vuelvo al apartamento y me voy derecha a mi habitación, derecha a la ventana y me quedo mirando por el cristal. Era un infierno estar ahí arriba con todos ellos. Hablando, gritándose unos a otros. Yo solo quería que parara. Tenía tantas ganas de estar sola…

—Mimi. Mimi. Mimi.

Tardo un momento en darme cuenta de dónde viene ese sonido. Al girarme veo a Camille en la puerta, con las manos en las caderas.

—¿Mimi? —Se me acerca y chasquea los dedos delante de mi cara—. ¿Hola? ¿Qué haces?

—*Quoi?* ¿Qué? —La miro fijamente.

—Estabas mirando por la ventana como una especie de zombi. —Me imita, con los ojos muy abiertos y la mandíbula colgando—. ¿Qué estabas mirando?

Me encojo de hombros. Ni siquiera me había dado cuenta, pero debía de estar mirando su apartamento. Cuesta mucho desprenderse de una vieja costumbre.

—*Putain*, me estás asustando, Mimi. Últimamente estás… rarísima. —Hace una pausa—. Más rara de lo normal. —Luego frunce el ceño, como si acabara de llegar a una conclusión—. Desde la otra noche, cuando volví tarde y todavía estabas levantada. ¿Qué te pasa?

309

—*Rien.* —«Nada». ¿Por qué no me deja en paz?

—No te creo. ¿Qué pasó aquí antes de que yo volviera esa noche? ¿Qué te ocurre?

Cierro los ojos y aprieto los puños. No soporto tantas preguntas. Este interrogatorio. Siento que estoy a punto de estallar.

Controlándome todo lo que puedo, digo:

—Es solo que… Necesito estar sola en este momento, Camille. Necesito tener mi espacio.

No capta la indirecta.

—Oye, ¿tiene algo que ver con ese tío con el que estabas tan misteriosa? ¿No salió bien? Si me lo cuentas, a lo mejor puedo ayudarte…

No aguanto más. El ruido blanco me zumba dentro de la cabeza. Me estiro. Odio la forma en que me mira: su expresión preocupada e inquieta. ¿Por qué no se entera de una vez? De repente siento que no quiero volver a verle la cara. Que sería mucho mejor que no estuviera aquí.

—¡Cállate! *Fous le camp!* —«Largo de aquí»—. Solo… déjame en paz.

Da un paso atrás.

—Estoy harta de que me molestes —digo—. Estoy harta de tu desorden, de que lo tengas todo patas arriba. Estoy harta de que traigas a tus… a tus amiguitos de mierda aquí. Puede que yo sea un bicho raro, sí, ya sé que todos tus amigos piensan eso de mí, pero tú… tú eres una zorra asquerosa.

Creo que por fin lo he conseguido. Abre mucho los ojos mientras se aparta de mí. Luego sale de la habitación. No me siento bien, pero al menos puedo volver a respirar.

Oigo ruidos procedentes de la habitación de al lado, cajones que se abren, puertas de armarios que se cierran de golpe. Unos minutos después aparece con un par de bolsas de lona en cada brazo, llenas a rebosar.

—¿Sabes qué? —dice—. Puede que yo sea una zorra

asquerosa, pero tú eres una puta loca. Ya no aguanto más esto, Mimi, no lo necesito. Además, Dominique ya tiene casa. Se acabó andar a escondidas. Me marcho.

Solo conozco a una persona con ese nombre. Pero eso no tiene ningún sentido.

—¿Dominique…?

—Sí, la ex de tu hermano. Y él, mientras tanto, pensando que estaba ligando con Ben. —Una sonrisita—. Fue una buena maniobra de despiste, ¿verdad? En fin… Esto es diferente. Es de verdad. Estoy enamorada de ella. No quiero estar con nadie más. Se acabó Camille la… ¿cómo me has llamado? La zorra asquerosa. —Se coloca bien el bolso en el hombro—. *Bof.* Qué más da. Hasta otra, Mimi. Buena suerte con la movida que tengas.

Unos minutos después, se ha ido. Me vuelvo hacia la ventana. La veo cruzar el patio a grandes zancadas, cargada con las bolsas.

Por un momento me siento mejor, más tranquila, más libre. Como si fuera capaz de pensar con más claridad ahora que se ha marchado. Pero hay demasiado silencio a mi alrededor. Porque la tormenta de dentro de mi cabeza sigue estando ahí. Y no sé si me da más miedo eso o lo que está sofocando su ruido.

Aparto la mirada del patio. Vuelvo a fijarla en su apartamento. Hace unos días, entré allí con la llave que robé de la cabaña de la portera. Llevo entrando en esa caseta desde que era una niña; me colaba allí cuando sabía que la vieja estaba en los pisos de arriba, limpiando. Me fascinaba: era como la cabaña del bosque de un cuento de hadas. Tiene un montón de fotografías misteriosas en las paredes, lo que demuestra que de verdad tuvo otra vida antes de venir aquí, aunque cueste creerlo. En muchas aparece una chica guapísima: era como la princesa del cuento.

Ahora que soy mayor, sé que la cabaña no tiene nada de mágico, por supuesto. Es solo la casita solitaria de una pobre mujer. Es deprimente. Pero aún me acordaba de dónde guardaba el juego de llaves de repuesto. No tiene permitido usarlas, claro. Son para casos de emergencia, por si se inunda algún piso, por ejemplo, mientras estamos de vacaciones. Y no tiene la llave del apartamento de mis padres: eso es terreno prohibido.

Estaba atardeciendo, era casi de noche. Esperé, le vi salir por el patio, como hizo Camille hace un momento. Iba en camisa y hacía frío, así que pensé que no iría muy lejos. Tal vez solo unas calles más allá, a comprar cigarrillos al *tabac*. O sea, que tenía el tiempo justo para poner en marcha mi plan.

Bajé corriendo el tramo de escaleras y entré en el apartamento del tercer piso.

Debajo de la ropa llevaba la lencería nueva que había comprado con Camille. Notaba su roce secreto y resbaladizo sobre la piel. Me sentía más valiente. Más atrevida.

Iba a esperarle hasta que volviera. Quería darle una sorpresa. Y así sería yo la que controlara la situación.

Le había observado muchas veces desde mi habitación, pero estar en su apartamento era distinto. Allí sentía su presencia. Notaba su aroma bajo el olor extraño y mohoso, como a señora mayor, de la casa. Estuve un rato dando vueltas por la casa, respirándolo. Su gato no paró de seguirme. Me vigilaba como si supiera que no estaba tramando nada bueno.

Abrí la nevera y registré los armarios de la cocina. Eché un vistazo a sus discos y a su colección de libros. Entré en el dormitorio y me tumbé en la cama, que todavía conservaba la huella de su cuerpo, y aspiré su olor en las almohadas. Miré las cosas de aseo del cuarto de baño y abrí los tapones. Me rocié su colonia con aroma a limón por la parte delantera de la camiseta y en el pelo. Abrí el armario y hundí la cara en sus camisas, pero eran mejores las del cesto de la ropa sucia, las que estaban usadas y olían a su piel y su sudor. Mejor aún eran los pelitos cortos que encontré en el lavabo, donde se había afeitado y no había conseguido que se fueran todos por el desagüe. Recogí varios con un dedo y me los tragué.

Si me hubiera visto a mí misma desde fuera, podría haber dicho que parecía presa de un *amour fou*: un amor obsesivo y loco. Pero el *amour fou* no suele ser correspondido. Y yo sabía que él sentía lo mismo que yo: eso era lo importante. Solo quería formar parte de su vida, de ese mundo, de su mundo. Había tenido miles de conversaciones con él en mi cabeza. Le había hablado de mis hermanos. De lo mal que me ha tratado siempre Antoine. Le había dicho que Nick es en realidad un fracasado que vive del dinero de papá y que, la verdad, no entendía por qué Ben era amigo suyo. Le había dicho que, en cuanto me graduara, me iría de aquí. A viajar por el mundo. Podíamos irnos juntos.

Encontré una copa en la cocina, me serví un poco de su vino y me lo bebí como si fuera un vaso de granadina. Necesitaba estar borracha para hacer lo que tenía planeado. Luego me quité la ropa. Me tumbé en la cama y esperé, como un regalo dejado en la almohada. Pero pasado un rato empecé a sentirme como una idiota. Puede que se me estuviera pasando el efecto del vino. Además, tenía un poco de frío. Aquello no estaba saliendo como yo lo había planeado en mi cabeza. Pensaba que él volvería antes.

Pasó media hora. ¿Cuánto tiempo iba a tardar?

Me acerqué a su escritorio. Quería leer eso que estaba escribiendo cuando se quedaba despierto hasta tan tarde, garabateando notas y tecleando en el portátil.

Encontré un cuaderno. Un Moleskine muy parecido al que uso yo para mis bocetos. Otra señal de que estábamos destinados a encontrarnos: éramos almas gemelas, estábamos hechos el uno para el otro. La música, la escritura. Nos parecíamos tanto… Eso fue lo que quería decirme aquella noche, cuando nos sentamos en el parque, a oscuras. Y antes de eso, cuando me regaló el disco. Éramos unos inadaptados, pero estábamos juntos.

El cuaderno estaba lleno de notas para reseñas de restaurantes. Con pequeños garabatos entre lo escrito y tarjetas de restaurantes metidas entre las páginas. Hizo que me sintiera muy cerca de él. Su letra: bonita, inteligente, un poco puntiaguda. Exactamente como me la había imaginado. Elegante como los dedos que tocaron mi brazo aquella noche en el parque. Me enamoré un poco más de él al ver esa letra.

Y luego, en la última página, había una nota que tenía mi nombre escrito y un signo de interrogación después, así:

Mimi?

Dios mío. Había estado escribiendo sobre mí.

Tenía que saber más, tenía que descubrir qué significaba aquello. Abrí su portátil. Me pidió la contraseña. *Merde.* No tenía ninguna posibilidad de entrar. Podía ser literalmente cualquier cosa. Probé con el apellido y con su equipo de fútbol favorito (había visto una camiseta del Manchester United colgada en su armario), pero no hubo suerte. Y entonces se me ocurrió una idea. Pensé en esa cadena que llevaba siempre colgada, la que decía que era de su madre. Tecleé *SanCristóbal.*

Nada: no servía. Había sido un palo de ciego, así que no me sorprendió. Pero, ya que estaba, lo intenté otra vez sustituyendo algunas letras por números para cifrar un poco más la contraseña: 54nCr1st0b4l.

Y esta vez, cuando pulsé intro, la ventana de la contraseña se cerró y apareció su escritorio.

Me quedé mirando la pantalla. No me podía creer que lo hubiera adivinado. Eso también tenía que significar algo, ¿no? Me pareció una confirmación de que le conocía muy bien. Y sé que los escritores son muy reservados con su trabajo, igual que yo lo soy con mi arte, pero de pronto me parecía que Ben quería que yo encontrara lo que tenía guardado allí y lo leyera.

Fui a «documentos recientes». Y allí estaba, en la parte de arriba. Todos los demás tenían nombres de restaurantes; evidentemente, eran reseñas. Pero esta se llamaba *Meunier Wines SARL.*

Según la marquita de tiempo, había estado trabajando en el documento hacía solo una hora. Lo abrí.

Merde, el corazón me latía a toda prisa.

Entre emocionada y aterrada, me puse a leer.

Pero en cuanto empecé quise parar. Deseé no haber visto nunca aquello.

No sabía qué esperaba, pero no era aquello.

Sentí que el mundo se derrumbaba a mi alrededor.

Me sentía asqueada.

Pero no podía parar.

JESS

La chica se acerca a la luz de la farola. No se parece en nada a la de la actuación, está totalmente cambiada. Lleva una chaqueta de piel sintética que parece barata, vaqueros y una sudadera con capucha, y además se ha quitado toda esa capa de maquillaje. Parece mucho menos glamurosa y al mismo tiempo está más guapa. También parece más joven. Mucho más joven. Aquel día al lado del cementerio no pude verla bien en la oscuridad; si me hubieran preguntado, habría dicho que tenía veintitantos años. Ahora, en cambio, diría que tiene dieciocho o diecinueve, más o menos la misma edad que Mimi Meunier.

—¿Por qué has ido al club? —susurra ese acento tan marcado.

Me acuerdo de cómo se dio la vuelta y echó a correr la primera vez que nos vimos. Sé que tengo que ir con mucho cuidado para no asustarla.

—Seguimos buscando a Ben —digo con suavidad—. Y tengo la sensación de que sabes algo que podría ayudarnos. ¿Tengo razón?

Murmura algo en voz baja, algo así como *kurvaj*. Por un segundo pienso que está a punto de huir. Pero se queda quieta, incluso se acerca un poco más.

—Aquí no —susurra—. Mira hacia atrás, nerviosa como un gato—. Tenemos que ir a otro sitio. Lejos de este lugar.

* * *

Siguiéndola, nos alejamos de las calles más pijas, llenas de coches de lujo y escaparates relucientes. Atravesamos avenidas con cafés de fachada roja y dorada y sillas de mimbre en el exterior, como aquel en el que conocí a Theo, letreros que anuncian menús *prix fixe* y grupos de turistas que siguen vagando sin rumbo. También los dejamos atrás. Recorremos varias calles con bares y música tecno a todo volumen, pasamos por delante de una especie de discoteca en la que hay una cola muy larga que da la vuelta a la esquina. Entramos en otro barrio donde los restaurantes tienen nombres escritos en árabe, en chino y en otros idiomas que no reconozco. Pasamos por tiendas de vapeo, tiendas de telefonía que parecen todas exactamente iguales, escaparates llenos de maniquíes con pelucas de diferentes estilos y tiendas de muebles baratos. Este no es el París turístico. Pasamos por un cruce en cuyo centro, en un trozo de hierba, hay un montón de tiendas de campaña raquíticas y un grupo de hombres cocinando cosas en una estufita improvisada, con las manos en los bolsillos, apiñados cerca del fuego para calentarse.

La chica nos lleva a un local de kebabs que abre toda la noche, con un luminoso parpadeante encima de la puerta, un par de mesitas metálicas al fondo y tiras de luces en el techo. Nos sentamos en una mesita de formica grasienta, en la esquina. Es difícil imaginar un lugar más alejado del glamur suavemente iluminado del club del que acabamos de salir. Quizá por eso lo ha elegido. Theo pide un cucurucho de patatas fritas para cada una. La chica coge un enorme puñado de las suyas, las sumerge en uno de los cuencos de salsa de ajo y luego, no sé cómo, se las mete todas con ansia en la boca.

—¿Quién es? —pregunta con la boca llena, señalando a Theo.

—Es Theo —le digo—. Trabaja con Ben. Me está ayudando. Yo soy Jess. ¿Cómo te llamas?

Un breve silencio.

—Irina.

Irina. El nombre me suena. Recuerdo lo que tenía escrito Ben en aquella hoja de cuentas que encontré en su diccionario. *Preguntar a Irina.*

—Ben dijo que volvería —dice de repente, con urgencia—. Dijo que volvería a por mí.

Hay algo en su expresión que reconozco. Vaya. Otra más que se ha enamorado de mi hermano.

—Dijo que me alejaría de ese lugar. Que me ayudaría a encontrar otro trabajo.

—Estoy segura de que estaba intentándolo —contesto con cautela. Suena muy propio de Ben, creo. Prometer cosas que no necesariamente puede cumplir—. Pero como te dije, ha desaparecido.

—¿Qué ha pasado? —pregunta—. ¿Qué creéis que le ha pasado?

—No lo sabemos —le digo—, pero encontré una tarjeta del club entre sus cosas. Irina, si hay algo que puedas decirnos, lo que sea, quizá nos sirva para encontrarle.

Nos mira a los dos como evaluándonos. Parece confusa por encontrarse de pronto en esta posición de poder, desconocida para ella. Y también parece asustada. Mira hacia atrás cada pocos segundos.

—Podemos pagarte —digo, y miro a Theo, que pone cara de fastidio y saca la cartera.

Después de que acordemos una suma en efectivo que le parece bien (deprimentemente pequeña, de hecho) y después de comerse las patatas fritas y acabar con nuestros dos cuencos de salsa de ajo, apoya una pierna contra la mesa como si quisiera protegerse. A través de una raja en la tela vaquera, se ve la piel de su rodilla, pálida y magullada. Esto, no sé por qué, me hace pensar en las rozaduras del patio de recreo, en la niña que fui hace no tanto tiempo.

—¿Tienes un cigarrillo? —le pregunta a Theo.

Le pasa uno y ella lo enciende. Mueve la rodilla contra la mesa, tan fuerte que el salero y el pimentero saltan arriba y abajo.

—Por cierto, has estado fantástica —comento, intentando empezar por un tema con el que se sienta segura—. Me refiero a tu actuación.

—Lo sé —dice, muy seria, asintiendo con la cabeza—. Soy muy buena. La mejor de La Petite Mort. Me formé como bailarina, antes, en mi país. Cuando vine por el trabajo, me dijeron que era para bailar.

—Al público parecía gustarle muchísimo el espectáculo —digo—. Tu número me pareció muy... —Intento dar con la palabra adecuada—. Sofisticado.

Levanta las cejas y luego emite una especie de risa (¡ja!) sin ningún humor.

—El espectáculo —murmura—. Eso es lo que quería saber Ben. Parecía que ya sabía algunas cosas. Creo que le habían contado algo.

—¿Algo de qué? —pregunto.

Da una larga calada al cigarrillo. Noto que le tiembla la mano.

—Que el espectáculo, que todo eso es solamente... —Parece estar buscando la expresión correcta—. Un escaparate... No. Como mirar escaparates. Pero eso no es lo que de verdad es ese sitio. Porque después bajan las escaleras. Los invitados especiales.

—¿Qué quieres decir? —Theo se inclina hacia delante—. ¿Qué invitados especiales?

Una mirada nerviosa a través de las ventanas que dan a la calle. Luego, de repente, se saca del bolsillo de la chaqueta los billetes que le ha dado Theo y se los tira.

—No puedo hacer esto...

—Irina —digo rápidamente, con cuidado—, no queremos meterte en ningún lío. Créeme. No vamos a contárselo a nadie. Solo intentamos averiguar qué sabía Ben, porque creo que eso podría ayudarnos a encontrarle. Cualquier cosa que puedas decirnos nos será útil. Estoy… muy preocupada por él. —Al decirlo se me quiebra la voz: no estoy fingiendo. Me inclino hacia ella y le suplicó—: Por favor. Por favor, ayúdanos.

Parece estar asimilando todo esto para tomar una decisión. Veo que respira hondo. Luego, en voz baja, comienza a hablar.

—Los invitados especiales pagan otra entrada. Son hombres ricos. Hombres importantes. Hombres casados. —Levanta la mano y se toca el dedo anular para recalcar sus palabras—. No sabemos cómo se llaman, pero sabemos que son importantes. Con… —Frota entre sí el pulgar y el índice: dinero—. Bajan las escaleras. Van a las otras habitaciones, a las de abajo. Les hacemos sentirse bien. Les decimos lo guapos y lo sexis que son.

—¿Y… —Theo carraspea— compran algo?

Irina le mira sin comprender.

Creo que ha intentado explicarlo con tanta delicadeza que ella no lo ha entendido.

—¿Pagan a cambio de sexo? —pregunto bajando la voz para demostrarle que entendemos su situación—. A eso se refiere.

Vuelve a mirar hacia las ventanas, hacia la calle oscura. Prácticamente está suspendida sobre su asiento, como si fuera a huir en cualquier momento.

—¿Quieres más dinero? —le pregunto. Me gustaría que pidiera más. Estoy segura de que Theo puede permitírselo.

Asiente rápidamente.

Le doy un codazo a Theo.

—Vamos.

Un poco a regañadientes, se saca otro par de billetes del bolsillo y los desliza por la mesa hacia ella. Entonces, casi como si estuviera leyendo una especie de guion, Irina dice:

—No. Es ilegal en este país. Pagar.

—Ah.

Theo y yo nos miramos. Creo que los dos estamos pensando lo mismo. «Entonces ¿qué...?».

Pero Irina no ha terminado.

—No pagan por eso. Son muy listos. Compran vino. Gastan muchísimo dinero en vino —dice abriendo las manos—. Hay un código. Si piden un vino más joven, ese es el tipo de chica que quieren. Si piden una añada «especial», significa que quieren... un extra. Y nosotras hacemos todo lo que quieren. Hacemos todo lo que nos piden. Somos suyas durante esa noche. Ellos eligen a la chica o las chicas que quieren y van a una habitación especial con cerradura en la puerta. O vamos a algún sitio con ellos. A un hotel, a un apartamento...

—Ah —dice Theo haciendo una mueca.

—Las chicas del club no tenemos familia. No tenemos dinero. Algunas han huido de casa. Algunas, muchas, somos ilegales. —Se inclina hacia delante—. También se quedan con nuestro pasaporte.

—O sea que no podéis salir del país —digo, y me vuelvo hacia Theo—. Qué puta mierda.

—De todos modos, no puedo volver allí —dice Irina de repente, con ferocidad—. A Serbia. En casa la... la situación no era buena —añade, a la defensiva—, pero nunca pensé... nunca pensé que acabaría así, en un lugar como ese. Saben que no vamos a ir a la policía. Uno de los clientes, algunas chicas dicen que es policía. Un policía importante. Otros sitios los cierran. Pero este no.

—¿Puedes demostrarlo? —pregunta Theo inclinándose hacia delante.

Ella mira hacia atrás y baja la voz. Luego asiente con la cabeza.

—Hice algunas fotos. Del que dicen que es policía.

—¿Tienes fotos? —Theo se inclina aún más, ansioso.

—Nos quitan los teléfonos, pero cuando empecé a hablar con Ben me dio una cámara. Iba a dársela a su hermano. —Duda un momento. Nos mira a nosotros y luego mira la ventana—. Más dinero —dice.

Ambas nos volvemos hacia Theo y esperamos mientras saca más dinero y lo pone sobre la mesa.

Irina mete la mano en el bolsillo de la chaqueta y luego la vuelve a sacar con el puño y los nudillos blancos. Con mucho cuidado, como si estuviera manipulando un explosivo, deja una tarjeta de memoria sobre la mesa y la empuja hacia mí.

—No son fotos muy buenas. Tuve que ser muy cuidadosa. Pero creo que es suficiente.

—Dámela —dice Theo extendiendo una mano.

—No —dice Irina, y me mira—. Él no. Tú.

—Gracias. —Cojo la tarjeta y me la guardo en el bolsillo de la chaqueta—. Lo siento —digo, porque de repente me parece importante decirlo—. Siento que te haya pasado esto.

Se encoge de hombros, encorvándose.

—Puede que sea mejor que otras cosas, ¿sabes? Por lo menos no vas a acabar asesinada al fondo de un callejón o en el Bois de Boulogne, o violada en un coche. Tenemos más control. Y a veces nos compran regalos para que nos sintamos mejor. A algunas chicas les dan ropa bonita y joyas… Algunas tienen citas y acaban siendo sus novias. Y todo el mundo es feliz.

Ella parece cualquier cosa menos feliz.

—Incluso hay una historia. —Se inclina un poco más hacia nosotros, baja la voz.

—¿Cuál? —pregunta Theo.

—Que la mujer del dueño era de allí.

La miro fijamente.

—¿De dónde? ¿Del club?

—Sí. Que era una de las chicas. Así que supongo que a algunas les va bien.

Intento asimilar lo que acaba de decir. ¿Sophie Meunier? Los pendientes de diamantes, las blusas de seda, la mirada gélida, el ático, esos aires que se da como si fuera mejor que los demás… ¿Era una de ellas? ¿Una trabajadora sexual?

—Pero no hay maridos ricos para todas. Algunos… se niegan a ponerse nada o se lo quitan cuando no miras. Y algunas chicas se ponen, ya sabéis…, enfermas.

—¿Te refieres a enfermedades de transmisión sexual? —pregunto.

—Sí. —Y luego añade en voz baja—: Yo cogí algo. —Tuerce el gesto, pone una mueca de asco y de vergüenza—. Entonces supe que tenía que irme. Además, algunas chicas se quedan embarazadas. Pasa a veces, ¿sabéis? También hay una historia sobre una chica, hace mucho tiempo. Puede que sea solo un rumor, pero dicen que se quedó embarazada y que quiso quedarse con el bebé, o quizá era demasiado tarde para hacer algo. Pues cuando se puso de… —Hace gestos como si se doblara de dolor.

—¿De parto?

—Sí. Cuando eso ocurrió fue al club. No tenía otro sitio donde ir. Cuando no tienes papeles, te da miedo ir al hospital. Tuvo el bebé en el club, pero dijeron que el parto fue mal. Había mucha sangre. Se llevaron su cuerpo, nadie sabe que existió. No pasó nada porque estaba en situación ilegal.

Santo Dios.

—¿Y le contaste todo eso a Ben? —le pregunto.

—Sí. Dijo que se encargaría de ponerme a salvo. Que me ayudaría. Un nuevo comienzo. Hablo inglés. Soy inteligente. Quiero un trabajo normal. De camarera o algo así. Porque… —Le tiembla la voz. Se lleva una mano a los ojos. Veo el brillo de las lágrimas. Se las limpia con la mano, casi con rabia, como si no tuviera tiempo para llorar—. No es para lo que vine a este país. Vine buscando una nueva vida.

Y aunque nunca lloro, siento un escozor en los ojos. La entiendo. Toda mujer se merece eso. La oportunidad de una nueva vida.

MIMI

Cuarto piso

Estoy aquí, sentada en mi cama, con la vista clavada en la oscuridad de su apartamento, recordando. En su ordenador portátil, hace tres noches, leí acerca de un lugar con una habitación cerrada. Sobre lo que ocurría en esa habitación. Sobre las mujeres. Y los hombres.

Sobre su relación con este lugar. Con esta familia.

Se me revolvió el estómago. No podía ser cierto lo que había escrito. Pero había nombres. Había detalles. Datos horribles. Y papá…

No. No podía ser cierto. Me negaba a creerlo. Tenía que ser mentira.

Y entonces vi mi nombre, igual que en su cuaderno, cuando me había parecido tan emocionante. Solo que ahora me llenó de miedo. De algún modo yo también estaba vinculada con ese lugar. Mi hermano mayor decía cosas horribles, pero yo siempre había pensado que eran insultos sin sentido. Ahora ya no estaba segura. No creía que pudiera seguir leyendo, pero sabía que tenía que hacerlo.

Lo que vi a continuación… Sentí que toda mi vida se derrumbaba. Si era cierto, explicaba perfectamente por qué siempre me había sentido como una extraña. Por qué papá siempre me había tratado como me trataba. Porque en realidad no era de una de ellas. Y había más: vislumbré una línea, algo sobre mi verdadera madre, pero no pude leerlo porque tenía los ojos llenos de lágrimas.

Me quedé paralizada. Entonces oí pasos fuera, acercándose a la puerta. *Merde.* Cerré de golpe el portátil. La llave giró en la cerradura. Había vuelto.

Dios, no podía verle en ese momento, estando así. Todo había cambiado entre nosotros, se había roto. Todo aquello en lo que creía acababa de hacerse añicos. Todo lo que conocía era mentira. Ya ni siquiera sabía quién era.

Entré corriendo en el dormitorio. No había tiempo... El armario. Abrí las puertas, me metí dentro y me encogí en la oscuridad.

Le oí poner un disco en el cuarto de estar y empezó a sonar la música igual que cada calurosa noche de verano, flotando hacia mí a través del patio. Como si la hubiera puesto para mí.

Sentí que se me rompía el corazón.

No podía ser cierto. No podía ser cierto.

Entonces, por encima del sonido de mi propia respiración, le oí entrar en la habitación. A través del ojo de la cerradura, le vi moverse. Se quitó la camisa. Vi su tripa, esa línea de vello en la que me había fijado el primer día. Pensé en la chica que era yo entonces, la que le había observado desde el balcón. La odié por ser una idiota, por no tener ni idea de nada. Una niña mimada. Creer que ella tenía problemas... Qué ingenua. Pero al mismo tiempo me dolía haberla perdido. Saber que nunca podría recuperarla.

Pasó cerca del armario (yo me encogí en las sombras) y luego se alejó de nuevo y entró en el baño. Oí que abría los grifos de la ducha. Ahora solo quería salir de allí. Tenía que aprovechar la oportunidad. Abrí la puerta del armario. Le oía moverse en el baño, oí que la mampara de la ducha se abría. Avancé de puntillas.

Tan silenciosa como pude. Entonces llamaron a la puerta del apartamento. *Putain.*

Volví corriendo al armario y me agazapé en la oscuridad.

Oí que se cerraban los grifos de la ducha. Oí que él iba a abrir y que saludaba a la persona que había llamado.

Y entonces oí la otra voz. La reconocí enseguida, claro. Estuvieron hablando un rato, pero no entendía lo que decían. Abrí un poco la puerta del armario, tratando de oírles.

Entonces entraron en el dormitorio. ¿Por qué? ¿Qué hacían allí? ¿Por qué entraban? Los entreví a través del ojo de la cerradura. Incluso viéndolos así, a retazos, noté que había algo extraño en su lenguaje corporal, algo que no conseguía descifrar. Pero sabía que algo iba mal. Que aquello no estaba bien.

Y entonces sucedió. Los vi moverse juntos. Vi que sus labios se encontraban. Tuve la sensación de que ocurría a cámara lenta. Me clavé las uñas con tanta fuerza en la palma de la mano que creí que iba a hacerme sangre. Aquello no podía estar pasando. No podía ser. Me hundí en la oscuridad, con el puño en la boca, mordiéndome los nudillos para no gritar.

Unos minutos después volví a oír el ruido de la ducha. Entraron en el baño y cerraron la puerta. Aquella era mi oportunidad. No me importaba arriesgarme, que me pillaran. Lo único que me importaba era salir de allí. Corrí como si de ello dependiera mi vida.

Cuando volví a mi cuarto, a mi apartamento, me derrumbé. Sollozaba tan fuerte que casi no podía respirar. El dolor me sobrepasaba, no podía soportarlo. Pensé en todos los planes que había hecho para nosotros. Sabía que él también había sentido que había algo especial entre nosotros aquella noche en el parque. Y ahora lo había roto. Lo había echado todo a perder.

Saqué los cuadros que había hecho de él y me obligué a

mirarlos. La pena se convirtió en rabia. Puto cabrón. Maldito *fils de pute* mentiroso. Todas esas mentiras horribles y retorcidas que había en su ordenador. Y luego mamá y él, los dos juntos así...

Me detuve, recordé lo que había visto en su portátil. La había llamado mamá, pero después de todo lo que había leído ni siquiera estaba segura de qué era para mí ahora.

No. No podía pensar en eso. No quería, no podía creerlo. Era demasiado doloroso. Solo podía concentrarme en mi ira: eso era algo puro, sin complicaciones. Saqué mi cuchillo de cortar lienzos. Está tan afilado que puedes cortarte con solo tocarlo con el pulgar. Lo acerqué al primer lienzo y lo rajé. Sentía todo el tiempo que él me miraba con esos ojos tan bonitos preguntándome qué estaba haciendo, así que los corté para no verlos más. Y luego los rajé todos, atravesando la tela con el cuchillo, y disfruté al oír cómo se rasgaba. Tiraba de la tela con las manos y el lienzo crujía mientras su cara y su cuerpo se hacían pedazos.

Me quedé temblando después.

Miré lo que había hecho, el desorden, su violencia. Sabía que eso había salido de mí. Sentí como si me recorriera una corriente eléctrica. Una sensación que era parecida al miedo y también a la excitación. Pero no era suficiente.

Sabía lo que tenía que hacer.

JESS

—Tengo que irme —dice Irina. Una mirada nerviosa a la calle oscura y vacía, más allá de las ventanas—. Llevamos demasiado rato hablando.

Me siento mal por dejar que se vaya sola por las calles. Es tan joven, tan vulnerable.

—¿Estás bien? —le pregunto.

Me lanza una mirada que parece decir: «Llevo mucho tiempo valiéndome sola, nena. En ese aspecto me fío más de mí misma que de nadie». Y hay en ella una especie de orgullo, de dignidad, mientras se aleja. Su porte, tan erguido. Será la postura de bailarina, supongo.

Pienso en que Ben prometió cuidar de ella. Yo también podría hacerle promesas, pero no sé si puedo cumplirlas y no quiero mentirle. Aun así, en este instante me prometo a mí misma que, si encuentro la manera de ayudarla, lo haré.

Mientras Theo y yo vamos hacia el metro, le doy vueltas a la cabeza repasando todo lo que nos ha contado Irina. ¿Lo saben todos? ¿Toda la familia? ¿Incluso el «bueno» de Nick? Pensarlo me da náuseas. Recuerdo cómo me dijo que estaba «en paro»;

evidentemente no le preocupaba mucho. Supongo que eso no te preocupa si no necesitas un sueldo; si tu estilo de vida se financia gracias a un montón de chicas que venden su cuerpo.

Y si la familia Meunier sabe que Ben descubrió la verdad sobre La Petite Mort, ¿qué puede haber hecho para impedir que un secreto así salga a la luz?

Miro a Theo.

—Si el reportaje de Ben se publicase, la policía tendría que actuar, ¿no? No importaría que los Meunier tengan contactos de alto nivel. Seguramente la opinión pública presionaría para que se investigara el asunto.

Asiente en silencio, pero noto que en realidad no me está escuchando.

—Así que tenía algo importante entre manos, después de todo —murmura rápidamente, casi para sí mismo.

Su tono suena muy distinto; no parece tan sardónico y negativo como normalmente. Parece... Intento encontrar la palabra correcta. ¿Emocionado? Vuelvo a mirarle.

—Esto va a ser un bombazo —añade—. Es un asunto muy gordo. Muy muy gordo. Sobre todo si están implicados personajes de las clases dirigentes. Es como el Club del Presidente, pero mucho más sórdido. Por cosas así se ganan premios...

Me paro en seco.

—¿Te estás quedando conmigo? —Siento que la ira me atraviesa—. ¿Te importa algo Ben? —Le clavo la mirada—. No, ¿verdad?

Abre la boca para decir algo, pero no quiero oír ni una palabra más.

—Uf. ¿Sabes lo que te digo? Que te vayas a la mierda.

Me alejo tan rápido como puedo con estos ridículos tacones. No sé muy bien a dónde voy y, cómo no, mi birria de teléfono se ha quedado sin datos, pero ya me las arreglaré. Prefiero eso a pasar ni un segundo más en su compañía, literalmente.

—¡Jess! —me llama.

Echo a correr a medias. Giro a la izquierda, hacia otra calle. Ya no le oigo, menos mal. Creo que es por aquí. El problema es que todas las tiendas de teléfonos cutres parecen iguales, sobre todo con las luces apagadas y el cierre bajado, y sin nadie alrededor. Hay un olor extraño que sale de algún sitio, un olor acre, como a plástico quemado.

Qué cabrón. Parece que estoy llorando. ¿Por qué coño estoy llorando? En realidad, siempre he sabido que no podía fiarme de él; sospeché que no era trigo limpio en cuanto nos conocimos. Así que no es ninguna sorpresa. Debe de ser por todo, por el estrés de estos últimos días. O por Irina, por el horror de lo que acaba de contarnos. O simplemente porque, aunque a medias lo veía venir, esperaba equivocarme, solo por esta vez.

Y ahora aquí estoy, sola otra vez. Como siempre.

Giro por otra calle. Dudo. Creo que esto no me suena, pero en esta ciudad parece que hay paradas de metro por todas partes. Seguro que si recorro un par de calles más encontraré alguna. Por entre los pensamientos furiosos que me bullen en la cabeza, noto vagamente que se oye jaleo cerca. Gritos y voces: ¿una fiesta callejera? Quizá debería ir hacia allí. Porque acabo de darme cuenta de que hay un tipo solitario que viene hacia mí desde el otro extremo de la calle con las manos en los bolsillos, y estoy segura de que no pasa nada, pero la verdad es que prefiero no comprobarlo.

Me desvío dirigiéndome hacia el ruido. Y cuando ya es demasiado tarde me doy cuenta de que no es una fiesta callejera. Veo una masa de gente corriendo hacia mí. Algunos llevan pasamontañas, gafas de natación o gorros de esquí. Enormes penachos de humo negro se elevan en el aire. Oigo gritos, chillidos, golpes sobre metal.

El calor se abalanza hacia mí rugiendo como una ola inmensa y veo el fuego en medio de la calle: las llamas llegan hasta las ventanas del segundo piso de los edificios de enfrente. En el centro se distingue apenas el esqueleto ennegrecido de un furgón policial volcado e incendiado.

Ahora distingo a los antidisturbios acercándose a los manifestantes. Llevan casco y visera de plástico y blanden las porras. Oigo el latigazo de las porras al golpear. Y mezclado con el humo negro veo un vapor distinto, grisáceo, que se expande en todas direcciones y que viene hacia mí. Por un momento me quedo parada, congelada, mirándolo todo. La gente corre hacia aquí y me esquiva. Empujan, gritan desesperados, se tapan la boca con el pañuelo o la camiseta. A mi lado, un tío se gira y lanza algo (¿una botella?) hacia la policía.

Me doy la vuelta y sigo a los demás, intentando correr, pero hay demasiados cuerpos y el vapor gris me alcanza, se arremolina a mi alrededor. Empiezo a toser y no puedo parar; siento que me ahogo. Me escuecen los ojos, me lloran tanto que casi no veo. Entonces choco contra otro cuerpo, con alguien parado en medio de la estampida. Reboto hacia atrás, sin respiración por el impacto. Luego miro hacia arriba por entre las lágrimas, entrecerrando los ojos.

—¡Theo!

Me agarra de la manga de la chaqueta y yo me aferro a él. Nos damos la vuelta y avanzamos a trompicones, medio corriendo, sin dejar de toser y resoplar. De algún modo encontramos una bocacalle y conseguimos separarnos del torrente de gente.

Unos minutos después cruzamos la puerta de un bar cercano. Me siguen llorando los ojos. Miro a Theo y veo que también los tiene enrojecidos.

—Gas lacrimógeno —dice mientras se los frota con el antebrazo—. ¡Joder! —La gente se gira en sus taburetes para mirarnos—. Tenemos que lavarnos los ojos para quitárnoslo. Enseguida.

Sin decir nada, el camarero nos indica por dónde ir.

Solo hay un aseo, bastante grande. Abrimos el grifo y nos lavamos la cara inclinándonos a la vez sobre el pequeño lavabo. Oigo una respiración agitada. No sé si es la mía o la suya.

Parpadeo. El agua ha aliviado un poco el picor. Y ahora, cuando mi pulso vuelve a la normalidad, recuerdo que no quiero estar en la compañía de este tipo. Voy a tientas hacia la puerta.

—Jess —dice—, sobre lo de antes...

—No. Nada. Que te den.

—Por favor, escúchame.

Por lo menos parece un poco avergonzado. Levanta una mano, se seca los ojos. El hecho de que por culpa del gas lacrimógeno parezca que ha estado llorando le da un aspecto muy extraño. Empieza a hablar rápidamente, como si quisiera desahogarse por completo antes de que pueda cortarle:

—Por favor, deja que te lo explique. Mira, este trabajo es un auténtico coñazo, hundió mi última relación y además se gana una miseria, pero de vez en cuando aparece algo así y consigues desenmascarar a los malos y de repente parece que todo vale la pena. Sí, me doy cuenta de que no es excusa. Me he dejado llevar por el entusiasmo. Lo siento.

Miro al suelo, con los brazos cruzados.

—Si te digo la verdad, no le tenía mucho aprecio a tu hermano. Una habilidad clave para ser periodista es ser capaz de calar a la gente. ¿Y puedo serte brutalmente sincero? Ben siempre daba la impresión de ser un egoísta absoluto. Siempre buscando trepar.

Le odio por decirlo, sobre todo porque una parte de mí sospecha que quizá tenga razón.

—¿Cómo te atreves...?

—No, no, déjame terminar. Al principio, cuando me habló de esa primicia que tenía entre manos, no me lo creí mucho. También es un poco embustero, ¿no? Pero cuando me pusiste ese mensaje de voz, pensé que sí, que ahí podía haber una historia. Que quizá se había visto envuelto en algo turbio. Y que después de todo podía valer la pena ver a dónde llevaba todo esto. Así que no, tu hermano no me preocupaba. Pero ¿sabes qué, Jess? Quiero ayudarte.

—Venga ya...

—No, escucha. Quiero ayudarte porque creo que te mereces un respiro y porque también creo que eres muy valiente y muy buena persona.

—¡Ja! Eso es porque no me conoces en absoluto.

—¿Es que alguien conoce de verdad a alguien? Yo no soy mal tío, Jess. Tampoco soy del todo bueno, si te digo la verdad, pero... —Tose y mira al suelo.

Le echo una mirada. ¿Está intentando embaucarme? Otra vez me lagrimean los ojos, y no quiero que piense que estoy llorando.

—Ay, joder. —Hago una mueca de dolor mientras me froto los ojos.

Se acerca a mí.

—Oye, ¿me dejas que te los mire?

Me encojo de hombros.

Acerca una mano y me levanta la barbilla.

—Sí, los tienes todavía bastante rojos, pero creo que el gas no nos dio de lleno, menos mal. El efecto debería pasarse pronto.

Su cara está muy cerca de la mía. Y no estoy muy segura de cómo sucede, pero hace un momento estaba sujetándome la barbilla con una delicadeza sorprendente y mirándome y ahora, de pronto, parece que le estoy besando y sabe a tabaco y al vino del club, que de repente es uno de los mejores sabores que se me ocurren, y como es mucho más alto que yo tengo el cuello torcido, pero me da igual; de hecho me gusta, porque todo esto es muy excitante (superexcitante) y también rarísimo en muchos sentidos. Entre otras cosas, porque llevo puesta la ropa de su exnovia.

Y aunque es mucho más grande que yo, soy yo quien le empuja contra el lavabo y él me deja y mete una de sus manazas entre mi pelo y yo cojo su otra mano y la meto debajo de este absurdo minivestido. Y solo entonces nos acordamos de que deberíamos cerrar el pestillo de la puerta.

SOPHIE

Ático

Los demás se han ido. He mandado a Mimi a su apartamento, para que espere allí. No quiero que presencie lo que va a pasar. Mi hija es muy frágil. Nuestra relación también. Tenemos que encontrar una nueva forma de convivir.

Entro en el cuarto de baño y me miro al espejo, agarrada a los lados del lavabo. Me veo pálida y demacrada. Aparento los cincuenta años que tengo, ni uno menos. Si Jacques estuviera aquí ahora mismo, se quedaría horrorizado. Me atuso el pelo. Me pongo perfume detrás de las orejas y en las muñecas. Me maquillo la frente para que no brille. Luego cojo el carmín y me pinto los labios. Mi mano vacila solo una vez. Por lo demás, soy tan precisa como siempre.

Luego vuelvo al salón. La botella de vino sigue sobre la mesa. Otra copa, para ayudarme a pensar.

Me sobresalto al darme cuenta de que no estoy sola. Antoine está de pie junto a los ventanales, observándome: una presencia maligna. Debió de quedarse después de que los otros dos se fueran.

—¿Qué haces aquí? —le pregunto. Intento controlar mi voz, aunque noto cómo me tiembla el pulso en la garganta.

Avanza hacia mí bajo los focos. La marca de mi mano sigue rosada en su mejilla. No me enorgullezco de haber perdido así el

334

dominio de mí misma. Me ocurre muy pocas veces. Con el paso de los años he aprendido a mantener mis emociones a raya. Pero en las raras ocasiones en que me provocan en exceso, parece que pierdo todo sentido de la proporción. La rabia se apodera de mí.

—Ha sido divertido —dice acercándose todavía más.

—¿Qué ha sido divertido?

—Bueno… —La sonrisa que me lanza hace que parezca un desequilibrado—. Seguramente ya lo habrás adivinado, después de lo de la fotografía del despacho de papá. Ya sabes. Dejarte esas notitas en el buzón y debajo de la puerta. Esperar para recoger la pasta. Me encanta cómo me envuelves el dinero. Esos sobres de color crema tan bonitos. Todo muy discreto.

Me quedo mirándole, atónita. Siento como si todo acabara de ponerse patas arriba.

—¿Tú? ¿Eras tú todo el tiempo?

Hace una reverencia burlona.

—¿Te sorprende? ¿Que me haya atrevido a tanto? ¿Una flor de invernadero, un inútil como yo? Incluso me las he arreglado para no contárselo a nadie… hasta ahora. No quería que mi querido hermano intentara sacar también tajada. Porque, como bien sabes, él es tan… ¿Qué palabra empleaste? Tan sanguijuela como yo. Solo que es más hipócrita y lo disimula mejor.

—Tú no necesitas dinero —le digo—. Tu padre…

—Eso es lo que tú crees, pero, verás, hace unas semanas tuve el presentimiento de que Dominique estaba a punto de dejarme. Y, como sospechaba, está intentando desplumarme por completo. Siempre ha sido una zorrita muy avariciosa. Y mi querido papá es un puto tacaño. Así que quería tener un poco de dinero extra, ¿sabes? Para ahorrar.

—¿Te lo dijo Jacques?

—No, no. Lo averigüé todo por mi cuenta. Encontré los registros. Papá guarda anotaciones muy precisas, ¿no lo sabías? De los clientes, pero también de las chicas. Siempre tuve mis sospechas sobre ti, pero quería pruebas. Así que buceé en los archivos. Encontré los datos de una tal Sofiya Volkova, que «trabajó» —dice entrecomillando la palabra con un gesto— en el club hace casi treinta años.

Ese nombre. Pero Sofiya Volkova ya no existe. La dejé allí, encerrada en ese lugar, con la escalera que bajaba hacia lo profundo de la tierra, las paredes de terciopelo, la habitación cerrada.

—El caso es —continúa Antoine— que soy mucho más despierto de lo que cree la gente. Veo mucho más de lo que se imaginan. —Otra vez esa sonrisa de demente—. Pero eso ya la sabías, ¿no?

JESS

Theo y yo vamos juntos hacia el metro. Es curioso que dos personas puedan sentirse de repente tan tímidas, tan inseguras de qué decirse la una a la otra después de haberse acostado (aunque a lo que acabamos de hacer contra el lavabo no se le pueda llamar «acostarse»). Me siento como una tonta cuando pienso en el tiempo que acabamos de perder, aunque la verdad es que ninguno de los dos ha tardado mucho. También me siento como si le hubiera pasado a otra persona. Sobre todo ahora que he vuelto a ponerme mi ropa de siempre.

Theo se gira para mirarme, con una expresión solemne.

—Jess, está claro que no puedes volver a ese sitio. Sería como volver a la boca del lobo, una locura. —Ya no habla con ese deje sardónico y burlón, sino con ternura—. No te lo tomes a mal, pero me pareces el tipo de persona que puede ser un poco… imprudente. Sé que seguramente piensas que es la única manera de ayudar a Ben y es realmente encomiable…

Le miro sorprendida.

—¿Encomiable? No estoy intentando ganar un premio escolar, joder. Es mi hermano. Es literalmente la única familia que tengo en este mundo.

—Vale. —Levanta las manos—. No era la palabra acertada,

337

está claro, pero esto es muy muy peligroso. ¿Por qué no vienes a mi casa? Tengo un sofá. Seguirás estando en París. Podrás buscar a Ben. Y hablar con la policía.

—¿Qué? ¿Con la misma policía que supuestamente conoce la existencia de ese lugar y no ha hecho nada al respecto? ¿La que muy bien podría estar metida en este asunto? Sí, eso sería super-útil.

Bajamos las escaleras del metro, hasta el andén. Está casi totalmente vacío, solo hay un borracho canturreando en el andén de enfrente. Oigo el retumbar de un tren que se acerca, lo noto detrás del esternón.

Entonces, de repente, tengo una sensación clarísima de que va a pasar algo malo, aunque no sepa qué es. Una especie de sexto sentido, supongo. Luego oigo otra cosa: unos pies corriendo. Varios pares de pies corriendo.

—Theo —digo—, mira, creo que…

Pero sucede antes de que me salgan las palabras. Cuatro tipos enormes le tiran al suelo. Veo que llevan uniforme de policía y que uno de ellos levanta triunfalmente en el aire una bolsita llena de algo blanco.

—¡Eso no es mío! —grita Theo—. ¡Me lo habéis puesto vosotros! ¡Hijos de…!

Pero sus siguientes palabras quedan ahogadas y un momento después se oye un gemido de dolor cuando un policía le estampa la cara contra la pared mientras otro le pone las esposas. El tren está entrando en el andén. Veo que la gente del vagón más cercano mira por las ventanillas.

Entonces otro hombre se acerca a nosotros desde las escaleras que llevan al andén: un hombre mayor, vestido con un traje elegante y un abrigo gris igual de elegante. Ese pelo canoso y bien recortado, esa cara de pitbull. Yo le conozco. Es el tipo que nos atendió en comisaría a Nick y a mí. El comisario Blanchot.

Ahora, al pensar frenéticamente, me doy cuenta de otra cosa.

La figura que creí reconocer entre el público del club, justo antes de que se apagaran las luces. Era él. Debe de llevar toda la noche siguiéndonos.

Los dos policías que no están sujetando a Theo empiezan a acercarse a mí: ha llegado mi turno. Sé que solo tengo unos segundos para actuar. Las puertas del tren se abren. De repente, una multitud de manifestantes sale del vagón portando pancartas y armas improvisadas.

Theo consigue girar la cabeza hacia mí.

—¡Jess, súbete al puto tren! —grita farfullando con el labio partido.

El policía que tiene detrás le da un rodillazo en la espalda. Se desploma sobre el andén.

Dudo un momento. No puedo dejarle aquí…

—¡Sube al puto tren, Jess! No va a pasarme nada. ¡Y ni se te ocurra volver allí!

El policía que tengo más cerca se lanza hacia mí. Me aparto rápidamente, luego me giro y me abro paso entre el gentío que se acerca. Subo de un salto al vagón justo antes de que se cierren las puertas.

SOPHIE

Ático

—Bueno —dice Antoine—, aunque he disfrutado mucho de nuestra pequeña charla, ahora quiero mi dinero, por favor. —Extiende la mano—. He pensado venir a recogerlo en persona. Porque llevo tres días esperando. Las otras veces has sido tan puntual, tan diligente… He dejado pasar un día porque había circunstancias atenuantes, claro, pero no puedo esperar eternamente. Mi paciencia tiene un límite.

—No lo tengo —digo—. No es tan fácil como crees…

—Yo creo que es fácil de cojones. —Señala el apartamento con un gesto—. Mira este lugar.

Me quito el reloj y se lo doy.

—Muy bien. Toma esto. Es un Cartier Panthère. Le… le diré a tu padre que lo he llevado a reparar.

—*Mais non.* —Levanta una mano con un gesto remilgado y burlón—. No voy a ensuciarme las manos. A fin de cuentas soy hijo de mi padre, como bien sabes. Quiero otro bonito sobre de color crema lleno de dinero, por favor. Es tan parecido a ti… Tan elegante por fuera y tan manoseado y sucio por dentro.

—¿Qué he hecho para que me odies tanto? —le pregunto—. No te he hecho nada.

Se ríe.

—¿Me estás diciendo que de verdad no lo sabes? —Se inclina un poco más y noto el olor a alcohol de su aliento—. No eres nada, nada, comparada con mi madre. Ella pertenecía a una de las mejores familias de Francia. Un verdadero linaje francés, grande, orgulloso y noble. ¿Sabes que la familia cree que la mató él? Los mejores médicos de París no pudieron averiguar por qué estaba tan enferma. Y cuando murió la reemplazó por… por ti. La verdad es que no me hacía falta ver esos registros. Supe lo que eras desde el momento en que te conocí. Lo adiviné por tu olor.

Me dan ganas de abofetearle otra vez, pero no quiero volver a perder el control, no puedo permitírmelo.

—Qué decepción va a llevarse tu padre contigo —contesto.

—Bah, no me hables de decepción. Conmigo esa jugada no va a funcionarte. Está decepcionado conmigo desde que salí del *chatte* de mi pobre madre. Y no me ha dado nada, joder. Por lo menos, nada que no estuviera envuelto en culpa y reproches. Lo único que me ha dado es su amor por el dinero y un puto complejo de Edipo.

—Si se entera de esto, de que me estás amenazando, te desheredará.

—Pero no va a enterarse, ¿verdad? No puedes decírselo, de eso se trata. No puedes dejar que se entere. Porque hay muchas cosas que yo podría contarle. Cosas que han pasado entre las paredes de este apartamento. —Pone una expresión pensativa—. ¿Cómo es ese refrán? *Quand le chat n'est pas là, les souris dansent…* Cuando el gato no está, los ratones bailan. —Saca su teléfono y lo mueve delante de mi cara. El número de Jacques, ahí, en la pantalla.

—No te atreverás —le digo—. Porque entonces no recibirías el dinero.

—¿Y no se trata de eso, precisamente? El huevo y la gallina, *ma chère belle-mère*. Tú pagas y yo no lo cuento. Porque no quieres que le cuente a papá esas otras cosas que sé, ¿verdad?

Me mira con lascivia, como aquella noche que salí del apartamento del tercer piso y de pronto emergió de las sombras del rellano. Me miró de arriba abajo, como ningún hijastro debería mirar a su madrastra.

—Tienes corrido el carmín, *ma chère belle-mère* —dijo con una sonrisa malévola—. Justo ahí.

—No —le digo ahora—. No te voy a dar más.

—¿Perdón? —Se pone una mano detrás de la oreja—. Lo siento, no te he entendido bien.

—No, no vas a tener ese dinero. No te lo voy a dar.

Frunce el ceño.

—Entonces, se lo diré a mi padre. Le contaré lo otro.

—No, no lo harás. —Sé que estoy en territorio peligroso, pero no puedo resistirme a decirlo. Sé que va de farol.

Asiente lentamente, mirándome como si yo fuera demasiado estúpida para entenderle.

—Te aseguro que lo haré, no te quepa ninguna duda.

—Muy bien, pues mándale un mensaje ahora mismo.

Veo que su cara se crispa con un espasmo de confusión.

—Maldita imbécil —me espeta—. ¿A ti qué te pasa?

Pero de repente parece indeciso. Incluso asustado.

Le hablé a Benjamin Daniels de Sofiya Volkova. Ese fue mi acto más imprudente. Más que todo lo que hice con él. Nos habíamos duchado juntos esa tarde y él me había lavado el pelo. Puede que fuera ese gesto tan sencillo (mucho más íntimo que el sexo, en cierto modo) lo que liberó algo dentro de mí. Lo que me animó a hablarle de la mujer que creía haber dejado atrás, en una habitación cerrada, bajo una de las calles más adineradas de la ciudad. Al hacerlo, sentí de repente que era yo quien tenía el control. Fuera quien fuese mi chantajista, ya no tendría todas las cartas de la baraja. Era yo quien estaba contando la historia.

—Jacques me eligió a mí —dije—. Podía haber elegido a cualquier chica, pero me eligió a mí.

—Pues claro que te eligió a ti —contestó Ben mientras trazaba filigranas con el dedo en mi hombro desnudo.

Puede que solo me estuviera halagando, pero con los años yo había llegado a entender qué había visto mi marido en mí. Era mucho mejor tener una segunda esposa que nunca le haría sentirse inferior, que procediera de una posición tan por debajo de la suya que siempre le estaría agradecida. Alguien a quien él pudiera moldear a su antojo. Y yo estaba encantada de que me moldearan. De convertirme en la señora Sophie Meunier, con sus fulares de seda y sus pendientes de diamantes. Podría dejar ese lugar muy atrás. No acabaría como las otras. Como la pobre infeliz que había dado a luz a mi hija.

O eso creía yo. Hasta que esa primera nota me hizo ver que mi pasado pendía sobre mi vida como una espada, lista para traspasar en cualquier momento el espejismo que había creado.

—Háblame de Mimi —murmuró Ben junto a mi nuca—. No es tuya, ¿verdad? ¿Cómo encaja ella en todo esto?

Me quedé muy quieta. Ese fue su gran error, lo que finalmente me sacó de mi trance con una sacudida. De pronto me di cuenta de que yo no era la única persona con la que había estado hablando. Comprendí lo estúpida que había sido. Estúpida, solitaria y débil. Me había sincerado con aquel hombre, con aquel desconocido, con alguien a quien todavía no conocía de verdad a pesar de los ratos que habíamos pasado juntos. Al echar la vista atrás, me doy cuenta de que tal vez incluso cuando me habló de su infancia estaba expurgando los hechos, editándolos; de que había una parte de él que se me escapaba, que era siempre una incógnita. Me ofrecía bocados selectos, lo justo para que, a cambio, yo me desahogara con él. Por amor de Dios, era periodista. ¿Cómo pude ser tan tonta? Al contarle mi vida, le había entregado el poder. No solo había arriesgado mi forma de vida, todo lo que había construido para mí misma. También había puesto en peligro todo lo que quería para mi hija.

Supe lo que tenía que hacer.

Igual que sé lo que tengo que hacer ahora. Me armo de valor y le lanzo a Antoine una mirada fulminante. Puede que sea más alto que yo, pero noto que se acobarda. Creo que acaba de darse cuenta de que ya no puede intimidarme.

—Escribe a tu padre o no lo hagas —le digo—. A mí me da igual. De todos modos, no voy a darte ni un euro más. Y en este momento creo que todos tenemos asuntos más importantes en los que centrarnos. ¿No? Ya sabes lo que opina Jacques al respecto. La familia es lo primero.

JESS

Estoy de vuelta aquí, en esta calle tranquila, con sus preciosos edificios. Esa sensación familiar se apodera de mí: el resto de la ciudad, del mundo, parece muy lejano.

Pienso en lo que me ha dicho Theo: «Pareces el tipo de persona que puede ser un poco imprudente». Me enfadé cuando lo dije, pero tiene razón. Sé que hay una parte de mí que se siente atraída por el peligro, que incluso lo busca.

Puede que sea una locura. Quizá, si no acabaran de detener a Theo, me habría ido a su casa, como él decía, y habría dormido en su sofá. O quizá no. Pero tal y como están las cosas no tengo ningún otro sitio al que ir. Sé que no puedo acudir a la policía. Y también sé que, si quiero averiguar qué le pasó a Ben, mi única opción es este lugar. La clave está en este edificio, estoy segura. Huyendo no encontraré ninguna respuesta.

También tuve un presentimiento ese día, con mamá. Esa mañana estuvo muy rara. Melancólica. Distinta. Tenía una sonrisa soñadora, como si ya estuviera en otro lugar. Algo me decía que no debía ir al colegio. Que falsificara una nota diciendo que estaba enferma, como había hecho otras veces. Pero mi madre no estaba triste ni asustada. Solo un poco ida. Y era el día de los deportes en el colegio y en aquel entonces a mí se me daban muy bien los deportes y era verano y no quería estar con mamá cuando se ponía así. Por lo que me fui al colegio y durante unas horas me olvidé por completo de que mamá existía, me olvidé de todo menos de mis amigos y de la carrera de tres piernas y la carrera de sacos y todas esas chorradas.

En cuanto llegué a casa a las cuatro menos diez, lo supe. Antes incluso de llegar al dormitorio. Antes de forzar la cerradura y abrir la puerta. Creo que es posible que hubiera cambiado de opinión, que recordara que tenía hijos que la necesitaban más de lo que ella necesitaba irse. Porque no estaba tumbada tranquilamente en la cama. Parecía una instantánea de una persona nadando a crol, congelada en el acto de nadar hacia la puerta.

No volveré a hacer caso omiso de un presentimiento.

Si le han hecho algo a Ben, sé que soy yo quien puede destaparlo, no la policía a la que tienen comprada. Nadie más que yo. No tengo nada que perder, en realidad. Además, ahora siento una especie de atracción hacia este lugar. El impulso de volver a la boca del lobo, como dijo Theo. Pensé que sonaba melodramático cuando lo dijo, pero, al pararme en la puerta y mirar hacia arriba, me parece que tiene razón. Es como si este lugar, este edificio, fuera una enorme bestia dispuesta a tragarme entera.

Cuando entro en el edificio no hay rastro de nadie, ni siquiera de la portera. Las luces están apagadas en los apartamentos de arriba. Está todo silencioso como una tumba, igual que la noche que llegué. Es tarde, supongo. Me digo que debe de ser solo mi imaginación la que hace que el silencio parezca tan denso, como si el edificio hubiera estado esperándome.

Me dirijo hacia la escalera. Qué raro. Algo atrae mi mirada en la penumbra. Un montón grande de ropa al pie de la escalera, esparcido por la alfombra. ¿Qué narices hace eso ahí?

Acerco la mano al interruptor de la luz. Las luces se encienden parpadeando.

Miro el montón de ropa vieja. Se me encoge el estómago. Aún no veo lo que es, pero enseguida lo sé, lo sé sin más. Sea lo que sea lo que hay al pie de la escalera es algo malo. Algo que no quiero ver. Me acerco como si avanzara con esfuerzo en el agua, resistiéndome y al mismo tiempo sabiendo que tengo que ir a mirar. Voy distinguiéndolo con más claridad a medida que me acerco. Hay una forma sólida visible dentro de la blandura de la tela.

«Dios mío». No sé si lo susurro en voz alta o si solo suena dentro de mi cabeza. Ahora veo con claridad espantosa que es la forma de una persona. Tumbada boca abajo, tendida sobre las baldosas. No se mueve. No se mueve en absoluto.

Otra vez no. Ya he pasado por esto. El cuerpo delante de mí, tan horriblemente quieto. «Dios mío, Dios mío». Veo manchitas bailar delante de mis ojos. «Respira, Jess, respira». Quiero gritar con todo mi ser, huir de aquí. Me obligo a agacharme. Hay alguna posibilidad de que todavía esté viva… Me agacho y acerco una mano, le toco el hombro.

Siento que la bilis me sube por la garganta, dándome arcadas. Trago saliva con fuerza. Le doy la vuelta a la portera. Su cuerpo se mueve como si fuera un montón suelto de ropa vieja, desmadejadamente, sin sentido. Hace un par de horas me advirtió que tuviera cuidado. Estaba asustada. Y ahora está…

Le pongo dos dedos en el cuello, segura de que no voy encontrar nada…

Pero me parece sentir algo. ¿Es eso? Sí, lo noto bajo la yema de los dedos: un temblor, un pulso. Débil pero muy claro. Todavía está viva, aunque por poco.

Miro arriba, a la escalera oscura, hacia los apartamentos. Sé que no ha sido un accidente. Sé que lo ha hecho uno de ellos.

JESS

—¿Me oye? —Dios, me doy cuenta de que ni siquiera sé cómo se llama la mujer—. Voy a llamar a una ambulancia.

Parece inútil. Estoy segura de que no me oye. Pero veo que sus labios empiezan a separarse, como si intentara decir algo.

Me llevo la mano al bolsillo para sacar el móvil.

Pero no está. El bolsillo de mi chaqueta está vacío. ¿Qué coño...?

Rebusco en los bolsillos de mis vaqueros. Tampoco hay nada. Vuelvo a buscar en la chaqueta. No, no está. No está por ninguna parte.

Y entonces me acuerdo. Se lo entregué al portero del club porque, si no, no nos dejaba entrar. Nos echaron antes de que tuviera oportunidad de recuperarlo y de todos modos estoy segura de que no me lo habrían devuelto.

Cierro los ojos y respiro hondo. Vale, Jess, piensa. Piensa. Está bien. No pasa nada. No necesitas el teléfono. Puedes salir a la calle y pedirle a alguien que llame a una ambulancia.

Abro la puerta de un empujón y cruzo corriendo el patio hasta la entrada. Tiro del picaporte. Pero no se abre. Tiro más fuerte: nada. No se mueve ni un milímetro. Han bloqueado la puerta de acceso, es la única explicación. Supongo que el mismo mecanismo que permite abrirla con el código también sirve para bloquearla. Intento usar la lógica, pero es difícil porque el pánico se está apoderando de mí. La puerta es la única forma de salir de este lugar. Y, si está bloqueada, estoy atrapada aquí dentro. No tengo modo de salir.

¿Podría escalarla? Miro hacia arriba esperanzada, pero es una plancha de hierro, no hay nada en lo que apoyarse. Además, tiene pinchos antiescalada en la parte de arriba y hay trozos de cristal a lo largo de la pared, a ambos lados, que me destrozarían si intentara saltar.

Vuelvo corriendo al interior del edificio, a la escalera.

Cuando llego, veo que la portera ha conseguido incorporarse; tiene la espalda apoyada en la pared, cerca del pie de la escalera. Incluso en la penumbra distingo el corte en la frente, donde su cabeza ha golpeado contra el suelo de piedra.

—No, ambulancia no —susurra sacudiendo la cabeza—. Ambulancia no. Policía no.

—¿Está loca? Tengo que llamar…

Me interrumpo, porque acaba de mirar hacia la escalera, detrás de mí. Sigo su mirada. Nick está ahí de pie, al final del primer tramo de peldaños.

—Hola, Jess —dice—. Tenemos que hablar.

NICK

Segundo piso

—Eres un animal —dice ella—. ¿Has sido tú? ¿De qué coño vas?

Levanto las manos.

—No, no he sido yo. Solo me la he encontrado así.

Ha sido Antoine, por supuesto. Se le ha ido la mano, como siempre. Empujar así a una anciana, por el amor de Dios.

—Tiene que haber sido un… un terrible accidente. Mira, tengo que explicarte algunas cosas. ¿Podemos hablar?

—No —contesta—. No, no quiero hablar contigo, Nick.

—Por favor, Jess. Por favor. Tienes que confiar en mí.

Necesito que se calme. Que no se precipite. Que no me obligue a hacer algo de lo que me arrepienta. Además, sigo sin saber si lleva un teléfono encima o no.

—¿Confiar en ti? ¿Como confié cuando me llevaste a ver a ese policía corrupto? ¿Cuando me ocultaste que erais todos de la misma familia?

—Mira, Jess, puedo explicártelo todo. Tú solo… ven conmigo. No quiero que nadie más salga herido, de verdad.

—¿Qué? —Señala a la portera—. ¿Como ella? ¿Y como Ben? ¿Qué le habéis hecho a Ben? Es tu amigo, Nick.

—¡No! —grito. Me he esforzado tanto por mantener la

350

calma, por controlarme…—. No era mi amigo. Nunca fue mi amigo.

Ni siquiera intento mantener a raya la amargura.

Hace tres noches mi hermanita Mimi vino a contarme lo que había encontrado en su ordenador.

—Dice que… que nuestro dinero no procede del vino, sino de… de las chicas. De hombres que compran chicas, no vino. Ese lugar horrible, ese club… *Ce n'est pas vrai*. No puede ser verdad, Nick, dime que no es verdad. —Sollozaba mientras intentaba hablar—. Y dice… —Luchó por respirar—. Dice que en realidad no soy hija suya…

Supongo que Antoine y yo siempre hemos sabido lo de Mimi. Imagino que todas las familias tienen secretos de ese tipo, mentiras acordadas de las que nunca se habla en voz alta. La verdad es que teníamos muchísimo miedo. Recuerdo que, cuando éramos poco más que unos niños, Antoine hizo un comentario, alguna insinuación, y nuestro padre lo oyó. Le dio una bofetada tan fuerte que le lanzó al otro lado de la habitación. Desde entonces nunca se ha vuelto a mencionar el asunto. Es solo un esqueleto más arrojado al fondo del armario.

Evidentemente, Ben había estado muy ocupado. Por lo visto había descubierto más sobre papá y sus negocios de lo que yo mismo sabía. Claro que nunca he querido conocer a fondo los deplorables detalles. A lo largo de los años, he procurado mantenerme todo lo alejado posible de ese asunto, saber lo menos posible. Aun así, todo estaba relacionado con lo que le conté en la más estricta intimidad diez años antes, en un *coffee shop* de Ámsterdam. La confesión que, con la mano en el corazón, me había prometido no revelarle a nadie. El secreto central de mi familia. Mi mayor y más terrible fuente de vergüenza.

Todavía recuerdo las palabras de mi padre cuando tenía

dieciséis años, ante aquella puerta cerrada al pie de la escalera de terciopelo. «Ah, conque crees que puedes despreciar esto, ¿eh?», dijo mofándose de mí. «¿Crees que estás por encima de todo esto? ¿Y de dónde crees que sale de verdad el dinero para pagar ese colegio tan caro, la casa en la que vives, la ropa que llevas? ¿De unas botellas viejas y polvorientas? ¿De la preciosa herencia de tu santa madre? No, hijo mío. De aquí es de donde sale. ¿Crees que eres inmune? ¿Que eres demasiado bueno para todo esto?».

Yo sabía muy bien lo que había sentido Mimi al leer aquello en el ordenador de Ben. Al descubrir las raíces de nuestra riqueza, de nuestra identidad. Al averiguar que todo se pagaba con dinero sucio. Es como una enfermedad, como un cáncer que se extiende y nos hace enfermar a todos.

Pero al mismo tiempo no puedes elegir de dónde vienes. Siguen siendo la única familia que tengo.

Cuando Mimi me contó lo que había leído, todo lo que había pasado (el mensaje de Ben hace unos meses, nuestro encuentro en el bar, su traslado a este edificio) se reveló de repente como algo que no era fruto de una feliz coincidencia, sino de un plan calculado, con un objetivo claro. Me había utilizado para satisfacer sus ambiciones. Y ahora iba a destruir a mi familia. Y al parecer no le importaba destruirme también a mí, de paso.

Volví a pensar en ese viejo dicho francés acerca de la familia. *La voix du sang est la plus forte*: la voz de la sangre es la más fuerte. No tenía elección.

Sabía lo que tenía que hacer.

Igual que sé lo que tengo que hacer ahora.

JESS

—Por favor, Jess —dice Nick en un tono razonable—, escúchame. Voy a bajar para que charlemos.

Por un momento pienso que, por el hecho de que sean familia, no todos tienen que ser responsables de lo que ha pasado aquí. Recuerdo que Nick me dijo de pasada que su padre era «un poco cabrón»: está claro que no están de acuerdo en todo. Tal vez haya sacado conclusiones precipitadas; puede que la portera se haya caído de verdad. Una mujer mayor, frágil… Ha podido resbalar en las escaleras de noche y nadie la ha oído porque es tarde. Y puede que la puerta principal también esté cerrada porque es tarde.

No. No voy a arriesgarme. Me vuelvo para mirar a la portera, que sigue desplomada en el suelo con un gesto de dolor. Y al hacerlo veo que se abre la puerta del apartamento del primer piso. Veo que Antoine sale al rellano y se coloca junto a su hermano. Se parecen mucho más de lo que yo creía. Me sonríe con una mueca horrible.

—Hola, pequeña —dice.

¿Adónde puedo huir? La puerta de fuera está cerrada. Me niego a ser la chica de las películas de terror que huye al sótano. Los dos hermanos avanzan hacia mí por las escaleras. No tengo

353

tiempo de pensar. Instintivamente, me meto en el ascensor. Pulso el botón del tercer piso.

Sube con estrépito, el mecanismo rechina. Oigo a Nick correr escalera arriba. Le veo la parte de arriba de la cabeza por la rejilla metálica. Me persigue. Se ha quitado definitivamente la careta.

Por fin llego al tercer piso. El ascensor se detiene con lentitud agónica. Abro la verja metálica y cruzo a toda prisa el rellano, meto la llave en la puerta del apartamento de Ben y la abro, la cierro de golpe y echo la llave, respirando entrecortadamente.

Intento pensar, pero el pánico me atonta, justo cuando necesito que mis pensamientos sean lo más claros posibles. La escalera trasera: podría intentar usarla. Pero el sofá está en medio. Corro hacia él y trato de apartarlo de la puerta.

Entonces oigo el sonido inconfundible de una llave que empieza a girar en la cerradura. Retrocedo. Nick tiene llave. Claro que tiene llave. ¿Puedo poner algo delante de la puerta? No, no hay tiempo.

Nick empieza a cruzar la habitación acercándose a mí. El gato, al verle, pasa corriendo, se sube de un salto a la encimera de la cocina, a su derecha, y le maúlla, esperando quizá que le dé de comer. Traidor.

—Vamos, Jess —dice Nick persuasivamente, todavía en ese tono razonable y tranquilizador—. Quédate donde estás…

Su presencia resulta mucho más amenazadora y temible porque antes llevaba puesta esa careta de buen chico. La violencia de su hermano era evidente: bullía siempre casi a flor de piel. Pero Nick (este nuevo Nick) es una incógnita.

—¿Para qué? —le pregunto—. ¿Para que me hagas lo mismo que le hiciste a Ben?

—Yo no le hice nada.

Lo dice con un énfasis extraño, recalcando el «yo»: «No fui yo».

—¿Estás diciendo que fue otra persona? ¿Alguno de los otros?

No responde. «Haz que siga hablando —me digo—, intenta ganar tiempo».

—Creía que querías ayudarme, Nick.

Ahora parece dolido.

—Claro que quería ayudarte, Jess. Y es todo culpa mía. Yo desencadené todo esto. Yo le invité a venir aquí. Debería haberlo adivinado. Se puso a hurgar en cosas en las que no debía… ¡Joder! —Se frota la cara con las manos y cuando las retira veo que tiene los ojos enrojecidos—. Es culpa mía… y lo siento.

Siento que una especie de frío empieza a apoderarse de mí.

—¿Qué le has hecho a Ben, Nick? —Intento que mi tono suene duro, autoritario. Pero me tiembla la voz.

—Yo no he… No he… Yo no le he hecho nada. —Otra vez ese énfasis: «Yo no he sido».

La única forma de salir de aquí es pasar junto a Nick y cruzar la puerta del apartamento. Justo al lado de la puerta está la zona de la cocina. Y allí mismo está el bote de los utensilios, con el cuchillo japonés dentro, afilado como una cuchilla de barbero. Si consigo que siga hablando y puedo agarrar el cuchillo…

—Vamos, Jess. —Da otro paso hacia mí.

Y de repente algo se mueve veloz como un rayo, un destello blanco y negro. El gato ha saltado desde la encimera a los hombros de Nick, igual que me recibió a mí la primera vez que entré en el apartamento. Nick suelta una maldición y levanta las manos para quitarse de encima al gato. Yo saco el cuchillo del bote y me abalanzo hacia la puerta, la abro de un tirón y la cierro de golpe detrás de mí.

—Hola, pequeña.

Me doy la vuelta. Joder, Antoine está ahí, debe de haber estado esperando en la sombra. Le amago con el cuchillo, hendiendo el aire tan violentamente que se tambalea hacia atrás, cae por las escaleras y se desploma en el siguiente rellano. Le miro a través de la penumbra, con el pecho ardiendo. Me parece oír un gemido, pero no se mueve.

Nick saldrá en cualquier momento. Solo puedo ir en una dirección.

Hacia arriba.

Me superan claramente en número: cuatro contra una. Pero quizá haya algún lugar donde pueda esconderme para intentar ganar algo de tiempo.

«Vamos, Jess. Piensa. Siempre se te ocurre algo para salir de un apuro».

MIMI

Cuarto piso

—¿Qué pasa ahí fuera? ¿Mamá?

Después de todo lo que he descubierto, esa palabra me suena extraña, dolorosa.

—Shh —dice ella acariciándome el pelo—. Shh, *ma petite*.

Estoy sentada en la cama, temblando. Ha bajado a ver cómo estaba. Le he permitido sentarse a mi lado y pasarme un brazo por los hombros.

—Mira —dice—, tú quédate aquí, ¿de acuerdo? Yo voy a salir a ver qué pasa.

La agarro de la muñeca.

—No, por favor, no te vayas. —Odio la nota suplicante de mi voz, la necesidad que tengo de ella, pero no puedo evitarlo—. Por favor, *maman*.

—Solo van a ser unos minutos. Tengo que asegurarme de que...

—No. Por favor, no me dejes aquí.

—Mimi —dice enérgicamente—, suéltame el brazo, por favor.

Pero sigo aferrándome a ella. A pesar de todo, no quiero que se vaya. Porque entonces me quedaría sola con mis pensamientos, como una niña pequeña a la que le dan miedo los monstruos de debajo de la cama.

357

JESS

Subo los peldaños de la escalera a toda prisa, de dos en dos. El miedo me hace correr más rápido que en toda mi vida.

Por fin llego al último piso, frente a la puerta del ático. La escalera de madera que sube a las antiguas habitaciones del servicio está delante de mí. Empiezo a subir, ascendiendo hacia la oscuridad. Quizá pueda esconderme aquí el tiempo suficiente para tranquilizarme y decidir qué voy a hacer ahora. Ya me he quitado los pendientes de aro y estoy doblándolos para fabricarme una ganzúa. Agarro el candado y me pongo manos a la obra. Normalmente soy muy rápida, pero me tiemblan las manos: noto que uno de los pasadores del candado está atascado y no consigo apretar lo suficiente para desplazarlo.

Por fin, por fin, el candado se abre, lo arranco y empujo la puerta. Vuelvo a cerrarla rápidamente. El candado abierto es lo único que me delata. Tendré que rezar para que no adivinen enseguida que he entrado aquí.

Mis ojos empiezan a acostumbrarse a la oscuridad. Veo un espacio abuhardillado, largo y estrecho. El techo desciende bruscamente encima de mí. Tengo que agacharme para no golpearme la cabeza con una de las grandes vigas de madera.

Está oscuro pero hay un resplandor tenue, y entonces me doy

cuenta de que es la luz de la luna llena, que se cuela a través de los ventanucos sucios. Aquí arriba huele a madera vieja, a aire estancado y a algo animal: a sudor o a algo peor, a algo en descomposición. Algo que me impide respirar hondo. El aire parece cargado, lleno de motas de polvo que flotan frente a mí en los rayos de luna. Tengo la sensación de haber abierto una puerta a otro mundo en el que el tiempo lleva cien años en suspenso.

Avanzo buscando algún lugar donde esconderme.

En el rincón más oscuro y alejado veo un colchón viejo o algo así. Parece que hay algo encima.

Vuelvo a tener esa sensación, como la que he tenido abajo al encontrar a la portera. No quiero acercarme más. No quiero mirar.

Pero lo hago, porque necesito saberlo. Ahora distingo qué es. Quién es. Veo la sangre. Lo entiendo todo.

Ha estado aquí arriba todo el tiempo. Y me olvido de que me estoy escondiendo de ellos. Me olvido de todo, excepto del horror de lo que tengo ante mí. Y grito, grito y grito.

MIMI

Cuarto piso

Un grito desgarrador resuena en el edificio.

—¡Está muerto! ¡Está muerto! ¡Le habéis matado, joder!

Suelto el brazo de mi madre.

Dentro de mi cabeza, la tormenta suena cada vez más fuerte, cada vez más fuerte. Primero es como un enjambre de abejas. Luego, como si las olas me aplastaran bajo el agua, y ahora como si estuviera en medio de un huracán. Pero aun así no basta para acallar los pensamientos que empiezan a filtrarse. Los recuerdos.

Recuerdo la sangre. Toda esa sangre.

¿Sabes esa sensación de cuando eres pequeña y no puedes dormir porque te dan miedo los monstruos de debajo de la cama? Bien, pues ¿qué pasa si empiezas a sospechar que el monstruo puedes ser tú? ¿Dónde te escondes entonces?

Es como si los recuerdos estuvieran guardados detrás de una puerta cerrada con llave, en mi mente. He podido ver la puerta. Sé que está ahí y que hay algo terrible detrás de ella. Algo que no quiero ver nunca. Pero ahora la puerta se está abriendo y los recuerdos se desbordan.

El olor a hierro de la sangre. El suelo de madera resbaladizo. Y, en mi mano, mi cuchillo de cortar lienzos.

Recuerdo que me metieron en la ducha a empujones. Mamá y

puede que alguien más. Recuerdo que me lavaron. La sangre se iba, diluida y rosada, por el desagüe, arremolinándose alrededor de los dedos de mis pies. Me temblaba todo el cuerpo; no podía parar de temblar. Pero no era porque el agua de la ducha estuviera fría; estaba tan caliente que abrasaba. Había un frío muy hondo dentro de mí.

Recuerdo que mamá me abrazaba como cuando era niña. Y aunque estaba muy enfadada con ella y muy aturdida, de repente lo único que quería era aferrarme a ella. Volver a ser esa niña pequeña.

—Mamá —dije—, tengo miedo. ¿Qué ha pasado?

—Shh. —Me acarició el pelo—. Tranquila. No voy a dejar que te pase nada. Yo te protegeré. Deja que yo me encargue de todo. No te vas a meter en ningún lío. Ha sido culpa suya. Tú has hecho lo que había que hacer. Lo que no tuve valor de hacer yo misma. Teníamos que deshacernos de él.

—¿Qué quieres decir? —Escudriñé su cara, tratando de comprender—. *Maman,* ¿qué quieres decir?

Entonces me miró detenidamente. Clavó la mirada en mis ojos. Y asintió con firmeza.

—No te acuerdas. Sí, sí, es mejor así.

Más tarde, noté que tenía algo incrustado debajo de las uñas, algo de un color marrón rojizo, como óxido. Me restregué con un cepillo de dientes en el baño hasta que empezaron a sangrarme las comisuras de las uñas. No me importaba hacerme daño; solo quería librarme de aquello. Pero eso era lo único que parecía real. Lo demás era como un sueño.

Y entonces llegó ella. Y a la mañana siguiente se presentó en la puerta. Llamó y llamó hasta que tuve que abrirle. Entonces dijo aquellas palabras terribles:

—Mi hermano Ben ha… Bueno, es como si hubiera desaparecido.

Fue entonces cuando me di cuenta de que podía ser real, después de todo.

Creo que quizá haya sido yo. Creo que quizá le haya matado.

SOPHIE

Ático

«¡Está muerto! ¡Está muerto! ¡Le habéis matado, joder!».

—Tengo que irme, *chérie* —le digo a Mimi—. Tengo que ir a ocuparme de esto.

Salgo al rellano dejándola en el apartamento.

Miro hacia arriba. Ha sucedido. La chica está en las *chambres de bonne*. Lo ha encontrado.

Recuerdo que aquella noche horrenda empujé la puerta de su apartamento. Mi hija, cubierta de sangre. Abrió la boca como para hablar o gritar, pero no le salió la voz.

La portera también estaba allí, no sé por qué. Pero, claro, cómo no iba a estar: ella lo ve todo, lo sabe todo; se mueve por este edificio como un espectro. Me quedé conmocionada mirando la escena que tenía ante mí. Luego, un extraño pragmatismo se apoderó de mí.

—Tenemos que lavarla —dije—. Limpiar toda esta sangre.

La portera asintió. Agarró a Mimi por los hombros y la llevó a la ducha. Mimi murmuraba un torrente de palabras: sobre Ben, sobre la traición, sobre el club. Se había enterado de todo. Y por alguna razón no había acudido a mí.

Cuando estuvo limpia, la portera la llevó de vuelta a su apartamento. Yo sabía que mi hija estaba en estado de *shock*. Quería ir con ella y reconfortarla. Pero primero tenía que lidiar con las consecuencias de lo que había hecho. De lo que, con toda sinceridad, había pensado hacer yo misma.

Saqué los paños de cocina que había en el apartamento y los usé todos. Igual que todas las toallas del baño. Acabaron empapados, de color carmesí. Arranqué las cortinas de las ventanas, envolví el cuerpo con ellas y lo até cuidadosamente con los cordones de las cortinas. Escondí el arma en el montaplatos, en su cavidad secreta dentro de la pared, y giré la manivela de modo que se detuviera en un espacio entre pisos.

La portera trajo lejía. La usé para limpiarlo todo después de quitar la sangre. Respiraba por la boca para no olerla. Me apretaba la boca con el dorso de la mano. No podía vomitar, tenía que dominarme.

La lejía manchó el suelo, quitó el barniz de la madera. Dejó una marca enorme, más grande aún que el charco de sangre. Pero era lo mejor que podía hacer, no tenía alternativa.

Y entonces (no sé cuánto tiempo había pasado) se abrió la puerta. Ni siquiera estaba cerrada con llave. Con la tarea que tenía por delante, me había olvidado de ese detalle.

Estaban allí de pie. Los dos Meunier. Mis hijastros. Nicolas y Antoine. Mirándome con horror. La mancha de lejía delante de mí, la sangre hasta los codos. Nick se puso muy pálido.

—Ha habido un terrible accidente —dije.

—Dios mío —dijo Nicolas tragando saliva con esfuerzo—. ¿Esto es porque...?

Se hizo un largo silencio mientras yo intentaba pensar qué decir. No quería pronunciar el nombre de Mimi. Decidí que Jacques podía cargar con las culpas, como debe hacer un padre. Al fin y al cabo, todo este embrollo era responsabilidad suya. Por fin dije:

—Vuestro padre ha descubierto en qué estaba trabajando Ben.

—Ay, Dios. —Nick se tapó la cara con las manos. Y entonces se puso a berrear como un niño. Un gemido de dolor espantoso. Tenía los ojos húmedos y la boca abierta—. Todo esto es culpa mía. Se lo dije a papá. Le conté lo que había encontrado Mimi, lo que estaba escribiendo Ben. Yo no tenía ni idea. Si lo hubiera sabido, Dios mío…

Por un momento, pareció tambalearse. Luego salió corriendo de la habitación. Le oí vomitar en el baño.

Antoine se quedó allí, con los brazos cruzados. Parecía igual de horrorizado, pero noté que estaba decidido a hacerse el fuerte.

—Se lo tenía merecido, el *putain de bâtard* —dijo por fin—. Lo habría hecho yo mismo.

Pero no parecía convencido. Nick regresó unos minutos después. Estaba pálido pero decidido.

Nos quedamos allí los tres, mirándonos. Nunca antes habíamos parecido una familia. Ahora estábamos extrañamente unidos. No cruzamos ni una palabra, solo asentimos con la cabeza en un gesto de solidaridad tácita. Luego nos pusimos a trabajar.

JESS

Ni en mis peores momentos de los últimos días, ni siquiera al saber en qué se había metido Ben, me he permitido imaginarlo. Encontrar a mi hermano así, como encontré a mamá.

Caigo de rodillas.

No parece mi hermano el cadáver del colchón. No es solo por el color pálido y ceroso de la piel y por las cuencas de los ojos hundidas. Es que nunca le había visto tan quieto. No puedo pensar en mi hermano sin recordar su sonrisa inmediata, su energía.

Observo el color rojo oscuro, oxidado, de su camiseta. Veo que en otras partes la tela está blanca. Es una mancha. Cubre toda la parte delantera.

Debe de haber estado aquí arriba todo este tiempo, desde el principio, mientras yo iba de acá para allá siguiendo pistas y haciéndome un lío, creyendo que le ayudaba de alguna manera. Y pensar que vi la puerta cerrada del desván la primera mañana que pasé aquí…

Agachada junto a él, me balanceo hacia delante y hacia atrás mientras empiezan a caer las lágrimas.

—Lo siento mucho —digo—. Lo siento muchísimo.

Me inclino para coger su mano. ¿Cuándo fue la última vez que nos dimos la mano mi hermano y yo? Aquel día en la comisaría, quizá. Después de lo de mamá. Antes de que cada uno tirara por su lado. Aprieto sus dedos con fuerza.

Luego casi le suelto la mano por el susto.

Juraría que he notado que sus dedos se crispaban. Sé que son imaginaciones mías, claro, pero por un momento he pensado de verdad que…

Levanto la vista. Tiene los ojos abiertos. Antes los tenía cerrados… ¿verdad?

Me pongo de pie, a su lado. El corazón me retumba en el pecho.

—¿Ben?

Estoy segura de que acabo de verle parpadear.

—¿Ben?

Otro parpadeo. No me lo he imaginado. Veo que sus ojos intentan enfocar los míos. Y ahora abre la boca, pero no sale ningún sonido. Entonces dice:

—Jess. —Es poco más que una exhalación, pero le he oído decirlo, no hay duda. Vuelve a cerrar los ojos como si estuviera muy muy cansado.

—¡Ben! —exclamo—. Vamos. Hey, siéntate.

De repente me parece muy importante que se incorpore. Le paso los brazos por debajo de las axilas. Es casi un peso muerto, pero me las arreglo para sentarle. Se cae un poco hacia delante y tiene los ojos nublados por la confusión, pero están abiertos.

—Ay, Ben.

Me agarro a sus hombros. No me atrevo a abrazarle por si está muy malherido. Las lágrimas me corren por la cara; las dejo caer.

—Dios mío, Ben, estás vivo… ¡estás vivo!

Oigo un portazo detrás de mí. Es la puerta del desván. Por un momento me he olvidado de todo y de todos.

Me doy la vuelta despacio.

Sophie Meunier está ahí, de pie. Detrás de ella está Nick. Y aunque me da vueltas la cabeza por todo lo que acaba de ocurrir, me doy cuenta de lo distintas que son sus expresiones. El rostro de Sophie es una máscara intensa y aterradora. En cambio, el de Nick, al mirar a Ben, muestra sorpresa, horror, estupefacción. De hecho (no se me ocurre otra manera de describirlo), parece haber visto un fantasma.

NICK

Segundo piso

Siento que el miedo se apodera de mí al contemplar la escena del desván. He subido corriendo al oír los gritos, después de arrastrar a Antoine, semiinconsciente, hasta el sofá de mi apartamento.

Está aquí. Ben está aquí. No tiene buen aspecto, pero está sentado. Y está vivo.

Esto no puede ser. No tiene ningún sentido. Es imposible.

Ben está muerto. Lleva muerto desde el viernes por la noche. Mi antiguo amigo, mi excompañero de universidad, el chico del que me enamoré aquella calurosa noche de verano en Ámsterdam hace más de una década y en el que no he dejado de pensar desde entonces.

Murió y fue por mi culpa, y durante estos últimos días, mientras trataba de encajar la culpa y el dolor, iba por ahí sintiéndome apenas vivo.

Miro a mi madrastra, esperando ver en su cara un reflejo de mi propia conmoción. Pero no es así. No parece sorprendida. Ella lo sabía. Es la única explicación. ¿Por qué, si no, estaría tan tranquila?

Por fin consigo hablar.

—¿Qué es esto? —pregunto con voz ronca—. ¿Qué es esto?

¿Qué cojones está pasando? —Señalo a Ben—. Esto es imposible. Está muerto.

Lo sé a ciencia cierta. Tuve tiempo de sobra para asimilarlo: el horror indecible de ese cuerpo sin vida, en su mortaja improvisada. Ese hecho innegable. Y también la sangre, derramada por el suelo y embebida en las toallas: nadie puede perder tanta sangre y seguir con vida. Pero no se trata solo de eso. Hace tres noches, Antoine y yo bajamos el cadáver por las escaleras, cavamos una zanja poco profunda y lo enterramos en el jardín del patio.

MIMI

Cuarto piso

Qué silencioso se ha quedado todo ahora, después del grito de arriba. ¿Qué estará pasando? ¿Qué ha encontrado ella?

Esta es la parte que recuerdo. Después no hay nada, hasta la sangre.

Era tarde y estaba agotada por los pensamientos que giraban como un torbellino dentro de mi cabeza, pero no podía dormir. No dejaba de pensar en lo que había leído. En lo que había visto. Ben y mi madre. Había destruido sus retratos, pero eso no me parecía suficiente. Le veía allí, en su apartamento, trabajando en su ordenador, y sin embargo ahora todo había cambiado. Sabía lo que estaba escribiendo y cada vez que pensaba en ello volvía a ponerme enferma. Ya nunca podría ignorar todo aquello, aunque intentara no creerlo. Pero creo que lo creo. Creo que sí. El hecho de que todos bajen la voz cuando hablan de los negocios de papá. Las cosas que le he oído decir a Antoine. Todo empezaba a cobrar un sentido horrible.

Ben se acercó a la ventana y miró afuera. Yo me agaché para que no me viera. Luego volví a mirar.

Volvió a su escritorio, miró su teléfono y se lo acercó al oído. Entonces levantó la vista. Giró la cabeza. Comenzó a ponerse de pie. La puerta se estaba abriendo. Alguien estaba entrando en la habitación.

Oh, merde.

Putain de merde.

¿Qué estaba haciendo allí?

Era papá.

No debía estar en casa.

¿Cuándo había vuelto? ¿Y qué estaba haciendo en el apartamento de Ben?

Tenía algo en las manos. Reconocí lo que era: la botella mágnum de vino que le había regalado a Ben unas semanas antes.

Iba a…

No soportaba seguir mirando y al mismo tiempo no podía apartar la vista. Vi que Ben caía de rodillas mientras papá levantaba la botella una y otra vez. Vi que se tambaleaba hacia atrás y se desplomaba en el suelo, vi la sangre que empezaba a empapar la parte delantera de su camiseta clara, tiñéndola de rojo. Y supe que todo era culpa mía.

Ben se arrastró hacia la ventana. Vi que levantaba la mano y golpeaba el cristal con la palma. Y que pronunciaba una palabra: socorro.

Vi que mi padre levantaba la botella otra vez. Y supe lo que iba a pasar. Iba a matarle.

Tenía que hacer algo. Yo le amaba. Ben me había traicionado. Me había destrozado la vida. Pero le amaba.

Cogí lo que tenía más a mano y bajé corriendo las escaleras, tan rápido que parecía que mis pies no tocaban el suelo. La puerta del apartamento de Ben estaba abierta, papá estaba de pie junto a él y yo tenía que hacer que parara, tenía que detenerle, y es posible que al mismo tiempo oyera una vocecita dentro de mí que decía: «En realidad este hombre no es tu padre y no es un buen hombre. Ha hecho cosas terribles. Y ahora, además, está a punto de convertirse en un asesino».

Ben estaba en el suelo y tenía los ojos cerrados. Y entonces, de pronto, yo estaba detrás de papá (él aún no me había visto, no me había oído entrar) y tenía en la mano mi cuchillo de cortar lienzos, que es pequeño pero está muy afilado, y lo levanté por encima de la cabeza…

Y entonces nada.

Y luego la sangre.

Más tarde, me pareció oír voces en el patio. Oí el arañar de las palas. Pero eso era absurdo. A mamá le gusta la jardinería, pero estaba oscuro, era de noche. ¿Qué hacía allí ahora? No podía ser real: tenía que ser un sueño. O una especie de pesadilla.

NICK

Segundo piso

Me acuerdo de cuando salí del despacho de papá después de contarle lo que se traía entre manos Ben, sobre lo que estaba escribiendo. Le había pedido que viniera a casa porque necesitaba contarle una cosa. Mientras bajaba por la escalera, pensé en la expresión de su cara, en esa rabia contenida a duras penas, y una descarga de miedo me devolvió a la infancia. Cuando mi padre ponía esa cara, era el momento de escabullirse. Pero, al mismo tiempo, sentí un estremecimiento de placer perverso por haber reventado la burbuja de Benjamin Daniels. Por haberle demostrado a mi padre que su famoso buen criterio no siempre era tan infalible como él creía, por haberle quitado su lustre al chico de oro al que, durante un breve lapso de tiempo, había parecido valorar más que a sus propios hijos. Yo había traicionado a Ben, sí, pero mucho menos de lo que él había traicionado la hospitalidad de mi familia y a mí. Se lo merecía.

Mi sentimiento de triunfo se agrió rápidamente. De repente, quise anestesiarme. Me tomé cuatro pastillitas azules y, envuelto en una neblina de oxicodona, me acosté en mi apartamento.

Puede que oyera jaleo en el piso de arriba, no lo sé: era como si estuviera ocurriendo en otro universo. Pero al cabo de un rato, cuando las pastillas empezaron a perder efecto, pensé que tal vez debía ir a ver qué pasaba.

Me encontré con Antoine en la escalera. Apestaba a alcohol: debía de haberse emborrachado otra vez hasta perder el conocimiento.

—¿Qué coño está pasando? —preguntó ásperamente, aunque tenía una expresión un poco asustada.

—No tengo ni idea —dije.

No era del todo cierto. En mi mente se estaba formando ya una sospecha innombrable. Subimos juntos al tercer piso. Lo primero que vi fue la sangre. Había muchísima. Y allí, en medio, estaba Sophie.

—Ha habido un terrible accidente.

Eso fue lo que nos dijo.

Comprendí al instante que era culpa mía. Yo había desencadenado todo aquello. Sabía qué clase de hombre era mi padre. Debería haber sabido lo que era capaz de hacer, pero estaba demasiado cegado por la ira, por el sentimiento de haber sido traicionado. Me había dicho a mí mismo que estaba protegiendo a mi familia, pero también quería vengarme. Hacer daño a Ben de alguna manera. Pero esto... La sangre, esa forma horrenda e inerte envuelta en la cortina como en un sudario. No podía mirarla.

En el baño, vomité como si el horror fuera algo que hubiera comido y pudiera arrojar fuera de mí. Pero, naturalmente, no me libré de él. Ahora formaba parte de mi ser.

De alguna manera conseguí recomponerme. Ya no podía hacer nada por Ben. Y sabía lo que tenía que hacer a continuación, por la supervivencia de la familia.

El peso horrible del cadáver en mis brazos... Pero nada de eso parecía real. En parte pensé que, si miraba la cara de Ben, se volvería real. Tal vez fuera importante hacerlo, para zanjar este asunto y poder dejarlo atrás, pero al final no me atreví. No me atreví a deshacer aquel vendaje tan prieto, a encarar lo que había debajo.

Así que eso es lo que ocurrió. Ben murió hace tres noches… y le enterramos.

¿No?

SOPHIE

Ático

En cuanto la vi cubierta de sangre (sangre de mi marido), me puse en acción rápidamente, casi sin pensar. Todo lo que hice, lo hice para proteger a mi hija. Es posible que yo también estuviera en estado de *shock*, aunque me sentía muy lúcida. Siempre he sido muy decidida, muy centrada. Capaz de sacar provecho de cualquier situación, por mala que fuese. Al fin y al cabo, así es como acabé teniendo esta vida.

Sabía que, si quería contar con la colaboración de sus hijos, con su ayuda en esto, Jacques tenía que estar vivo. Sabía que debía ser Benjamin quien había muerto. Antes de envolver el cadáver, había acercado el teléfono de Jacques a su cara, lo había desbloqueado y había cambiado la contraseña. Lo llevo encima desde entonces y he estado mandando mensajes a Antoine y Nicolas haciéndome pasar por su padre. Cuanto más tiempo pudiera mantener «vivo» a Jacques, más podría obtener de sus hijos.

Después de hacer lo que pude por Benjamin (contener la hemorragia con una toalla, limpiar las heridas), entre la portera y yo le subimos a las *chambres de bonne*. Estaba tan conmocionado que no se resistió, tan malherido que no intentó liberarse. Le he mantenido con vida a duras penas. Le he dado agua y restos de comida: el otro día, una quiche de la *boulangerie*. Solamente hasta que decidiera qué hacer con él. Sus heridas eran tan graves que habría sido más sencillo dejar que la naturaleza siguiera su curso. Pero habíamos sido amantes. Quedaba todavía un poso de lo que habíamos sido brevemente el uno para el otro. Y yo puedo ser muchas cosas: una puta, una madre, una mentirosa. Pero no soy una asesina. A diferencia de mi queridísima hija.

—Jacques se ha ido por un tiempo —les dije a mis hijastros cuando llegaron—. Es mejor que nadie sepa que ha estado aquí, en París, esta noche. Así que, si alguien pregunta, está de viaje desde hace días. ¿De acuerdo?

Asintieron con la cabeza. Nunca me han tenido aprecio ni me han dado su aprobación, pero en ausencia de su padre estaban pendientes de cada palabra que decía. Querían que les dijera qué hacer, cómo actuar. En realidad nunca han madurado, ninguno de los dos. Jacques nunca se lo permitió.

Pienso en lo agradecida que le estaba a Jacques al principio por haberme «rescatado» de mi vida anterior. En aquel momento no me di cuenta de lo barata que le había salido. No me liberé al casarme con mi marido, como yo creía. No ascendí. Todo lo contrario. Me casé con mi chulo: me encadené a él de por vida.

Puede que mi hija hiciera justo lo yo no había tenido el valor de hacer.

JESS

Agarro el cuchillo, lista para defender a Ben (y a mí misma) si alguno de ellos se acerca. Curiosamente, ya no parecen tan amenazadores. El aire parece menos cargado de tensión. Nick mira a Sophie y a Ben con los ojos desorbitados. Aquí está pasando algo más, algo que no consigo entender. Aun así, sigo agarrando el cuchillo. No puedo bajar la guardia.

—Mi marido está muerto —dice Sophie Meunier—. Eso es lo que ha pasado.

Veo que, al oír esto, Nick se tambalea. ¿No lo sabía?

—*Qui?* —pregunta con voz ronca—. *Qui?*

Creo que está preguntando quién ha sido.

—Mi hija estaba tratando de proteger a Ben —contesta ella, y nos señala con un gesto—. He tenido aquí escondido a tu hermano. Le he mantenido con vida.

Lo dice como si creyera que merece algún tipo de reconocimiento. No encuentro palabras para responder.

Miro de uno a otro, intentando averiguar cómo salir del paso. Nick está encogido, agachado con la cabeza entre las manos. Sophie Meunier es el verdadero peligro, no me cabe duda. Yo soy quien tiene el cuchillo, pero estoy segura de que es capaz de cualquier cosa. Da un paso hacia mí. Levanto el cuchillo, pero no parece inmutarse.

378

—Vas a dejar que nos vayamos —le digo, intentando parecer mucho más segura de mí misma de lo que me siento.

Puede que yo tenga un cuchillo, pero ella nos tiene atrapados aquí: la puerta exterior está bloqueada. Enseguida me doy cuenta de que no hay forma de que salgamos de este lugar a no ser que ella nos lo permita. Dudo que Ben pueda sostenerse en pie sin ayuda y para llegar a la calle tenemos que cruzar todo el edificio. Probablemente ella está pensando lo mismo.

Sacude la cabeza.

—No puedo hacer eso.

—Sí, claro que puedes. Tengo que llevarle al hospital.

—No…

—No se lo contaré a nadie —digo rápidamente—. Mira, no diré cómo se ha hecho las heridas. Les diré… que se cayó de la moto o algo así. Diré que debió de volver a su piso y que le he encontrado así.

—No te creerán.

—Encontraré la manera de convencerlos. No se lo voy a decir a nadie. —Oigo desesperación en mi propia voz. Estoy suplicando—. Por favor. Te doy mi palabra.

—¿Y cómo sé que lo cumplirás?

—¿Qué alternativa tienes? —pregunto—. ¿Qué vas a hacer, si no? —Sé que estoy corriendo un riesgo—. No puedes mantenernos aquí para siempre. Hay gente que sabe que estoy aquí. Vendrán a buscarme.

No es del todo cierto. Está Theo, pero seguramente estará en una celda ahora mismo y, además, nunca le he dado la dirección: le llevaría algún tiempo averiguarla. Pero Sophie no tiene por qué saberlo. Solo necesito que se lo crea.

—Además, sé que tú no eres una asesina, Sophie. Tú misma lo has dicho: le has mantenido con vida. No lo habrías hecho si lo fueras.

Me mira atentamente. No tengo ni idea de si esto está funcionando. Intuyo que necesito algo más.

Pienso en el sentimiento con que ha dicho «mi hija». Necesito apelar a esa parte de su ser.

—Mimi no corre ningún peligro —le digo—, te lo prometo. Si lo que dices es cierto, le salvó la vida a Ben. Eso es muy importante, es fundamental. Nunca le diré a nadie lo que ha hecho. Te lo juro. Guardaré el secreto.

SOPHIE

Ático

¿Puedo fiarme de ella? ¿Tengo otra opción?

«Nunca le diré a nadie lo que ha hecho». De alguna manera ha conseguido adivinar mi mayor miedo.

Tiene razón: si quisiera matarlos, ya lo habría hecho. Sé que no puedo tenerlos aquí retenidos indefinidamente. Y tampoco quiero hacerlo. Además, no creo que mis hijastros vayan a cooperar después de esto. Nicolas parece haberse derrumbado al saber que su padre ha muerto y Antoine solo había ayudado hasta ahora porque creía que cumplía órdenes de su padre. Me da miedo pensar cuál va a ser su reacción cuando sepa la verdad. Tendré que decidir qué hacer con él, pero ese no es mi principal problema ahora.

—No se lo dirás a la policía —le digo. No es una pregunta.

Ella sacude la cabeza.

—La policía y yo no nos llevamos bien. —Señala a Nicolas—. Que te lo diga él.

Pero, como Nicolas apenas parece escucharla, sigue hablando en voz baja y apremiante:

—Mira, voy a contarte una cosa, por si sirve de algo. Mi padre era policía. Un puto héroe para todo el mundo. Solo que a mi madre le hacía la vida imposible. Nadie me creía cuando les contaba cómo la trataba, cómo le pegaba. Porque era un «buen tipo», porque metía a los malos en la cárcel. Y entonces… —Se aclara la garganta—. Un día mi madre no pudo más. Decidió que era más fácil dejar de intentarlo. Así que… no, no me fío de la policía. Ni aquí ni en ningún sitio. Incluso antes de conocer a ese tal Blanchot. Te doy mi palabra de que no voy a ir a contarles nada de esto.

Así que sabe lo de Blanchot. Me había planteado pedirle ayuda, pero siempre ha sido un hombre de Jacques y no sé si su lealtad me incluye también a mí. No puedo arriesgarme a que se entere de la verdad.

Calibro a la chica. Me doy cuenta de que, casi a mi pesar, la creo. En parte por lo que acaba de contarme sobre su padre y en parte porque le veo en la cara que está diciendo la verdad. Y, además, porque no estoy segura de que me quede más remedio que confiar en ella. Debo proteger a mi hija a toda costa: eso es lo único que importa ahora.

NICK

Segundo piso

Estoy entumecido. Sé que se me pasará en algún momento y que sin duda, cuando eso suceda, el dolor será terrible, pero por ahora solo existe este entumecimiento. Es una especie de alivio. Puede que aún no sepa qué sentir. Mi padre ha muerto. De niño me aterrorizaba y he pasado toda mi vida adulta intentando escapar de él. Y aun así, que Dios me ayude, también le quería.

Actúo por puro instinto, como un autómata, cuando ayudo a levantar a Ben y a bajarle por las escaleras. Y aunque estoy embotado, percibo el eco extraño y terrible de lo que sucedió hace tres noches, cuando transporté otro cuerpo, rígido y quieto, al jardín del patio.

Por un momento, nuestras miradas se encuentran. Él parece apenas consciente, así que quizá me lo esté imaginando, pero creo ver algo en su expresión. ¿Una disculpa? ¿Una despedida? Sea lo que sea, se esfuma al instante y sus ojos vuelven a cerrarse. Y entonces sé que, de todos modos, no me fiaría de él. Porque nunca he conocido al verdadero Benjamin Daniels, en absoluto.

Una semana después

JESS

Estamos sentados en silencio ante la mesa de formica, mi hermano y yo. Ben apura el *espresso* en su vasito de papel. Yo arranco un pico de mi cruasán y mastico. Aunque esto sea una cafetería de hospital, estamos en Francia, así que la bollería es bastante buena.

Por fin, Ben dice:

—No pude contenerme, ¿sabes? Esa familia. Todo lo que nosotros no tuvimos nunca. Quería formar parte de eso. Quería que me quisieran. Y al mismo tiempo quería destruirlos. En parte por vivir de mujeres que podrían haber sido mamá en una etapa de su vida. Pero también, supongo, solamente porque podía hacerlo.

Tiene un aspecto horrible: la mitad de la cara cubierta de hematomas de color verde oscuro, la piel por encima de la ceja grapada y el brazo escayolado. Cuando nos hemos sentado, la mujer de al lado ha dado un respingo y ha mirado rápidamente hacia otro lado. Pero, conociendo a Ben, pronto tendrá una cicatriz muy atractiva que enseñar y que añadir al arsenal de su encanto.

Le traje al hospital en un taxi; con dinero sacado de su cartera, claro. Dije que se había caído con la moto cerca de su apartamento y que se había hecho bastante daño en la cabeza. Que había conseguido volver a casa y que allí se derrumbó y estuvo inconsciente hasta que aparecí yo y le salvé. Pusieron cara de no creérselo del todo (estos locos de turistas ingleses), pero le atendieron.

—Gracias —dice de repente—. No puedo creer que hayas tenido que pasar por todo eso. Sabía que debería haberte dicho que no vinieras…

—Pues menos mal que no lo hiciste, ¿no? Porque no habría podido salvarte la vida.

Traga saliva. Noto que no le gusta que se lo diga. Es incómodo reconocer que necesitas a la gente, lo sé.

—Lo siento, Jess.

—Bueno, no esperes que te rescate la próxima vez.

—No lo decía solo por eso. Por no estar ahí cuando me necesitabas. Por no estar la única vez que de verdad hacía falta. No tendrías que haberla encontrado tú sola. —Un largo silencio. Luego dice—: ¿Sabes?, en cierto modo siempre he estado celoso de ti.

—¿Por qué?

—Porque tuviste oportunidad de verla por última vez. Yo no pude despedirme.

No se me ocurre nada que decir. No puedo imaginar nada peor que encontrarla. Pero puede que en parte le entienda.

Ben levanta la vista.

Sigo su mirada y veo a Theo con un abrigo oscuro y una bufanda. Nos saluda con la mano levantada, al otro lado de las ventanas. Aunque perdí mi teléfono, por suerte aún tenía su tarjeta de visita entre mis cosas. Con el labio partido, ahora parece un pirata que se ha batido en duelo. Tiene buen aspecto, además.

Me vuelvo hacia Ben.

—Oye —le digo—, tu artículo. Todavía lo tienes, ¿verdad?

Levanta las cejas.

—Sí. A saber lo que le habrán hecho a mi portátil, pero ya

había hecho una copia de seguridad, lo había subido a la nube. Cualquier escritor que se precie sabe que hay que hacerlo.

—Hay que publicarlo —digo.

—Lo sé, estaba pensando lo mismo.

—Pero... —Levanto un dedo—. Tenemos que hacerlo bien. Si se publica, la policía tendrá que investigar el club. Y las chicas que trabajan allí... A la mayoría las deportarán, ¿verdad?

Ben asiente.

—Así que lo tendrán casi peor que ahora —digo.

Pienso en Irina. «No puedo volver... En casa la situación no era buena». Recuerdo que dijo que quería tener una nueva vida. Le prometí que, si encontraba a Ben, encontraría la manera de ayudarla. Desde luego, no voy a ser la responsable de que la envíen de vuelta a su país. Y sé que si hacemos esto mal serán ellas, las más vulnerables, quienes acaben jodidas.

Miro a Ben y luego a Theo mientras cruza la cafetería para reunirse con nosotros.

—Tengo una idea.

SOPHIE

Ático

El sobre de color crema tiembla en mi mano. Lo han dejado en el buzón del edificio esta mañana.

Lo rasgo y saco una carta doblada. Nunca había visto esta letra; es bastante desastrosa.

> *Madame Meunier:*
>
> *Hay una cosa que no tuvimos ocasión de debatir, creo que porque ambas teníamos otras cosas en la cabeza. Le hice una promesa: no he hablado con la policía ni lo voy a hacer. Pero el artículo de Ben sobre La Petite Mort se publicará dentro de dos semanas, haga usted algo al respecto o no.*

Contengo la respiración.

> *Si nos presta ayuda, tendrá un enfoque diferente, en todo caso. Puede usted formar parte de la historia y asumir el papel protagonista, o bien Ben se asegurará de que no se la nombre y quede usted al margen en la medida de lo posible. Y a su hija no se la mencionará en ningún momento.*

Agarro la carta con más fuerza. Mimi. La he mandado al sur de Francia, a pintar y a recuperarse. Hacerlo iba en contra de mi

387

instinto maternal; no quería separarme de ella sabiendo lo vulnerable que es y lo enfadada que estaba, pero sabía que no podía quedarse aquí, con la sombra de la muerte planeando sobre este lugar. Antes de que se fuera se lo expliqué todo, a mi manera. Le dije lo mucho que deseaba ser madre cuando ella llegó a mi vida. Lo mucho que la quiero. Y que para mí siempre ha sido mi hija, nada más. Mi milagro, mi niña maravillosa.

También traté de hacerle ver que, dadas las circunstancias, esa noche hizo lo único que podía hacer. Que salvó una vida, además de quitarla. Que ella también actuó por amor. No le dije que yo podría haber hecho lo mismo. Que durante un breve periodo él también lo fue casi todo para mí. Pero sospecho que sabe, de alguna manera, lo de nuestra aventura, si es que se puede llamar así a esas pocas semanas de desenfreno egoísta, imprudente y glorioso.

Sé que quizá las cosas no vuelvan a ser como antes entre mi hija y yo, pero puedo tener esperanza. Y quererla. Es lo único que puedo hacer.

Yo también me marcharía de este lugar y me reuniría con ella si pudiera, pero mi difunto marido está enterrado en el jardín. Tengo que quedarme. Es algo a lo que ya me he resignado. Puede que sea una jaula dorada, pero es la vida que he elegido.

Sigo leyendo:

> *Tampoco se mencionará a Nick. Puede que no sea un mal tipo en el fondo. Creo que solo ha tomado algunas decisiones cuestionables. (Sigue por detrás).*

Nicolas también se ha ido, llevándose las pocas pertenencias que tenía aquí. No creo que vuelva. Me parece que le sentará bien dejar este lugar. Valerse por sí mismo.

Mi otro hijastro sigue aquí y, aunque no es un vecino muy agradable, prefiero tenerle cerca, donde pueda vigilarle. Además, ahora es una presencia mucho menos amenazadora. No creo que vaya a recibir más notas suyas. Parece acobardado por todo, por la pena que siente por un padre que solo le demostró crueldad, salvo en contadas ocasiones. A pesar de mí misma, me compadezco de él.

Le doy la vuelta a la carta y sigo leyendo:

Esto es lo que le pido que haga. Esas chicas, las del club, las que tienen la edad de su hija, a las que se tiran todos esos tipos ricos e importantes para que su familia pueda vivir en ese lugar, va a usted a hacer lo correcto con ellas. Va a dar a cada un buen pellizco de dinero.

Sacudo la cabeza.

—Eso es imposible…

Supongo que dirá que el edificio y todo lo demás está a nombre de su marido. Pero ¿qué hay de esos cuadros que tiene en las paredes? ¿Qué hay de sus pendientes de diamantes y de la bodega del sótano? No soy ninguna experta, pero según mi modesta opinión tiene usted una fortuna en casa. Le aconsejo que se lo venda a alguien que no quiera dejar un rastro de papeles. A alguien que pague en efectivo.

Le daré un par de semanas. Así las chicas también tendrán tiempo de organizarse. Pero después el reportaje de Ben tiene que publicarse. A fin de cuentas, su editor lo está esperando. Y ese sitio tiene que desaparecer. La Petite Mort tiene que sufrir su pequeña muerte. La policía tendrá que investigar, claro, aunque quizá con menos empeño del que podría hacerlo, teniendo en cuenta que probablemente también esté implicada en este asunto.

Le pido que haga todo esto como madre, como mujer. Además, algo me dice que a usted tampoco le importaría librarse por completo de ese lugar. ¿Me equivoco?

Vuelvo a doblar la carta. La guardo en el sobre.

Y luego asiento con la cabeza.

Levanto la vista al sentirme observada. Dirijo la mirada hacia la cabaña de la esquina del patio. Pero no hay nadie dentro. La busqué esa noche. Registré el edificio de arriba abajo pensando que era imposible que hubiera ido muy lejos con esas heridas. Miré también en su cabaña, pero no había ni rastro de ella. La portera había desaparecido, junto con las fotografías de la pared, varios de los objetos más pequeños pero más valiosos del apartamento (como ese pequeño Matisse, por ejemplo) y Benoit, mi *whippet* gris.

Un artículo de la *Paris Gazette*

Jacques Meunier, propietario de La Petite Mort, parece haberse esfumado tras las sensacionales denuncias en torno al exclusivo club nocturno. La policía está llevando a cabo una investigación a gran escala, obstaculizada al parecer por el hecho de que no hay testigos presenciales a los que interrogar, dado que se desconoce el paradero de las bailarinas empleadas anteriormente en el club.

Esto puede suponer cierto alivio para los antiguos clientes asiduos a las actividades ilegales que se desarrollaban presuntamente en el establecimiento. Con todo, una página web anónima publicó hace escasos días una supuesta lista de cuentas de La Petite Mort en la que figuran decenas de nombres de la élite de la sociedad francesa.

Por otra parte, un alto cargo de la policía, el comisario Blanchot, ha presentado su dimisión tras la difusión de imágenes explícitas en las que aparece en compañía de varias mujeres en una de las salas del sótano del local.

Como ya informamos con anterioridad, el hijo de Meunier, Antoine (mano derecha de su padre, según todos los indicios), se suicidó en la casa familiar utilizando un arma de fuego antigua para evitar ser detenido.

Epílogo

JESS

Cruzo con mi maleta el vestíbulo de la Gare de l'Est. La rueda rota se atasca cada pocos pasos; tengo que arreglarla de una vez. Miro la pantalla en busca de mi tren.

Ahí está: el servicio nocturno a Milán, donde haré transbordo a Roma. A primera hora de la mañana pasaremos junto a las orillas del lago de Ginebra y, según dicen, cuando está despejado se ven los Alpes. Me apetece muchísimo. He pensado que ya es hora de que yo también haga un viaje por Europa. Ben va a quedarse aquí para intentar labrarse una carrera como periodista de investigación. Así que, puede que por primera vez, soy yo quien le deja a él. Sin huir de nada ni de nadie. Solo para viajar en busca de la próxima aventura.

Incluso tengo un lugar al que volver. Un estudio, que en realidad no es más que una manera elegante de llamar a una habitación diminuta en la que puedes alcanzarlo todo desde la cama. Curiosamente, es una de las antiguas habitaciones del servicio reformadas de un edificio de apartamentos. Y al parecer tiene vistas a San Pedro, si achicas un poco los ojos. Seguramente no será mucho más grande que la portería. Claro que yo tampoco tengo muchas cosas con las que llenarlo: solo el contenido de una maleta rota.

393

Pero, en fin, es todo mío. Bueno, mío mío, no... No lo he comprado. Ni loca. Incluso si tuviera el dinero, no querría que mi nombre figurara en ninguna escritura de propiedad. No querría estar atada. Pero sí que pagué la fianza y el primer mes por adelantado. Me llevé una parte del dinero que recibieron las chicas del club. Una especie de comisión de intermediaria, si se quiere. No soy una santa, a fin de cuentas.

En cuanto a las chicas (o, mejor dicho, las mujeres), no podía llevarlas de la mano y asegurarme de que todo se arreglaba, claro. Pero me alegra saber que han recibido lo mismo que yo. Y que con ese dinero ganarán algún tiempo. Un poco de respiro. Y tal vez incluso la oportunidad de hacer otra cosa.

Veinte minutos antes de que salga mi tren, miro a mi alrededor en busca de un sitio donde comer algo. Y entonces vislumbro una figura que se mueve entre la multitud. Pequeña, con unos andares que reconozco, encorvada y arrastrando los pies. Un pañuelo de seda en la cabeza. Un *whippet* gris con correa. Se pone a la cola de la gente que espera para subir a un tren. Miro la pantalla que hay sobre el andén. Es un tren con destino a Niza, en el sur de Francia. Y luego aparto la vista y no vuelvo a mirar hasta que el tren se aleja del andén. Porque todas tenemos derecho a eso, ¿no?

A la oportunidad de una nueva vida.

Agradecimientos

Me encantó escribir este libro y, al mismo tiempo, es el que más me ha costado escribir. En parte porque es el que tiene la estructura y la premisa más complicadas que he abordado hasta ahora y en parte porque lo escribí primero estando embarazada y después con un bebé recién nacido a cuestas. Y durante una pandemia, además, aunque en ese sentido sé lo afortunada que soy por tener un trabajo que me permite trabajar desde casa con facilidad, a diferencia de tantas otras personas como esos trabajadores esenciales tan increíblemente valientes.

En cualquier caso, estoy muy orgullosa de este libro y de presentarlo al mundo. No es muy británico decirlo, pero lo estoy. Al mismo tiempo, me parece importantísimo destacar que nada de esto habría sido posible sin el esfuerzo de algunas personas muy amables, esforzadas y llenas de talento. En realidad debería haber varios nombres en la portada: ¡este libro ha sido un enorme trabajo en equipo!

Gracias a la estupenda Cath Summerhayes por su ingenio y sabiduría inagotables y sus excelentes consejos, por ser tan divertida no solo para trabajar, sino también para ir a comer y a tomar copas, y por estar siempre al otro lado del teléfono. Tengo mucha suerte de contar con ella y le estoy inmensamente agradecida por todo lo que hace.

Gracias a la maravillosa Alexandra Machinist por sus consejos siempre certeros y su increíble habilidad para la negociación. Y aunque de momento las aventuras parisinas que teníamos planeadas se hayan malogrado por culpa del virus de la gripe estomacal, estoy segura de que pronto estaremos tomando una copa de champán en alguna *terrasse*: ¡estoy deseando brindar por tu brillantez!

Gracias a Kim Young por ser la editora más paciente y comprensiva de todas y por defender este libro desde su concepción y su primer borrador (que, francamente, era bastante flojo). Siempre sabes cómo sacar lo mejor de mí: ¡me inspiras con tu fe en mí y en mi escritura! Gracias por llevarme de la mano durante todo este proceso y por estar siempre dispuesta a ponerte al teléfono para discutir una nueva idea para el argumento, por loca que sea.

Gracias a Kate Nintzel por su magnífico asesoramiento: por su mirada afilada y por su magia editorial en general. Todavía no me puedo creer lo que has conseguido con *La lista de invitados* en Estados Unidos llevando mi desconocido librito británico a más de un millón de lectores. Soy muy afortunada por tenerte como adalid.

Gracias a Charlotte Brabbin, por ser una editora absolutamente brillante, entregada y llena de talento. Te estoy muy agradecida por todo tu trabajo y tus consejos, tu tacto y tu creatividad, y por estar siempre dispuesta a debatir ideas, por pequeña o tonta que sea la consulta, a cualquier hora del día o de la noche.

Gracias a Luke Speed por toda su amabilidad y sabiduría, y por su paciencia infinita a la hora de explicarme el mágico y desconcertante mundo del cine. Y gracias también por ser tan divertido. Cath y tú sois el equipo ideal. ¡Ojalá haya muchos más almuerzos y citas de cine!

Gracias a Katie McGowan, Callum Mollison y Grace Robinson por su increíble trabajo a la hora de encontrar editores para mis libros en todo el mundo. Es muy emocionante pensar que van a traducirse a otros idiomas y a encontrar tantos nuevos lectores en distintos países. Me maravilla vuestro trabajo.

Gracias a la fabulosa familia de Harper Fiction: a Kate Elton, Charlie Redmayne, Isabel Coburn, Abbie Salter, Hannah O'Brien, Sarah Shea, Jeannelle Brew, Amy Winchester, Claire Ward, Roger Cazalet, Izzy Coburn, Alice Gomer, Sarah Munro, Charlotte Brown, Grace Dent y Ben Hurd. Tengo mucha suerte de que me publiquéis vosotros. ¡Espero que pronto podamos brindar todos juntos!

Gracias al estupendo equipo de William Morrow: Brian Murray, Liate Stehlik, Molly Gendell, Brittani Hilles, Kaitlin Harri, Sam Glatt, Jennifer Hart, Stephanie Vallejo, Pam Barricklow, Grace Han y Jeanne Reina. Muchas gracias por vuestro trabajo y dedicación infatigables y por promocionar mis libros en Estados Unidos. Estoy deseando visitaros en Nueva York para que lo celebremos juntos.

Gracias también al maravilloso Equipo A de Curtis Brown: a Jonny Geller, Jess Molloy y Anna Weguelin.

Gracias a mi querida amiga Anna Barrett por haber hecho una primera lectura y una corrección tan fantástica de este libro cuando yo estaba todavía demasiado asustada para enseñárselo a nadie más, y por haber reforzado enormemente mi confianza en el libro con sus ánimos y sugerencias. Si alguien busca una corrección independiente de su novela, le recomiendo encarecidamente a Anna. Está en www.the-writers-space.com.

Por último, aunque no por ello menos importante (en absoluto), gracias a mi familia:

Gracias a los clanes Foley, Colley y Allen por todo su apoyo.

Gracias a mis maravillosos hermanos Kate y Robbie (que de nuevo, ¡menos mal!, no se parecen en nada a los hermanos de este libro). Estoy muy orgullosa de los dos y me siento muy afortunada por teneros a mi lado.

Gracias a mis padres por lo orgullosos que están de mí y por su apoyo infinito e incansable. Gracias por perdonarme cuando aparezco sin avisar y solo me quedo para dejaros al pequeñín y luego desaparecer detrás de mi portátil. Por ser unos abuelos tan amables y cariñosos; por alimentar, cuidar y jugar con el peque con tanto cariño y sin quejaros mientras yo estaba enfrascada en correcciones y revisiones. Gracias por animarme a narrar historias desde que era una niña y contaba cuentos del granjero Guisantito en el asiento de atrás del coche.

Gracias a Al por hacer que literalmente todo esto sea posible. Por tener al bebé en brazos; por dejar cosas en suspenso para echarme un cable; por ayudarme a resolver crisis argumentales a las tres de la mañana y durante paseos, trayectos en coche y cenas y vacaciones a las que íbamos precisamente para olvidarnos del libro. Por tu saber, tu apoyo, tu fe, tu aliento. Por haber leído casi tantos borradores de este libro como yo misma, bolígrafo en mano, incluso cuando estabas agotado por haberte pasado el día trabajando o cuidando del bebé… o ambas cosas. Tú dices que un veinte por ciento; yo digo que te lo debo todo.